PADRINO FUGITIVO

· **Título original:** *Runaway Groomsman*
· **Dirección editorial global:** María Florencia Cambariere
· **Edición:** Florencia Cardoso
· **Coordinación de arte:** Valeria Brudny
· **Coordinación gráfica:** Leticia Lepera
· **Diseño de interior:** Cecilia Aranda sobre maqueta de Olifant
· **Arte de tapa:** Caroline Johnson

www.vreditoras.com

Esta edición ha sido posible gracias a un acuerdo de licencia originado por Amazon Publishing, www.apub.com, en colaboración con Sandra Bruna Agencia Literaria.

-MÉXICO-
Dakota 274, colonia Nápoles, C. P. 03810,
alcaldía Benito Juárez, Ciudad de México.
Tel.: 55 5220-6620 • 800-543-4995
e-mail: editoras@vreditoras.com.mx

-ARGENTINA-
Florida 833, piso 2 of. 203 (C1005AAQ), Buenos Aires.
Tel.: (54-11) 5352-9444
e-mail: editorial@vreditoras.com

Primera edición: diciembre de 2023

ISBN: 978-607-8828-90-6

Impreso en México en Litográfica Ingramex, S. A. de C. V.
Centeno No. 195, colonia Valle del Sur, C. P. 09819,
alcaldía Iztapalapa, Ciudad de México.

MEGHAN QUINN

PADRINO FUGITIVO

SAWYER

—Está preciosa —afirma una tía y casi se desmaya.

—Absolutamente espléndida —asegura una madre y con una mano se abanica el rostro para contener las lágrimas.

—Simon es muy afortunado —agrega un hombre mientras se gira hacia Simon y le guiña un ojo.

—Ese Oscar de la Renta blanco le queda increíble a Annalisa, ¿no lo crees? —dice Armie, el hermano de Simon, y me da un codazo que me saca de mi letargo.

—Sí…, una verdadera diosa —respondo con la voz cargada de sarcasmo mientras miro a mi exnovia caminar de la mano de su padre hacia el altar donde la espera mi mejor amigo, Simon Fredrickson.

Has leído bien.

Mi exnovia se casa con mi mejor amigo.

Sollozos húmedos reverberan en las paredes de la ilustre catedral, blanca desde el suelo hasta el techo abovedado, que termina en una cúpula de doce metros de altura. Una iglesia digna de Hollywood.

Le lanzo una mirada a Simon, que está limpiándose los ojos con un pañuelo celeste que su novia le regaló con ternura y doble intención: no solo estaba bien que llorara cuando ella caminara hacia el altar, sino que era obligatorio porque las cámaras lo iban a estar observando.

Las cámaras no han dejado de seguirlos desde que los encontraron juntos en un crucero a Catalina. Ella llevaba un vestido floreado, sandalias de cuero Gucci y el cabello ondulado suelto, mientras que él iba con unos sencillos pantalones cortos azul marino y una camisa celeste con los primeros cuatro botones desabrochados. Ningún hombre se desabrocha los primeros cuatro botones de la camisa a menos que su nombre sea Cretino y su apellido, Arrogante.

Sé con exactitud qué llevaban puesto cuando los «encontraron» porque leí el epígrafe debajo de la foto del romance como mínimo 752 veces antes de terminar de procesarlo.

Annalisa Morton, mi novia durante cinco años (la mujer con la que pensaba casarme) y actriz revelación de la tremendamente popular plataforma Movieflix, conocida por haber protagonizado películas románticas, me estaba engañando. Con mi mejor amigo.

Y no solo con mi mejor amigo.

Con su coprotagonista.

Con su coprotagonista en la película que escribí para ellos.

Algunos portales de noticias dijeron que prácticamente escribí el guion para que terminaran enamorándose y que, con la innegable fuerza que había en mis palabras y la belleza física de ambos, estaba destinado a ocurrir. Tendría que haber sido más inteligente.

Sí, claro, culpen al engañado.

Nunca al hecho de que mi exnovia y mi mejor amigo nunca serán capaces de saber lo que es la lealtad.

De un día para el otro, el romance explotó y el mundo entero abrazó a la nueva pareja.

¡La abrazó!

Creía que nada podría ser peor hasta que Simon me pidió que nos juntáramos en el bar que está en la esquina de mi apartamento frente a la playa para rogarme que fuera su padrino de boda.

Rogó.

Suplicó.

En un momento... me amenazó.

Y así terminé aquí, viendo a Annalisa en un vestido ajustado que grita Hollywood, caminando hacia Simon llorando de emoción.

¿Por qué no dije que no?

¿Por qué no le dije que se fuera al diablo?

Porque, verás, en la sociedad existe una jerarquía que se debe respetar. Están: Dios, Hollywood, el presidente y luego la lista sigue hacia abajo. A veces, Hollywood y Dios se disputan el poder para tomar algunas decisiones y, la mayoría de las veces, gana la codicia de Hollywood.

Por desgracia para mí, los productores de la película que estábamos haciendo juntos como una gran familia feliz me llevaron a un rincón y me susurraron al oído que, si quería seguir escribiendo en «este pueblo», me tenía que tragar el orgullo y hacer lo que era mejor para la película.

Con mi carrera amenazada, me tragué el «orgullo» y acepté el romance como si no hubiera ningún problema.

Sonreí contento cuando las fotos del compromiso se esparcieron como un incendio forestal.

Con alegría, le di la mano a Simon cuando me pidió que fuera su padrino; claro que después de que me amenazara.

Hasta posé para un paparazi con unos entusiastas pulgares hacia arriba cuando fui a Las Vegas para la despedida de soltero del novio.

Y ahora estoy aquí, parado en el altar, junto a mi mejor amigo, que tiene los ojos llorosos, y no puedo dejar de pensar en cuánto más voy a soportar esta farsa.

Cuando Annalisa está a mitad de camino, porque le está sacando el jugo a este momento nauseabundo, la multitud estalla en aplausos, como si fuera Miss América yendo hacia la victoria, con un ramo de flores bien apretado contra su cuerpo.

Los hombres que tengo al lado aplauden.

Los padres que tengo enfrente aplauden.

Las damas de honor a mi derecha lloran y, por supuesto, aplauden. Todos son actores profesionales luciéndose.

Soy la única persona cuerda que mira a su alrededor y se pregunta qué carajo está pasando… Hasta que siento que Armie me clava el codo en las costillas y me mira de reojo como si fuera la personificación del desprecio y la burla.

Alzo las manos y aplaudo despacio, con sarcasmo.

Por suerte, nadie nota el verdadero significado detrás de mi lento aplauso. Mientras esté haciendo un sonido acorde a la alegría general, no les preocupan mis intenciones.

Luego de lo que se siente como media hora, Annalisa llega al altar, le da un beso en la mejilla a su padre, toma una bocanada de aire y mira al novio con detenimiento, como si estuviera rodando una escena. Como es una actriz experimentada, se gira hacia el público (ah, perdón, *cof, cof,* quise decir amigos y familia) y señala a Simon con el ramo:

—Un fuerte aplauso para el novio. ¿Han visto alguna vez a un hombre más guapo?

El padrino también es muy guapo, pero ¿quién soy yo para discutir con la novia en el día de su boda?

Una vez más, la iglesia se llena de aplausos y, como todas las miradas están sobre nosotros, sonrío y le regalo un par de aplausos a Simon mientras me imagino que tengo su cabeza entre las manos y que, en lugar de chocar mis palmas entre sí, le abofeteo las orejas, que se operó para que no sobresalieran tanto.

La gente por fin se calma, toma asiento en las bancas de madera y el cura comienza su discurso.

Dejo de prestar atención. No estoy de humor para escuchar cómo la feliz pareja será el ejemplo del matrimonio perfecto. Entonces, me quedo mirándome los zapatos de punta celeste que me combinan a la perfección con el esmoquin celeste de Armani que tengo puesto, a lo Danny Kaye.

Los zapatos me recuerdan a la vez que llevé a Annalisa a mi apartamento de Boyle Heights, un sitio lleno de amigables vendedores de drogas que se regían por un acuerdo tácito: «Si no nos delatas, no te asesinaremos mientras duermes». Un trato que acepté de inmediato. En esa época, Annalisa todavía no era una actriz exitosa, así que entendía mi necesidad de ahorrar y no me cuestionó que viviera allí. Por el contrario, nos acurrucamos en el futón y miramos *Blanca Navidad*. Estaba maravillado por lo atemporal de la trama; ella suspiraba por el vestuario y aseguraba que algún día se iba a casar con un hombre que llevara un traje del mismo color de los zapatos. Le prometí que el día de su boda me aseguraría de que eso sucediera.

Solo que…, en ese momento, estaba convencido de que yo iba a ser el novio, no el padrino.

—La pareja ha escrito sus propios votos —anuncia el cura con un tono impresionado.

Por supuesto que sí.

Apuesto a que no los escribieron ellos en realidad.

Me abstengo de cruzarme de brazos y dar golpecitos en el suelo con el pie, impaciente e indignado, mientras se declaran amor eterno.

Simon se sigue frotando los ojos. Debe tener lágrimas artificiales escondidas en el pañuelo porque, aunque sus ojos no han parado de gotear, su expresión es estoica. No sería la primera vez que usa lágrimas artificiales. Yo le enseñé ese truco mágico de Hollywood.

Con dramatismo, Annalisa lleva los hombros hacia atrás y en un gran despliegue saca una hoja de papel doblada de las profundidades de su escote, como un mago que saca un conejo de la galera. El asombro que se apodera de la multitud es exasperante. A juzgar por los «oohh» y «aaahh» uno creería que acaba de ejecutar un truco nivel experto.

Si creen que eso es espectacular, deberían venir a una reunión con mi familia y ver a mi tía Suzie usar su escote como si fuera el bolso de Mary Poppins. Mi hermano Roarick todavía jura que la vio sacar una suculenta de verdad de sus «melones».

Annalisa desdobla el papel con cuidado y alza la vista hacia Simon. Cualquiera pensaría que una actriz tan entrenada memorizaría sus votos. Pero, igual que todo lo demás, es una excusa para dar un espectáculo.

Meto las manos en los bolsillos y la miro por encima del hombro de Simon, esperando escuchar lo que tiene para decir.

—Recuerdo la primera vez que te vi —comienza.

Sí, fue en mi apartamento. Simon apareció con el aspecto de un Dwayne *La Roca* Johnson versión gnomo, con vaqueros y polera negra. Acababa de terminar una función desastrosa de *Un día en la vida de Zack Morris* en el under del under de Broadway, donde el teatro de mala muerte tuvo que reembolsar el dinero de las entradas porque uno de los asistentes vomitó al público luego de una sobredosis de *hot dogs*.

Llegó arrastrándose a mi puerta, nos contó que había vómito en todas partes y se fue corriendo a su apartamento, que quedaba debajo del mío. A Annalisa le pareció grosero.

—Tu hermoso cabello negro azabache.

Cabello negro *teñido*.

—Tu quijada cuadrada y masculina.

Implantes de quijada; se los puso hace cinco años.

—Tus cautivantes ojos azules.

Bueno, esos son reales y bastante impresionantes.

—Me dejaste sin aliento.

Se me escapa un resoplido antes de que pueda evitarlo. Annalisa me clava la mirada, una firme advertencia de que me comporte.

Me enderezo.

—Recién empezaba dar mis primeros pasos en Hollywood, pero no tenía la confianza necesaria para convertirme en una verdadera protagonista.

Eh, no es así como lo recuerdo. Ya tenía un ego impresionante cuando conoció a Simon.

—Y entonces entraste en mi vida como un caballero con brillante armadura. Pero en lugar de un traje de metal y caballo blanco, llevabas un Tom Ford y conducías un Aston Martin.

—Ja —suelto y atraigo la atención de todos. *Mierda*—. Jaaa-maravilloso —intento arreglar—. Maravillosos votos. —Alzo una mano y le muestro un pulgar hacia arriba a Annalisa. Me responde con una mirada mordaz.

Pero, vamos... ¿Tom Ford y Aston Martin?

Qué montaña de mierda.

Más bien eran pantalones como de paracaidista y un Geo Metro de 1993 sin dirección asistida.

—Como un ave fénix que renace de sus cenizas, luego de una época oscura, confusa y solitaria de mi vida, me levantaste y me hiciste resurgir y me alzaste hasta el cielo.

Por Dios.

Entonces, básicamente, yo era Satanás y la tenía aprisionada en el infierno hasta que vino Simon a rescatarla de las profundidades del purgatorio como un glamoroso Tarzán sin liana.

Puedo sentir los ojos de la familia y amigos sobre mí y no me están mirando por mis no tan sutiles carcajadas, sino porque la mayoría de estas personas sabe la verdad.

Yo soy la razón por la que Annalisa llegó al cine.

Yo soy la razón por la que la carrera de Simon despegó.

Y yo soy la razón por la que su última película fue tan bien recibida: no solo porque ahora soy un guionista cotizado, sino también porque escribí los diálogos que hicieron que la audiencia se enamorara de ellos.

Así que, la pregunta es: ¿por qué estoy aquí parado, al lado de mi ex mejor amigo, que temía que el Botox que se inyectó en las axilas no pudiera evitar que el sudor le empapara el traje en el día de su boda, y escuchando a mi exnovia alabarlo de una forma que este imbécil no se merece?

No debería estar aquí, acompañándolos.

Ya hemos terminado de rodar la película.

Ya hemos hecho las rondas de prensa.

Al público le ha encantado.

No hay nada que me ate a ellos. Los productores no pueden seguir amenazándome.

Ya he cumplido la condena.

No tengo motivos para estar parado en este altar soportando esta tortura.

Entonces…

Decido irme.

En ese preciso momento. Sé que es hora de irme.

Doy un paso hacia delante mientras Annalisa mira fijamente a Simon.

Luego doy otro paso.

Y otro más, lo que llama la atención.

Annalisa me clava sus ojos azul cristal.

—¿Qué haces? —me pregunta con una sonrisa apretada.

Me aclaro la garganta.

—Si me disculpan, debo anunciarle al público que tengo mejores cosas que hacer que presenciar esta payasada.

Simon se inclina hacia un costado y me mira con una expresión de horror absoluto. Me inclino en una grácil reverencia (porque me parece que es lo correcto) y, cuando me incorporo, alzo los dos dedos medios, uno para cada uno.

—Le ruego al Espíritu Santo que este matrimonio sea un rotundo fracaso —suelto.

Le pido disculpas al cura por mis palabras con un gesto rápido, giro sobre los talones y me alejo del altar por la pasarela con los flashes de las cámaras y el murmullo haciendo eco en el techo abovedado. Una cámara en particular, con una luz tan brillante que es como mirar directamente a un eclipse, me encandila y hace que me pise la agujeta de mi zapato, por lo que me tropiezo en el pasillo cubierto de pétalos de rosas.

Carajo. Casi me caigo de bruces. Un rosario de maldiciones se me sale de la boca, pero me apoyo en la anteúltima banca y enseguida recupero la compostura.

Le agradezco a Dios por la ayuda, mojo dos dedos en el recipiente de agua bendita que está justo en la entrada, hago la seña de la paz, con los dedos en v, y abro la puerta.

Esta vez sin mucha gracia (*te lo agradezco, agujeta desatada*) salgo de la iglesia a los tumbos mientras un tsunami de flashes bloquea mi huida no guionada. Enseguida la codicia que hay detrás de esos flashes se transforma en decepción cuando se dan cuenta de que no soy los recién casados.

Si supieran cómo va a subir el precio de lo que acaban de capturar cuando empiecen a correr la noticia… padrino fugitivo. Se van a enterar pronto.

Al divisar mi vía de escape, bajo corriendo los escalones de la iglesia, pero, en el penúltimo, mi zapato desatado y una talla más grande se me sale justo en medio del trote. La pérdida del calzado me empuja hacia el pasamanos y doy un giro que pondría celoso a cualquier bailarín. Recobro el equilibrio y busco el zapato con la mirada justo cuando Simon aparece con una mirada asesina.

Mierda, hora de irse.

Adiós, zapato.

–¡Que alguien lo detenga! –exclama Simon con dramatismo, como si le hubiera robado algo.

Aprovecho ese momento para huir. Corro (bueno, cojeo con un zapato y una media) a través de la playa de estacionamiento hasta mi automóvil, seguido por los pocos paparazis que fueron astutos y comenzaron a perseguirme.

Con los flashes rebotando en los vidrios polarizados, giro el automóvil y me aferro al volante con una sola idea en mente: largarme de este lugar.

Y así, sin ningún plan aparente, conduzco.

CAPÍTULO 1

FALLON

—**P**or favor, dime que tienes vino blanco —suplico y me desplomo sobre uno de los taburetes destartalados de Beggar's Hole, el único bar de Canoodle, un pequeño pueblo de California.

Una rubia platinada con corte *pixie* aparece al otro lado de la barra. Es Jazlyn, mi mejor amiga. Arquea las cejas. Parece la gemela perdida de P!nk.

—Acaba de llegar. Esta mañana, cuando vino Tommy, lo amenacé con no pagarle y pincharle las cubiertas del camión si no me daba unas botellas.

—Seguro le agradeció al cielo por tener vino blanco… Todos sabemos que cuando prometes pinchar cubiertas, lo cumples.

Jaz me guiña un ojo y se mueve tranquila por el bar: me alcanza una de las doce copas que tiene, la llena con vino y *seltzer* y la decora con una rodaja de lima.

Se me hace agua la boca solo de verla.

—¿Día intenso? —me pregunta.

—Se me ha pegado la mano a la pared del baño de hombres

mientras intentaba cambiar el empapelado y se me ha metido un pie en el retrete, así que te diría que sí, tengo un día intenso. —Me llevo la copa a los labios y le doy un sorbo desesperado.

—¿Podrías explicarme cómo has terminado haciendo eso?

La miro a los ojos.

—Una palabra: Sully.

Alza las manos.

—No se diga más. —Se mueve detrás de la barra—. ¿Wafle?

—Por supuesto —digo poniendo los ojos en blanco.

Se ríe y va hacia la cocina para preparar mi pedido habitual: wafle con tocino caramelizado y una buena cantidad de sirope de arce.

Síp, wafles en un bar.

En Canoodle, California, hacemos las cosas a nuestro modo, y no pisamos cabezas. En este pueblo, cada cual tiene su sitio y vivimos en armonía como una gran familia de 2510 personas atrapadas entre dos grandes formaciones rocosas en las montañas de San Jacinto. A ambos lados, Harry Balls, la famosa ruta de senderismo; en la ladera de la montaña, Bald Nut Rock; y, en la cumbre, Ancient Nads Rock, que tiene la forma de... bueno, la parte colgante de un hombre.

Beggar's Hole es el bar del pueblo, está ubicado sobre unos pilotes en la cima de Bald Nut Rock así que, si en estado de ebriedad te caes del mirador, tendrás una muerte segura. Por suerte, desde que abrió este bar tan sórdido como encantador, no ha habido accidentes en el mirador. Sobre el lado externo de la puerta hay una pizarra con marco dorado que lleva la cuenta de los «días sin muertes contra las rocas». En este momento, Canoodle lleva 22 630 días sin fallecimientos. Un logro que festejamos en las calles del pueblo.

Doy un sorbo a mi *spritzer* de vino blanco, giro el taburete, apoyo la espalda contra el respaldo y me cruzo de piernas mientras contemplo ese lugar maravillosamente sucio. De fondo suena un rocanrol

16

clásico, a un volumen perfecto para que se escuche pero no interfiera en las conversaciones. Los paneles de madera de las paredes jamás se renovaron; tienen agujeros de puños y algunos están doblados, lo que le da al ambiente un aire misterioso pero encantador. El suelo desparejo y pegajoso, también de madera, se parece a un barco de pirata: lleno de nudos, astillado y regado de fluidos corporales. Casi todo el pueblo abraza con amor a «el Hole» y viene para una noche de tragos y cenar comida de desayuno.

—Aparte del incidente del papel tapiz —dice Jaz, que reaparece con mi enorme wafle bañado en trozos de tocino caramelizado—, ¿cómo vienen las renovaciones en La Caverna?

—No muy bien —respondo y vuelvo a girarme sobre el taburete para tomar un tenedor. Las noches de viernes son de wafles y vino, una combinación extraña pero que funciona—. No sé en qué estaba pensando cuando se me ocurrió hacerme cargo de todo esto y, al mismo tiempo, cuidar sola al abuelo Sully. Estoy un poco abrumada. —Siento un puñal cuando miro hacia la mesa que está en la otra punta, la del abuelo Sully, donde está «charlando» con su mejor amigo, Tank, el dueño de la ferretería del pueblo y el abuelo de Jaz—. Hoy Sully me ha pedido por lo menos siete veces que vaciara el lavavajillas. Cuando le decía que ya lo había vaciado, se quejaba y después, cuando iba a la cocina, lo volvía a encontrar encendido. Lo tuve que apagar cada vez para no desperdiciar agua, pero, por Dios, Jaz, está cada vez peor.

—¿Les has comentado a los médicos estos nuevos episodios?

Niego con la cabeza.

—Entre mantener contentos a los huéspedes de La Caverna, la remodelación, pedir perdón por la remodelación y apagar el lavavajillas, no he tenido tiempo.

—Pensé que ibas a cerrar La Caverna durante la obra.

—Después de este fin de semana lo voy a hacer, para poder concentrarme en eso. —Corto el wafle y pincho un gran bocado con el tenedor.

—¿Te parece que hace falta…?

¡PUUUM!

La puerta del bar se abre de par en par y profundiza la marca que la manija ya le estaba haciendo a la pared.

Una sombra alta y oscura aparece en el umbral. El bar queda en silencio.

Lentamente, la figura se deja ver. Primero, se ve un zapato celeste… Sí, zapato, en singular, porque el otro pie lo tiene enfundado en un calcetín de vestir celeste. Lo peor es el zapato, no el calcetín. Lleva unos pantalones a tono, saco celeste con su correspondiente chaleco, camisa blanca y corbata.

Se acerca a la barra y se sienta a dos taburetes de distancia.

—Cerveza —gruñe—. Mucha mucha cerveza.

Jaz le desliza un posavasos.

—¿Alguna en particular?

—Nop —responde y estira una mano hacia el recipiente con cereales que está frente a él—. Qué raro —exclama mientras examina los cuadrados de avena azucarados antes de metérselos en la boca.

Las pocas personas que hay en el bar enseguida vuelven a sus conversaciones y sé exactamente de qué están hablando: del hombre misterioso de esmoquin estrafalario.

Puede que él no lo sepa.

Pero Jaz y yo sí. Intercambiamos miradas mientras le sirve una cerveza tirada.

—¿De qué te estás escapando? —le pregunta Jaz y apoya la cerveza frente a él.

Bebe la mitad del vaso, lo deja sobre la barra y se limpia la boca con la manga de la camisa. No parece ser muy educado, lo que me sorprende dado el aspecto prístino de su pantalón y los eslabones dorados de la cadena que se deja ver debajo del saco.

—¿Quién dijo que me estoy escapando?

Jaz se apoya en la barra.

—Puede que seamos pueblerinos, pero no somos estúpidos. —Señala el broche de flores que tiene en la solapa del saco—. A juzgar por la frescura de ese ramillete, la firmeza del gel en tu cabello y la desesperada necesidad de cerveza, diría que o has dejado a alguien en el altar… o te han dejado a ti.

Muy observadora.

Desde mi lugar, solo alcanzo a verlo con la visión periférica, pero noto que tiene la mandíbula tensa cuando mira el vaso y se lo lleva a los labios. Unos segundos de silencio después, responde:

—Me he escapado.

Mi amiga golpea el mostrador.

—Amigos, ¡tenemos un novio fugitivo! —le grita a la multitud, que lo abuchea con energía y le arroja servilletas usadas.

—¿Qué? —dice el hombre, negando con la cabeza—. No, era el *padrino*.

Jaz hace una pausa.

—¿El padrino?

—Así como lo escuchas. —Termina la cerveza y le acerca el vaso a Jaz para que se lo vuelva a llenar.

—Pero ¿te has escapado de la boda? —Él asiente. Jaz, confundida, le pregunta—: ¿Te ha perseguido una horda de abejas? ¿La policía de la moda te quería arrestar por ese abominable traje que llevas puesto?

—Algo así —murmura antes de llenarse la boca con más cereal.

Jaz lo deja ahí, le sirve la bebida y vuelve a mí. Señala al forastero con el pulgar.

—Parece que le han hecho daño.

Lo miro bien por primera vez. Quijada cuadrada y musculosa, ni un solo rastro de barba o sombra o cualquier cosa que se le parezca; líneas de expresión alrededor de los ojos; cabello rubio, peinado hacia un costado y corto a los lados, un corte que le queda bien a cualquier hombre. Pero… al mirarlo comienzo a sentir un revoloteo en el estómago. Como si lo conociera.

¿Por qué?

¿Por qué esa manera tan inerte de hablar me resulta tan… familiar?

—Siento que lo conozco —susurro inclinada sobre la barra.

—¿En serio? —Jaz le echa otro vistazo—. Parece tener mal gusto. ¿Has visto ese zapato?

—Sí, un espanto. Pero, más allá de eso, le veo cara conocida.

Desde su sitio, a dos taburetes del mío, se gira para mirarnos. Me invade el temor de que nos haya escuchado. A Jaz no podría importarle menos, pero yo todavía tengo algo de decoro. Hasta que nos hace una pregunta que confirma que no ha escuchado nada:

—¿Hay alguna hostería cerca?

Está hablando con la persona indicada. ¿Hostería? Por supuesto que… ¡MIERDA!

Ya me acuerdo.

Esos ojos azules cansados.

Ese cabello rubio y espeso.

La nariz levemente torcida.

El hombre que está acodado en la barra preguntando por hospedaje, el Señor Zapatos a Tono… Tuve una cita con él.

Sí, en serio. Yo, una mujer sofisticada y atractiva, tuve una cita *con él.*

Una sola cita.

Una cita que perdura en mi memoria como la peor de mi vida.

Y antes de que empieces imaginarte los motivos por los que la cita ha sido un desastre, voy a aclararte algo: yo no fui la culpable de tan amargo recuerdo. No, esa noche fui un completo encanto.

El padrino fugitivo, por su parte…, no tanto.

—Tenemos unas cabañas —le dice Jaz—. De hecho, es tu día de suerte, la dueña de La Caverna de Canoodle está sentada justo aquí.

El hombre se gira y me mira a la cara por primera vez.

Me preparo para el impacto.

Para que lo invada el calor de la vergüenza al reconocerme.

Para que me señale con el dedo y le anuncie a todo el bar que me conoce.

Me estremezco.

Contengo la respiración.

Sujeto el tenedor con un poco más de fuerza, pinchando un bocado de wafle.

Y entonces…

—¿Tienes lugar? —pregunta, y bebe otro trago de cerveza.

Su tono es brusco. Su postura, decaída. Tiene los ojos empañados de tristeza.

No me señala. No anuncia nada.

Espera…, ¿no… me ha reconocido?

Pestañeo algunas veces, esperando a que caiga en la cuenta y se golpee la frente con la palma cuando lo haga. Pero su rostro sigue impasible y sé que, igual que en nuestra cita, no le genero nada.

—Eh, sí —respondo—. Tenemos algunas cabañas disponibles.

—Perfecto. —Se da vuelta hacia la barra y bebe la cerveza de un solo trago—. Voy a necesitar una.

✳ ✳ ✳

—¿Por qué necesitas hablar conmigo aquí atrás? —gruñe Jaz mientras mira por la mirilla de la puerta de la cocina—. ¿No ves que tengo clientes?

—Jaz, lo conozco.

—Ya me has dicho que te hacía acordar a alguien.

—Sí, pero ahora sé de dónde lo conozco. —La tomo del brazo.

—De acuerdo, bendíceme con tu historia.

Miro por la mirilla para asegurarme de que no nos esté espiando.

—Nos organizaron una cita a ciegas.

—Espera, ¿tuviste una cita a ciegas con el señor Combinado? ¿Al que le falta un zapato? Puaj, ¿por qué?

—No le combinaba la ropa en la cita. Bueno, o sea, sí, pero no como ahora. —Niego con la cabeza—. Pero eso no importa, Jaz. —Bajo aún más la voz—. No me ha reconocido.

—¿Estás segura? ¿Te ha mirado siquiera?

—Sí, cuando le dijiste que era la dueña de las cabañas…, lo que, por cierto, no es verdad: el dueño es Sully. Pero sí, me miró, hicimos contacto visual. Créeme, no tiene ni idea de quién soy.

—¿Fue una cita memorable? —pregunta.

—¿Importa?

—La verdad que no. —Se da golpecitos en el mentón mientras espía por la mirilla—. ¿Le pinchamos las cubiertas?

—No. Por el amor de Dios, no.

—Porque sabes que lo haría. Nadie se olvida de mi amiga sin pagar las consecuencias.

—A juzgar por ese esmoquin inspirado en las Pascuas, diría que ya ha tenido castigo suficiente.

Alza una ceja con un gesto de confusión.

—Entonces, ¿no estás enojada porque no te recuerda?

¿Estoy enojada? O sea…, no es agradable que te olviden, pero, de nuevo, no le he causado un gran impacto durante la cita. Fue evidente por la forma en que me ignoró. ¿Enojada? No. ¿Indiferente? Puede ser.

—Tampoco es que hubo una conexión amorosa. Se pasó la mayor parte del tiempo mirando su teléfono. Solo me quedé porque habíamos ido al Golden Star de Palm Springs y me había pedido un filete. No me iba a levantar hasta no haberlo devorado por completo.

—Por Dios, lo que daría por tener medio kilo de esa carne en mi boca en este preciso momento. —Mira hacia arriba con expresión soñadora—. No te culpo por haberte quedado. ¿Al menos hablaron?

—Casi nada. Fue muy incómodo. Llegó tarde, de pésimo humor y solo masculló algo sobre tramas argumentales y arcos narrativos.

—¿Es escritor?

—Eh, creo que escribe guiones o algo así. Al menos eso me dijo cuando nos conocimos.

—Todo esto me parece fascinante. ¿Deberíamos decírselo? —Mueve las cejas.

La tomo del brazo y la miro a los ojos.

—*No* se lo digas. Por el amor de Dios, que esto quede entre nosotras. Seguro está de paso. No hace falta que las cosas sean más incómodas de lo necesario.

—A mí no me parece incómodo, me parece… divertido.

—Jaz, por favor.

Pone los ojos en blanco y suspira.

—Bien. Pero ¿podrías reconsiderar lo de las cubiertas?

—No —digo exasperada.

—No entiendo por qué lo proteges. No sabe quién eres, acaba de huir de una boda y ni siquiera valora cenar cereales. Un completo desastre. ¿Por qué quieres protegerlo de mi sarcasmo y de mi conversación socarrona?

—Y de tus habilidades de cuchillera.

—También de eso. —Sonríe.

—Ni se te ocurra, ¿entendido? No lo estoy protegiendo, es que… No lo sé, no quiero provocar un escándalo sin sentido. Se irá mañana, así que dejémoslo así.

—¿Qué sentido tenía hablar aquí si no era para armar un plan de ataque? —resopla mi amiga.

—Era solo para decirte que tuvimos una cita a ciegas.

Gruñe de frustración.

—Estás perdiendo la magia.

—Culpa de Sully —digo mientras la sigo hacia el salón principal.

Me siento de nuevo en mi taburete y Jaz me prepara otro trago para reemplazar al que había dejado sobre la barra. Es muy hábil a la hora de servir bebidas nuevas, sobre todo con turistas que están de paso.

—Tiene la nariz torcida —murmura al alcanzarme el trago.

—Lo sé.

—Pero tiene mucho cabello para un hombre de ojos tan cansados. ¿Cuántos años tiene?

—No lo sé —susurro—. No importa.

—Calculo que unos cuarenta. —Jaz golpea el mostrador—. Ey, padrino, ¿cuántos años tienes? ¿Cuarenta?

Gira la cabeza.

—Ya no soy padrino.

—Como sea —dice agitando una mano—. Respóndeme.

—¿Qué te importa?

Jaz apoya una mano sobre el mostrador y la otra en su cadera.

—Es una pregunta y, a menos que quieras que todo el bar se ponga en tu contra, te conviene responderme esa sencilla pregunta.

Suspira.

—Treinta y cinco.

—Treinta y cinco. —Jaz silba—. Invierte en una buena crema para el contorno de ojos.

No reacciona.

Ni siquiera se lo ve ofendido.

Por el contrario, toma el vaso, bebe lo que le queda de cerveza y pide otra.

Casi no recuerdo de qué hablamos en la cita. Tengo una vaga idea de lo que llevábamos puesto. Pero sí recuerdo bien su desinterés, el vacío en sus ojos. Eso no ha cambiado. Es algo que nunca olvidaré… porque yo me sentía igual.

Esa noche me había enterado de lo de Sully.

Esa noche había tomado la decisión de abandonar mi vida en Palm Springs y mudarme a la montaña para ayudar a mi abuelo con su complejo de cabañas.

Dejé todo atrás. La cita fue una mera formalidad.

No estaba presente. Y él tampoco.

No había conexión.

Igual que ahora, que está sentado a un par de metros. Esto no es una señal ni son las fuerzas del universo queriendo juntarnos.

Solo es un padrino fugitivo que cayó en mi pueblo.

Nada más.

✶✶✶

—Te dije que no le dieras esa última cerveza —me quejo al entrar a La Caverna y tropezarme por el peso de mi nuevo huésped.

—Quería ver si así se caía por el mirador —responde Jaz mientras lo depositamos en el viejo sofá estilo lejano oeste que está justo frente al mostrador de la recepción. Nos sonríe y alza los pulgares con dificultad.

—Buen trabajo, señoritas.

Agh, los hombres son agotadores.

—Hagámosle el check-in, así puedo llevarlo a la cama. Lo último que necesito es tener que cuidar de dos hombres adultos.

—Técnicamente, Tank cuidará a Sully esta noche —señala Jaz. Le lanzo una mirada de fastidio y se ríe—. Pero entiendo a lo que vas.

Rodeo el mostrador de recepción y, con un movimiento enérgico del ratón, desbloqueo el ordenador de principios de los 2000. Le toma unos segundos, pero por fin la pantalla parpadea y puedo abrir el portal de registro. Esta es una de las pocas cosas con las que Sully era riguroso: anotar y asegurarse de que las reservas quedaran registradas. Se dio cuenta rápido de que tenía una tendencia a olvidarse de las cosas; y olvidar una reserva en un pequeño pueblo de montaña donde gerencias el único hospedaje que no son casas privadas no es bueno para el negocio.

—¿Tienen vista a las montañas? —pregunta el hombre mientras intenta prenderse los botones de su esmoquin celeste.

—Todo el pueblo tiene vista a las montañas, idiota —dice Jaz y se apoya contra el mostrador.

—Está oscuro, ¿cómo carajo voy a saberlo? —Borracho, hace un gesto hacia la pared.

—Te sugiero que dejes de hablar con él porque vas a perder el control —murmuro—. No vale la pena. —Dirijo mi atención hacia… ¿cómo era su nombre? ¿Sean? ¿Sam?—. Voy a necesitar una identificación y tarjeta de crédito.

Hurga en los bolsillos con sus manos para nada hábiles y toma la billetera, que aterriza en el suelo.

Se recuesta en el sofá, suspira profundo y luego… se desmaya.

Jaz y yo nos quedamos mirándolo. Está inmóvil.

—Eh…, ¿está muerto? —susurra Jaz.

—No estoy segura —respondo cansada—. Tócalo.

—No lo voy a tocar. Tócalo tú.

—No puedo dejarle mi ADN. Tenemos historia… Podrían considerarme sospechosa.

Mi amiga pone los ojos en blanco.

—Su «historia» es una cita a ciegas en la que te ignoró. No es nada.

—Es suficiente para que me interroguen.

—Por Dios. —Resopla y se dirige hacia el paragüero que está junto a la puerta que lleva a las cabañas. Toma un paraguas y se para frente a… Mmm, ¿Silas? ¿Steven, quizá?

Sostiene el paraguas con las dos manos y le da un golpecito en la rodilla a… ¿Spencer?

No se mueve.

—Ay, por Dios —susurro, ahora inclinada sobre el mostrador—. ¿Y si está muerto?

—No va a ser bueno para el negocio. Vamos a tener que hacer algo como en *Este muerto está muy vivo*. Dejarlo en el lago para que parezca un accidente de turismo.

—Vuelve a tocarlo. —Pincho el aire con el dedo—. Fíjate si ya tiene rigor mortis.

—No sucede tan rápido, tonta. —Jaz se acerca y le pincha el pecho.

Contenemos la respiración.

Y entonces… Nada.

—Por Dios, está muerto. De verdad. —Me invade el pánico y agudizo la mirada—. No llego a ver si se le mueve el pecho. ¿Se mueve? Fíjate si tiene pulso.

Jaz niega con la cabeza y da un paso hacia atrás.

—Ese es mi límite. No hay forma de que toque un muerto. Lo siento.

—Pero tendríamos que tocarlo para llevarlo al lago.

—Para eso están las mantas…, para arrastrarlo.

—¿Qué sucede contigo?

—¿Conmigo? —Se señala—. ¿Qué sucede *contigo*? Tendríamos que haberlo dejado en su automóvil, pero noooo, te pareció que era más considerado traerlo aquí… ¡para que *se muriera*!

—Estaba buscando hospedaje —me defiendo y regreso detrás del mostrador—. Me pareció que sería mejor ayudarlo aquí que dejarlo en su automóvil. No sabía que iba a… mirar las margaritas desde abajo. —Me llevo una mano a la frente—. O sea, ¿de verdad está, ya sabes…?

—¿Muerto?

—Sí. ¿Sí o no? Ese estúpido traje no me deja ver. Esto ya es ridículo. Tenemos que ver si tiene pulso o llamar a la ambulancia.

—¿Y decirles qué? —Jaz está muy seria—. ¿Que hemos traído a un borracho a tu hostería y al final se ha muerto? Tengo antecedentes, Fallon. No se verá nada bien.

—No es mi culpa que tu pasatiempo favorito sea pinchar cubiertas.

—¡Soy una justiciera! —Levanta un puño en el aire.

—Dios mío, esto se está saliendo de control. Por el amor de todos los santos, fíjate si tiene pulso. —La empujo hacia el sillón.

—Ni loca. Hazlo tú. Tú eres la enfermera y la que tiene el interés romántico.

—Fue una cita a ciegas.

—Igual, tienes más relación, y traerlo aquí fue tu idea. ¡Ya lo he tocado con el paraguas! Ya he colaborado con la causa, ahora te toca a ti.

Agito las manos y doy saltitos en el lugar.

—¿Al menos puedes tener listo el desinfectante?

—Eso sí puedo hacerlo. —Suelta el paraguas y toma el envase del estante que está junto al ordenador. La sostiene frente a ella con las piernas separadas y un dedo en el gatillo, lista para atacar—. Bueno, ahora sí. Tócalo.

Me preparo mentalmente, me convenzo de que no estoy a punto de tocar a un muerto, sino que solo voy a tocar a un hombre dormido. Me acerco de a poco, centímetro a centímetro, segundo a segundo, hasta que estoy sobre él. Despacio (y siempre con cara de asco) me estiro para apoyarle dos dedos en su muñeca sin vida…

—¡Puré de patatas! —grita y se sienta derecho. Grito como loca y me caigo de culo.

—¡Satán! —vocifera Jaz y lo rocía con el desinfectante.

Retrocedo sentada en el suelo como si fuera un cangrejo hasta quedar lo suficientemente lejos como para recuperar el aliento después del infarto que me ha provocado.

Me mira con sus ojos de ebrio y, poco a poco, se acomoda en su asiento bamboleándose hacia delante y hacia atrás sin dejar de mirarme. Levanta el dedo índice con languidez y dice:

—Un plato, por favor. —Luego, vuelve a desplomarse en el sofá.

Paralizadas de miedo, recuperamos el aliento y, despacio, nos alejamos un poco más.

—Creo que ya nos podemos quedar tranquilas de que no está muerto, sino muy borracho —suspiro, aliviada, mientras me levanto del suelo y me limpio las manos.

—Lo ha poseído un fantasma. Quizá el antiguo dueño de ese traje. No puede ser nuevo… Lo debe haber rescatado de algún sitio. —Jaz le pasa el paraguas por la pantorrilla—. La tela parece vieja.

—Deja de frotarlo y pásame su billetera, así lo registro y se va de aquí de una buena vez.

La levanta del suelo y me la arroja por el aire. Lo apunta con el paraguas, como si fuera una espada, seguro para protegerse de una nueva demanda de puré de patatas. Mientras tanto, yo abro su billetera de cuero viejo y gastado y extraigo su identificación.

Sawyer.

Ahh, ves, sabía que comenzaba con S.

Me demoro unos minutos, pero, cuando termino de hacer el *check-in*, tomo la llave de la cabaña ocho (que tiene una gran vista a la montaña, porque así de amable soy) y con Jaz nos cargamos cada una un brazo sobre nuestros hombros. Lo arrastramos hasta la cabaña, abrimos la puerta y lo arrojamos a la cama.

Mi compañera arroja la billetera sobre ese cuerpo inerte y respira hondo.

—¿No podrías haber escogido una cabaña que estuviera más cerca?

—Pidió vista a la montaña.

Me fulmina con la mirada.

—Te odio.

—Lo sé —suspiro—. Pero, ey, al menos podemos decir que hemos hecho la buena acción del día. Está a salvo en su cabaña y nadie le ha robado nada.

—Eso es lo que tú crees —dice mientras me muestra un billete de veinte dólares.

—Jaz. —Frunzo el ceño y me estiro para quitárselo de las manos, pero se lo mete en sus pantalones gastados.

—Digamos que es la propina para el botones. Si me disculpan, tengo un hombre esperándome en casa.

—¿Qué? —Me río—. ¿Quién?

Salimos de la cabaña y cierro la puerta con el juego de llaves extra para que nadie pueda entrar (solo por si acaso, ya que la tasa de crímenes es casi nula por aquí) y Jaz se pasa una mano por el cabello.

—El marino que conocí hace dos años. Está de licencia y condujo hasta aquí para respirar un poco de aire fresco.

—Espera… ¿Hunky Hakeem te está esperando en tu casa?

—Sí, y me mandó una foto de él recostado en mi cama, así que tus ganas de ser la Madre Teresa me han estropeado la diversión.

—¿Por qué no me lo dijiste?

—¿Y dejarte sola con *eso*? No. Puedo tener un alma perversa, pero todavía me queda algo de bondad en el corazón. No podría haberte dejado sola. —Volvemos a la recepción y ella se dirige hacia la puerta—. Asumo, ya que no tienes mucha prisa, que Peter no vendrá este fin de semana, ¿no? Sueles estar como loca preparándote para él.

Niego con la cabeza.

—Su turno termina el domingo. Viene el lunes.

—Bueno, al menos tienes con qué entretenerte hasta entonces. —Señala con la cabeza hacia las cabañas del fondo.

—Cuanto menos entretenido sea, mejor. Que te diviertas con Hakeem.

—Oh, lo haré. —Me guiña un ojo y se va.

Cuando sale, trabo la puerta, doy vuelta el cartel que indica que hay lugares disponibles y cierro la oficina antes de subir las escaleras a mi casa.

Los viernes suelen ser mi día favorito. Peter, mi novio, viaja hasta aquí después de un largo turno en la sala de emergencias del Hospital General de Palm Springs. Sully pasa los fines de semana con Tank para darme un respiro, pero el fastidio del padrino fugitivo empañó mis planes de relajación.

Al menos me voy a dormir sabiendo que, para mañana, él y su espantoso traje ya se habrán ido.

CAPÍTULO 2
SAWYER

—**M**uerte —murmuro mientras me miro en el espejo del baño—. Muerte absoluta.

Tengo los ojos rojos y unas ojeras enormes.

El cabello hecho un desastre.

La boca seca, como llena de algodón.

Y la ropa, completamente desarreglada.

Cuando me desperté esta mañana, no sabía ni dónde estaba, cómo he llegado aquí ni qué pasó después de que me tomara un trago en Beggar's Hole.

Todo lo que sé es que todavía tengo la billetera (con veinte dólares menos), las llaves y el teléfono en los bolsillos. Por eso me duele tanto la pierna izquierda. No recomiendo dormir sobre llaves.

Me sujeto del lavabo y respiro hondo varias veces.

Jesús.

Síp, así es la resaca a los treinta y cinco: una delgada línea entre la vida y la muerte.

Me paso la mano por el cabello y regreso a la pintoresca sala de estar de la cabaña. La alfombra verde aceituna no está en el mejor estado, los muebles de roble gastados crujen y las cortinas están desgastadas cerca del dobladillo. No diría que el espacio es sórdido, pero está cerca. Solo le falta una mancha más al suelo.

Esto es lo que los guionistas llamaríamos «una exposición». Un rápido repaso de mi desmayo, el sitio en el que aterricé y esta escenografía como clara metáfora de que he tocado fondo.

Así se ve un hombre lamentable.

Vestido con un traje celeste, con saliva seca en el rostro, ojos rojos y… Un momento, ¿tengo un solo zapato? Busco por la cabaña (despacio) y, mientras estoy gateando, siendo uno con la alfombra verde aceituna, un recuerdo me golpea fuerte en la cabeza.

Me apoyo sobre los talones y suspiro hondo.

He dejado el zapato en la escalera de la iglesia.

Síp, he tenido un momento de Cenicienta bajando esos escalones.

El teléfono me vibra en el bolsillo y me sobresalto. Lo tomo y veo el nombre de mi hermano en la pantalla.

Gruñendo, me recuesto en la cama, pongo el teléfono en altavoz y me lo apoyo sobre el pecho.

—Estoy al borde de la muerte —digo a modo de saludo.

—Así suenas. —La voz de barítono de Roarick resuena en el silencio de la cabaña—. Supongo que querías olvidarte de lo de anoche.

—Algo así. —Vuelvo a pensar en el momento en que me escapé de la boda: los murmullos, las miradas, los suspiros antes de que las puertas de la iglesia se cerraran detrás de mí—. Viejo, anoche…

—No puedo creer que te hayas escapado de la boda.

Hago una pausa y me siento, despacio. Tomo el teléfono y me lo llevo a la oreja.

—¿Cómo lo sabes? ¿Te mandé un mensaje?

—No —responde con cuidado—. Viejo, está por todos lados. Eres el padrino fugitivo. Alguien te filmó huyendo y ha convertido esa escena en un GIF. La indiferencia en tu expresión grita: «Me importa un carajo».

Me presiono las cejas.

—Mierda. ¿Tan mal?

—Bueno…, depende de qué sea «mal» para ti.

—Roarick…

—A ver, estás en todos los programas de noticias. El grito fuera de la iglesia es mi favorito. Sin un zapato, tambaleándote por las escaleras, con tu traje celeste, el cabello rubio, de verdad parecías una Cenicienta moderna.

—Deja ya las bromas.

Pero no le importa. Se sigue riendo.

—Annalisa dice que le has arruinado la boda. Simon jura que no había resentimiento entre ustedes y que hasta te pidió autorización para salir con ella…

—Mentiroso de mierda.

—Sí, lo sé, solo te digo lo que dicen. La prensa se está relamiendo como si fuera la mayor revolución de Hollywood desde el cine sonoro. Luego, por supuesto, los *trolls* de internet photoshopearon el póster de *Novia fugitiva* y reemplazaron la cara de Julia Roberts por la tuya y le cambiaron el título a *Padrino fugitivo*. Está bastante bien hecho. Puede que me haya reído cuando lo vi.

¿Recuerdas cuando hablé de tocar fondo? Creí que lo había alcanzado.

Pero no, *esto* es tocar fondo.

—Mierda. —Me doy vuelta en la cama, tengo náuseas—. Esto no es bueno.

—No te creas. De hecho, parece bastante malo.

—No estás ayudando —gruño.

—No te he llamado para ayudar; sino para ser el afortunado que hablara contigo y te diera las grandes noticias de tu escándalo de dimensiones épicas.

—¿Puedes no llamarlo así?

Ya es bastante malo que mi mejor amigo y mi exnovia me hayan traicionado… y que me haya convertido en tendencia. No hace falta que mi hermano lo llame «escándalo de dimensiones épicas».

Se ríe.

—Pero, en serio, ¿estás bien?

—No. —Me paso una mano por la frente y exhalo, tratando de que la migraña ceda al menos unos segundos—. No quería estar involucrado en un escándalo público. Pero, carajo, ayer perdí el control. A pesar del engaño y la presión de los productores, sonreí y pensé que podría soportar ese circo detestable, hasta que comenzaron a leer los votos. Era tal montaña de mierda que… carajo, viejo, perdí el control.

—A lo grande.

Se podría decir que sí. Pero no hubiera tomado semejante dimensión si no involucrara a la pareja favorita de Estados Unidos. Sí, me duele de solo pensarlo, pero por desgracia es cierto. Y, como estamos hablando de una reina del drama que cree que su dedo gordo del pie debería tener una cuenta de Instagram, esto va a escalar y mi reputación va a quedar arruinada.

A ver, sí, he hecho un escándalo en su boda, pero *yo* era el engañado, así que deberían entenderme, tenerme algo de compasión.

Deberían…

Pero creo que todos sabemos que, dada la impecable habilidad de Annalisa para actuar el llanto, el público no va a interpretar así lo que pasó.

—¿Mamá y papá saben?

—Oh, sí, ya lo saben —dice Roarick y puedo escuchar la risa en su voz.

—¿Están enojados? —Me estremezco. Sí, aunque tengo treinta y cinco, todavía busco la aprobación de mis padres como un niño sobresaliente de doce años.

—A mamá le preocupa tu salud mental, pero papá está más preocupado por el gesto grosero de mostrarles el dedo medio.

—No hay una forma correcta para huir de una boda.

—Según papá, sí. Me la explicó esta mañana, cuando fui a llevarle unas donas antes de ir al campo.

Nuestra familia tiene un viñedo de 180 hectáreas. Uvas blancas, las mejores del sur de California, como le gusta decir a mi papá. También dice que no hacemos vino, sino que cultivamos uvas. Proveen de uvas a las bodegas más exclusivas del sur de California. Hace poco, Roarick comenzó a hacerse cargo de algunas tareas para que mamá y papá tuvieran más tiempo para relajarse… y, aparentemente, practicar el arte de huir de bodas.

—Estoy seguro de que en algún momento me va a dar un sermón al respecto.

—Ya está trabajando en la presentación, que incluye un video en cámara lenta. Creo que vas a quedar impresionado con su habilidad para el manejo de la cámara —dice Roarick—. Entonces…, ¿qué vas a hacer ahora?

—No lo sé. Estoy seguro de que Simon y Annalisa van a exprimir hasta la última gota de atención, lo que va a convertir mi vida en un infierno.

—Ah, por los pocos reportajes que he visto, puedo decir que tu apartamento está invadido. Está lleno de paparazis acampando.

—Sí, no pienso regresar en este momento. —Miro la cabaña, noto el silencio del lugar: solo se oyen los pájaros en la distancia.

—¿Dónde estás ahora?

—Eh…, en un sitio que se llama Canoodle.

—¿Canoodle? Espera, ¿eso no es en las montañas de San Jacinto? Me parece que a mamá y a papá les gusta un restaurante de alitas allí. Paran siempre que volvemos a Palm Springs después de visitarte.

—Sí, me suena. Paré aquí porque vi un bar mientras conducía y me pareció una muy buena idea beber hasta perder la conciencia.

—Es comprensible. Estoy seguro de que cualquier persona hubiera hecho lo mismo si estuviera en tus zapatos. Bueno, *zapato*. Aunque, por cómo te oyes, cualquiera diría que te has bebido el bar entero.

—Así me siento. —Suelto un suspiro—. Ahora estoy en una especie de cabaña. No tengo idea de cómo he llegado hasta aquí.

—Viejo, eso es aterrador.

—Dímelo a mí. Es muy perturbador despertarse en un lugar desconocido sin saber cómo has llegado. También fue perturbador cuando no recordaba dónde había dejado el otro zapato. Pero nada me da tanto miedo como volver a Los Ángeles.

—Creo que tienes razón, sería servirte en bandeja a los lobos hambrientos y despiadados conocidos como «periodistas de espectáculos». ¿Por qué no te escondes en el viñedo un tiempo?

Niego con la cabeza aunque no pueda verme.

—No creo poder lidiar con mamá y papá en este momento. Los chistes incesantes de papá y la permanente necesidad que tiene mamá de abrazarme contra sus… *senos*, no creo poder soportarlo.

Roarick se ríe.

—Ahora que lo mencionas, esta mañana he visto a mamá apretando una foto tuya contra su pecho. Podría ser inteligente mantenerse alejado.

Me levanto de la cama y camino hasta la ventana para abrir las cortinas. El sol atraviesa el vidrio con un brillo abrasador y me encandila unos segundos, hasta que mis pupilas se acostumbran, pero también me provoca cierto alivio. A pesar de la intensa claridad, puedo apreciar el paisaje: un enorme lago se extiende en toda su calma frente a mi cabaña, rodeado de montañas gigantes cubiertas de pinos.

Lo primero que se me viene a la mente: paz.

Lo siguiente que se me viene a la mente: escondite.

Aquí nadie va a encontrarme.

Puede que este sea el mejor sitio para lamer mis heridas.

Respiro hondo y siento cómo se afloja una tensión en el pecho que ni siquiera había sentido hasta ahora.

Síp, me parece que, borracho, he caído en un paraíso.

—¿Sabes qué? Creo que mejor me esconderé aquí por un tiempo.

—¿En Canoodle? —pregunta Roarick con obvia estupefacción—. Viejo, las alitas de pollo son ricas, pero ¿para tanto?

—Es mejor que volver a mi casa o tener que lidiar con mamá y papá.

—¿Tienes ropa al menos?

Bajo la vista hacia los pantalones del traje y el calcetín celeste lleno de tierra.

—Eh, hablando de eso… ¿Tienes ganas de hacerle un favor a tu hermano?

—No.

—Roarick…, por favor.

Suspira.

—¿Qué necesitas?

* * *

Debería haberlo pensado mejor cuando me fui de la iglesia, antes de comenzar a conducir, porque tener que hacer esta entrada triunfal en la recepción llevando un traje celeste y un solo zapato atenta contra el poco orgullo que me queda.

Esto es tocar fondo.

Sé que no dejo de decirlo, pero la situación se entierra más y más en el lodo.

Antes de salir de la cabaña, me acomodé la camisa arrugada para que se viera un poco más presentable; la arremangué hasta el codo y me la metí dentro del pantalón. No había nada que hacer con el color de los pantalones ni con el zapato solitario más que hacerme cargo, así que me pasé un poco de agua por el cabello para aplastar los mechones rebeldes y salí de la cabaña.

A mediados de julio, en las montañas el sol calienta como si estuvieras caminando encima de él, y los dos mil metros de altitud no colaboran mucho. Solo se encuentra sosiego bajo la sombra de los enormes pinos y de los robles negros de California. Pero, a pesar de estar bajo sus ramas y de la leve brisa que corre, gracias a la resaca siento un dolor punzante en la cabeza con cada paso inestable que doy hacia la recepción.

Avanzo por el sendero de cemento roto junto a una rama caída que reposa frente al azul prístino del lago y abro la puerta de barniz descascarado que lleva a la recepción. Este lugar no está en el mejor estado.

Una campana suena sobre mi cabeza y, cuando mis ojos se acostumbran al interior, veo el espacio a medio renovar: la alfombra color aceituna hace juego con la de mi cabaña; sillones de madera y cuero ajados y manchados, tanto que son casi imposibles de usar, y la pared junto a la chimenea, que está mitad empapelada y mitad descubierta.

No es la mejor primera impresión.

Pero ¿quién soy yo para quejarme? ¿Acaso no me he visto en el espejo?

—¡Ya voy! —exclama una voz femenina desde el fondo. Mis ojos siguen el sonido hasta una escalera detrás del mostrador.

Avanzo hacia el escritorio y veo un ordenador que debe ser de los noventa. Detrás descansa una impresora cubierta por una gruesa capa de polvo que me hace pensar que no funciona en absoluto. Pero lo que en verdad me llama la atención es el letrero que está sobre el mostrador:

«Te damos la bienvenida a La Caverna de Canoodle. Sully, mi abuelo, es el dueño de estas cabañas, pero le diagnosticaron Alzheimer de grado medio. Por favor, sé amable y paciente mientras atravesamos las renovaciones y nos ocupamos de cuidarlo».

Bueno, eso explica el empapelado.

—Hola, ¿en qué puedo ayudarte? —Una mujer aparece detrás de la pared que cubre la escalera y, cuando me ve, se le tensan los hombros y baja los escalones despacio—. Ah, ¿cómo has dormido?

—Eh, bien —respondo, intranquilo. Me reconoce, pero yo no tengo idea de quién es.

Aunque, la verdad, me gustaría recordarla porque, guau…, es…, eh…, increíblemente bella.

Tiene el pelo largo, color avellana y atado en una gruesa cola de caballo. No tiene rastros de maquillaje, pero las pestañas negras y gruesas hacen que el azul océano de sus ojos resalte en su bello rostro con forma de corazón. En la mejilla derecha tiene una peca pequeña pero pronunciada, justo en el centro de su hoyuelo. Y, mientras se acerca al mostrador, llego a ver que se le ha saltado el barniz de uñas rojo, algo que Annalisa jamás hubiera permitido pero que a mí me resulta adorable.

Acomoda un taburete y toma asiento.

—Me alegro. La verdad es que cuando te desmayaste no estábamos seguras de si te habías muerto o no.

Genial, ¿*ella* me ha visto borracho? Por supuesto que sí, porque así es la vida. Cuando crees que no podrías ser más desgraciado, la vida aparece con su sentido del humor y dice: «¿Por qué no pasar vergüenza delante de la atractiva dueña de las cabañas?».

Ya es bastante difícil intentar conservar algo de orgullo llevando puesto un solo zapato; saber que me ha visto intoxicado lo vuelve prácticamente imposible.

—Yo, eh, ¿me desmayé? —pregunto, rascándome la nuca e intentando hacerme el tonto porque eso seguro mejora las cosas.

Por Dios, Sawyer.

Apoya los brazos sobre el mostrador y asiente.

—Oh, sí, en ese mismísimo sofá. —Señala el sofá desvencijado—. Eso fue después de que mi amiga Jaz y yo te arrastráramos hasta aquí desde el bar. Fue un trayecto complicado. —¿Me arrastraron? Joder, eso explica el calcetín sucio—. Por suerte te metimos en la cajuela de la camioneta de Jaz y solo tuvimos que cargarte desde el estacionamiento y luego, claro, hasta tu cabaña.

Ajá, síp, son gotas de sudor las que me recorren la espalda como navajas por la vergüenza.

—Mierda. Eso, eh, es humillante. Lo siento.

Se encoge de hombros.

—Jaz tomó veinte dólares de tu billetera como propina.

Bueno, tiene sentido.

—Me di cuenta de que me faltaban. Diablos, siento que les debo más.

Inclina la cabeza hacia un costado y me pongo nervioso bajo su mirada.

¿Sabrá?

¿Sabrá quién soy?

¿Sabrá que hace solo doce horas he huido de una boda y he dejado al novio y a la novia plantados en el altar?

Roarick me dijo que mi escándalo de dimensiones épicas era

tendencia, así que, si ella tiene algún tipo de red social, sabe quién soy y por qué estoy aquí. Si el deplorable estado en el que estaba anoche no me delata, entonces lo hace el traje celeste.

—Ha sido un error de cálculo —me oigo decir bajo su mirada azul.

Entrelaza las manos.

—¿Qué cosa?

—Irme de la iglesia así, tendría que haber…

Alza las manos, porque cree que voy a hacer una confesión muy personal e incómoda, y me interrumpe:

—No tengo idea de qué estás hablando y no tienes que aclarar nada. —Va al viejo ordenador y mueve el ratón, seguro para desbloquearlo—. Todos podemos tener un mal día. Te hago la factura por la noche. Supongo que no hubo daños…

—¿Factura? Ah, en realidad quería quedarme más tiempo.

Me mira, sin soltar el mouse.

—Quedarte…, eh, ¿quedarte más?

—Sí. —Le doy unos golpecitos al mostrador con los nudillos—. En este momento estoy buscando un escondite. —Como no tiene idea de por qué, no doy más detalles—. ¿Cuánto cuesta la estadía extendida?

—Exten… Eh, extendida —dice y pestañea a toda velocidad mientras tartamudea—. ¿Qué tan extendida?

—No estoy seguro —respondo—. Como mínimo un par de semanas. —Eso debería darme tiempo para que se calmen las aguas.

—Ah, guau, bueno. —Mira el ordenador—. Bueno, estamos en medio de una remodelación, así que puede que este no sea el mejor lugar para hospedarse. De hecho, vamos a cerrar un tiempo para no correr el riesgo de que se lastime algún huésped. En el pueblo hay algunas casas en alquiler que serían una mejor opción.

—No necesito una casa. La cabaña está bien. Y tengo experiencia con remodelaciones. Si te preocupa que pueda lastimarme…

—Levanto una mano y la muevo de arriba abajo para mostrar mi orgullo herido—. Estoy seguro de que no será peor que esto. Te firmaré una exención de responsabilidad si lo necesitas.

El silencio se instala entre nosotros mientras me observa, inmóvil. No pronuncia ni una palabra, solo... me mira. Pestañea un par de veces.

—Eh, ¿todo bien? —le pregunto.

—Sí, claro, por supuesto. —Vuelve la mirada al ordenador—. Yo, eh, solo estaba pensando. Déjame ver. —Hace clic algunas veces y me apoyo sobre el mostrador; llego a ver que la pantalla sigue apagada. Con una calma forzada, se estira para encender el monitor, que por fin se ilumina—. Déjame ver unas cosas más. —En realidad, esperar a que el ordenador cobre vida—. Parece que tenemos lugar, pero va a haber mucho ruido.

—Como te decía, estoy acostumbrado a las construcciones. —Apoyo la mano sobre el mostrador—. Entonces, ¿todo en orden? ¿Necesitas mi tarjeta o ya está registrada?

—Ya está registrada. —Alza la vista y me mira—. ¿Estás seguro de que te quieres quedar? Estamos con muchas cosas.

—Me doy cuenta. —Miro el caos a mi alrededor—. Pero estoy seguro. Me quedo. Te avisaré cuando esté por irme.

Me alejo del mostrador y estoy caminando hacia la puerta cuando recuerdo... Desayuno, ropa, algunas necesidades, tal vez encontrar mi automóvil.

Me giro hacia ella.

—Eh, ¿hay algún sitio donde pueda comprar algo de ropa? Y un cepillo de dientes. Ah, y dos zapatos iguales.

Me mira de arriba abajo. De verdad me pregunto qué pensará de mí esta desconocida.

—Que el bosque te acompañe.

¿Qué?

—Eh..., ¿a ti también? —respondo sin estar seguro de qué quiere decir.

Se ríe, pero su risa suena forzada, nerviosa.

—No, es el nombre de la tienda de regalos del pueblo. Tienen algo de ropa en el fondo. Y Pine Pantry es el supermercado, allí encontrarás todo lo que necesitas. Tu automóvil sigue en el bar, así que vas a tener que caminar, pero Strawberry Lane es el centro del pueblo y todo se despliega en círculo a su alrededor. Si sales por la puerta principal, solo tienes que doblar a la derecha y seguir el sendero. El mercado está a tu derecha y el bar a tu izquierda, pasando Juan Juan Tacos y, después del gazebo, vas a ver Pine Pantry. Sigue el círculo y regresarás aquí.

—Genial. —Asiento—. Gracias. —Se oye bastante sencillo.

Sin más, salgo de la recepción hacia la no muy concurrida acera de Canoodle, California. Hora de arrancarme este traje y olvidarme de las malas decisiones de ayer.

***

—¿Por casualidad tienes algo que no diga «Canoodle» en el trasero? —le pregunto a la empleada de la tienda mientras le muestro unas bermudas. Solo necesito algo para hoy porque a la noche Roarick me traerá mis cosas, pero parece que en esta tienda no hay nada que no invite a los desconocidos a gritarle «Canoodle» a mi trasero.

—Por desgracia, ese es el modelo que más se vende, así que lo seguimos trayendo, lo siento —responde la anciana, mirándome. Tiene el pelo gris tan largo que casi le llega a la cadera—. Pero déjame decirte que es mejor que lo que traes puesto.

Le sonrío a pesar de la agresión.

—Supongo que cualquier cosa es mejor que este traje, ¿no?

—Una abominación —dice antes de darse la vuelta para regresar al mostrador.

No le encanta.

Entendido.

Tomo unos pantalones cortos con letras rojas en el trasero y recorro las camisetas para intentar encontrar una de mi talla. La ganadora es una negra con la inscripción «Que el bosque te acompañe» en el pecho y debajo «Canoodle, California». Y, para mi fortuna, también venden sandalias, así no tengo que seguir cojeando con un solo zapato. A pesar de costar diez dólares y estar hechas de pésimos materiales, son bastante cómodas.

Me pruebo todo en el cambiador, le quito las etiquetas y voy hacia el mostrador, donde le entrego la ropa a la anciana para pagarla.

—En general preferimos que los clientes le quiten la etiqueta a la ropa después de pagar.

—Créeme, no tengo problemas de dinero. —Le entrego la tarjeta de crédito.

Se queda mirándome.

—¿Por qué demonios habría de creerte? Lo único que sé de ti es que tienes una tendencia a arruinar bodas.

Ah, bueno, ese es el motivo de su rechazo.

Y yo que pensaba que aquí pasaría desapercibido. Parece que se me ha acabado la suerte.

Me inclino hacia delante.

—Técnicamente, ella se iba a casar conmigo.

—¡Ja! —exclama la señora y me arrebata la tarjeta de crédito de la mano—. ¿En qué universo? Simon Fredrickson es una leyenda entre los hombres; tú no eres más que un tipo con nariz torcida.

Qué atrevida.

Me llevo la mano al pequeño bulto que tengo en el puente de la nariz, un recuerdo de la infancia, cuando me caí del triciclo de boca y rodé por una escalera de concreto.

Como guionista, describiría mi nariz como un rasgo carismático que me distingue del resto. Algo memorable que me vuelve un poco imperfecto para que los espectadores puedan identificarse conmigo.

Pero parece que nuestra querida amiga de la tienda no tiene la sofisticación necesaria para entender la clase de impacto interesante que puede ofrecer una imperfección.

—Aporta encanto —digo con los dientes apretados.

—No es la clase de encanto que puede conquistar a Annalisa Morton. —Alza la barbilla, orgullosa de su insulto estéril.

Y por supuesto que su antipatía solo dispara mis inseguridades.

—Déjame decirte que hemos salido durante cinco años antes de que me engañara con Simon. —Síp, lo dije.

Termina de cobrarme y me entrega el recibo.

—Querido, si vas a quedarte en este pueblo, te conviene no esparcir mentiras.

¿Esparcir mentiras?

¿Cree que yo soy el que esparce mentiras?

Aprieto los dientes y los puños con frustración.

Y entonces me doy cuenta… ¿Qué sentido tiene?

Otra vez la misma historia: sin importar lo que diga, va a creerle más a lo que lea en internet.

Hora de seguir adelante.

Tomo el recibo, pero no acepto una bolsa.

—Que tengas un día maravilloso… —entrecierro los ojos para leer el nombre escrito en su gafete— Uma. —Con una última sonrisa apretada, me retiro de su tienda y dejo que la puerta se cierre con fuerza a mis espaldas.

Ojalá hoy a Uma se le llene la boca de aftas. Síp, estoy echando un maleficio sobre una anciana mientras tengo la palabra «Canoodle» escrita en el trasero.

¿Hace falta que volvamos a hablar de tocar fondo? ¿O nos podemos poner de acuerdo en que estoy cavando mi propia fosa?

Con la ropa hecha un bollo en una mano, voy hacia la playa de estacionamiento de Beggar's Hole, donde veo mi automóvil.

No tengo recuerdos de este pueblo anoche, solo del cartel de neón rojo que dice «BAR». Me llamó la atención y el resto es historia.

Pero ahora que estoy aquí a plena luz del día, veo todo el pueblo con claridad, desde los árboles que dan sombra hasta el prístino paisaje junto a la acera. Los edificios dan una sensación de lejano oeste con sus arquitecturas de falsas fachadas con techos a dos aguas. Los costados de los edificios están descascarados y despintados o recubiertos con ladrillos golpeados. A pesar de las señales de envejecimiento, las fachadas están inmaculadas, con ventanas de vidrio repartido y marquesinas delicadas. Excepto Beggar's Hole.

En lo que asumo es la entrada del pueblo, a juzgar por el flujo del tráfico, descansan dos grandes formaciones rocosas que parecen acunarlo en su calor pétreo mientras los pinos se extienden hacia el cielo, ofreciendo una imagen de ensueño.

Es bastante impresionante. Tan impresionante que me hace olvidar el altercado con Uma, o al menos hace que no me importe tanto.

Cuando llego a mi automóvil, lo abro y arrojo la ropa en el asiento del acompañante. Debería ofrecérsela a los acampantes para que alimenten el fuego, no creo que la vuelva a usar.

Salgo del estacionamiento y conduzco la corta distancia que me separa de Pine Pantry, que desde afuera parece más una pulpería que un supermercado. Tiene dos plantas, falso frente cuadrado y una cornisa elaborada que se extiende paralela al techo. Desde ya que no es un supermercado convencional.

Después de estacionar, me bajo del auto y camino hacia la tienda. Está agradablemente refrigerada y me transporta de nuevo a la civilización. Desde donde me encuentro, siento como si en cualquier momento Clint Eastwood fuera a aparecer a mi lado con un arma cargada para preguntarme si quiero probar suerte…

La respuesta sería que no.

Con estos pantalones no.

CAPÍTULO 3

FALLON

—¿Cómo está tu amante? –pregunta Jaz al entrar a la recepción. Lleva puestos unos pantalones cortos desflecados y salpicados de pintura y una camiseta del concierto de Wynonna Judd que convirtió en top. Recuerdo el día que fuimos a ese concierto. Estábamos en la secundaria y le rogamos a Tank que nos llevara. Dijo que no, varias veces, pero el día del concierto agitó unos boletos delante de nuestras narices como sorpresa y fue víctima de nuestras horribles voces cantando a los gritos durante todo el viaje ida y vuelta a Anaheim. Jaz se compró la camiseta y yo una taza que lamentablemente perdí.

—¿Puedes no decirle así? –susurro fuerte.

Mira a su alrededor. Estamos solas.

—¿Por qué me callas? No está su automóvil, se ha ido.

—Eh, puede que se haya ido de tu bar, pero me pidió extender su estadía aquí.

—¿A qué te refieres?

—A queee… –estiro las palabras– se va a quedar más tiempo del que esperábamos. Mucho más.

–¿En serio? –Se ríe–. Qué suerte tienes. ¿No te parece perfecto? Un viejo amor que se aparece en tus cabañas.

–*No* es un viejo amor. –Apoyo el rollo de papel tapiz que estuve intentando emparchar. Si no estuviera tan comprometida con el plan de renovación de Sully, habría abandonado por completo la misión hace semanas, pero la culpa me llevó a espiar los bocetos que había hecho en su cuaderno, así que aquí estoy, empapelando la recepción con una trama escocesa en blanco y negro–. Esta mañana vino muy suelto de cuerpo buscando hospedaje permanente pero temporal.

–Me parece que eso no existe.

–Sí que existe –disparo–. Le reservé la cabaña por tiempo indeterminado después de intentar convencerlo de que se buscara otro sitio.

–¡¿Y se quiso quedar en este palacio!? –dice con los brazos abiertos–. No puedo imaginarme por qué no querría. Esto es lo que yo llamo lujo.

–No estás ayudando.

–¿Alguna vez me has visto ayudar? –Esboza una sonrisa maliciosa.

–Anoche.

Se deja caer en el sofá ajado, deja una pierna colgando de apoyabrazos y se pasa la mano por el cabello.

–Me agarraste en un momento de debilidad.

Tomo asiento en la silla junto a ella y subo los pies a la mesa de café.

–Estoy molesta.

–Me di cuenta. ¿Porque Peter no vino anoche?

–Mi vida no gira en torno a un hombre.

Jaz resopla.

–Tu vida entera gira en torno a un hombre, literal.

–Pero no *románticamente* –aclaro.

–Entonces, ¿por qué estás tan molesta? ¿Porque la cita a ciegas se quedará más tiempo aquí?

Jugueteo con un hilo de mis pantalones cortos.

—Algo así. Es como: «Sigue con tu vida, viejo. ¿Por qué estás aquí?».

—¿No has entrado a ninguna red social esta mañana?

—No, no estoy tan metida en esas cosas como tú.

—Quizá deberías... —Toma el teléfono, toca la pantalla un par de veces y me lo muestra—. Tu amigo se ha fugado de la boda del año.

Avanzo hasta el borde del asiento y le quito el teléfono de las manos. El título de la nota es «Padrino fugitivo: cómo Sawyer Walsh se ocupó de destruir el cuento de hadas que él mismo creó».

Debajo del título hay una foto de él, plantando al novio y a la novia en el altar.

—Ay, por Dios. —Se me escapa una risita—. Es un poco psicótico.

—¿Te parece? —Jaz saca la navaja abatible que siempre lleva en el bolsillo—. No es ni la mitad de lo que hice cuando Brad me engañó. —Ah, Brad. Todavía recuerdo la furia helada en los ojos de mi amiga cuando lo atrapó engañándola con una turista. Digamos que a Brad no le fue sencillo irse del pueblo... No solo porque tenía las cubiertas del automóvil pinchadas, sino porque les arrancó la suela a todos sus zapatos.

La observo.

—Esto es diferente. Esto... esto es una crisis mental.

—Ah, sí. Entiendo por qué se queda aquí. Tu amante no quiere regresar a casa y enfrentar la tormenta de prensa que provocó. Deberías ver la entrevista que les hicieron a Simon y a Annalisa. Nunca vi nada tan... absurdo, pero, Dios, no podía dejar de mirarla. Las lágrimas. El temblor en la voz de ella. El drama. Honestamente, parece una serie. Ya quiero ver el segundo episodio.

En eso se abre la puerta de la recepción, el sol nos encandila un momento y entra Sawyer con una bolsa de compras y ropa de Canoodle. Parece que ha encontrado la tienda de recuerdos.

—Quizá veamos el siguiente episodio ahora mismo —teoriza Jaz, abriendo su navaja.

—Ey. —Sawyer alza la mano—. Encontré las tiendas y mi automóvil. Gracias.

—Qué bueno —digo mientras pasa al lado de nosotras—. Me alegra que te hayas podido quitar ese traje.

—El *pueblo* se alegra por eso —agrega Jaz—. La próxima vez que se te ocurra irrumpir en un bar, ponte algo que no ofenda los ojos de todos los presentes.

Sawyer la mira.

—Te veo cara conocida.

—Deberías recordarme. Ayudé a traer hasta aquí tu trasero abatido.

—Jaz, sé amable.

—Estoy siendo amable —asegura—. Podría decir cosas mucho peores.

Es verdad, podría; no tiene ningún tipo de filtro.

—Bueno, entonces, gracias —dice Sawyer con sinceridad—. Valoro mucho que me hayan cuidado anoche. Yo estaba en muy mal estado y, en lugar de dejarme afuera, me trajeron a un lugar seguro para que pasara la noche. Estoy en deuda con ustedes.

—Qué bueno que lo veas de ese modo —espeta mi amiga juntando las manos.

Antes de que comience a enumerarle todas las cosas que le gustaría recibir como agradecimiento, intervengo:

—Es lo que hacemos en Canoodle: ayudar a la gente. No hay necesidad de darnos las gracias.

Nos miramos a los ojos un instante, cosa que hasta ahora había evitado. Mi mirada siempre había bailado alrededor de su rostro haciendo como que lo miraba, pero en realidad me enfocaba en el bulto de su nariz, en el grosor de su cabello y hasta en la ligera línea de expresión debajo de su ojo.

Pero ahora que nuestras miradas se encuentran, no siento nada.

Bueno, no es del todo cierto. Me da un poco de pena; parece que el karma lo ha alcanzado y ahora tiene que hacerse cargo.

Desvía la mirada, se aclara la garganta y abre la bolsa que tiene en la mano.

—Bueno, no es mucho, pero la chica de Pine Pantry dijo que a los locales les encantan estas. —Toma de la bolsa un paquete de veinticuatro galletas de manteca sabor fresa con las que estamos obsesionadas.

Antes de que pueda ofrecérnoslas, Jaz se las arrebata de las manos y acaricia el paquete mientras mira a Sawyer.

—Prefiero que me regalen cuchillos, pero las voy a aceptar. —Lo señala con un dedo—. No creas que me has conquistado, me sigues pareciendo un imbécil. —«Imbécil» es un poco exagerado.

Aunque apuesto a que tiene la palabra «Canoodle» estampada en el trasero; una elección de vestuario bastante digna de un imbécil. A nadie podría quedarle bien, pero es mejor que el traje que tenía antes.

Ah, y miren, ha encontrado calzado. Me pregunto si creerá que esas cosas le quedan bien.

La expresión en su rostro es una mezcla de humor y confusión.

—Déjame adivinar… ¿Has visto la noticia?

—Difícil no hacerlo —asegura Jaz mientras abre el paquete y toma una galleta—. ¿Para qué fuiste a la boda si ibas a dejar plantados al novio y a la novia en medio de la ceremonia? Bastante miserable de tu parte, si quieres mi opinión.

Cuidado, Sawyer, unas deliciosas galletas no bastarán para aplacar a mi mejor amiga.

—La historia es mucho más larga de lo que deben estar diciendo los medios. —Mueve los pies, se lo ve muy incómodo.

—Bueno, ya que no tenemos nada que hacer… por favor, cuéntanos. —Jaz hace un gesto con la mano para que se explaye.

Quiero liberarlo, no porque me preocupen sus sentimientos ni nada de eso, sino porque no hay razón para que pase tiempo con nosotras, así que decido interrumpir antes de que comience el relato:

—En realidad, sí tenemos mucho que hacer, no podemos quedarnos charlando. Pero, Sawyer, si necesitas algo, avísame. Que disfrutes tu estadía.

Me mira y puedo detectar un rastro de dolor en sus ojos. No estoy segura de si es por mi rechazo o por la mención de la boda, pero, de cualquier forma, no pienso profundizar. Tenemos una incómoda historia en común y, aunque él no lo recuerde, no me hace mucha gracia tener que pasar tiempo juntos. Aunque sigo diciéndole a Jaz que todo estuvo bien en nuestra cita, me avergüenza que, primero, me haya ignorado y que, segundo, no recuerde en absoluto quién soy. No quiero tener que pensar en eso cada vez que lo tengo cerca.

—Sí, seguro están muy ocupadas. —Observa la recepción vacía y silenciosa—. Pero solo quería darles las gracias. Y, eh, no sé sus nombres.

—Yo soy Jazlyn —dice mi amiga con la boca llena—. Todos me dicen Jaz, pero preferiría que tú me llamaras Jazlyn, ya que no somos amigos, a pesar de las galletas. Y ese rayo de sol que está ahí es Fallon.

Los ojos de Sawyer encuentran los míos y frunce el ceño mientras me observa unos segundos.

¿Me reconoce?

Dios, espero que no.

—¿Le ves cara conocida? —pregunta Jaz de un modo muy evidente.

—Jaz, cállate —espeto con los dientes apretados; ella se ríe y le da otro bocado a su galleta.

—¿Debería? —pregunta Sawyer, confundido.

—Uuufff, te estás cavando tu propia fosa, Julia.

—¿Julia? —repite mientras me pongo de pie y lo acompaño hasta la puerta trasera de la recepción.

—Sí, ya sabes, Julia Roberts de *Novia fugitiva*. Creo que te queda bien.

Lo empujo hacia la puerta.

—Ignórala… Odia a todo el mundo. Que tengas una linda estadía. —Abro la puerta y le doy un golpecito con la cadera y cierro la puerta de un portazo a sus espaldas—. Por Dios, Jaz, ¿qué carajo te pasa?

Suspira.

—¿Qué? Por fin tenemos algo de drama en este pueblo. ¿Por qué no puedo aprovechar el momento?

—Porque no quiero que sepa que tuvimos una cita a ciegas. Quiero olvidarme de eso, ¿sí?

—¿Por qué no quieres que lo sepa? Podría ser divertido.

—Tengo mejores cosas que hacer que agarrármelas con alguien que está de paso. Necesito enfocarme en terminar con este papel tapiz antes de que Sully regrese de lo de Tank, y antes de que llegue Peter. Valoraría mucho que mi amiga me ayudara, pero, si no vas a ayudar, toma tu mitad de las galletas y vete.

Gruñe y se levanta del sofá. En silencio, camina hacia el empapelado y comienza a presentarlo. Mientras lo hace, preparo la pared y junto las herramientas que necesito.

Trabajamos en silencio un rato hasta que dice:

—Hablaste de la mitad de las galletas. Entonces ¿no quieres saber nada con él pero aceptarás su regalo?

La miro desde mi lugar en el suelo.

—Puede que no quiera tener nada que ver con él, pero son galletas de manteca sabor fresa. No soy idiota, Jaz.

Su risa retumba en el pequeño espacio y, juntas, terminamos de empapelar la pared.

CAPÍTULO 4
SAWYER

Roarick

Estoy cerca. Me debes una.

Miro el mensaje de mi hermano mientras agito la pierna con ansiedad.

Estoy así desde que leí los títulos de los periódicos.

Cosa que me había dicho a mí mismo que no haría.

Que la narrativa distorsionada de los medios me iba a hacer quedar mal y solo conseguiría enfurecerme.

Entonces, me mantuve alejado.

En lugar de quedarme viendo las redes como un idiota, fui a dar un paseo por Strawberry Lake. Quedé maravillado con las formaciones rocosas levemente fálicas que rodean el pueblo. Riscos de granito gris con laderas suaves y cumbres redondeadas, casi imposibles de escalar. Intentarlo sería buscar problemas.

Con toda la amabilidad de mi corazón, le di un trozo de pan a un pato y solo conseguí que me persiguiera endemoniado hasta que encontré una rama para espantarlo. Dio pelea y dejó bien en claro que es el alfa del lago. Considerando el ruido que hacía su pico al cerrarse, lo tomé en serio.

Después de eso, decidí que había tenido suficiente naturaleza para un día y me retiré a mi cabaña donde abrí el libro de palabras cruzadas que había comprado en Pine Pantry y resolví tres páginas (solo miré las respuestas cinco veces… por página) y, cuando ya no aguanté más, recién ahí abrí el buscador de mi teléfono. Primero, me dije que era para ver las noticias, qué se estaba vendiendo en Hollywood, pero, de algún modo, al final busqué mi nombre.

Y ahí estaba. Claro como el día. Una foto mía con cuernos de demonio en el momento en el que les muestro los dedos medios al novio y a la novia, quienes por supuesto tienen cara de horror. Si mirara la escena desde afuera, pensaría: *Guau, ese tipo es el peor.*

El peor padrino del mundo.

¿Mejor amigo? Quizá de Lucifer.

Está claro que la foto me condena.

¿Y el artículo que la acompaña?

Brutal.

Usaron términos como «celoso», «verde de envidia», «ictérico por la necesidad de ser el centro de atención».

¿Ictérico?

¿No encontraron una mejor palabra?

Los titulares negativos y los cuernos de diablo ya son bastante malos, pero ¿usar la palabra «ictérico»? Es patear en la entrepierna a un hombre que ya está en el suelo.

Me suena el teléfono y espero que sea Roarick para avisarme que ya está aquí, pero cuando veo el nombre de mi manager en la pantalla, juro que puedo sentir cómo se me frunce el escroto.

Mierda.

Conociendo a Andy, no va a dejar de llamarme hasta que le responda, así que mejor me lo saco de encima.

—Ey, Andy —saludo y tomo asiento en la cama.

—Sawyer, ¿qué tal, viejo? —Su voz chorrea sarcasmo puro y duro. Síp, estoy a punto de recibir un sermón.

—¿Hace falta que preguntes? Ya debes haber leído cómo estoy.

—De hecho, me gustaría oírlo de ti.

—Bueno, bastante bien si considero que no terminé de escuchar los votos de mierda de Annalisa.

—Sawyer. —Su voz firme retumba a través del teléfono y me estremezco—. ¿Te das cuenta del daño que has hecho?

—¿Daño? Yo no lo llamaría daño. Parece que Annalisa está recibiendo más publicidad y atención de la que podría haber imaginado. Estoy seguro de que debe tener la agenda ocupada para contar la historia en medios de mala muerte durante todo el próximo mes.

—¡Me refiero al daño para *tu* carrera; yo tengo que cuidarte a ti, no a ellos! —exclama casi a los gritos. Sabía que iba a estar molesto, pero no pensé que tanto.

—Ah. —Me rasco la nuca—. Bueno, espero que no mucho.

Suspira.

—Los ejecutivos de Movieflix me han llamado. No están contentos. ¿Cómo puede ser que su guionista estrella, el tipo que escribe los romances más poéticos que se hayan visto en la pantalla, destruya una boda en la vida real? Va en contra de todo lo que has escrito.

Muy buen punto y, de nuevo…, mierda.

—Ey, les he ofrecido unos thrillers para diversificar, no es mi culpa que no les hayan interesado. Toda esta debacle hubiese sido excelente publicidad para un thriller o una película de suspenso. «Padrino comete asesinato en masa en una boda». Dime si esa no es un excelente *claim* de venta.

—¡Sí que lo es! —grita Andy—. Pero no eres famoso por los thrillers, Sawyer. Eres famoso por el romance, por las historias que se desarrollan en pueblos pequeños, que van directo al corazón. Eso es lo que la gente quiere de ti, y este pequeño escándalo que has montado no va bien con eso.

Sí, es lo que la gente quiere de mí. Antes de que Annalisa me engañara, tomaba algún artículo con el que me encontraba en las noticias que tuviera cierto condimento humano interesante, por ejemplo… una reunión de hermanos, y cambiaba la trama a una en la que se cruzaran tres arcos narrativos donde cada hermano encontraba al amor de su vida. Con elementos cómicos y sensibles, creaba una película que dejaba a los espectadores llorando de alegría.

Pero la desilusión que he sufrido destruyó mi cursi y romántico corazón. Ahora estoy preparado para matar al novio y a la novia en la primera escena y asegurarme de que nunca consigan su «felices por siempre».

¿Eso quiere decir que nunca podré volver a escribir romance? Por supuesto que no; son mi pan con mantequilla. Pero perdón por necesitar un puto minuto para recomponerme.

—Por favor —gruño—. Esto tiene que ayudar de algún modo. No hay duda de que la atención que están recibiendo Simon y Annalisa es excelente para la película.

—Sí, pero la prensa está poniendo el acento en que tú has escrito el guion, y a Movieflix le está costando lograr que su guionista estrella no se vea como un ermitaño amargado. Necesitan mantener la credibilidad de tus películas, y esta rabieta no ayuda.

—No fue una rabieta —protesto—. Es solo que… Mierda, Andy, no aguantaba más. Desde el comienzo me dijeron que me la aguantara, que no debía afectarme el hecho de que mi novia me hubiera engañado con mi mejor amigo… delante de todos. Que hiciera como si nada hubiera pasado. Me dijeron que sonriera y que fuera un padrino encantador. Y lo hice. Lo intenté. Hice a un lado el dolor y la furia por el bien de la película. Pero ahí parado, escuchando sus mentiras…

perdí el control. ¿Me arrepiento? Quizá un poco. Pero también me alegra que por fin pude defenderme.

Andy suspira.

—No era el momento para defenderte, Sawyer.

Cada vez más frustrado, me levanto de la cama y camino de un lado a otro de la cabaña.

—Andy, tú tienes hijos. Déjame decirte esto: si lastimaran a alguno de ellos, si les rompieran el corazón, si la persona con la que creyeron que se casarían los engañara, ¿podrías sentarte y decirles que se lo aguanten?

Se queda en silencio y sé que he tocado una fibra sensible; Andy es un hombre de familia.

Nos conocimos en una cafetería en Venice Beach. Intentaba escribir un guion mientras mantenía mi trabajo como contratista para pagar las cuentas. Andy me encontró garabateando en mi cuaderno en uno de mis días libres, tomando nota de todas las personas que pasaban, de los diferentes rasgos de personalidad, las formas en que interactuaban las parejas, cómo se tocaban, las expresiones de los ojos. Tomaba nota de cada interacción que veía para poder entender mejor el vínculo entre dos personas. Andy dijo que, mientras yo los miraba a ellos, él me miraba a mí, fascinado por el modo en que estaba estudiando la naturaleza humana.

Una hora después, se acercó y me preguntó si era escritor. Nos pusimos a hablar y, desde entonces, desarrollamos un vínculo sólido. Trabajamos en ideas de películas que he tenido y me indicó algunas clases que me ayudaron a pulir mi talento. Luego… vendimos mi primer guion y, desde ese momento, no hemos dejado de trabajar juntos.

Lo conozco como a un hermano. Lo que significa que él debería conocerme igual de bien.

—Deja de pensar en el negocio por un segundo —le pido en voz baja—. Y mira la situación como un padre, un hermano…, como un amigo. No hice esto para joder a nadie, solo… Mierda, Andy, perdí el control.

—Sí…, lo sé. Vi cómo te empezabas a desequilibrar a medida que se acercaba el fin de semana de la boda. Pero pensé que ibas a poder manejarlo.

—Está claro que no —suelto con una risa exhausta—. Mierda, ¿qué tan mal estamos?

—Bastante.

—¿Al estudio no le importa que me hayan engañado a mí?

—Odio decirlo, pero primero van a proteger a los actores. Aunque sí reconocen que esto no ha sido fácil para ti.

—Ah, qué amables —digo con sarcasmo—. ¿Y ahora qué?

—Bueno, sigues teniendo un contrato con ellos.

—Sí, lo sé.

—Y no lo van a rescindir así sin más. Te dieron una buena tajada de dinero y no lo van a echar a perder. Vas a tener que cumplir con lo que te exige el contrato.

—Por supuesto. ¿Qué quieren?

—Ahora mismo están diseñando un plan y pronto nos van a llamar, pero, mientras tanto, quieren que les hagas una propuesta… y que no sea un thriller. Quieren que les des eso por lo que pagaron. Si no lo logras, habrá graves consecuencias. No solo monetarias, sino de esas que pueden cambiarte la carrera. En este momento, Movieflix controla el mercado: estás en una posición cómoda y ellos lo saben. Entonces, si quieres seguir trabajando con ellos, vas a tener que impresionarlos.

—Tiene que ser una puta joda. —Siento cómo se me estruje el estómago—. ¿No pueden tener algo de empatía o entender por lo que he pasado? Básicamente me obligaron a hacer a un lado mis sentimientos y hacer como si no me hubiera pasado nada traumático.

—Creo que estaban dispuestos a hacerlo, pero ahora que has provocado este tornado de mierda, eso ya no es una opción.

Carajo.

He trabajado tanto para forjar este vínculo con Movieflix. Hice todo lo que me pidieron (cumplir los plazos de entregas, ser mentor de guionistas que iban y venían y hacer a un lado mis sentimientos por el bien de la empresa), y ¿están dispuestos a tirarme como basura? ¿Como si nada importara?

Pero es cierto, he provocado una tormenta de mierda, y ellos son quienes la están limpiando.

Y, aunque me duela que estén dispuestos a desecharme y a arruinar mi carrera por un altercado público, lo puedo entender. No quisiera perder ese vínculo ni destruir futuras oportunidades de trabajar con ellos.

Entonces, parece que me voy a tener que poner a pensar ideas para guiones.

Me paso la mano por el rostro.

—Por supuesto. —Alzo la vista hacia la ventana justo a tiempo para ver a Roarick avanzando por el sendero que conduce a mi cabaña—. Escucha, mi hermano está aquí…

—¿Dónde es «aquí» con exactitud?

—Bueno, *eso* me lo voy a reservar. Necesito un tiempo lejos de todo, quiero dejar que las cosas se aplaquen antes de regresar a Los Ángeles.

—Está bien, mientras te escondes, piensa en tu próxima gran idea, porque creo que eso es lo único que puede volver a ponerte en pie. No quieres hacer enojar a Movieflix, Sawyer.

—Lo tengo claro —aseguro cuando Roarick golpea la puerta—. Gracias, Andy, después hablamos. Mantenme al tanto de todo. —Sin despedirme, cuelgo y arrojo el teléfono sobre la cama antes de abrirle la puerta a mi hermano.

Me mira y resopla.

—Linda camiseta, viejo. Estás abrazando de verdad la vibra de pueblo chico.

—Y eso no es todo —le digo. Me doy la vuelta, me inclino un poco hacia delante y meneo el trasero.

Tira la cabeza hacia atrás y se ríe mientras entra a la cabaña.

—Ay, mierda, pareces una animadora con esa cosa. No sabía que los hombres usaban pantalones cortos con palabras en el trasero.

—Aparentemente, en Canoodle sí. —Lo ayudo con los bolsos y los apoyo sobre la cama—. Gracias por traerme las cosas. ¿Sigue habiendo reporteros fuera de mi apartamento?

—Sí, tuve que empujar a un par de personas. No paraban de preguntar dónde estabas y, cuando me fui, algunos me siguieron; por eso tardé tanto, porque primero tenía que perderlos de vista, así que me debes una.

—En este momento no tengo mucho para ofrecerte, solo una carrera destruida, mala prensa y… pantalones que dicen «Canoodle». ¿Los quieres?

Baja la vista hacia mis pantalones cortos y vuelve a mirarme.

—Bueno…, parecen cómodos.

—¿De verdad serías capaz de arrancarme la ropa de las manos, de sacarme el último gramo de dignidad que me queda?

—Técnicamente te los arrancaría de las piernas, no de las manos. Y sí, lo haría; soy tu hermano menor: es mi deber pegarte cuando ya estás en el suelo. No estaría haciendo bien mi trabajo si no lo hiciera.

—Cierto. —Tomo asiento en la pequeña mesa de madera que está justo debajo de la ventana que da al frente de la cabaña y Roarick se recuesta en la cama—. ¿Cómo están mamá y papá?

—Preocupados. Les dije que estabas atravesando una crisis de mediana edad y que la superarías pronto.

—Tengo treinta y cinco. Esto no es una crisis de mediana edad.

—Eres viejo a los treinta y cinco.

—Tú tienes treinta y tres, idiota.

—Sí, pero tengo alma joven, mientras que tú tienes el alma de un viejo, con la papada colgando, que apenas puede mantenerse en pie.

—Me parece que no se llama papada.

Sonríe con malicia.

—En mi mente sí.

Pongo los ojos en blanco y voy hacia mi maleta para comenzar a desempacar. La abro y lo primero que veo es una caja grande de condones.

—¿Qué carajo es esto?

Roarick se encoge de hombros.

—Un pertinente agregado a tu lista. No sabes a quién puedes conocer aquí y, dada la atención que llama tu trasero, quizá los necesites.

—Eres el peor, te das cuenta, ¿no?

—No es la clase de agradecimiento que esperaba después de todas las molestias que me he tomado. —Alza las cejas.

—Lo siento, tienes razón. —Con la caja en alto, agrego—: Gracias, supongo. Guárdalos en la mesa de noche. No pienses que voy a usarlos, pero al menos podemos dormir tranquilos sabiendo que, si llego a tener sexo en Canoodle, será seguro.

—Aquí no se permiten mamás de bebés. —Roarick mete los condones en la gaveta—. ¿Y cuál es tu plan? ¿Ocultarte aquí hasta que creas que no hay moros en la costa o hasta que alguien más provoque un escándalo y puedas seguir con tu vida?

—Eso mismo.

—Un plan sólido. Y este lugar es muy lindo. Muy… bosque-ado. Aire puro. Rocas grandes. Un pueblo del lejano oeste. Y, mira, hay patos en el lago. Qué maravilla.

—No los alimentes. Te van a terminar persiguiendo con esos picos filosos que tienen.

—Parece que lo dices por experiencia.

—Desearía que no fuese así –murmuro mientras tomo unos pantalones y me cambio rápido–. ¿Quieres ir a comer algo?

—¿A comer… o a tomar?

—Ambos. –Me quito la camiseta de Canoodle y me pongo una negra lisa.

—Ay, esa camiseta te quedaba preciosa.

—Vete a la mierda.

Se ríe y juntos vamos al bar.

***

—Creo que la mirada del pato se me quedará grabada para siempre –afirma Roarick cuando tomamos asiento en el bar–. Nunca tuve tanto miedo.

—¿Viste?, te lo dije. No era un cisne de cuello corto.

—Quizá por eso no estaba contento: por el cuello corto.

—Puede ser –digo mientras Jazlyn sale de la cocina. Cuando me ve, pone los ojos en blanco, pero igual se nos acerca.

—¿Qué quieres, Julia?

—¿Julia? –inquiere mi hermano.

—No preguntes –murmuro–. ¿Nos podrías traer dos IPA?

Sin moverse, me mira, luego a Roarick y de nuevo a mí. Señala a mi hermano con la cabeza.

—¿Y este quién carajo es?

—Mi hermano, Roarick. Roarick, ella es Jazlyn. Todos le dicen Jaz, pero a mí no me deja llamarla así.

Él se ríe y estira la mano.

—Bueno, Jazlyn, es un placer conocerte. Soy amigo de cualquiera que ponga en su sitio a mi hermano mayor.

En un abrir y cerrar de ojos, Jazlyn pasa de una roca a un charco de papilla.

Relaja el entrecejo.

Su ceño fruncido se convierte en una suave sonrisa.

Y su lenguaje corporal grita *me interesa* cuando se apoya sobre la barra, dejando ver su escote, y toma la mano de mi hermano.

—Tú *sí* puedes llamarme Jaz.

Por supuesto que él puede.

Si hiciera a un lado mis emociones y observara su interacción desde la perspectiva de un guionista, consideraría esta una oportunidad de encuentro romántico. No tiene el impacto de, digamos, conocerse en el extranjero: solo llevas puesta una toalla cuando te sorprende un escocés enojado en la cabaña que alquilaste. Ni tiene el mismo nivel de tensión que hemos visto cuando dos personajes se conocen en un programa televisivo de competencia de organización de bodas y uno asume que el otro es un asistente raso y eso instantáneamente desencadena un tropo de enemigos a amantes que desarrolla toda la trama.

Esto es sutil.

Parece que voy a tener que seguir pensando ideas.

—¿Qué carajo está haciendo? —le pregunta Jaz y me saca de mi ensimismamiento.

—Hace eso —le responde Roarick—. Divaga, sueña despierto, tiene conversaciones en su mente. Planifica, generalmente, el próximo guion. Ya me acostumbré.

Jaz se apoya sobre la barra y me da golpecitos en la frente con su dedo índice.

—Bueno, basta. Es aterrador, Julia —me dice. Toma dos vasos y comienza a servir nuestras bebidas.

Me masajeo la frente.

—Mierda, eso dolió.

—Me genera mucha curiosidad saber de dónde ha salido todo esto de «Julia». O sea, ¿hace veinticuatro horas que estás aquí y ya tienes un apodo? Sí que eres rápido, viejo.

Jaz deja dos posavasos y apoya una IPA sobre cada uno antes de secarse las manos con un paño de cocina.

—*Novia fugitiva.* Julia Roberts hace de Maggie en la película. Me pareció apropiado.

—Ya te dije que era el padrino.

—Oh, lo sé. Esta mañana he leído todos los portales, pero igual «Julia» te queda bien. —Pone un menú frente a nosotros—. Servimos desayuno para cenar. Avísenme si quieren algo —dice y camina hacia la otra punta de la barra, sobre la que se inclina, toma a un anciano de los hombros y le planta un gran beso en la mejilla.

—Guau, es… de otra especie —señala Roarick mirándola fijamente.

Le interesa.

Me doy cuenta por la forma en que hace girar la cerveza sobre la barra. Por la mirada perdida. Y la sonrisa que le eleva apenas las comisuras cuando baja la mirada para estudiar el menú.

Amor a primera vista. Podría ser. Podría ser la base de la historia para…

—Viejo, ¿me estás escuchando?

—¿Eh? —Lo miro.

—Por Dios. —Niega con la cabeza y vuelve al menú—. ¿Qué pasa contigo? Nunca has estado tan mal.

También miro el menú y encuentro un burrito de desayuno que creo que podría ir bien con mi cerveza. ¿Quién sirve desayuno en un bar?

—Me ha llamado Andy justo antes de que llegaras. Dijo que a

Movieflix no le ha gustado lo que ocurrió en la boda…, ya sabes, porque su guionista básicamente se cagó en el amor.

Roarick se lleva la cerveza a los labios.

—Entiendo que no es lo ideal.

—Así que Andy está haciendo control de daños, pero, mientras tanto, quieren una idea para un nuevo guion y no se van a conformar con nada que no sea un buen romance.

—¿Y qué pasa si no se lo mandas?

Me tomo un segundo para pensar.

—En resumen, sería un asesinato a mi carrera, y tendría que pagar una multa.

—¿Multa… de dinero?

—Sí, ¿no es el dinero el que hace girar el mundo?

—Así que, ¿estás intentando que se te ocurra algo?

—Bueno, no tengo muchas opciones. Al menos sé lo que voy a hacer mientras esté aquí.

—¿Qué mejor lugar para pensar una historia que un sitio llamado Canoodle? Grita romance, con los patos endemoniados y todo.

Me río, se abre la puerta del bar y desvío hacia allí mi atención. Entra Fallon con un solero negro que le llega arriba de las rodillas, abraza sus curvas y le destaca la cintura. Tiene el cabello recogido y está… de la mano de un hombre.

Eso no lo vi venir.

Es musculoso, pero al menos unos centímetros más bajo que yo. Saluda a un par de lugareños y sonríe cuando Jaz le grita:

—¡Llegaste!

—Hola, Jaz —responde—. ¿Nos traerías dos wafles?

—Enseguida.

Observo a Fallon llevar al hombre hasta la parte trasera del bar, donde hay un deck desde el que se puede ver el bosque de enormes árboles. Él le corre la silla para que se siente y le besa suavemente el hombro antes de sentarse en la silla de enfrente. Luego le toma una mano sobre la mesa.

Ella se inclina hacia él y sonríe cuando le dice algo.

—Ey, ¿esa no es Fallon? —pregunta Roarick.

—¿Eh?

—Fallon, es ella, ¿no?

—Espera, ¿cómo sabes quién es?

Roarick se gira hacia mí con cara de completa incredulidad.

—¿Estás bromeando?

—¿Te parece que estoy bromeando?

—Viejo —gruñe—, creí que la mirabas fijo porque se te escapó, pero ¿ni siquiera la reconoces?

—¿De qué diablos estás hablando?

—Es Fallon Long.

—Eso no me dice nada.

—Debería. Tuviste una cita a ciegas con ella.

—No, no es cierto.

—Sí, es cierto —dice Jaz al aparecer de la nada—. Y la ignoraste toda la cita. —Niega con la cabeza—. Tan Julia…

Luego se va con dos tragos en las manos.

—Espera…, ¿qué? —Intento comprender qué carajo está sucediendo.

—¿Recuerdas cuando yo estaba saliendo con Samantha, antes de que se mudara a Florida?

—¿La enfermera? —pregunto.

—Sí. Fue pocos meses después de que Annalisa te engañara; queríamos sacarte de tu agujero y nos pareció que una cita a ciegas podría ayudar. Te habías ido a Palm Springs para alejarte y te contactamos con Fallon, la amiga de Samantha. —Me golpea el brazo—. Salieron una noche.

¿Salí con Fallon? No me olvidaría de algo así. Incluso con la poca interacción que hemos tenido hasta ahora, me ha impactado, en especial cuando esos ojos distraídos se encontraron con los míos.

—No hay manera…, la recordaría. —Niego con la cabeza sin poder creerlo.

—Está claro que no —dice Roarick justo cuando Fallon mira en mi dirección. La alegría pronto desaparece de su rostro y vuelve a su cita—. Sí, y parece que ella ya sabe que no la has reconocido.

—Síp, totalmente —acota Jaz, que de nuevo se materializa al otro lado de la barra.

—Por Dios, ¿de dónde has salido?

Se inclina hacia delante y susurra:

—De tus pesadillas. —*Jesús.* Con una sonrisa, se dirige a Roarick y se estira despacio para acariciarle la mano con un dedo—. ¿Ya sabes qué vas a comer esta noche? —Su voz está cargada de insinuación y puedo ver cómo la mente de Roarick se llena de ideas.

—¿Qué me recomiendas?

—Vamos al fondo y te muestro.

Por el amor de Dios.

—¿Puedes no coquetear con mi hermano, por favor? Vino solo por esta noche y yo estoy pasando por una crisis.

Una vez más, Jaz me mira con desdén.

—¿Y por qué eso es problema mío?

—Tiene un punto. —Roarick sonríe juguetón.

—Viejo, un poco de lealtad.

Pone los ojos en blanco y resopla.

—Te pido el revuelto de carne.

—Y yo el burrito de desayuno sin tomates.

—Con extra tomate, muy bien —dice Jaz, toma el menú entre nosotros y se aleja.

—¿Por qué tengo la sensación de que tu burrito será más parecido a una pila de tomate envuelta con una llovizna de queso?

—Porque me odia.

—Y no la culpo. No recordabas haber salido con su amiga, y no parece ser el tipo de persona que dejaría pasar eso.

—Es verdad. —Vuelvo a mirar a Fallon, la culpa me carcome—. ¿En serio he salido con ella?

—Sí. Recuerdo que Samantha dijo que te pasaste la mayor parte del tiempo con el teléfono. Fallon comió gratis y se fue.

—Mierda —susurro—. No estaba en mi mejor momento después de que Annalisa me engañara con Simon. Si ni siquiera puedo recordar la cita, no me quiero ni imaginar cómo habré actuado.

—No muy bien.

—Y ella fue quien arrastró mi borracho trasero anoche… Carajo, trabaja en las cabañas. Con razón fue tan cortante.

Roarick se ríe.

—El karma es despiadado, ¿no? —Me golpea con el codo—. Ey, ahí tienes tu historia: trabajadora de cabañas de alquiler enojada tiene que ayudar a un atractivo borracho a llegar hasta su habitación luego de que no la reconociera. Tiene potencial.

—Confía en mí, nadie querría ver el desenlace de ese arco narrativo.

Vuelvo a mirar sobre mi hombro a Fallon, que le sonríe a su cita. Tiene los labios pintados de un rosa claro que hace que su piel de porcelana se vea inocente y tentadora al mismo tiempo.

¿De verdad ignoré a *esa mujer*?

Jesús, soy un idiota.

Debía estar muy mal, porque aquí, sentado en este bar, me está resultando jodidamente difícil ignorarla.

CAPÍTULO 5
FALLON

—¿Sabes dónde están mis zapatillas para correr? –grita Peter desde el dormitorio.

—Creo que están debajo de la cama –respondo mientras término de cortar una fresa en la cocina.

—Ya las encontré –anuncia antes de aparecer detrás de mí. Me rodea la cintura con los brazos y me dice–: Me voy a correr. –Me dé un beso en el cuello.

—Te hice un *parfait* de yogurt. ¿Quieres que te lo guarde en el refrigerador hasta que regreses?

—Sí, genial.

Me libera y se sienta en el sofá para atarse las agujetas. Me giro un poco hacia él y apoyo la cadera contra la encimera.

—Gracias por hacerte el tiempo para venir a visitarme… y por cambiar el turno para llegar antes. Sé que tienes una agenda apretada y que esto no es fácil. Me encantaría poder hacer más para ir a verte a Palm Springs, pero las cosas son… una locura.

—No tienes que agradecerme ni explicarme –me tranquiliza Peter mientras termina de atarse las agujetas con un doble nudo–. Cuando comenzamos a salir, acababan de darle el diagnóstico y tú ya te estabas preparando para mudarte aquí. Sabía que sería un desafío y, si me lo preguntas... —Se pone de pie, se acerca y me aprieta contra su pecho—. Creo que estamos haciendo un buen trabajo enfrentándolo juntos. Y todo va a mejorar cuando decidamos hacia dónde va esta relación. —Me guiña un ojo y no puedo evitar preguntarme a qué se refiere. Esta no es la primera vez que menciona el futuro, pero ahora no es el momento para abordarlo.

—Estoy de acuerdo. —Le sonrío.

Me da un beso casto en los labios.

—Vuelvo en una hora. Haré el sendero de Harry Balls.

—Tu favorito.

—Solo por el nombre. —Vuelve a guiñarme un ojo y se aleja por las escaleras.

Termino los *parfait* y meto el suyo en el refrigerador. Después, con el mío, me dirijo hacia la recepción y me siento a comerlo en el escritorio. No es que estemos esperando a nadie, pero tenemos un huésped.

Ayer alcancé a colocar una buena parte del papel tapiz antes de que Peter se apareciera y me sorprendiera con un ramo de flores y su bonita sonrisa. Jaz ya se había ido, así que a Peter no le costó mucho convencerme de que abandonara la tarea, me diera una ducha y me preparara para una cita. No pude decirle que no, en especial porque Sully seguía con Tank, así que aproveché el tiempo sin el abuelo.

Pasamos una velada maravillosa. Aunque sentí los ojos de Sawyer sobre mí en algunos momentos, pude bloquearlo y disfrutar el tiempo con Peter. Lo que fue un alivio, porque la distancia generó un desgaste palpable en nuestra relación... Habíamos terminado la última llamada con una tensión no dicha revoloteando entre nosotros.

Se abre la puerta trasera de la recepción y... hablando de Roma.

—Buenos días —saluda Sawyer moviendo apenas la mano.

73

Está sudado, como si acabara de correr o hacer ejercicio. Lleva puesta una camiseta negra sin mangas y, aunque en este momento no estoy disponible, no puedo evitar notar lo musculoso que tiene los brazos y el obvio contorno de sus pectorales a través de la tela empapada en sudor. Odio admitirlo, pero es atractivo.

Qué curioso, porque cuando lo vi por primera vez en nuestra cita a ciegas (esa que no recuerda) me pregunté por qué una extremadamente guapa copia de Alexander Skarsgård, que además resultaba ser un elegante guionista de Hollywood, querría salir con una enfermera de emergencias como yo. Pero ahora que lo he visto en el peor de los estados (ebrio en un traje celeste y sin un zapato) ya no me siento para nada intimidada.

Para mí, es… solo *bla bla bla*.

A pesar de los lindos pectorales.

Y la sonrisa llamativa.

—Buenos días —lo saludo y me giro hacia el ordenador para hacerme la ocupada.

—Eh, ¿te podría pedir una toalla, por favor? Mi hermano se quedó conmigo anoche y usó la mía, y esta mañana usó la otra.

Me levanto del taburete de un salto y voy hacia el depósito donde guardamos insumos extra para ocasiones como esta. Tomo algunas toallas y las dejo sobre el mostrador.

—Aquí tienes. —Tomo mi *parfait* y le doy una buena cucharada mirando fijamente al ordenador.

—Gracias. —Se acerca al mostrador, pero no toma las toallas. Me preparo, porque me temo que quiere decir algo más—: Yo, eh… —continúa—, anoche me contaron que tenemos un pasado que yo no recuerdo bien.

La cucharada de yogurt y una rebanada de fresa se congelan a mitad de camino hacia mi boca. Me giro hacia él.

—¿Te lo dijo Jaz? —La mato.

—No. —Niega con la cabeza—. Me lo contó mi hermano. Te reconoció. Parece que nos presentó tu amiga Samantha, que en ese momento estaba saliendo con él.

Ah, es cierto. Me había olvidado de que en ese entonces salía con el hermano de Sawyer.

—Así es —respondo sin saber qué más decir.

—Bueno, quería pedirte perdón por no haberte reconocido y por cómo te traté esa noche. Estaba…

—No hace falta que me expliques nada —lo interrumpo—. En serio, todos la hemos pasado mal en alguna cita. No es para tanto.

—Pero pareces estar enojada conmigo —dice, arrepentido.

—No estoy enojada. —Me encojo de hombros—. Solo me da igual.

Asiente.

—Supongo que eso significa que no serás mi primera amiga en Canoodle.

Dios, cuando lo dice así, me hace sentir mal, pero ¿qué sentido tiene? No va a quedarse para siempre. Está aquí de paso y es evidente que no congeniamos.

—No estoy segura de qué implica ser amigos —digo, intentando ser lo más delicada posible—. Además, a Jaz no le caes para nada bien, así que ahí tenemos un problema.

—Encima puede que ahora me odie mucho más porque anoche no la dejé llevarse a Roarick.

—Bueno, si fuera tú, evitaría ir al bar por un tiempo.

—Después del burrito que comí anoche, lleno de tomates que no quería, voy a seguir tu consejo. —Toma la pila de toallas—. Bueno, gracias. Que tengas un lindo día.

Se aleja, y a una parte de mí este tipo le da un poco de pena.

Se está escondiendo de la atención mediática, está claro que algo le pasa y busca un amigo. No soy la clase de persona que le niega ayuda a alguien en apuros.

Pero ya tengo suficiente con mi vida. No necesito otro proyecto.

Me tengo que concentrar en las cabañas y en Sully.

Esas son mis prioridades. Ah, y pasar tiempo de calidad con Peter.

* * *

—¿Cómo está nuestra bebita? —pregunta mi papá en el teléfono cuando respondo su videollamada.

—¿Quién es? —quiere saber Sully mientras se sienta enfurruñado en su mecedora a tallar con el cuchillo un trozo de madera que encontré y sabía que le iba a gustar.

—Son papá y papi —respondo al apuntar el teléfono en su dirección.

—Hola, Sully —dicen los dos cuando lo ven aparecer en la pantalla. Sully lanza un gruñido ininteligible y vuelve a su madera.

Tank lo ha traído hace una hora y se lo veía absolutamente devastado; su rostro, siempre tan alegre, invadido por un ceño fruncido y, mientras Sully subía a casa, me hizo a un lado y me dijo que había sido un día difícil. Sully no paraba de preguntar por su esposa, Joan, y no podía entender por qué seguía en la casa de Tank si solo quería verla a ella.

La primera vez que Sully preguntó por la abuela, quien falleció hace seis años, me partió el alma. No sabía qué responderle, cómo decirle que se había ido. Me tomó por sorpresa y esa noche terminé llorando hasta quedarme dormida.

Cuando decidí ayudar a mi abuelo y mudarme aquí, no estaba preparada para lo que me esperaba. Pensé que, como soy enfermera, iba a poder cuidarlo, pero no me imaginé la carga emocional que iba a implicar. La mudanza me debilitó; en cierta forma me destruyó.

De niña, siempre venía a las cabañas a visitar a Sully y a la abuela Joan y todo parecía tan… mágico. Un lugar lleno de recuerdos preciosos. Pero ahora que me he quitado los lentes que me hacían ver todo color de rosa y la magia ha desaparecido, tengo que enfrentar la dura realidad: mi abuelo no está bien y las cabañas no son lo que eran. Y todo recae sobre mis hombros.

Me voy a mi dormitorio porque sé que Sully no está de humor para conversar.

—¿Tiene un mal día? —me pregunta papá, lleno de preocupación, mientras cierro la puerta de mi habitación. Papá (Izaak para los amigos) es el hijo de Sully y se llevan superbién, como yo me llevo con mis papás. Es un vínculo muy amoroso. Sully, a pesar de ser arisco y gruñón, es muy cariñoso cuando ve a papá. Siempre lo abraza y le dice cuánto lo quiere. Recibir el diagnóstico de Sully ha sido muy difícil… para todos.

—Sí, acaba de regresar de lo de Tank. Estaba preguntando por la abuela Joan. Me destruyen estos días.

—Lo sé, peque —dice papá y mira a papi—. Sabes, estábamos pensando que quizá deberíamos reconsiderar esos hogares de los que hemos hablado.

Los asilos para personas en la situación de Sully, un lugar al que van cuando cuidarlos se vuelve demasiado difícil.

Niego con la cabeza.

—No, él sería muy infeliz viviendo en un lugar así. Al menos aquí puede estar con Tank; puede estar con la gente que conoce, en el pueblo que ama. No podemos arrancarlo del sitio que lo estabiliza. Al menos no por ahora.

Papi (o Kordell para los demás) interviene, tiene los ojos chocolate llenos de lágrimas.

—Pero no puedes seguir viviendo así, Fallon. Nos damos cuenta

del estrés que has asumido. Encima también está la remodelación…
Y sabemos que a las cabañas no les está yendo bien.

Según mis papás, se conocieron en la universidad…, en la iglesia; eran dos chicos buenos que no habían hecho nada malo y esperaban a estar casados para hacer cualquier cosa sexual. La verdadera historia, según lo que me contó Sully, es que papá conoció a papi en un bar gay cuando estudiaban en la universidad. Se rieron porque los dos llevaban puestas camisetas de red sin mangas y se les escapaban los pezones. Desde ese mágico comienzo, se han vuelto inseparables y papi es un pilar indispensable para papá mientras enfrenta los problemas de salud de Sully.

—Espera…, ¿a las cabañas no les está yendo bien? ¿De qué hablas? —pregunto mientras proceso las palabras de papi.

Mis padres intercambian una mirada y, cuando se vuelven hacia mí, puedo ver en sus rostros la mala noticia que se avecina.

—Desde que nos ocupamos de las finanzas de Sully, nos hemos dado cuenta de que no ha habido muchas reservas últimamente. Es difícil pagar la hipoteca y tu sueldo. —Papi me mira como pidiéndome perdón—. Te hemos estado pagando de nuestro bolsillo.

—¿Qué? —Me siento—. ¿Me han estado dando dinero?

—La cuenta bancaria de La Caverna no tiene los fondos suficientes como para pagarte un sueldo decente, Fallon —responde papá—. De alguna forma te tienes que ganar la vida.

—Pero no con el dinero que tanto les cuesta ganar. Podemos pausar las remodelaciones y ahorrar hasta que tengamos más reservas.

—Ambos sabemos que nadie va a querer hospedarse en un lugar que está en medio de una obra, menos ahora que el alquiler de casas particulares se está apropiando del mercado. —¿Por qué papi siempre tiene razón?

—Este fin de semana se ha hospedado un tipo que va a quedarse varias semanas. –Es una cantidad de dinero insignificante comparada con la que entraría si estuviera todo ocupado, pero es algo.

–¿Uno solo? –dice papá.

–Sí, pero es mejor que nada.

–Fallon, sé que quieres aferrarte a esto, seguir sosteniendo las cabañas por Sully, pero ha llegado el momento de afrontar la realidad: esto no está funcionando. Eres joven, tienes una vida por delante con Peter y creo que es hora de vender las cabañas para que puedas regresar a Palm Springs y seguir con tu vida.

Miro hacia otro lado.

¿Cómo es posible que estén considerando vender las cabañas?

He pasado todos mis veranos aquí.

Aquí tengo algunos de los mejores recuerdos de mi vida.

Aquí está la vida de Sully.

No puedo ni siquiera imaginarme… renunciar porque las cosas son difíciles. Eso no solo destruirá a Sully, sino que también me destruiría a mí. He venido hasta aquí por un motivo: continuar con el legado que mis abuelos comenzaron juntos.

Niego con la cabeza.

–No, no vamos a vender. No vamos a permitir que alguien más se quede con La Caverna. Este es el hogar de Sully, y también el nuestro.

–Puede que vender sea nuestra única opción –dice papá–. Si no podemos pagar las cuentas, vamos a tener que hacerlo.

Me invade el pánico. Lo dicen en serio. Por supuesto que lo dicen en serio: no asegurarían una cosa así si no fuera en serio. Lo que significa… que tenemos un gran problema.

–Denme un par de semanas, ¿sí? –les ruego–. Acabamos de terminar con el empapelado de la recepción. Estamos avanzando con las remodelaciones. –En sus miradas se nota que no me creen nada y, sí, la verdad es que no estamos avanzando, pero no hace falta que lo admita–. Tengo que hacer algunas cosas en las cabañas y luego le pediré a Jaz que tome unas fotos profesionales para poner en marcha el nuevo sitio web. Solo… confíen en mí. Puedo hacer realidad lo que se imaginó Sully.

–¿Mientras lo cuidas? –agrega papi.

–El pueblo me está ayudando con eso. Tengo más manos a disposición de lo que crees –respondo–. Por favor, por favor no me arrebaten esto todavía, ¿sí? Jamás me perdonaré no haberlo intentado, no haber dado lo mejor de mí.

Papá suspira.

–Necesitamos más huéspedes y rápido.

–Lo sé. El nuevo huésped va a ayudar y, eh, ya nos ocuparemos del resto. Solo denme un par de semanas; les prometo que los compensaré.

–No quiero esto para ti. Quiero verte feliz. Quiero que vivas tu vida –asegura papi.

–Esto me hace feliz. –Se me llenan los ojos de lágrimas–. *Esta* es mi vida. He asumido un compromiso cuando decidí mudarme aquí. Y le hice una promesa a la abuela Joan: cuidar a Sully en las buenas y en las malas. Que estemos atravesando un momento difícil no significa que tengamos que renunciar.

Papi asiente.

–De acuerdo, Fallon, pero prométenos que nos dirás si esto se vuelve demasiado para ti.

Gracias a Dios. Eso es todo lo que necesitaba: un par de semanas más. Puedo hacerlo. Sé que puedo.

–Se los prometo.

–Y pronto vamos a ir a visitarte. Tenemos algunas reuniones aquí, pero queremos ver a nuestra niñita. Te extrañamos.

–Yo también los extraño. –Miro hacia la puerta y veo a Peter apoyado contra el marco–. Bueno, me tengo que ir. Llegó Peter y quiero pasar todo el tiempo que pueda con él antes de que se tenga que ir.

—No te robamos más tiempo. Dile a ese chico que le mandamos saludos y que lo extrañamos.

Giro el teléfono hacia Peter y alza una mano:

—Izaak, Kordell, qué bueno verlos. Organicemos un almuerzo pronto. Así hablamos de la chica que amamos.

—Excelente plan –afirma papá. Vuelvo a girar el teléfono y agrega–: Fallon, es un buen partido.

Pongo los ojos en blanco.

—Te está escuchando.

—Lo sé.

Les soplo unos besos.

—Los quiero, adiós.

Cuando corto la llamada, arrojo el teléfono sobre la cama y me recuesto en el colchón. Peter viene hacia mí, apoya una mano a cada lado de mi cabeza y se inclina:

—¿Escuchaste lo que dije?

Jugueteo con el cuello de su camisa.

—¿Que me amas?

Oh, sí que lo escuché.

Y lo había escuchado la primera vez que lo dijo.

Y la segunda.

Y todas las otras veces que lo dijo.

Y siempre le siguió mi silencio incómodo.

Porque, por algún motivo, no me sale decirle que yo también.

No sé por qué.

No estoy segura de si es porque estoy estresada, porque no termino de creer que vaya a esperarme o porque quiero evitar que me rompa el corazón, pero lo cierto es que no consigo formular una respuesta adecuada.

—Sí, eso.

Le acaricio la mejilla.

—Te escuché. Fue muy dulce.

Igual que todas las otras veces en las que no me atreví a decirle esas palabritas, su rostro se desploma y me destroza ver que puedo lastimarlo tanto. Se inclina y me da un beso en la nariz.

—Me voy a dar una ducha. Sully se está preparando para ir a la cama.

—De acuerdo. Gracias. Lo llevaré a la cama y después quizá podemos pasar un rato en el balcón, ¿jugar a las cartas, tal vez? —pregunto, un poco incómoda.

Asiente.

—Me encantaría.

Con eso, se retira, y yo me quedo mirando el techo, paralizada por la cantidad de pensamientos que se me cruzan por la cabeza.

¿Cómo diablos voy a terminar estas remodelaciones?

¿Y cómo voy a atraer más gente a las cabañas?

El negocio se ha vuelto cuesta arriba para Sully desde que se popularizaron Vrbo y Airbnb. Los pequeños sitios familiares como La Caverna han sufrido un fuerte golpe, mientras que la oferta de casas particulares para rentar se ha disparado por las nubes.

Recuerdo cuando este lugar estaba en su apogeo.

Sully y la abuela Joan tenían un cronograma semanal de actividades: velas artesanales, caminatas guiadas, tejido de cestas y torneo de lanzamiento de herraduras. Lentamente, y con el tiempo, las actividades fueron desapareciendo, las narraciones alrededor de la fogata se terminaron, las noches de malvaviscos dejaron de existir y luego el negocio comenzó a decaer; igual que la salud de Sully.

Y puedo señalar el momento exacto en el que las actividades y la sensación mágica de las cabañas comenzó a desvanecerse: cuando la abuela Joan contrajo neumonía. Falleció al poco tiempo y Sully nunca se ha recuperado de la pérdida. Y mientras el duelo lo consumía, la maleza crecía, la pintura comenzaba a descascararse y, antes de que pudiera darse cuenta, las bellas cabañas que alguna vez fueron un destino turístico codiciado se fueron apagando.

Luego se enfermó, perdió recuerdos y partes de sí mismo. Y, como las cabañas, su estado empezó a deteriorarse hasta que ya no pudo realizar las renovaciones ni ejecutar los planes que tenía en sus cuadernos.

A partir de entonces, decidí intervenir. Cuando recibimos el diagnóstico de Alzheimer, estaba recostada en la cama de mi apartamento en Palm Springs y no dudé en ayudar. Hice mi carrera a un lado para acompañar al hombre que me había regalado un hermoso refugio cuando era niña. Después de enterrar a la abuela Joan, me había parado frente a su tumba y le había dicho que, sin importar qué sucediera, iba a cuidarlo por ella. Iba a cuidar su legado. Así, con la mirada fija en el techo, me despedí de mi vida en Palm Springs porque me di cuenta de que había llegado la hora de cumplir la promesa.

Tengo que devolverle la vida a este lugar porque se lo debo a él y a la abuela. Tengo que dejarlo mejor que antes. Y si eso significa matarme durante las remodelaciones, lo haré.

Le devolveré su antigua gloria a La Caverna de Canoodle aunque tenga que renunciar a todo para conseguirlo.

CAPÍTULO 6
SAWYER

Roarick

Annalisa y Simon estuvieron esta mañana en Buenos días Malibú. Lloró las lágrimas suficientes para llenar un vaso a tope.

Sawyer

¿En serio? Ha pasado una semana. ¿No debería haberse cansado?

Viejo, si fuera por Annalisa, esto duraría para siempre, pero Noely y Dylan, los presentadores, no le creyeron nada.

Deberías haber visto las caras de desconfianza que tenían.

Dijeron que eran fanáticos de tu trabajo y Noely empezó a preguntarle si ustedes estaban saliendo cuando conoció a Simon, pero Annalisa no lo dejó terminar.

Se largó a llorar ahí nomás y se fue del estudio diciendo que ya no podía hablar más del tema.

> Hazme acordar de que les mande un ramo de flores a Noely y Dylan.

Puede ser una buena idea. El año pasado Noely estaba por todos lados.

Es la que encontró el amor en esa aplicación de citas a ciegas, Ciega a Citas, ¿lo recuerdas?

> En este momento apenas puedo recordar la clave de mi cuenta bancaria.

¿En serio? Búscalo, puede servirte como inspiración.

> Paso.

Ah, bueno... Entonces, ¿ya se te ha ocurrido alguna idea para tu próximo éxito taquillero?

> No, y que me hables de eso todos los días no ayuda.

Solo quiero asegurarme de que no te distraigas.

> No hace falta.

Dejo el teléfono boca abajo junto a mí, sobre el césped crecido, y miro el lago…, bien lejos de los patos. Los pinos y abetos alineados en la costa se reflejan sobre el agua y no me dejan ver lo transparente que es el agua de deshielo.

No recuerdo la última vez que me senté en un lugar y me tomé un momento para pensar, para absorber el silencio, apenas interrumpido por un automóvil a la distancia o la risa de un niño.

Es como si hubiese puesto mi vida en pausa y todo a mi alrededor avanzara, pero yo siguiera quieto, observando. Si no me estuvieran bombardeando con e-mails para preguntarme por la «huida», casi que me sentiría como antes de vender mi primer guion. Antes de conocer a Annalisa.

Me vuelve a vibrar el teléfono. Bueno…, al menos he tenido un poco de paz, por un segundo.

Roarick

¿Has visto a Jaz?

¿Te ha hablado de mí?

Por Dios. ¿No sabe que estoy intentando ser uno con la naturaleza?

No…, y búscate una vida, viejo.
Has visto un segundo a esa mujer.

¿No has oído hablar del amor a primera vista?

No existe y tampoco funciona como
trama argumental.

Te conviene alejarte del amor no solicitado.

Sí existe el amor a primera vista. Te juro que
cuando la vi, se me paró el corazón.

Ey, puedes usar esa línea en tu próximo guion.

Muy cursi. Además, lo que estás sintiendo
no es amor a primera vista.

Es lujuria.

Quizá un poco de ambas. Todavía no puedo creer que no me hayas dejado ir a su casa.

Viejo, está loca, te lo dije.

Emana esa clase de locura de la que te conviene quedarte bien bien lejos.

Lo dices porque no le caes bien.

No, lo digo porque la vi limpiarse los dientes con una navaja rebatible en el bar.

Eso grita locaaa.

Locamente sexy.

Necesitas ayuda profesional.

Vuelvo a dejar el teléfono boca abajo y miro el lago, intentando entender por qué se llama Strawberry Lake. De ninguna forma parece una fresa; tampoco hay fresas en la zona. Lo sé porque ya he caminado el perímetro del pueblo como mínimo una docena de veces. Y no es rojo, para nada; no hay fresas ni rastros de arbustos, así que es muy...

—¿Quién se sienta en el césped cuando puede sentarse en una banca? —dice una voz grave a mis espaldas. La pregunta me sobresalta y me saca de mis pensamientos—. Por Dios, saltaste como una pulga en el lomo de un perro.

—Lo siento —digo mientras me doy vuelta. Un anciano está de pie junto a mí. Tiene algunas canas y el pelo, en mechones, se le mueve con el viento. Algunas arrugas le recorren la boca y el contorno de los ojos; y otras, más profundas, le atraviesan la frente, formando el más perfecto ceño fruncido, un ceño fruncido que en este momento me apunta–. Me asustó.

Me señala con el dedo vagamente.

–Qué pena que estés perdiendo el tiempo jugueteando con tu teléfono cuando tienes la vista perfecta de un lago delante de tus ojos. Los chicos de hoy no entienden la belleza de lo simple. –Tiene puesta una camisa a cuadros y la lleva bien metida dentro de unos pantalones de tiro alto que le llegan arriba del ombligo. Lleva también unos tiradores rojos de cinco centímetros de ancho que hacen que el pantalón le ajuste bien los testículos. Sus calcetines blancos y largos reflejan el brillo de la luz de la mañana. Tiene puestos unos zapatos negros con suela de goma y gastados que ofrecen un marcado contraste. Es el modelo perfecto del cascarrabias, ese personaje secundario al que no puedes evitar amar porque sabes que, debajo de todo ese enojo, hay un corazón que late.

–En realidad me estaba preguntando por qué se llama Strawberry Lake. ¿Tiene idea?

–Porque, enorme imberbe, este lugar estaba lleno de fresas antes de que lo poblaran los humanos. –¿Imberbe? No es un insulto que se escuche muy seguido. Tomo nota mental para usarlo en algún guion.

–Ah, bueno, tiene sentido.

–Por supuesto que sí. –Señala la banca en la que no quise sentarme. Un extremo está completamente apoyado sobre el césped, roto y derrumbado. El otro sigue en pie, pero está astillado y apenas soporta el precario tablón de madera que hace de asiento. Madera húmeda y desteñida por el sol… Ha visto mejores días–. ¿Cómo la rompiste?

¿Romperla? ¿Yo? Amigo, esa cosa debe llevar siglos rota.

–Yo no lo rompí…, ya estaba así.

—Mentira. —Patea la banca dilapidada—. Cuando pasé esta mañana, estaba bien. Entonces, ¿qué has hecho? ¿Te pusiste a saltar encima como un idiota?

—No, señor, estaba rota cuando llegué —digo, confundido.

Me señala con un dedo tembloroso.

—No juegues conmigo, niño. Esta banca estaba en perfecto estado. Ayer mismo me senté con mi chica, Joan, a mirar el lago. Y ahora tú estás aquí y, oh, casualidad, está rota.

Observo la madera, que es obvio que lleva mucho tiempo destruida, y lo vuelvo a mirar a él… Y lo entiendo todo.

El cartel de la recepción.

«Por favor, sé amable y paciente mientras atravesamos las renovaciones y nos ocupamos de cuidarlo. Gracias».

Debe ser Sully.

Con cuidado, le digo:

—¿Sabe qué? Tiene razón, la rompí. —Me doy unos golpecitos con la palma en el estómago plano mientras me pongo de pie—. Demasiada cerveza anoche. Si me dice cómo, estaré más que feliz de arreglarla.

—Por supuesto que lo harás. —Levanta una mano y señala hacia el este—. La ferretería del pueblo está al final de la ruta. Hay herramientas en el cobertizo que está allí. —Señala una estructura descascarada que casi no se ve detrás de un rododendro crecido—. La quiero arreglada para esta noche. ¿Entendido?

Le hago el gesto de saludo militar.

—Sí, señor, ya mismo me pongo manos a la obra. —Me guardo el teléfono en el bolsillo y nos separamos. Voy hacia el cobertizo para evaluar con qué clase de herramientas cuento.

Antes de triunfar como guionista, vivía en Los Ángeles y tuve algunos empleos bizarros hasta que conocí a Harmer, un contratista exitoso que me acogió bajo su ala y me enseñó todo lo que sé de construcción. Juntos hemos remodelado casas por todo Hollywood. Así pagaba las cuentas y pude comenzar a ahorrar algo de dinero por si lo de ser guionista no resultaba. Es más, Harmer me presentó a Simon. Nos quejábamos de la industria del entretenimiento mientras clavábamos clavos a mano. Luego conocí a Andy en la cafetería… y, si bien todo cambió, atesoré esas habilidades muy cerca de mi corazón, tanto que tengo mi propio taller en la casa de mis padres y, cuando necesito un descanso de Los Ángeles, empaco mis cosas y voy al viñedo de Palm Springs para trabajar en un kayak que estoy intentando construir hace ya varios años. Mamá y papá jamás lo tocan, pero, cada tanto, Roarick me manda una selfie parado junto a él con una sierra en la mano. Cada vez que voy a casa le agrego alguna que otra cosita. Algún día el kayak tendrá su viaje de bautismo, pero hasta entonces al menos puedo reparar esta banca.

Abro la puerta oxidada del viejo cobertizo y camino directo a una telaraña al entrar.

–Mierda –murmuro, sacudiendo las manos. Al parecer no hay luz, así que tomo mi teléfono y enciendo la linterna. Todo se ilumina, y solo encuentro una pequeña caja de herramientas en la esquina derecha, algunas pilas de maderas y una sierra muy vieja y oxidada.

Uh.

Abro la caja de herramientas con el pie y me inclino para examinarla: un martillo al que le falta la parte que lo convierte en martillo, un destornillador Phillips y algunos clavos.

Bueno, esto no será suficiente.

Vamos a tener que actualizar esta caja de herramientas.

Salgo del cobertizo y miro hacia la recepción. Recuerdo a Fallon colocando papel tapiz… Quizá ella tenga algunas herramientas. Por su actitud mordaz puedo adivinar que no hay manera de que vaya a permitirme reparar ninguna banca.

Tiene demasiado orgullo y le caigo bastante mal.

Será mejor emprender esta tarea sin decirle nada.

Así que, decidido a dejar a Fallon al margen, camino por la ruta hacia la ferretería.

Solo necesito algunas herramientas.

Reparar la banca me mantendrá ocupado y me dará la posibilidad de aliviar el disgusto que le puede llegar a ocasionar a Sully ver que se está cayendo a pedazos ese lugar especial que compartía con Joan. No sé mucho de Alzheimer, pero no me puedo imaginar cuánta angustia se debe sentir cuando algo no está como lo recuerdas.

La ferretería no está muy lejos, solo unos metros después del restaurante Strawberry Fields y el Whistling Kettle (dos sitios que aún no he visitado). Como hice las compras en el Pine Pantry, hasta ahora no me ha hecho falta salir a buscar provisiones.

Pero estoy seguro de que pronto me voy a aburrir de los sándwiches de queso que me he estado preparando.

Cuando llego a la ferretería, abro la puerta y me choco con un hombre muy alto y fuerte. Por el impacto, me tropiezo hacia atrás y él me sostiene de los hombros.

Es unos centímetros más alto que yo, que mido un metro noventa. Está lleno de tatuajes y tanto su cabello (largo, lacio y blanco) como su bigote (también blanco) están tan perfectamente peinados que me pregunto cuánto tiempo le llevará arreglarse.

—¿Estás bien, hijo? —me pregunta con la voz más gruesa que he escuchado en mi vida. O sea, pareciera que James Earl Jones tiene voz de bebé en comparación.

—Sí, perdón, no te vi.

—Es difícil no verme. —Me extiende la mano—. Soy Tank.

Sí, ya lo creo que es un tanque.

—Sawyer —digo—. Encantado de conocerte.

—¿Eres nuevo por aquí? —me pregunta.

Señalo hacia atrás con el pulgar.

—Me voy a quedar unas semanas en las cabañas. Pero he venido a buscar unas herramientas para reparar una banca.

Asiente despacio.

—¿Una banca dijiste?

—Sí. —Me rasco la cabeza—. Me crucé en el lago con, eh, Sully. —Tank asiente—. Estaba preocupado por una banca rota y me pareció una buena idea arreglarla.

—Se sentaba todas las mañanas allí con su esposa, Joan, a beber una taza de café mientras hablaban del día que tenían por delante. Sé exactamente a qué banca te refieres.

—Se puso mal cuando la vio rota. Yo, eh, leí el cartel de la recepción. —El hombre vuelve a asentir—. Se me ocurrió que, ya que no estoy haciendo mucho, podría repararla. Ya sabes, para que no se ponga triste cuando la vea.

—Muy considerado de tu parte —dice Tank con su voz grave—. ¿Sabes reparar una banca, hijo?

—Sí. Tengo varios años de experiencia en construcción. Especialmente en carpintería.

—Bueno, ya te traigo lo que vas a necesitar, entonces.

Pasamos los siguientes diez minutos repasando las diferentes herramientas con las que quiero trabajar y descartando las máquinas eléctricas por las opciones tradicionales, que no solo son más baratas, sino que además hay algo gratificante en hacer a un lado la electricidad y poner a trabajar tu sangre y tus músculos al usar una sierra. También elegimos una madera que podrá soportar el calor del verano en esta altitud y una pintura que quedará bien con las otras bancas que rodean el lago.

Tank no dice mucho mientras me ayuda, solo brinda sus

sugerencias y me guía por la ferretería. No puedo dejar de mirarlo. Manipula las herramientas con suavidad, con sus dedos resecos y lastimados acaricia la madera mientras habla de ellas. Por fuera, es intimidante, podría ser el matón de una película. Alguien que no da vueltas. Pero este hombre no tiene nada que ver con eso: es paciente, tranquilo, solo habla si tiene algo para decir y… es amable. Una luz de esperanza que indica que queda algo de bondad en este pueblo.

Con todo lo que necesito, Tank me lleva de vuelta a las cabañas en su camioneta y me ayuda a descargar las cosas cerca del cobertizo. Cuando terminamos de bajar todo, se gira hacia mí y me apoya su enorme mano sobre el hombro.

—Lo que estás haciendo es muy considerado. Te lo agradezco. —Los ojos verdes gastados por el tiempo le dan cierta suavidad a su aspecto rudo.

—Yo, eh… De nada —respondo incómodo, sin saber si merezco el reconocimiento. Lo hago para mantenerme ocupado y dejar de pensar en la pesadilla de Annalisa y Simon.

Cuando Tank se va, vuelvo a la banca dilapidada y comienzo a tomar medidas.

Hora de ponerse manos a la obra.

* * *

Me seco el sudor de la frente con el borde de la camiseta y miro la banca otra vez. Mierda, sí que hace calor.

Me tomó un par de intentos descifrar cómo encarar el trabajo, pero una vez que tuve las dimensiones correctas en la cabeza, me puse a trabajar sin detenerme ni una vez. Medí, corté, lijé, clavé. Lo repetí hasta que la banca quedó completamente reparada. Incluso pude conservar algo de la madera original para preservar el recuerdo de Sully y Joan. Ahora es el momento de sentarme y ver si ha quedado firme antes de pintarla.

Consciente de que es un momento importante, giro y tomo asiento, esperando no caerme de culo. Mientras desciendo, contengo la respiración. Apoyo todo mi peso y sonrío por primera vez en lo que se siente una eternidad.

No he perdido el talento.

Satisfecho conmigo mismo, acaricio el respaldo y tamborileo los dedos contra la madera.

Mira nomás…, una banca. Me invade el orgullo. La sencilla tarea de reconstruir una banca me hace sonreír. A veces, cuando estoy inmerso en la escritura de una historia, durante las sesiones interminables de edición y en medio de mi exigente itinerario, me olvido de los placeres simples de la vida, como construir algo con mis propias manos.

Hasta ahora no me había dado cuenta de lo mucho que necesitaba esto.

—Te he estado vigilando toda la mañana —dice a mis espaldas una voz ronca conocida.

Me doy vuelta y veo a Sully con el ceño fruncido, aunque algo en su rostro parece haberse aflojado. No está tan serio como esta mañana, cuando me reprendió por haber roto su banca. Dios, es el personaje secundario perfecto: la clase de gruñón a quien en el fondo todos alientan y terminan adorando.

—Has hecho todo mal. —Señala la banca.

Lo miro.

—Ah, ¿sí?

Camina hacia mí, apoya la mano sobre el respaldo de la banca y lo sacude. No se mueve. ¡Ja, bien sólido! Luego va hacia el frente y patea una de las patas. De nuevo, no se mueve.

Lamento decírtelo, Sully, pero este guionista reblandecido no ha perdido el talento.

Gruñe algo y se sienta.

—Es incómodo. —Se cruza de brazos y los apoya sobre su pequeña barriga.

—¿Quiere un cojín? —pregunto.

—¿Te parece que soy la clase de hombre que se sienta sobre un cojín? —Su voz me dice que se sintió insultado y no puedo contener la risa.

—No, señor, en absoluto.

—Es incómodo porque no sabes de carpintería.

Ajá, claro. No le creo una palabra, pero, por su bien, le doy la razón.

—No sé nada —aseguro—. De hecho, me sorprende que podamos sentarnos los dos sin que se desmorone.

Sully se da vuelta y me mira de arriba abajo, su escrutinio me da un poco de miedo. Aunque puedo adivinar que por dentro es un osito de peluche, igual me achico bajo su mirada. Tiene experiencia, la gente del pueblo lo respeta (te das cuenta cuando hablas con Tank) y, por lo poco que hemos interactuado, entiendo que no es alguien con quien quisieras tener problemas. Pero no logra intimidarme. Le sostengo la mirada. Parece un hombre que valora eso. Y, cuando vuelve a mirar al lago, estoy seguro de que he tomado la decisión correcta.

—Me gusta tu estilo. Sigue así —suelta y luego, con un gruñido, se pone de pie y mira la banca—. Termina el trabajo: píntala y después ve a ver a mi nieta, Fallon, en la recepción; ella te pagará.

Sully se va y yo sonrío para mis adentros con los ojos clavados en el lago.

¿Acabo de hacer mi primer amigo en Canoodle?

Creo que sí.

CAPÍTULO 7

FALLON

—R espiramos profundamente dos veces y pasamos a la posición de cobra –dice Jaz con su voz tranquila de yoga.
Todos los viernes, antes de que lleguen las multitudes
del fin de semana, Jaz da una clase de yoga en el mirador de Beggar's
Hole. Se pasa toda la mañana apartando a un rincón todas las mesas
y las sillas y luego limpia el suelo (la única parte limpia en todo el
local) y, cuando está todo listo, extiende las colchonetas de yoga. La
clase se organiza por orden de llegada. Hay diez lugares y quienes
vienen tienen que anotarse en el corcho que está al lado de la barra.
Es un momento de tranquilidad y la mejor forma de desestresarse
después de una larga semana. Yo tengo plaza permanente.

–Hacemos la postura del perro boca abajo y luego caminamos
con las manos hasta los pies. Inspiramos, nos paramos. Extendemos
los brazos por encima de la cabeza, juntamos las palmas y las bajamos
hasta el pecho. –Suspira–. Y ahora, a romper todo este fin de semana.

Después de un aplauso final, nos ponemos los zapatos, limpiamos
las colchonetas y las enrollamos. Jaz recorre el mirador con un canasto
para guardar todo.

—Excelente clase, Jaz —dice Dolly, la dueña de Barbera Streisand, la peluquería del pueblo—. Y, Fallon, tal vez la próxima puedes traer contigo a ese doctor fortachón así lo conocemos.

—Si se levanta temprano, estaré encantada de traerlo —aseguro.

—¿Soy yo o está más guapo cada vez que viene?

—Ha estado haciendo mucho ejercicio —respondo. Y se nota. Se le han empezado a marcar los abdominales y está empezando a tener los brazos duros como una roca. «Doctor fortachón» es una descripción bastante precisa, en especial porque no es muy alto.

—No quedan dudas. —Dolly me guiña un ojo—. Nos vemos, señoritas. —La estoy saludando justo cuando se acerca Faye, la archienemiga de Dolly.

—Qué desubicada —sisea la mujer, disgustada—. Sexualizar así a tu novio, un horror. Esa mujer no tiene ni idea de lo que es meterse en sus propios asuntos. —Casi resoplo—. ¿La has visto merodeando por la ferretería? Tiene algo con Tank. Harlene me estaba contando que la escuchó decirle a Tank que le encantaría peinarle el bigote. —Se sujeta las perlas (sí, perlas reales). Las lleva sobre la polera que usa todos los viernes para hacer yoga—. Qué coraje. ¿Te imaginas preguntarle a un hombre si puedes peinarle el bigote?

—La otra noche le pregunté a un hombre si podía sentarme en su cara, así que peinar un bigote no me parece tan grave —acota Jaz. Faye sujeta las perlas con más fuerza y lanza un gemido antes de retirarse espantada.

—Jaz, ¿por qué le has dicho eso? Ahora va a estar todo el día escandalizada.

—Es demasiado para mí —dice Jaz y hace un gesto con la mano—. Alguien tiene que sacarle el palo que tiene metido en el trasero. Quizá Tank pueda hacer los honores ya que tanto le gusta.

—No sé si le gusta, pero la que sí le cac mal es Dolly.

—Hace años que Faye da vueltas alrededor de Tank. A la viuda estirada le gusta el chico malo, pero está demasiado asustada como para admitirlo.

—Tal vez —concedo—. Ey, te quiero decir algo. ¿Tienes un segundo?

—Solo si después me ayudas con las mesas y las sillas.

—¿Acaso no es lo que siempre hago?

—Sí, pero me preocupa que un día mi actitud temeraria te espante y no quieras ayudarme más.

Me río.

—Si no me fui en, ¿cuánto?, ¿veinte años?, estoy bastante segura de que ya no me iré. A veces me das miedo, pero sé que en el fondo tienes buenas intenciones. Así que no vas a librarte de mí.

—Justo lo que necesito: una amiga dependiente. —Sonríe con malicia y juntas movemos una mesa, solo para sentarnos.

Tomo el cuaderno de mi mochila y hago a un lado los nervios.

—El otro día me llamaron mis papás.

—¿Cómo están mis homosexuales favoritos? ¿Siguen dándose la gran vida de los sesenta en Palm Springs?

Mis papás son dueños de varias propiedades en Palm Springs y todas están ambientadas con la temática de los sesenta en California. Como se especializan en decoración de interiores con estilo moderno de mitad de siglo, todas sus propiedades tienen líneas limpias y colores fuertes. Me refiero a suelos de terrazo, chimeneas de laja, candelabros y sillas color cereza. Preservaron la era dorada y por fin están comenzando a ver los resultados alquilándole las propiedades a quienes buscan la sensación nostálgica de Palm Springs en su apogeo. Pero es un éxito agridulce. Porque si bien ellos se beneficiaron de Airbnb, esta misma tendencia es la que está terminando con el negocio de Sully.

—Así es —digo—. Pero no llamaron para darme buenas noticias.

El rostro de Jaz se transforma.

—¿Todo bien con Izaak?

Sé lo que está pensando. Mi papá Izaak tiene el cuerpo paralizado de la cintura para abajo y eso le ha traído algunas complicaciones de salud.

—Sí, no es eso. Me llamaron para decirme que La Caverna se está quedando sin dinero y que, si las cosas no cambian rápido, van a tener que venderla.

—¿¡*Qué*!? –grita Jaz–. De ninguna manera. No pueden venderla. Sully quedaría devastado; carajo, todo el pueblo quedaría devastado.

—Lo sé, pero no tienen muchas opciones. Me estuvieron pagando de su bolsillo.

Hace una mueca.

—Ay, no. ¿Y qué les dijiste?

—Que me dieran unas semanas para intentar mejorar las cosas. Si reparo al menos la recepción y algunas cabañas, podría armar el nuevo sitio web y comenzar a tomar reservas, ¿no? Ya tengo todos los materiales; solo tengo que encontrar el tiempo y la ayuda que necesito.

—Sí, pero ¿te olvidas de que eres *tú* quien tiene que hacer las remodelaciones?

—Ya sé –reconozco incómoda–. Por eso pensé en reducirlo a lo indispensable, a lo que sé hacer, para que el lugar al menos se vea… más bonito. Hasta que pueda pagarle a alguien. Cosas chiquitas por aquí y por allá. Pequeños toques que después puedan convertirse en cosas más grandes. Sé pintar. El suelo no debe ser muy difícil, ¿no? No quiero ni pensar en la electricidad, eso puede esperar. Pero la pintura, el suelo y unos muebles prefabricados: eso sí puedo hacerlo.

—Sí, esas parecen tareas bastante sencillas. ¿Crees que van a tener el impacto que necesitas?

—Tiene que funcionar. No tengo otro plan. Esto tiene que salir bien.

—Bueno, ¿y cómo te puedo ayudar?

Sonrío.

—Por eso eres mi mejor amiga.

Se estira y me toma una mano entre las suyas.

—Para eso están los amigos: para ayudarte con remodelaciones y pinchar las cubiertas de la gente que se mete contigo. Para que sepas, tuve que esforzarme para reprimir el impulso de pincharle las cubiertas a Julia. Tentador, muy tentador.

—Bueno, me alegra que hayas podido controlarte. No hay necesidad de pincharlas. Ya te lo he dicho. Estoy bien. Tampoco es que hayamos tenido una gran conexión. Honestamente, no sentí nada por él.

—Bueno, llegado el caso solo tienes que pedirlo. Si te molesta, estaré ahí en cuestión de segundos, lista para atravesar el caucho.

Resoplo y, aunque no quiera, disfruto de imaginarlo.

—¿Y si mejor me ayudas a pintar este fin de semana? Quiero pintar de blanco la madera oscura de la recepción. Cuando eso esté listo, puedo cambiar el suelo y luego solo quedaría decorar. Ya tengo muchas ideas para hacer que el espacio se vea más moderno pero que conserve el aire de la montaña.

—Sabes que odio pintar; prefiero demoler. ¿No necesitas que golpee algo con una masa?

—Por el momento no. Pero serás mi primera opción.

—Eso es todo lo que pido.

* * *

—¡Sully, la cena está lista! —grito.

Como no escucho respuesta, bajo la escalera para buscarlo.

—Sully…, la cena.

Lo busco en la recepción y en la oficina, pero no hay rastros de él.

Me invade el pánico. Siempre está por aquí cuando se acerca la cena. Vuelvo a buscar desesperada en toda la recepción.

–¡Sully…!, ¿¡dónde estás!? –grito mientras salgo del edificio y tomo el sendero hacia las cabañas. Me abro paso entre los árboles crecidos y camino hacia donde la propiedad llega al lago. Miro a mi alrededor con el corazón acelerado.

Entonces lo veo.

Sentado en una banca.

Pero no cualquier banca, *su* banca.

La banca que hasta ayer estaba rota, y que llevaba años rota.

Confundida, corro hasta la orilla del lago.

–Ey, Sully, te estaba buscando.

No me mira, pero palmea el espacio libre a su lado.

–Siéntate, querida nieta.

No estoy segura de dónde está su mente, pero tomo asiento, él me envuelve con un brazo y me acerca hacia su familiar aroma de menta y jabón Irish Spring, un aroma que siempre me resultará reconfortante.

–Qué hermoso lago, ¿no lo crees? –pregunta sin la rudeza que suele tener su voz.

–Sí. –Me recuesto contra él, intranquila pero aprovechando el momento–. Para mí, siempre ha sido el lago más lindo de todos.

No responde de inmediato, deja pasar la suave brisa mientras mira cómo el agua acaricia la orilla. La imagen de un momento como este se siente tan real en mi cabeza, pero en mi lugar junto a él estaba la abuela Joan, acurrucada en su pecho, con una mano sobre la camisa a cuadros y la otra enroscada en su espalda. Sully apoyaba el mentón sobre su cabeza y murmuraba despacio su canción favorita de Glenn Miller.

—Si escuchas con cuidado, casi se puede escuchar cómo la suave brisa intenta atravesar el agua —dice con una voz tan dulce, tan reconfortante.

Nos sentamos aquí, a escuchar. Y tiene razón: si dejas que la naturaleza tome el control y de verdad escuchas, puedes oír los sonidos más extraordinarios. Como la danza de las hojas o un pájaro aterrizando sobre una rama. El sonido distante de una abeja que busca polen y, por supuesto, la brisa que acaricia las olas sobre el lago.

—La banca… ¿la has arreglado tú? —pregunto tras unos segundos de paz. Me da demasiada curiosidad como para no preguntar. Además, tengo que saber si encontró el modo de llegar a las herramientas que ya no debería usar sin atenta supervisión. Hace unos meses lo encontré aquí abajo queriendo cortar unas maderas. En el medio de la tarea, perdió el conocimiento y se cortó la mano. Salí corriendo a la sala de emergencia, muerta de preocupación. Siete puntos después, hablé con el médico y acordamos que lo mejor para él era esconder las herramientas.

—¿Si yo reparé la banca? No, lo hizo tu contratista.

—¿Contratista? —¿De qué diablos habla?

—A la abuela Joan no le gustará el ángulo del respaldo. Ya le dije que no era cómodo, pero no me escuchó y la pintó como estaba.

No puedo estar más confundida. Yo no contraté a nadie.

Quiero preguntarle de qué demonios está hablando, pero se está haciendo tarde y Sully tiene una hora de dormir estricta. Dormir es una de las cosas más importantes para el Alzheimer. Si nos atenemos a la rutina, suele tener una buena noche de sueño y eso resulta en un día saludable. Así que, en lugar de indagar, vuelvo al motivo que me trajo aquí:

—La cena está lista.

Se acaricia la barriga.

—Qué bueno, me estaba muriendo de hambre. —Se inclina y me da un beso en la frente—. Te quiero, nieta.

Y así, sin más, se me llenan los ojos de lágrimas y me aferro a su espalda. No recuerdo la última vez que lo oí decir eso, mucho menos demostrarme afecto de esta forma.

—Yo también te quiero.

—Gracias por cuidarme.

Son raros los momentos como este con él. Su falta de lucidez a veces lo lleva a olvidarse de quién soy y, aunque me duela, lo entiendo. Pero esta banca… En esta banca siempre se ha sentido cómodo, así que no debería sorprenderme que se abra aquí. Puede recordar quién es, justo aquí, donde viven algunos de sus mejores recuerdos con su chica, Joan.

—Es un placer —respondo, aprovechando este momento con él, fijándolo en la memoria, porque no sé cuántas veces más ocurrirá.

CAPÍTULO 8
SAWYER

—Eh, tú, ¿qué haces ahí holgazaneando? –grita Sully, caminando hacia mí con esos inconfundibles tiradores. Estoy despatarrado sobre el césped delante de la banca; es uno de mis sitios favoritos porque está lejos de los patos pero tiene una gran vista del lago y las formaciones rocosas. Me enderezo.

—¿A qué te refieres? –pregunto cuando llega hasta mí con el ceño fruncido.

—No te pagamos para que te sientes junto al lago a buscar tréboles de cuatro hojas. Ponte a trabajar. –Señala a un costado con la mano.

—Ah, no sabía que había más cosas para hacer. –Después de ayer, asumí que ya no se necesitaría mi ayuda.

—Por supuesto que hay más cosas para hacer. Si queremos terminar para la temporada alta, tenemos que ponernos manos a la obra –insiste Sully–. Lo que significa que tienes que mover el trasero.

Bajo la mirada hacia la página en blanco de mi cuaderno. Solo tengo escrito «Noely» y «Ciega a citas», pero lo taché enseguida. Puedo hacer algo mejor que robarle su historia de amor a una presentadora de televisión que ha intentado defenderme. Ya que no se me ha ocurrido nada, no me vendría mal ayudar otro poco, en especial porque hacerlo me trajo mucha alegría. Así que me pongo de pie y me acomodo el cuaderno debajo del brazo.

—¿Qué necesitas que haga?

—Puedes empezar con las mesas de pícnic de por allí. —Sully señala bajo la lomada, a una zona de césped crecido y mesas gastadas—. ¿En serio crees que alguien va a comer allí con esa madera toda astillada? La gente no viene aquí para pincharse el trasero. Líjalas y repíntalas. Las quiero terminadas para el final del día.

¿El final del día? Mierda, más me vale que me ponga a trabajar.

Gira sobre su eje y vuelve hacia la recepción con los brazos en jarra. Para una persona tan anciana, tiene paso firme cuando se enoja.

Me río para mis adentros y pienso si debería preguntarle a Fallon si quiere que me ocupe de las mesas de pícnic, pero sé que Sully tiene un punto: todavía no me he sentado en las mesas y es porque necesitan desesperadamente lija y pintura.

Entonces… regreso a mi cabaña, me pongo la ropa de trabajo y voy hacia la ferretería. Esta vez no me encuentro con Tank en la puerta. Está de pie detrás del mostrador, hojeando un catálogo. Lo saludo con la mano al pasar.

—¿Vuelves por más? —pregunta.

—Mesas de pícnic. Tengo que lijarlas y repintarlas.

—¿Quieres una lijadora eléctrica?

Niego con la cabeza.

—No, creo que quiero hacerlo a mano. Me gusta la sensación del trabajo duro.

—Eres mejor hombre que yo —comenta—. Te daré lo que necesitas.

Me lleva a la parte de atrás y me ayuda a elegir la lija, lijadora manual incluida. No querré una eléctrica, pero sé que una lijadora manual será de gran ayuda.

—Sully cree que soy un contratista. No creí que fuera a recordarme.

—No ha perdido por completo la memoria de corto plazo. Pero se confunde bastante. Probablemente te asocie con la banca, que es muy especial para él. Así que de seguro en su mente tú seas quien repara cosas.

—Tiene sentido —digo mientras caminamos por el sector de pintura—. No tengo idea de qué color debería escoger.

—Rojo —sugiere Tank sin dudar—. A Sully y a Joan siempre les gustaron las mesas de pícnic rojas en el predio. Les gustaba cómo resaltaba entre el verde.

—Entonces, vamos con rojo.

Cuando llegamos al mostrador, tomo mi billetera, pero Tank alza una mano.

—Aquí no queremos tu dinero.

—Tank, puedo pagar.

—Sé que puedes, pero no quiero tu dinero. Estás ayudando a mi amigo; por lo tanto, no pagas. ¿Entendido?

—¿Estás seguro?

—No me hagas patearte el trasero —responde Tank bajando la voz a un tono amenazante. Por Dios, si tuviera que adivinar, diría que es pariente de Jaz.

—Bueno. —Guardo la billetera—. Entendido.

De nuevo, Tank me lleva hasta las cabañas y me pongo a trabajar.

A lijar.

Y lijar.

Y lijar.

El calor del verano me consume hasta el punto de tener que volver a la cabaña para ponerme pantalones cortos.

Regreso a las mesas de pícnic y sigo lijando.

Creerás que me arrepiento de no haber elegido la lijadora

eléctrica, pero me gusta la sensación que el trabajo duro me deja en el cuerpo. Me gusta el esfuerzo físico, llevar el cuerpo hasta sentir que estoy a punto de colapsar. Me gusta que, mientras lijo, me pierdo en la textura, en la sensación de la lija contra la madera, en el áspero sonido que llena el espacio a mi alrededor. Me gusta que mi mente no divague, que pueda bloquear el recuerdo de la traición de Simon y Annalisa y la exigencia de un nuevo guion. Puedo solo… desconectarme.

Pero, mierda, qué calor.

Dejo la lija y me saco la camiseta. La doblo en tercios y me la cuelgo de los pantalones; me pongo la gorra hacia atrás para tirarme agua en la cara, pero cuando tomo la botella, me doy cuenta de que está vacía. Mierda.

Sé que hay un dispensador de agua en la recepción, así que troto colina arriba y abro la puerta. Entro y me encuentro a Jaz y Fallon pintando las molduras de madera oscura de la puerta principal.

–¿Por qué toma tanto tiempo? –se queja Jaz; luego gira y me ve. Sus ojos se fijan en mi pecho desnudo y después viajan hasta mi rostro–. Bueno, miren eso. Julia tiene músculos. No me lo esperaba.

–¿Qué? –pregunta Fallon y también se gira, pincel en mano. Cuando me ve, aleja la mirada de inmediato–. Ah, eh, hola. ¿Necesitas algo?

Le muestro la botella, aunque no está mirando.

–Solo quería rellenar la botella.

Jaz, por su parte, me mira descaradamente.

–¿Quién iba a decirlo? Tienes los abdominales marcados. Jamás me lo hubiera imaginado. ¿Qué más ocultas? –Sus ojos viajan a mi entrepierna–. ¿Algo… especial?

–¡Jaz! –exclama Fallon con el ceño fruncido–. Ya basta.

–¿Qué? ¿No puedo pararme aquí a apreciar un espécimen

masculino? Sabes que puedes mirarlo, ¿no? No se te van a quemar los ojos. Mírale los pezones, tienen buen tamaño.

—Eh, gracias. —Voy hacia el dispensador que está a la derecha sintiéndome extrañamente halagado. Jaz es la última persona de la que esperaría un cumplido, así que, aunque esté hablando de mis pezones, lo acepto.

—No estaba hablando de ti —espeta Jaz, que se da cuenta del error que cometió: hacerme un cumplido—. Solo es un comentario general. Me sigues cayendo mal.

—Es bueno saberlo —digo intentando sonar tan tranquilo como puedo. Relleno el agua con la mirada de Jaz sobre mí todo el tiempo.

—Debes hacer mucho ejercicio, ¿no? —pregunta.

—¿Y a ti qué te importa? —disparo y entrecierra los ojos.

—¿Me estás faltando el respeto?

—¿Te parece? —La enfrento y le doy un sorbo a la botella de agua.

—La verdad que sí. —Me señala—. Ten cuidado: no quieres meterte conmigo.

—Quizá sí. —Estoy probando una nueva estrategia con ella. Quizá me respete más si no soy tan pasivo.

—Yo no lo haría —interviene Fallon, sigue evitando mirarme el torso desnudo. Yo, por mi parte, no puedo decir lo mismo. Esos jodidos pantalones cortos desgarrados sí que le quedan bien—. Pero basta de esto; tenemos que terminar de pintar. Y ya que esta estúpida pistola no funciona, hay que pensar otra estrategia.

—¿Por qué no funciona? —pregunto despegando la mirada del sitio en que los pantalones abrazan su trasero.

—No necesitamos que te entrometas con tu inmenso conocimiento de guionista. —Jaz me espanta con la mano—. Seguro puedes cambiar la trama como te convenga, pero eso no va a ayudar con lo que estamos haciendo.

La ignoro, camino hacia la pistola de pintura y la miro. En unos segundos identifico el problema.

—La boquilla no está bien puesta. —Hago los ajustes.

La enciendo y rocío la pared. La pintura blanca sale y cubre la madera en una capa perfecta. Con una sonrisa de satisfacción dirigida a Jaz en específico, le entrego la pistola a Fallon, que por fin me mira con gratitud en los ojos.

—¡Ay, gracias! —dice contenta—. Nos has ahorrado mucho tiempo.

Jaz me mira.

—No me gusta que supieras hacer eso. ¿Eres una suerte de hechicero?

—No, pero como dijiste, oculto cosas. Puede que solo tengas que hurgar un poco para encontrarlas. —Hago un saludo militar—. Buena suerte con la pintura.

Contento por haber puesto a Jaz en su lugar, me voy de la recepción con una sonrisa, vuelvo colina abajo hacia las mesas de pícnic y me encuentro a Sully sentado probando una.

—Ahí estás —dice—. Pensé que estabas durmiendo la siesta.

Niego con la cabeza.

—Solo fui a buscar agua.

Me mira el pecho.

—¿Qué le ha pasado a tu camiseta?

—Hacía calor.

—Bueno, este es un lugar familiar; póntela de nuevo. No me ves a mí quitándome la camiseta, ¿o sí? —Se estira los tiradores sobre el pecho.

—Eso es cierto. —Busco a mis espaldas, tomo la camiseta de mis pantalones y me la vuelvo a poner. La tela de algodón me resulta sofocante. En mi futuro hay una ducha muy muy fría.

—Y ponte la gorra como se debe, con la visera hacia delante.

Doy vuelta la gorra.

—Le pido perdón, señor. ¿Así está mejor?

Me observa otra vez.

—Sí, y ahora pásame la lija; te faltaron algunos lugares.

Sé muy bien que no es así, pero igual le doy la lija y juntos nos ponemos a trabajar en las mesas de pícnic. Mis movimientos son rápidos, fuertes y eficientes, mientras que los de Sully son lentos y cuidadosos.

—Te vas a arruinar la espalda yendo tan rápido. Disfruta del momento, de la calma de sentir la lija acariciando la superficie de la madera.

Como estoy por terminar, decido bajar la velocidad y acompañarlo en su ritmo.

—¿Ves? Disfrútalo —me ordena mientras pasa su mano temblorosa por la madera.

—Tiene razón. Es agradable.

—¿Estás trabajando en algún otro proyecto en tu tiempo libre?

—Sí —respondo—. Hace unos años que vengo trabajando en un kayak. Lo construí de cero. Me está llevando mucho tiempo, en especial porque no puedo trabajar en eso seguido.

—Un kayak. —Asiente, aflojando un poco la aspereza de su voz—. Una tarea bastante ambiciosa. Muchas curvas.

—Es un desafío pero es satisfactorio.

—Quizá algún día puedas flotar sobre el Strawberry Lake. Ya no hay tantos botes por aquí.

—¿Por? —pregunto.

—No estoy seguro, tal vez por el nuevo alcalde.

—¿No le gustan los botes? —Me río.

—No le gusta el agua. —Sully me mira a los ojos—. Es un jodido gato.

Confundido, miro hacia mis espaldas y luego de nuevo a él.

—¿Qué es un gato?

—El alcalde.

—¿Eh? –pregunto.

—El alcalde del pueblo es un gato.

—¿Un gato? Como… ¿miau? –¿Por qué dije «miau»?

Pero hago reír a Sully, que mueve la cabeza y lija las grietas de la madera.

—Es un gato de verdad. El cretino es el animal más rápido que he visto. Se pasa todo el día durmiendo sobre su cojín de seda, del que solo se mueve a la hora de comer. Si me preguntas a mí, una ridiculez total.

—Espera, ¿entonces el alcalde es un gato *de verdad*? –le pregunto y Sully asiente–. ¿Cómo es posible?

—Canoodle optó por no conformar un gobierno local, pero igual tenemos elecciones cada cuatro años, solo que, como una innovación, la competencia siempre es entre gatos y perros. Personalmente, creo que es una gran payasada.

—Hace a este pueblo todavía más peculiar –señalo.

Frunce sus cejas tupidas.

—¿El pueblo te parece peculiar?

—Sí –respondo–. Es la clase de pueblo que ves en una película. Un pequeño poblado en el medio de la nada, rodeado de árboles y lleno de encanto local. Habitantes peculiares, tiendas con nombres fascinantes, un gato como alcalde… Es el escenario clásico para una película romántica de Navidad. –Como guionista, escribí sobre pueblos así una o dos veces, en especial cuando trabajaba para Lovemark, la cadena conocida por sus películas dulces y románticas. Esta es la clase de locaciones que buscan: un sitio en el que las personas puedan escapar de sus problemas.

Eh… Eso es exactamente lo que estoy haciendo. Cualquiera creería que estoy viviendo mi propia historia de enredos, aunque, si ese fuera el caso, ¿dónde está la heroína que viene a mostrarme mi verdadero valor?

Mi mente va de inmediato hacia la única mujer que conozco en el pueblo (al menos la única que sé que está soltera): Jaz. Me recorre un escalofrío de solo pensarlo. Aterrador. Eso sería aterrador.

—¿Una película romántica? —pregunta Sully—. ¿Eres un hombre romántico?

Presiono más en las grietas con la lija.

—Eso creía hasta que mi novia me dejó por otro. —Me avergüenza mirar a Sully a los ojos. Hay algo en su estoicismo que me hace sentir débil por haber mencionado a Annalisa.

Al principio, no me responde nada. El roce de la lija contra la madera llena el silencio y luego, pasados unos minutos, se aclara la garganta.

—A mí también me engañaron.

A Sully… ¿lo engañaron? No me lo creo. Por el verde de sus ojos y la fuerza de su mandíbula puedo decir que fue un hombre atractivo en su juventud. Y, a pesar de su malhumor, sé que en el fondo es amable.

—No me parece posible.

—Hasta los más guapos de la manada pueden ser desafortunados en el amor —asegura Sully con una pequeña sonrisa—. Pero tengo que admitir que, aunque me dolió, al final fue una bendición: después de que me engañaran, me mudé aquí, a Canoodle y usé hasta el último centavo que tenía en mi cuenta bancaria para construir estas cabañas.

—¡¿Tú las construiste!? —exclamo, contemplando el resultado final. Con un diseño de pequeñas cabañas alpinas, están terminadas en roble claro y techo de chapa oscura. Son muy pintorescas—. Hiciste un trabajo increíble.

—Gracias —dice despacio. Estuvo tan charlatán, tan desenvuelto, que me pregunto si este no es uno de sus días más lúcidos. Parece tener las ideas claras, estar en sintonía con sus pensamientos; me da curiosidad saber cómo era antes de que el Alzheimer se apoderara de él. No tengo ninguna duda de que también querría estar aquí, con él, lijando una vieja mesa y conversando—. Estaba eligiendo muebles cuando conocí a Joan. —Dirige la mirada hacia el lago—. Vendía muebles. Piezas hechas a mano y antigüedades. Era una de las mujeres más hermosas que había visto. Unos ojos azules tan claros que me destruyeron el corazón. Castaña, con bonitos rizos. Me capturó. En un instante supe que esa mujer era especial… y que tenía que pasar el resto de mi vida con ella. Le conté de las cabañas y vino a verlas. Fue un viaje largo porque vivía en Palm Springs, pero hicimos la excursión a las montañas y me ayudó a elegir muebles y ropa de cama para todas las habitaciones. Me costó convencerla, pero al final accedió a una cita y nunca miramos atrás.

—Eso es hermoso —comento. Me recuerda a los romances clásicos de Nicholas Sparks. Un obrero que hace mucho con lo poco que tiene y no impresiona con su dinero, sino con su ética de trabajo, su carisma y su tierno corazón—. Entonces, las cabañas, esta propiedad… es como el origen de su historia de amor.

Asiente.

—Así fue. Fue lo que nos unió, y no hay un día en que no la extrañe, en que no la vea por aquí. Estas cabañas eran una parte de ella. —Sully alza la vista, con un brillo especial en los ojos—. Y yo la *enamoré*. Este viejo tiene algunos trucos bajo la manga.

—Ah, ¿sí? —pregunto, aunque siento una punzada al confirmar mis sospechas: Joan ha fallecido—. ¿Como cuáles?

Sully deja la lija.

—Esa es una historia para otro día. ¿Confío en que vas a limpiar?

—Sí, señor.

—Bien. Nos vemos mañana para pintar. —Me saluda con la cabeza, se pone de pie y se va.

Lo miro alejarse hacia la banca que reconstruí, se sienta y mira el lago, donde el sol se pone tras las montañas e ilumina todo con el brillo perfecto de la hora mágica: el sueño de un cineasta, iluminación natural. A la distancia puedo ver que mueve la boca, como si estuviera hablando, pero no puedo oírlo desde donde estoy.

Tiene el brazo estirado sobre el respaldo y sé que está abrazando a Joan, hablándole mientras el sol se pone. No estoy seguro de haber visto algo así de romántico en la vida. Porque, aunque Joan se haya ido, sigue en su corazón y el hombre la sigue amando, sufriendo por ella e incluyéndola en su vida.

La clase de amor por el que se escriben películas románticas.

Esa es la clase de amor que quiero para mi vida.

No una montaña rusa de drama como la que tenía con Annalisa. Si lo pienso un poco, esa relación no estaba basada en un profundo cariño, sino en un objetivo común: triunfar en la industria del espectáculo. Entre nosotros no había cimientos. No había amistad.

Pienso en lo que me confesó Sully, cómo huyó hacia Canoodle después de que lo engañaran y que aquí encontró sosiego, entre los árboles, en la profundidad del lago y la soledad de las montañas. Hace que me pregunte… ¿encontraré algo de sosiego alguna vez?

Miro al cielo, que se va fundiendo en la noche.

Quizá ya haya comenzado a encontrarlo.

* * *

—¿Y entonces cuáles eran tus famosos trucos? —le pregunto a Su-lly mientras pinta tranquilo una mesa de pícnic, poniendo mucho cuidado en las pinceladas. El rojo vibrante lo hizo sonreír cuando le mostré la lata. Me pregunto cómo sabía que ese era el color que él hubiese elegido y le dije que Tank me había ayudado.

—¿Mis famosos trucos? —responde Sully, confundido.

Ah, cierto, tal vez no recuerda toda nuestra conversación de ayer.

—Los que enamoraron a Joan.

—Ah —dice, ahora con una ligera sonrisa en los labios—. Bueno, al principio fue un hueso duro de roer.

—¿Por qué?

—Porque yo no le gustaba. No porque no le pareciera atractivo. En esa época, yo era lo que se llamaba «un galán».

—Te creo. Aún lo eres.

—Preferiría que no me chuparas las medias, es incómodo. —Me río y Sully continúa—: En esa época ella tenía novio.

—¿En serio? —pregunto—. Uh, no me lo vi venir.

Mete el pincel en la lata y acaricia la madera con cuidado.

—Se llamaba Earl. Tenía una empresa de rocas.

—¿Una empresa de rocas? ¿Como geodas?

Suelta una carcajada y niega con la cabeza.

—No, rocas para revestimiento.

—Ah, eso tiene más sentido —me río.

—Joan y Earl eran novios del secundario. Ella estaba muy pegada a él, y yo lo respetaba, aunque a veces era más fácil decirlo que hacerlo. Cuando la invité a salir por primera vez, y me dijo que tenía novio, quedé destruido. —Sully baja el pincel y busca en su bolsillo, toma su billetera y extrae una foto gastada y amarillenta. Me la pasa—. Ella es mi Joan.

A pesar de lo descolorido de la foto y una arruga que la cruza por el lado derecho, puedo ver con facilidad lo hermosa que era. Como guionista, describiría su cabello como de rizos gruesos, sedoso, sin un mechón fuera de su lugar, y los ojos, aunque no pueda ver el color, parecen dulces, amorosos. Y, por supuesto, a pesar del blanco y negro, puedo decir que sus labios con forma de corazón están pintados de rojo carmesí.

—Guau, es hermosa.

—Sí, y envejeció con gracia —asevera—. Verás de lo que hablo cuando vayas a cobrar. Hace las mejores galletas de canela. Creo… —Hace una pausa y se me salta el corazón cuando me mira. Lo estoy perdiendo—. Creo que hay unas en el horno en este momento.

En un instante, veo desaparecer su lucidez y la confusión se apodera de su rostro.

Olfatea y mira sobre su hombro.

—Sí, hay… Hay una tanda en el horno.

Esto, ver caer en un pozo de incertidumbre a un hombre tan lleno de vida, con tantas historias; Dios, me rompe el corazón, en especial porque sé que no hay galletas en el horno y Joan no está en la recepción.

Pero no quiero empeorar la situación, así que le sigo la corriente.

—Genial. Me encantan las galletas de canela. Quizá pase más tarde a buscar algunas… Después de terminar con estas mesas, claro.

Asiente, toma la foto de mi mano y la vuelve a guardar en su billetera. Por un segundo creo que va a continuar con nuestra conversación, pero no vuelve a tomar el pincel; se queda mirando el lago a mis espaldas, sé que lo he perdido.

No sé bien qué hacer, así que sigo pintando, intentando traerlo de nuevo al presente.

—Entonces, ¿Joan salía con Earl?

Sully se aclara la garganta.

—Sí, yo, eh… —Vuelve a mirarme. Su mandíbula se mueve hacia delante y hacia atrás, ahora le tiemblan las manos—. Creo, yo, eh, creo que debería ir a verla. —Le da un golpecito a la mesa con los nudillos, se levanta con cuidado, tiene la mirada perdida, está desorientado, y mira a su alrededor para recobrar la compostura.

No sabe dónde está. No puedo imaginarme lo asustado que se debe sentir.

Tengo que interceder.

—Eh, ¿sabe qué? Tengo que ir a la recepción a cargar más agua en la botella. ¿Puedo ir con usted?

—Sí, claro. —Asiente, pero no se mueve, así que apoyo el pincel sobre la lata. Tomo la botella casi llena de agua y comienzo a caminar hacia la recepción—. Ah, sí —dice, señalando en la dirección correcta—. Por aquí.

—Gracias. —Aunque yo soy quien marca el camino.

—¿Estás disfrutando tu estadía? —me pregunta, su voz cambia de empleador gruñón a anfitrión feliz.

—Sí —le respondo—. Las cabañas son preciosas.

—Gracias. ¿Sabías que yo las construí?

Sí.

No quiero mentirle, entonces digo:

—Ha hecho un gran trabajo. De verdad se nota el nivel de detalle que le ha puesto. Las molduras son excelentes.

Se ríe.

—Casi pierdo un dedo cortándolas.

—Me imagino.

Llegamos a la recepción y me palmea la espalda.

—Disfruta tu estadía. —Abre la puerta para mí, entramos a la recepción y nos encontramos a Fallon tocando la superficie que estaba pintando ayer. Esta vez, Jaz no está, pero sí su novio, inclinado frente a los zócalos con un pincel en la mano.

—Hola, Sully. —El novio se pone de pie—. ¿Cómo estás?

Sully se congela y mira a Fallon. Su rostro lo dice todo: no tiene ni idea de quién es ese hombre.

—Sully, ¿recuerdas a Peter? —le pregunta Fallon.

—Ah, sí, Peter. —Sully no se mueve, pero alza una mano en su dirección. Los ojos del hombre siguen nublados, y vuelve a girarse en dirección a Fallon—. ¿Dónde está tu abuela Joan? Quiero verla.

El rostro de Fallon se transforma y en esa expresión puedo sentir su dolor, el dolor que arrastra no solo por haber perdido a su abuela, sino por tener una y otra vez esta conversación con Sully. Pero, en lugar de desanimarse, endereza la espalda y avanza hacia él.

—¿Por qué no vamos arriba así podemos conversar? —Se gira hacia Peter—. ¿Puedes terminar por mí?

—Claro, cielo —responde al mismo tiempo que Fallon desaparece con Sully, a quien sostiene del brazo.

Cuando están fuera de nuestra vista, Peter suspira.

—¿Te lo has encontrado afuera?

Cuando me doy cuenta de que me está hablando a mí, me aclaro la garganta.

—Ah, sí, estábamos hablando. Parecía confundido, como si no supiera dónde estaba, así que lo ayudé a volver hasta aquí.

Peter asiente.

—Gracias. A veces se olvida dónde está; me alegra que estuvieras ahí para ayudarlo. —Estira su mano—. Peter.

El novio incondicional.

El tipo de personaje que metes en una historia para distraer al público, sobre todo si es buen tipo, cuando no hay señales de advertencia, nada que indique que pueda suceder algo que sacuda las cosas, que haga que… Un momento, ¿de qué estoy hablando? Lo estoy pensando como si Fallon fuera la heroína de este romance que se está desarrollando en mi mente.

Pero… mi propuesta podría tratarse de una chica de un pueblo pequeño que tiene un novio que la va a visitar los fines de semana y que, durante la semana, ella comienza a enamorarse de alguien más…

No. Demasiado complicado.

Le doy la mano a Peter.

–Sawyer. Me estoy quedando en una cabaña.

–Ah, qué bien. ¿Por cuánto tiempo?

–Eh, es probable que por algunas semanas. –Me rasco la nuca–. En este momento estoy necesitando un escondite de mi vida real.

–Te entiendo. Qué no daría por poder escaparme un rato con Fallon. –Niega con la cabeza–. Sully es un trabajo de tiempo completo.

No estoy seguro de por qué Peter le está diciendo esto a un completo desconocido, pero asiento con la cabeza.

–Parece que ella está haciendo un gran trabajo.

–Así es. –Él también asiente–. Como sea, debo seguir pintando. –Alza el pincel–. Que tengas una buena estadía.

–Gracias. –Me sirvo un poco de agua en la botella y salgo por la puerta trasera hacia las mesas de pícnic, que pronto termino de pintar. No consigo sacarme la imagen de Joan de la cabeza.

Ni la expresión triste de Fallon.

CAPÍTULO 9

FALLON

—¿Sully no se queda con Tank este fin de semana? —pregunta Peter cuando me acuesto con él en la cama, tras haber ido a ver a mi abuelo por última vez.

—Tiene una reunión con el club de motociclistas. Se juntan una vez al mes y no quiero que se las pierda. Son muy importantes para él.

Estoy acurrucada al lado de Peter, que está apoyado contra el respaldo de madera blanca, con el ordenador portátil sobre el regazo a punto de ver mi nueva obsesión: episodios viejos de *Yo quiero a Lucy*.

—No sabía que estaba en un club de motociclistas; pero ahora que lo pienso, no me sorprende, dado que usa cuero hasta con este calor.

—Sí, es una buena distracción. Así como Tank me da un descanso, él también lo necesita.

—Tal vez el fin de semana que viene podemos ir a algún lado… Ya sabes, un verdadero descanso. Estoy seguro de que a Jaz no le molestaría cuidar las cabañas. Podemos pasar un fin de semana largo en Palm Springs o incluso ir a San Diego o Temecula. Disfrutar unos días en el país del vino. —Me da un beso en la frente.

¡¿Qué diablos me está proponiendo!? Esta misma tarde le conté de mi interminable lista de pendientes. ¿En serio cree que puedo tomarme un descanso?

—Me encantaría, Peter, pero este no es un buen momento. Estamos corriendo contrarreloj para terminar con la remodelación.

—Cariño, hace rato que estás trabajando en la remodelación; seguirá aquí...

—Ese es el punto —digo y me giro hacia él—. Puede que no sigan aquí.

—¿Qué quieres decir? —Peter cierra el ordenador y me mira de frente.

—Bueno, he hablado con mis padres y a las cabañas no les está yendo bien. Necesitamos dinero con urgencia y, hasta que no terminen las obras, no podré conseguirlo.

—¿Qué sucede si no las terminas?

Bajo la vista hacia mis manos.

—Vamos a tener que vender.

—¿En serio? —La esperanza en su voz es inconfundible—. Fallon, eso es genial. Si vendes todo, podrás regresar a Palm Springs. He estado buscando residencias en la zona para Sully y tengo un amigo que trabaja en una maravillosa...

—Peter, no quiero vender.

—¿Qué? —Frunce el entrecejo—. ¿Por qué no?

—Porque aquí es donde crecí, aquí tengo todos estos recuerdos de Sully y de la abuela Joan. Este es mi segundo hogar, y no puedo imaginarme dándoselo a alguien, alguien que podría demoler las cabañas que Sully construyó con tanto esfuerzo. No puedo hacerle eso. Ni a él ni a mí.

—Pero, Fallon, esto es demasiado para ti. ¿Remodelar sola mientras cuidas a tu abuelo? ¿Te parece justo?

Siento que muy poca gente en el mundo entendería mis motivos. Carajo, ni mis padres los entienden, pero me apoyan. Es más que solo ayudar a Sully; se trata de preservar el legado de mis abuelos.

Mis papás me traían hasta aquí todos los veranos; no porque quisieran librarse de mí, sino porque yo les rogaba que me dejaran pasar esas semanas con mis abuelos en las montañas, para ir a caminar con Sully y hornear galletas en la cocina con la abuela Joan. Ellos guardaban una cabaña para mí y para Jaz, donde fingíamos que éramos huéspedes y nos quedábamos hasta altas horas de la noche hablando y haciendo tonterías. En este lugar, en este pueblo, viven mis recuerdos más queridos, y estas cabañas son más que un sitio para hospedarse: es lo que Sully siempre soñó e hizo realidad con la abuela Joan.

Hay magia en La Caverna y haré todo lo que esté a mi alcance para asegurarme de que la magia siga con nosotros, aquí…, donde Sully y la abuela Joan se enamoraron.

—No estoy buscando justicia, Peter. Quiero hacer lo correcto, y si eso significa quedarme aquí para asegurarme de que he hecho todo lo posible para conservar la propiedad, entonces lo haré. ¿Cómo puede ser que no lo sepas? —Esa es una pregunta aún más importante porque le he dicho infinidad de veces todo lo que significan las cabañas.

—Lo sé. —Suspira y me toma de la mano—. Lo siento, es que… es difícil verte solo los fines de semana. Venir aquí, no tener tiempo a solas. No poder relajarnos juntos. Verte trabajar hasta quedar exhausta. Que hablaras de vender me hizo pensar que podría haber algo de alivio en el futuro.

—Lo sé, lo siento…

—No tienes que disculparte. —Peter me acuna el rostro entre sus manos—. Eres una persona increíble. Estás haciendo mucho por tu familia. Perdón por mi frustración. Te amo, Fallon, y me gustaría tenerte más que solo los fines de semana.

Trago con dificultad.

Esas palabras vuelven a resonar en mi cabeza.

Me atraviesan los huesos y, sin embargo, no producen la misma reacción.

No me generan nada en absoluto; solo ansiedad.

Lo miro.

—Sé que esto ha sido difícil para ti, Peter, y si es demasiado, puedo entenderlo.

—No —me asegura de inmediato—. No es demasiado y te pido perdón si te hice creer eso. Fue un breve rapto de frustración. —Respira hondo—. No es demasiado para mí. Tú lo vales.

No puedo sostenerle la mirada; mirar esos ojos que brillan de amor me… abruma. Entonces me acurruco contra él y dejo que me abrace fuerte mientras me da besos en la cabeza.

—¿Pongo *play*? —propongo.

Niega con la cabeza.

—No, ya me cansé. Hablemos mejor.

—Ah, bueno. —Me acuesto boca arriba, mirando al techo—. ¿De qué quieres hablar?

—Tal vez de un viaje que podríamos hacer en el futuro, cuando hayas avanzado con las renovaciones. Algún sitio al que podamos ir para ser solo tú y yo… No tú, yo, Sully y las cabañas.

Sé que no lo dice con mala intención, pero ¿cómo es que no puede ver que esas cosas son parte de quien soy? Si me quieres, vengo con Sully, con las cabañas, con este pueblito. ¿Cómo es que no lo ve?

¿Y debería preocuparme que no lo vea?

¿O es solo que estoy tan cansada y abrumada que estoy pensando demasiado?

Es probable que sea eso.

Me tengo que relajar, disfrutar este momento con Peter; quizá le estoy pidiendo demasiado y tengo que entregarme a estas fantasías, al menos por una noche.

—Emm, veamos, ¿has ido a Las Vegas alguna vez? —quiero saber.

Se ríe.

—Me gusta cómo piensas.

* * *

—Bueno, ¿seguimos con los suelos? —pregunta Jaz con las manos en las caderas mientras contempla las planchas vinílicas que tenemos apiladas en la parte de atrás de la recepción para que, en el hipotético caso de que venga alguien a tomar una reserva, no se tropiece con las cajas.

—Síp —toco las cajas con el pie—. Anoche vi por lo menos cuatro videos en YouTube que explicaban cómo colocar estas planchas. Creo que Peter se enojó conmigo. Parecía molesto cuando se fue esta mañana.

—Y como no, él viene solo por el fin de semana y tú te pasas la noche mirando tutoriales cuando deberían estar fornicando.

—¿Puedes no decirlo así?

—¿Qué? —Se encoge de hombros—. Es cierto. El tipo es un bombón; deberían pasársela bajo las sábanas.

Lo hicimos…, pero es solo que *eso* no es lo único que hacemos.

—Es difícil, vivo cansada —señalo y mi amiga se gira con lentitud hacia mí.

Está masticando goma de mascar, luego se la enrosca en el dedo índice (*un asco*) y abre grandes los ojos.

—Espera, ¿me estás queriendo decir que no tienen sexo todos los días que él está aquí?

—No es fácil tener sexo cuando estoy cansada y escucho a Sully moverse todo el tiempo a través del monitor.

—¿El monitor de bebé que le pusiste? —Asiento—. Apágalo y ve a acostarte con tu novio. Dios, Fallon, ¿qué sucede contigo?

Tomo asiento sobre la pila de cajas.

–Dios, no lo sé. –Me muerdo el interior de la mejilla–. Todavía no le he dicho que lo amo, y me siento mal por eso. Creo que estoy muy enroscada en este momento. No estoy emocionalmente disponible para nada más que cuidar a Sully. Y con la presión de mantener las cabañas, que sigan funcionando… Me parece imposible sumergirme en esos sentimientos, ¿entiendes? Porque, si me sumerjo en eso, se asomarán todas mis otras emociones, y no puedo permitírmelo. Me voy a quebrar si pienso en cómo me siento.

Jaz se acerca a mí y me apoya una mano sobre el hombro.

–Te quiero, Fallon, pero Peter tiene razón: tienes demasiadas responsabilidades. Es un buen tipo, pero si no le prestas la atención que se merece, será demasiado tarde.

–Lo sé.

–¿Y quieres perderlo?

Me muerdo el labio y niego con la cabeza.

–No, creo que no.

–Entonces, ¿por qué no lo llamas, solo para saber cómo está, mientras yo comienzo a arrancar la alfombra de la recepción? Me va a venir bien tener un momento a solas para descargar algo de ira.

Me río.

–Bueno.

Tomo mi teléfono y salgo por la puerta trasera, hacia el parque, para tener un poco de privacidad. Respiro hondo, saboreando la brisa fresca que viene desde el lago. Llamo a Peter y me llevo el teléfono al oído.

Suena dos veces antes de que responda.

–¿Todo bien? –pregunta.

–Sí. –Me siento como la mierda–. Perdón, Peter.

–¿Por qué?

Camino por el sendero que lleva al lago.

—Por no ser una buena novia. Vienes aquí todos los fines de semana y yo te hago trabajar. Nosotros, eh, no, ya sabes…, no lo hacemos todas las noches y yo…

—Fallon, aguarda un momento. No voy a verte los fines de semana solo para tener sexo. Voy a verte, a pasar tiempo contigo y, si ese tiempo juntos es pintando la recepción, entonces así será.

—Esta mañana parecías molesto y no estoy segura de si fue porque, ya sabes…, no lo hicimos anoche.

—O sea, ¿me hubiera gustado hacer el amor con mi novia anoche? Sí, por supuesto. Pero no me debes nada. Quiero que tengas sexo conmigo porque tienes ganas, porque lo deseas. Estoy más que feliz solo abrazándote. —Se oye un fuerte arrepentimiento en su voz—. También entiendo que tienes muchas cosas en la cabeza. Te pido perdón si me mostré molesto, pero no te voy a mentir, así me sentía.

—Lo sé y lo siento, ha sido mi culpa. —Bajo los escalones que llevan a la parte trasera de la propiedad, los pinos ponderosos crecidos brindan sombra del implacable sol—. No me tendría que haber quedado mirando esos videos anoche.

—Qué tal esto —interviene—: cuando vaya, haremos lo que tú quieras. Si es trabajar en la remodelación, así será; pero después de las ocho de la noche, será mi momento y haremos lo que yo quiera. —Pone voz grave y puedo percibir la insinuación.

Me río.

—Me parece justo. —Me detengo a mirar el lago—. Lo siento, Peter.

—Lo sé, cariño. Y te pido perdón por irme sin decirte cómo me sentía. No quiero cargarte con más cosas. Pero me alegra que hayas llamado.

—A mí también.

—Te amo —dice.

Cierro los ojos con fuerza.

—Yo, eh, nos vemos el fin de semana que viene, ¿sí?

—Sí —suspira—. Nos vemos el fin de semana que viene, Fallon. Te llamo esta noche.

—De acuerdo.

Y luego colgamos. Aunque la conversación aligeró el aire, no puedo sacudirme la sensación de intranquilidad de la boca del estómago: está clavada allí y no se mueve, no me suelta. Y no tengo idea de cómo hacerla a un lado.

Respiro hondo y me doy la vuelta para volver a la recepción cuando veo algo por el rabillo del ojo que hace que me detenga en seco: algo rojo brillante justo en la cumbre de la colina.

Curiosa, me acerco y, cuando estoy subiendo, me detengo en seco otra vez. Hace muchos años, Sully y la abuela Joan instalaron unas mesas rojas bajo los árboles más grandes de la propiedad y colgaron luces de las ramas. Era el sitio perfecto para un pícnic, para reuniones pequeñas, y uno de mis sitios favoritos de la propiedad.

Con el tiempo, las ramas de los árboles se fueron cayendo, las luces se fueron quemando y las mesas de pícnic comenzaron a astillarse hasta el punto de que ya no se podían usar.

Pero lo que veo ahora no es la vieja zona de pícnic arruinada.

Alguien ha despejado el camino de lajas, cepillado y quitado el verdín de las rocas, lijado las mesas de pícnic y las ha pintado de un rojo brillante: el color favorito de la abuela Joan. Y la guirnalda de luces ya no cuelga de los árboles, sino de postes que se han cementado al suelo, lo que les da la base que necesitan para soportar las tormentas invernales.

Se ve… mágico.

¿Cómo puede ser?

Miro a mi alrededor, buscando personal de construcción, a

alguien que pueda haber hecho esto, pero como no veo a nadie, solo crece mi confusión.

Me lleva unos minutos liberarme de esa sensación y entregarme a la belleza del lugar, el mismo sitio al que la abuela Joan me traía para enseñarme a bordar. Nunca llegué a ser tan hábil como ella, pero el recuerdo de sus pacientes instrucciones me invade de pronto.

Una lágrima rueda por mi mejilla. Siento como si solo hubieran pasado quince minutos de aquella tarde en que la abuela Joan y yo trajimos una cesta de galletas y limonada hasta estas mesas y charlamos sobre Leon Johnson, mi amor del secundario. Ella se había estirado sobre la mesa y me había dicho que no tenía por qué esperar a que un chico me quisiera. Recuerdo sus palabras con tanta claridad, el modo en que me consoló cuando le dije que no quería ir conmigo al baile de primavera. Fue la primera vez que la oí decir que alguien era un imbécil. Pero definitivamente no fue la primera vez que nos reímos hasta que nos dolió la barriga. ¿Cómo puede ser que hayan pasado quince años de ese día?

El recuerdo se siente demasiado real, demasiado palpable, como si estuviera ocurriendo ahora. Me doy vuelta.

No. No me puedo poner emotiva.

No cuando tengo trabajo que hacer.

Perderme en los recuerdos no va a ayudar. Pero necesito comprender quién hizo esto posible porque le debo un gran agradecimiento.

De regreso a la recepción, veo a Jaz desgarrando la alfombra con su navaja mientras suena heavy metal de fondo.

—¡Toma eso! —dice Jaz desquitándose con la vieja alfombra verde—. ¡Y eso!

—¡Jaz! —grito por encima de la música.

Se gira y me sonríe con la navaja en alto. Es como un asesino de película.

—Súmate; esto es muy terapéutico.

—¿Has hecho algo con las mesas de pícnic?

—¿¡Qué!? —pregunta a los gritos sobre la música.

Me estiro para poner pausa en el parlante bluetooth. Lo señalo.

—Escuchemos algo… menos de asesino.

—Si le dieras una oportunidad, entenderías que Cat in Heat es una gran banda.

—Jamás le daría una oportunidad a una banda con ese nombre. —Dejo el parlante—. Te he preguntado si les has hecho algo a las mesas de pícnic.

—¿Las que están entre los árboles?

—Sí —respondo.

—No. ¿Por qué? ¿Alguien las rompió? No les vendría mal que alguien las agarrara con un hacha.

—No, las, eh…, lijaron y pintaron. Renovaron toda el área de pícnic. Limpiaron las lajas, volvieron a colgar las luces. Podaron los árboles crecidos. Se ve… —Vuelvo a tragarme la emoción—. Se ve como antes, como cuando iba con la abuela Joan…

—A bordar —Jaz termina por mí.

—Sí. ¿No tuviste nada que ver?

—No. —Se limpia la frente con el dorso de la mano—. Estoy bastante ocupada ayudándote con esta parte y atendiendo el bar. Ojalá pudiera hacer algo así por ti, pero no he sido yo.

Miro hacia las escaleras.

—Sully tampoco ha sido, ¿no?

—No hay forma —dice Jaz—. Me encantaría pensar que podría abordar un proyecto como ese, pero ya lo viste cuando intentó reparar la cerca… Ya no tiene la capacidad mental para ocuparse de reparaciones ni para construir algo. Se olvida de lo que está haciendo.

—Sí, ya sé. —Pateo la alfombra—. La banca de Sully también la han reparado. Me pregunto si mis padres no habrán contratado a alguien para que haga una parte del trabajo y se olvidaron de avisarme.

—Seguro. Pero pregúntales luego, porque estamos con poco tiempo.

Tiene razón, así que hago a un lado la idea de las mesas de pícnic y la ayudo con la alfombra.

✶ ✶ ✶

—Empuja.

—Estoy empujando —gruñe Jaz.

—Empuja más fuerte.

—*Tú* empuja más fuerte —protesta antes de caerse al suelo y tomar un descanso. Deberíamos cortarla en partes. Te dije que un rollo enorme iba a ser demasiado para nosotras.

—Pensé que solo querías acuchillar la alfombra; no sabía que había un objetivo detrás. —Me uno a ella en el suelo. La mitad de la alfombra enrollada está atravesada en la puerta principal de la recepción y la otra mitad ya está afuera.

—Es cierto que solo quería acuchillar algo, pero también tenía un objetivo. ¿Quieres que llame a Tank para ver si puede venir a ayudarnos?

Niego con la cabeza.

—No quiero molestarlo.

En ese momento, se abre la puerta trasera y entra Sawyer, sudado, sin camiseta y un poco sucio, con una botella de agua en la mano. ¿Cuánto ejercicio hace este tipo?

Juro que cada vez que lo veo está sudoroso, sin camiseta y queriendo rellenar su botella.

Tiene un cuerpo impresionante. Está claro que entrena pesado y sin descanso, así que todo el ejercicio ha dado sus frutos, pero, carajo, ¿no tiene nada más que hacer? ¿Tal vez escribir otra película o algo de eso?

Se detiene, nos mira, baja la vista hacia la alfombra y luego nos vuelve a mirar.

—¿Necesitan ayuda?

—No —respondo, agitando la mano—. Estamos bien.

—¿Estás loca? —pregunta Jaz—. Por mucho que me duela tener que pedirle ayuda a Julia, la necesitamos. Y, mira, tiene músculos, músculos que necesitamos con desesperación.

—No me molesta —asegura, bajando la botella de agua y caminando hacia nosotras. Examina la alfombra enrollada y se para sobre ella, camina todo el largo hasta que está afuera y la toma por ese extremo.

—Está atrapada en un desnivel en el concreto. Yo jalo de aquí y ustedes empujan. ¿Listas?

—En serio, no tienes que ayudarnos —repito. Sé cómo debe verse esto desde afuera (*Eh, hola, señorita, acepte la ayuda del caballero*), pero se siente extraño. Para empezar, es un huésped, y los huéspedes no deberían ayudar con nada relativo al mantenimiento de las cabañas. Pero, además, tenemos una historia incómoda. Sé que lo hablamos y que se disculpó, pero, no lo sé…, no quiero que piense que necesito ayuda; aunque es evidente que la necesito. Hay algo que hace que no quiera estar con una persona que no me consideró digna de compartir una noche.

—Sí, sí que tiene que ayudarnos —contraataca Jaz—. Es lo menos que puede hacer por no haberlo dejado a su suerte el día que llegó. Ahora, basta de ser tan testaruda y permítele ayudarnos.

Sawyer asoma la cabeza y me sonríe.

—Sí, Fallon, deja de ser tan testaruda y permíteme ayudar.

—Ey. —Jaz lo señala con el índice—. Que te quede claro: no nos estamos haciendo amigos por habernos puesto de acuerdo en una cosa.

Alza la mano en un gesto defensivo.

—No se me cruzaría por la cabeza.

—Bueno. Ahora que hemos aclarado eso, saquemos esta mustia alfombra de aquí.

Aunque no quiera pedirle ayuda a Sawyer, me pongo de pie y, a la cuenta de tres, Jaz y yo empujamos y él jala. En segundos, la alfombra sale de la recepción y queda en una esquina de la playa de estacionamiento, lista para que Tank la busque a fines de esta semana para llevarla a la planta de reciclaje.

—Gracias a Dios esa cosa está fuera de nuestro camino —dice Jaz—. Buen trabajo, Julia. Ahora solo nos queda colocar el suelo antes de que abra el bar. Pequeño detalle.

—Tenemos mucho por hacer —le digo a Sawyer, lista para que tome su cuerpo sudoroso y se retire—. Gracias por tu ayuda.

Mira hacia la recepción y luego de vuelta a nosotras.

—¿Necesitan ayuda?

Mi amiga alza una mano.

—Dos incompetentes es mejor que tres: estamos bien.

—¿Quién te dijo que soy incompetente? —pregunta Sayer.

Jaz se apoya una mano en la cadera y lo mira, despacio, de arriba abajo.

—¿Me estás diciendo que tu trasero estirado de Hollywood sabe cómo colocar un suelo?

—Puede hacer cualquier cosa que te propongas —responde Sawyer con una sonrisa pícara.

—Agh, eres un fastidio. —Jaz le pasa por al lado y comienza a juntar las grampas de la alfombra.

Me giro hacia Sawyer.

—Lo tenemos…, eh…, lo tenemos todo bajo control. Vi unos videos en YouTube y Sully vendrá a supervisarnos en un momento.

—De acuerdo —dice mientras entramos a la recepción—. Pero, si necesitan ayuda, sabes dónde encontrarme.

—Gracias; solo disfruta de tu estancia. Ah, tenemos unas mesas de pícnic al sur de la propiedad que pueden resultarte un lugar inspirador para escribir. Bueno, cuando acabes de hacer ejercicio.

Una pequeña sonrisa aparece en sus labios.

—Me aseguraré de visitarlas. Gracias.

Cuando se da vuelta para llenar la botella de agua, mis ojos van hacia su cintura, a los contornos de sus músculos que llegan hasta la ligera curva de su trasero. Justo por encima del elástico de los pantalones cortos tiene dos hoyuelos que me llaman más la atención de lo que deberían. Son sutiles, pero lo suficientemente pronunciados como para preguntarme, durante un momento de locura, cómo se sentiría tocarlos con los dedos.

Al terminar de rellenar su botella, ni se molesta en darse vuelta para despedirse. Por el contrario, empuja la puerta con la palma de la mano y sale… Yo no dejo de mirar las formas de los músculos de su espalda.

—¿Por qué no te quedas mirando un poco más? —pregunta Jaz y me sobresalta.

—No lo estoy mirando —digo mientras me giro hacia ella, pero puedo sentir cómo me ruborizo.

Y Jaz se da cuenta.

Resopla.

—De acuerdo…

***

Jaz

¿Cómo va el suelo?

133

Fallon

¿Por qué creí que podría hacerlo?
No sé nada sobre remodelaciones,
mucho menos de colocar suelos.

¿Tan mal?

Después de que te fuiste, tuve que tirar
una fila entera porque no los coloqué bien.

Estoy a punto de tirar la toalla.

Tómate un descanso, ven por un trago.

Mañana podemos empezar de nuevo.

Miro el reloj. Siete de la tarde. Tengo más de dos horas para terminar con el suelo, dos horas antes de desmayarme en la cama. Si quiero finalizar la remodelación (y conseguir esas reservas) entonces tengo que terminar con esto. Descansar no es una opción. Tengo que exigirme hasta no dar más, y cuando ya no dé más, seguir exigiéndome.

Exigirme a pesar de la frustración.

Exigirme a pesar de las manos adoloridas.

Exigirme a pesar del hecho de que la mayor parte del tiempo no tengo ni idea de qué estoy haciendo.

Fallon

Gracias, pero voy a intentar descifrar esto.

Jaz

¿Cenaste?

No. Todavía no.

Te pido una pizza en Rigatoni Roy. ¿Salchicha y cebolla?

Eres la mejor, gracias. ¿Cómo está Sully?

Charlando con Tank y los chicos. Está como pez en el agua. Muy feliz, por cierto.

Tank me decía que ve un notable cambio en él estos últimos días, como que no está malhumorado todo el tiempo.

Yo también lo he notado. Me alegra que se esté divirtiendo.

Bueno, vuelvo a trabajar.

¿Quieres que me fije si alguien puede ocuparse del bar y voy a ayudarte?

No, estoy bien. Creo que lo mejor es que lo descifre sola. Tengo varias cabañas que también necesitan nuevos suelos, así me entreno.

Después hablamos.

Bueno, la pizza está encargada.

Gracias.

Apoyo el teléfono boca abajo y miro el suelo nuevo, que Sully eligió de unas muestras que le enseñé. Primero no comprendía por qué lo necesitábamos, pero cuando le mostré su cuaderno de diseños y las renovaciones que él quería hacer, ahí lo entendió todo. Es bonito, tiene un granulado que se ve bastante natural, es un suelo de vinilo de lujo: durable en extremo y la última tendencia en construcción. Pero, si no sabes lo que estás haciendo, es un dolor de trasero intentar colocarlo.

—Tú puedes, Fallon —susurro justo cuando Sawyer entra a la recepción, de nuevo sudado y listo para llenar la botella de agua.

Hablemos de un cuerpo de venganza.

Es la única razón que se me ocurre para que ejercite tanto: para vengarse de Annalisa y Simon. Una gota de sudor le rueda por el pecho (entre los pectorales ligeramente salpicados con cabello recortado) y baja hasta su estómago. A Peter se le están empezando a marcar los abdominales y sé que es algo en lo que ha estado trabajando, pero Sawyer... Estoy segura de que nació esculpido, porque no hace falta buscar los músculos; están ahí, delante de tus narices, claros como el día.

—Ey —dice a modo de saludo, mirando a las dos patéticas filas de suelo. Estoy segura de que otra persona hubiera avanzado mucho más—. ¿Cómo..., eh..., cómo va?

—Bueno, ya sabes..., va. —Intento sonar relajada, como si esta fuera la forma en que quería instalar los suelos: de a una plancha por hora. Asiento hacia su pecho desnudo—. ¿Otra vez disfrutando el ejercicio?

Se mira el cuerpo y levanta la vista.

—Sí. —Lo deja ahí. Casi siento que hay más detrás de ese «sí», pero no lo comparte, y no hay forma de que vaya a preguntarle. Camina hacia mí y espero oler sudor, pero me consume el aroma a jabón fresco que lo acompaña. ¿Cómo es posible?—. Parece que ya has colocado dos filas.

—Sí, tenía una tercera, pero la arruiné y tuve que quitarla.

Asiente.

—Bueno, estoy a disposición si necesitas ayuda.

—Ah, está bien…

—Fallon. —Me mira, comprensivo—. Déjame ayudarte. Está claro que quieres terminarlo esta noche, si no, ya te hubieses ido a dormir. He puesto varios de estos en mi vida. Podemos terminarlo en una hora y media.

No quiero su ayuda.

No quiero que me vea así. Patética.

Desamparada.

Falta de talento.

Quiero que me vea como una mujer bien plantada, la clase de mujer a la que debería haberle prestado atención en nuestra cita. Sé que dije que he superado toda la cosa de la cita a ciegas, y es cierto, pero eso no significa que no quiera que me vea triunfar y se arrepienta, solo un poco, de la forma en que me trató. Que tal vez me vea como la que se le escapó.

Quiero que regrese a su mundito del ejercicio y me deje sola, pero… Dios, estoy desesperada. Si coloco el suelo esta noche, podré volver a poner los muebles y comenzar a redecorar. Luego podría tomar fotografías y agregarlas al sitio web. Es tanto lo que depende de estos malditos suelos.

¿Sería tan terrible si me ayudara?

Sí, sería terrible. No es que esto sea una competencia, pero siento que tenía la ventaja en nuestra no-relación. Verlo ebrio y tener que arrastrarlo hasta las cabañas, inconsciente, de verdad puso todo en perspectiva. Pedirle ayuda… Bueno, eso nos dejaría empatados: yo lo he ayudado y él me ha ayudado a mí.

Pero, Dios, mira este lugar: no hay forma de que termine esta noche. Debería considerarme afortunada si puedo colocar, como mucho, dos filas más yo sola.

Me muerdo el labio y respiro hondo.

Mierda… ¿En serio le voy a pedir ayuda?

Dije que haría cualquier cosa para conservar estas cabañas…

—¿De verdad crees que podemos terminarlo esta noche?

—Por supuesto.

Parece tan confiado, como si de verdad creyera que podemos con esto. Y por alguna razón inexplicable, le creo.

A estas alturas, estoy tan desesperada por avanzar con las renovaciones que puedo creer cualquier cosa.

—Bueno, si no te importa, me vendría bien algo de ayuda. Puedo compensarte descontándote algunas noches en tu factura.

—No te preocupes. Me da algo para hacer que no sea estar de mal humor en mi cabaña. —Toma una plancha—. ¿Empezamos?

¿De mal humor en su cabaña? Quizá por eso siempre está semidesnudo y haciendo ejercicio.

—Claro...

Sawyer toma el mando y me pone a cargo de la sierra. Él toma las medidas, yo corto las planchas, se las entrego y miro fascinada cómo las alinea y las coloca en su sitio. Trabaja rápido; las presenta, las termina de acomodar con el martillo y pasa a la siguiente. En unos pocos minutos, sumamos dos filas más, somos como una cadena de montaje de dos personas que fluye sin trabas.

—Guau, tenías razón: lo estamos haciendo bastante rápido.

—Solo se trata de encontrar a la persona correcta. —Me guiña un ojo.

Y ese guiño es como un afrodisíaco que me para el corazón, un sentimiento que no esperaba en absoluto, un sentimiento increíblemente desestabilizador.

—Eh, sí —digo incómoda. *Contrólate, Fallon. Solo te guiñó el ojo, tampoco es que te dijo que eras hermosa o te quitó la ropa*—. También ayuda no tener que pelearme por qué música escuchar.

Se ríe.

—¿Quieres decir que ese heavy metal que he oído a todo volumen no fue tu elección?

—Prefiero que mis oídos no sangren cuando escucho música. —Me acomodo las gafas de protección antes de cortar una plancha. Sawyer, arrodillado, se mueve con agilidad, la toma y la apoya.

—¿Qué música hubieras elegido? —pregunta.

—Mi primera opción habría sido lo mejor de los cincuenta. Pero Jaz se hubiese cortado las orejas antes de escuchar eso.

—Con que los cincuenta... Hay una nostalgia hermosa en la música de los cincuenta. La era en la que explotó la guitarra eléctrica, Elvis se convirtió en rey, el doo-wop revolucionó el jazz y el blues. Y, sin embargo, suena inocente, aunque no era así en absoluto. Pero es imposible ignorar la pureza.

Guau, sabe de música; no estaba preparada para esa clase de respuesta. Creo que asumí que le gustaba escribir y eso era todo. Qué evaluación tan unidimensional. Era obvio que tendría otros intereses.

—Los cincuenta también significan el fin de los cantantes clásicos: una pérdida que Sully no se tomó a la ligera. Pero, como sea, Jaz vetó mi elección bastante rápido cuando le pedí a Alexa que pusiera la lista de reproducción de los cincuenta. Tampoco ayudó que la primera canción que pusiera fuera una vieja y vibrante canción country.

Sawyer se estremece.

—Sí, no vas a conquistar a nadie con eso. —Me pasa las medidas que necesita en un trozo de papel: descubrimos que es más sencillo eso a que las diga en voz alta, porque se estaba volviendo confuso. Mientras corto, él comienza a alinear la fila siguiente—. Cuando no estás escuchando lo mejor de los cincuenta, ¿qué escuchas?

Me muerdo el labio.

—Lo mejor de los sesenta.

Se ríe.

—Con que eres una oyente de clásicos.

—Jaz y Peter piensan que necesito ayuda. No sé, crecí escuchando eso aquí con mis abuelos y me parece mal escuchar otra cosa.

—Tiene sentido. Para ti es más que nostalgia: la letra y la música de verdad significan algo.

—Sí —reconozco. Me siento extraña porque… ¿en serio estoy conversando con Sawyer, conversando de verdad? No estoy segura de que lo hayamos hecho antes. Y lo cierto es que lo estoy disfrutando.

No solo estamos teniendo una conversación que no implica ser amables de más y seguir con nuestro día, sino que de verdad me entiende… y eso me aterra. El hombre al que un día su teléfono le interesó más que yo, en unos pocos minutos, entiende mis elecciones musicales. No sé qué pensar de eso.

—¿Y tú qué escucharías? —pregunto.

Coloca unas planchas.

—Tiendo a obsesionarme con un artista, no necesariamente un género o una época.

—Bueno, ¿y con quién te estás atracando ahora?

Niega con la cabeza.

—No te lo puedo decir.

—¿Por qué no?

Me devuelve el trozo de papel.

—Porque me da vergüenza y creo que ya he pasado suficiente vergüenza delante de ti.

—¿Qué música podría avergonzarte? —Miro el papel y corto otra plancha.

—Confía en mí, es vergonzante.

—Pruébame.

Todavía arrodillado, me mira. Lo veo debatirse entre decirme y no decirme, pero al fin suelta un suspiro resignado.

—Wilson Phillips.

Se me escapa un resoplido y me cubro la boca.

—¿«Wilson Phillips» como el grupo pop de mujeres conocido por *Hold on*? ¿Tienen más de una canción?

Entrecierra los ojos.

—Me ofendes: por supuesto que tienen más de una canción.

—Ajá, ¿y cuántas veces por día escuchas *Hold on*?

—Las suficientes —responde esquivándome la mirada.

—¿Cuántas? —insisto entre risas.

Se levanta y camina hacia mí con una sonrisa en los labios.

—Al menos cinco —admite. Se me escapa una risa estruendosa y él apoya la mano en la mesa en la que dejé la sierra para implorarme—: No se lo cuentes a Jaz... Ya tengo suficiente con que me llame Julia.

—Oh..., no hay forma de que no le cuente. Me disculpo de antemano.

—Quisiera decirte que eso sería muy cruel de tu parte, pero entiendo que no es la clase de información que puedes guardarte.

—No, no lo es —concuerdo—. Es algo que hay que compartir. Información vital.

Bebe agua de su botella y luego toma la plancha de la mesa.

—No debería habértelo dicho.

—No, no deberías. Pero me aprovecho de las debilidades ajenas y no me avergüenza.

—Me imagino... por tu sonrisa. —Mientras regresa a su lugar en el suelo, se gira la gorra de béisbol hacia atrás, se coloca detrás de la oreja el lápiz que usa para anotarme las medidas y coloca otra plancha.

Durante el tiempo que está arrodillado en el suelo, le miro los músculos de los antebrazos, contemplo la forma en que se contraen con cada plancha que coloca. No lo recordaba tan... musculoso. Pero, de nuevo, no me acuerdo mucho de la cita.

Se lo ve tan cómodo con lo que está haciendo. Sé que dijo que ya había instalado suelos como este, pero no me esperaba que fuera tan rápido, tan eficiente. Tampoco esperaba que fuera tan agradable conversar con él. Cuando acepté su ayuda, estaba mentalmente preparada para compartir otra noche en silencio, pero cuando comenzó a hacerme preguntas, a entablar un diálogo tan fluido, me sentí cómoda de inmediato. Me tomó por sorpresa.

Vamos a terminar esta noche y eso me quitará un peso enorme de los hombros. Significa que la recepción pronto quedará lista y puedo comenzar con las cabañas. Un paso más cerca de salvar todo.

Odio admitirlo, pero… aceptar su ayuda ha sido una gran idea. Quién sabe, quizá pueda terminar esta remodelación mucho antes de lo que esperaba.

***

Fallon

(Foto)
Suelo listo.

Jaz

¿Qué carajo? Mierda, Fallon.

¿Qué clase de brujería hiciste para conseguirlo?

Vino Julia y me preguntó si necesitaba ayuda.

Resulta que es bastante bueno colocando suelos.

Espera…, ¿Julia hizo eso?

Así es.

Ah, míralo qué útil. ¿Por qué me molesta?

A mí también me molestó.

Creo que es porque lo vimos en su peor momento, así que esperábamos que estuviera siempre así: ebrio y casi incapaz de caminar.

Puede ser. Guau, y entonces ¿qué haremos mañana?

Armar los muebles nuevos y decorar.

Trae la cámara para tomar fotografías.

Hecho. Estoy impresionada. Quizá la próxima vez que lo vea sea un poco más piadosa.

Ah, escucha esto: está obsesionado con Wilson Phillips.

Olvídalo, no hay manera de que no lo vuelva loco con eso.

Se lo espera.

CAPÍTULO 10

SAWYER

—¿A dónde vas, hijo? —grita Sully mientras avanza por el sendero que va a mi cabaña.

Me giro la gorra para que quede como se supone que va; no quiero que me vuelva a reprender.

—Estoy yendo a buscar algo para desayunar. Después tengo que ir a la ferretería.

—¿A dónde irás a desayunar?

—Eh…, pensaba comprarme algo en Whistling Kettle.

—Una magdalena no alcanzará para afrontar la lista de tareas que tengo pensadas para ti hoy. Vayamos a Strawberry Fields. —Me toma del brazo y me empuja hacia el sendero que lleva a la calle principal.

—Eh, ¿está seguro?

—Sí, iba para allí de todos modos. Me voy a encontrar con los muchachos.

—Bueno, si no le molesta que me entrometa...

—¿Entrometerte? Si yo te dije que vinieras… Deja de quejarte y camina.

—Sí, señor —respondo conteniendo la sonrisa.

Me intriga bastante saber qué desayuno me espera. No he podido explorar mucho los restaurantes locales porque siempre terminé demasiado exhausto como para comer algo más que una barra de proteína antes de caer rendido.

Pero esta mañana supe que tenía que cambiar ese hábito. Me duele el cuerpo. Ayer me pasé todo el día limpiando las canchas de lanzamiento de herradura. Tenían maleza y césped crecido; fue necesaria una pala de punta afilada para poder arrancarlo de raíz. Y cuando fui a recargar agua, no esperaba encontrarme con Fallon intentando instalar sola el nuevo suelo de la recepción. De ninguna manera me iba a ir hacia mi cabaña sabiendo que estaba haciendo eso, así que me quedé.

Y ahora la espalda y las rodillas no paran de gritarme.

Parece que hacer una remodelación a los treinta y cinco es muy diferente que a los veinticinco.

—¿Qué se puede comer en Strawberry Fields? —pregunto avanzando tras él por el sendero lleno de pinos.

—Comida normal. ¿Por qué?

Bueno...

—¿Qué es lo que más le gusta ordenar?

—¿Y a ti qué te importa? —Sully me mira cuando llegamos a la acera que bordea la calle principal.

Esta mañana no hay nada de tráfico, ni un auto cuando cruzamos la calle. El pueblo es un círculo gigante con el lago en el centro. Aprendí que puedes tener tu negocio en el círculo externo (del otro lado de la calle) o en el interno, donde están las cabañas, lo que les brinda a los huéspedes una maravillosa vista del lago. La mayor parte de los restaurantes están en el círculo externo. Detrás hay bosques de pinos o riscos mortíferos.

—Solo quería pensar qué podía ordenar.

—Para eso están los menús.

Bueno, y ese ha sido mi intento de entablar una conversación.

Caminamos el resto del viaje en silencio y, cuando llegamos al restaurante, encontramos a Tank y a otro tipo en la puerta, esperando.

Sully los saluda con la mano.

—Espero que no les moleste que haya venido con Phil. —Sully me señala.

¿Phil?

¿Cree que me llamo así?

—Phil, encantado de conocerte —dice Tank mientras me estrecha la mano—. Soy Tank y él es Roy, el dueño de Rigatoni Roy, el mejor restaurante italiano de las montañas.

Roy es un italiano hecho y derecho. ¿A qué me refiero? Imagina cómo se vería el dueño de un restaurante italiano en una película. Redondo, bajo, con un gran bigote negro que se extiende más allá de sus mejillas rosadas. Ese es Roy, excepto porque tiene algunas canas en su cabellera negra. Es lo que yo llamaría «un loco personaje de relleno»: un personaje que aporta a la construcción del ambiente y refuerza la sensación de pueblo pequeño.

—Encantado de conocerte, Phil.

—El gusto es mío.

—Suficiente con las formalidades. —Sully se abre paso entre nosotros y entra al restaurante con Roy—. Tengo hambre.

Comienzo a seguirlo, pero Tank me frena con una mano en el hombro.

—¿Tú le has dicho que te llamabas Phil?

—No. —Niego con la cabeza—. ¿Quién es Phil?

Tank asiente despacio.

—Su hermano. Falleció hace algunos años. —Se masajea la nuca—. Solo síguele la corriente.

146

—¿Estás seguro? ¿No deberíamos corregirlo?

Se retuerce la punta del bigote.

—Probablemente eso sería lo mejor para ayudarlo a entender…, pero no puedo hacerlo. Sé que Fallon le dice la verdad, pero… es mi mejor amigo; no puedo ver el dolor en sus ojos. La tristeza. Sé que no me quedan muchos meses con él, así que la hago fácil y le sigo la corriente con lo que dice.

—Entendido. Soy Phil entonces.

No me siento del todo cómodo haciéndome pasar por otra persona, pero Tank es su mejor amigo y sabe qué es lo mejor para Sully. ¿Quién soy yo para intentar interceder y cambiar lo que les funciona?

—Gracias —dice Tank con voz ronca y luego entramos al restaurante, pero me freno de forma abrupta bajo el umbral, mi cuerpo se niega a dar otro paso hacia el horroroso paisaje que tengo delante.

¿Qué carajos?

De pared a pared y de suelo a techo el restaurante está cubierto con estanterías atiborradas de muñecos troll.

Los viejos trolls de los noventa.

Esos que provocaban las peores pesadillas con sus ojos saltones, ombligos salidos y dedos de feto. Con sus cabellos hacia arriba y de todos los colores del arcoíris. Todos tienen el rostro retorcido en la misma sonrisa escalofriante. Estos adefesios pueden convertir incluso a las almas más fuertes en una paleta helada de miedo.

Soy bastante flexible en lo que respecta a decoración, pero este no es mi estilo para nada.

Roy se me acerca, con cara de preocupado.

—Al principio es impactante —susurra—, pero mientras no los mires a los ojos, no te atormentarán por la noche. —Me da unas palmaditas en la espalda y me lleva hacia el cubículo del fondo en el que Tank y Sully ya están sentados.

Suena más fácil de lo que es. Resulta difícil no mirarlos a los ojos si te siguen adonde quiera que vayas…

Roy me hace un gesto para que me deslice primero en el cubículo, pero niego con la cabeza contemplando el ejército de trolls incrustado en la pared.

—No me quiero sentar junto a esas cosas. —No hay manera de que me siente y me quede atrapado en el cubículo. Voy a necesitar una escapatoria, no quiero estar a más de dos pasos de la salida.

—¿Tienes miedo de que rompan el acrílico y se coman tu comida? —me pregunta Roy con una sonrisa.

—Sí —respondo con honestidad. Me lo imagino con claridad: mientras estoy en el medio del desayuno, siento algo en el brazo y al darme vuelta me encuentro con el troll vestido de payaso parado sobre mi hombro, sonriéndome.

Carajo. No.

Roy lanza una carcajada estruendosa (la clase de risa que es una marca personal) y se desliza en el cubículo aplastando su barriga abultada contra el borde de la mesa. Me deslizo tras él, pero en lugar de contemplar el restaurante, como normalmente haría en una investigación para construir un universo, no despego los ojos del menú.

—¿Qué te sucede? —quiere saber Sully.

—Los trolls lo asustan —responde Roy.

—Ay, por el amor de Dios. Son muñecas, Phil. ¿Me estás diciendo que te dan miedo unas muñequitas?

Sí…, así es.

Trago con dificultad.

—No, solo, eh, estoy sorprendido. No me esperaba que el restaurante estuviera decorado así cuando entré. De afuera no me daba esta vibra.

—Faye lleva años trabajando en esta colección —me comenta Tank—. Va a abrir un museo en el fondo y cobrar entrada.

¿Quién carajo pagaría para ver más de esta escalofriante muestra?

—¿Hay más trolls? —pregunto.

—Cajas llenas —dice Roy—. Es fanática. No solo tiene muñecos, sino toda clase de objetos. Es su lado extravagante. —Mueve las cejas y se retuerce el bigote canoso. Casi vomito.

—Hola, señores —saluda una mujer con un bolígrafo apoyado en un anotador. Con su vestido floreado, parece que la hubiesen tragado del siglo diecinueve y escupido en el medio de este pueblo de montaña. Lleva su fino cabello gris recogido en un moño flojo sobre la cabeza, con pequeños mechones que le enmarcan el rostro, y unas gafas de marco plateado apoyadas sobre el puente de la nariz.

Tranquilamente podría ser una maestra enojada, esa que en una novela se ocupa de poner las cosas en su lugar agitando una regla de madera: un personaje único que no tiene otra función en la trama más que aparecer en alguna que otra escena para contar pequeñas anécdotas.

Pero su apariencia estirada y puritana convoca a mi lado narrador y tomo nota mental de recordarla. Si no estuviera sentado con Sully, Tank y Roy, usaría mi teléfono para escribir, como hacía cuando estaba recién llegado a Los Ángeles.

Eh, ¿cuándo fue la última vez que tuve esta urgencia de escribir algo? ¿Cuándo fue la última vez que una característica encendió una idea en mi mente? Estoy seguro de que hace mucho. Guau, puede que esté recuperando (de a poco) mi vínculo con la escritura.

Quizá hoy por la tarde, cuando termine de ayudar a Sully, escriba algunas líneas sobre esta peculiar mesera… En cuanto al restaurante de los trolls, lo reservaré para los thrillers que tengo archivados. Pero a esta señora no le falta personalidad. Detrás del mostrador es una cascarrabias, pero puede que sea una buena fuente de sabiduría en lo que al amor respecta.

Mmm, igual que Sully.

—¿Qué van a querer? —pregunta y se pasa la lengua por la comisura.

—Buen día, Faye —saluda Roy y se inclina hacia mi lado batiendo las pestañas.

Huele a ajo.

Y tomates.

El hombre es un plato italiano andante.

Esperen…, ¿*ella* es Faye?

La vuelvo a mirar. ¿Esta es la amante de los trolls? Ni en mis sueños más descabellados me hubiera imaginado que la loca de los trolls se vería como una actriz de reparto de *Bridgerton* que sirve croquetas de patatas. En mi mente, la dueña era una mujer extravagante con el pelo de colores fluorescentes (con cinco centímetros de raíces porque no tiene tiempo suficiente para ir a la peluquería) y ropa sacada de *Volver al futuro II*, incluida la gorra multicolor de Marty McFly.

—Buen día —responde Faye, con el mentón en alto.

—¿Conoces a Phil? —pregunta Roy empujándome con el hombro.

—No creo haber tenido el placer de conocer a nuestro nuevo residente. —Hace una reverencia—. Un placer. Espero que tus nuevos aposentos te resulten satisfactorios. —No estoy seguro de haber conocido a alguien tan correcto… con un lado extravagante.

—Así es —digo—. Gracias…

—Ya basta de esta conversación sin sentido —interviene Sully, fastidiado—. Faye, lo de siempre. —Le entrega su menú.

—Lo de siempre para mí también —dice Tank.

—Y para mí —agrega Roy. Entonces todos los ojos se posan sobre mí, como esperando algo, como si yo tampoco debiera leer el menú.

Con cautela, digo:

—Eh…, lo de siempre para mí también.

Tank hace un gesto de aprobación y Faye toma mi menú.

–Muy bien. Enseguida regreso. Gladys traerá el café. –Asiente rápido y se retira.

–¿Qué es lo de siempre? –Miro a mis acompañantes con temor. Tank sonríe.

–Ya verás.

* * *

Voy a vomitar, aquí mismo, en la mesa. Frente a todos los trolls… que sé que me están mirando. Puedo sentirlo.

No hay forma de que pueda comer el último bocado.

No hay forma de que me quepa en el estómago. Este mísero bocado de tres por tres centímetros.

Pero mientras lo observo en mi tenedor, siento que los tres hombres me miran fijo para ver si juntaré el coraje para terminar el plato como ellos y así mostrar mi respeto a la cocinera.

Pero…, carajo, en serio no creo poder. Puedo sentir mi desayuno en la base de mi garganta, esperando para subir en cualquier momento.

Permíteme describirte «lo de siempre»: no es en absoluto un plato regular. Cuando Faye trajo nuestro pedido, parecía que estaba descargando el contenido de un camión y una tonelada de comida cayó sobre nuestra mesa. Dos crepes grandes, dos huevos fritos, dos salchichas, dos trozos de tocino, croquetas de patatas, dos rebanadas de pan tostado con mantequilla y jamón y un plátano cortado… para cada uno.

Cuando tuve el plato frente a mí, Tank lo golpeó con su tenedor y me miró con un gesto comprensivo:

–Debes comerte todo eso.

Y no estaba bromeando. Sully me miró fijamente para asegurarse de que me comiera hasta el último bocado. No tengo idea de cómo lo hizo él. No sabía que un anciano podía comer tanto, pero se lo engulló sin problema. Y yo estoy aquí, sudando, con el botón del pantalón a punto de estallar, listo para acurrucarme en el regazo de Roy y llorar hasta entrar en coma por ingesta excesiva.

Roy me limpia la frente con su servilleta sucia. No tengo fuerzas para resistirme.

—Bueno, bueno, novato. Respira hondo. Tú puedes.

En serio creo que no.

—Ay, por el amor de Dios —estalla Sully—. Deja de ser tan dramático y cómete ese último bocado.

Por favor, Jesús…, Dios…, quien quiera escucharme, no me dejes vomitar en esta mesa. Solo permíteme pasar este último bocado, despedirme y llegar hasta un basurero, así no paso vergüenza. Pero no en esta mesa, con estos hombres que sé que no me lo dejarán pasar.

Respiro hondo, tomo el último bocado y una ola de sudor me recorre la nuca.

Mastica, hombre.

Solo mastica y respira.

Cuando por fin trago, Tank anuncia:

—Bienvenido al club del desayuno. —Lo dice como un logro. Pero este atracón en el salón de los trolls se siente más como un castigo.

Puedo asegurarte de que no quiero ser parte de este club si tengo que ordenar siempre esto.

Bebo un sorbo de agua y estoy por apoyar el vaso cuando Faye arranca la cuenta de su anotador y la deposita sobre la mesa. Tank la toma y me la pasa con una sonrisa.

—El novato invita.

Y, antes de que entienda lo que está sucediendo, Tank sale del cubículo seguido por Sully y Roy me empuja para que me ponga de pie. Me levanto para que pueda salir y, cuando vuelvo a sentarme (porque, Dios santo, necesito un segundo antes de moverme de nuevo), todos me miran con una sonrisa.

—Gracias por el desayuno, Phil. —Roy me palmea la espalda con tanta fuerza que me tira hacia delante y mi rostro queda a centímetros del plato, en el que solo quedan algunos restos de yema de huevo mezclada con jarabe. Mi estómago protesta.

Por favor..., aquí no, en cualquier parte menos aquí.

—Nos vemos —se despide Tank. Y juntos pasan delante de las filas de trolls demoníacos, salen del restaurante y me dejan sujetándome de la mesa con ambas manos.

Miro la cuenta y casi se me salen los ojos. Más de cien dólares.

¿Qué carajos?

No es que no pueda pagarlo, pero estoy en medio de la montaña, en un edificio con una falsa fachada de lejano oeste rodeado de muñecos trolls... ¿No se supone que la comida debería ser barata en un sitio como este?

La decoración *grita* barato.

—¿Te dejaron con la cuenta? —dice Faye—. Debes haber causado una buena impresión en ellos para que te hagan una cosa así. —Me palmea el hombro—. Creo que hiciste amigos. Bienvenido a Canoodle.

Y luego se aleja para seguir llenando tazas con café.

Si así es la amistad en este pueblo, me parece que no estoy preparado.

***

Me desplomo en el césped, debajo de los árboles, que proporcionan la sombra que tanto necesito. Me quedo mirando las copas y veo cómo los insectos vuelan en ese aire caliente.

Hoy hace tanto calor aquí.

Tanteo el césped con la mano derecha, buscando mi botella y, cuando la encuentro, la abro y me baño con el agua que cargué hace unos veinte minutos. Cuando entré a la recepción más temprano, encontré a Fallon y Jaz en el suelo armando muebles. Cuando les pregunté si necesitaban ayuda, Jaz me dijo que pusiera Wilson Phillips y me largara mientras Fallon me pedía perdón con la mirada.

Lo tomé como un no.

Escuché que Fallon le susurró a Jaz que fuera amable y, cuando me marché, me gritó un gracias por el ofrecimiento. Quizá anoche le causé un cierto impacto. No es necesario que seamos mejores amigos, pero quiero que sepa que soy una buena persona, que no soy ese hombre narcisista que conoció en el Golden Star de Palm Springs.

Odio dejar una mala impresión en la gente, aunque… ¿no es eso lo que he hecho en la boda? Todos los que estaban allí se llevaron la peor impresión posible de mí.

Y también el mundo.

Me mojo el rostro con más agua cuando mis mejillas se calientan de solo pensar en lo que hice.

Ahora que se ha enfriado el drama de Annalisa y Simon, admito que lo que hice fue una vergüenza. Algo sobre lo que escribiría pero que nunca haría. La clase de salida que pondría en una escena para enganchar a la audiencia, para engancharlos en la trama, pero nunca haría en la vida real.

Entonces, ¿por qué lo hice?

¿Por hartazgo?

¿Porque no aguantaba más?

¿Por celos de no haber sido yo quien le propusiera matrimonio a Annalisa?

Como dije antes: perdí el control por completo. Toda la presión, el dolor, la furia se acumularon y, en lugar de actuar con el profesionalismo que me caracteriza y enorgullece, elegí el peor camino. Lo que viví como un momento de justicia ha destruido mi reputación. Después de todo, el público y los ejecutivos solo se quedaron con un lado de la historia. Y ese lado es jodidamente dañino.

Y aún intento navegar las repercusiones.

Ayer Andy me envió un e-mail para preguntarme por las ideas para la propuesta. Le respondí que estaba pensando en un thriller sobre un padrino zombi que irrumpe en la boda de su exnovia, muerde a un invitado y juntos convierten a toda la fiesta en un ejército de zombis que sale a atacar Hollywood. Andy me dijo que me dejara de joder.

No lo sé, en ese momento me pareció una buena idea. Le dije que había algo de romance, un amor no correspondido entre el padrino zombi y la mujer que quiere matarlo para salvar el mundo.

Tampoco lo convenció.

No es que no me guste escribir romance, porque sí me gusta. Hay algo tan especial en inventar un encuentro que sea único. Construir una historia de amor a partir de una amistad. O convertir un escenario de enemigos en un amor hermoso en verdad. Siempre fui un romántico: gracias a mis padres, que me enseñaron a amar la idea del amor con el ejemplo de su hermoso matrimonio.

Pero es difícil escribir romance o cualquier otra cosa cuando te sientes tan… perdido.

—Siempre holgazaneando. —Sully interrumpe mis pensamientos.

Ni siquiera lo oí acercarse.

Me levanto del césped ayudándome con los codos.

—Estaba esperando que se secara el cemento —digo—. Creo que hoy termino.

Sully gira sobre su eje para evaluar las canchas de lanzamiento de herradura.

Dos canchas con agujeros de tierra y césped en el centro. Quien te habla las limpió y ahora se aprecia su forma rectangular. Lo que creí que sería un proyecto sencillo se convirtió en una auténtica pesadilla porque me tomó bastante tiempo cortar el césped y devolverle su forma al campo de juego. Y, como los postes de metal estaban muy viejos, tuve que reconstruirlos y reforzarlos con cemento que tuve que hacer en una mezcladora vieja y desvencijada. Me tomó más trabajo del que esperaba y, ahora que los postes están colocados, ya lo puedo dar por terminado.

—Se ve bien —reconoce Sully—. Pero ¿qué hay de las bancas? —Señala una pila de maderas que dejé al lado de las canchas.

—Pensaba ocuparme de eso mañana —respondo.

Mira al cielo y luego a su reloj.

—Todavía queda bastante tiempo como para terminarlas.

Sí, pero como tuve que usar el último gramo de fuerza que tenía para no vomitar mientras mezclaba el cemento después de haberme comido semejante desayuno, quedé fundido.

—Creo que no tengo más gasolina en el tanque —digo.

Entrecierra los ojos.

—Qué disparate. Eres joven, ponte a trabajar. No te pago para que te quedes sentado.

En realidad, no me pagas nada.

No me molesta. Ni un poco. Me ha gustado estar ocupado. Me ha hecho dejar de pensar en la mala prensa: esta mañana, antes del desayuno, Roarick me mandó un artículo que decía que yo había planificado arruinar la boda de Simon y Annalisa desde que se comprometieron. Si fuese así, al menos habría llevado un lanzador de confeti en el bolsillo del pantalón para disparar cuando huyera. Y, aunque agradezco haber tenido algo en que pensar que no fuera la boda y el guion, estoy a punto de desmayarme. Entre el trabajo duro de anoche, el desayuno infernal y más trabajo duro esta mañana…, estoy agotado.

Pero presiento que Sully no va a dejar de insistir, así que me incorporo y voy hacia la pila de maderas. Respiro hondo.

–¿Qué clase de banca tiene en mente?

–Una banca, ¿qué más necesitas saber? Te sientas en ella, tienen respaldo. Simple.

Asiento.

–Bueno, entonces, como las que hay en el lago.

–Sí –dice y afloja el tono cuando agrega–: como esa en la que me sentaba con mi Joan.

–Ningún problema. ¿Usted, eh…, quiere ayudar?

Mira la madera y luego a mí. Percibo cierta confusión en sus ojos, pero luego se aclara la garganta:

–Voy a supervisar y te ayudaré si lo necesitas.

Es un hombre orgulloso y puedo percibir que quiere hacerlo, quiere construir, trabajar con las manos, pero también creo que está confundido y no recuerda cómo hacerlo. Tengo que guiarlo y, al mismo tiempo, convencerlo de que es él quien me guía a mí.

–Bueno, entonces de un metro y medio, ¿no?

Sully alza la barbilla.

–Correcto.

–De acuerdo, muy bien. –Comienzo a mover los trozos, tomo el metro y empiezo a tomar medidas. Para mi sorpresa, Sully se inclina en el césped, al lado mío, y toma el otro extremo del metro. Pasamos los siguientes minutos midiendo todo antes de tomar mi confiable sierra de mano y comenzar a cortar; el dolor en los músculos no me da respiro.

–Una vez Joan me ayudó a construir una banca –me cuenta Sully–. La primera que tuvimos.

Sonrío.

—¿Ya estaban saliendo?

Niega con la cabeza.

—En ese momento seguía con Earl, pero estaba en Canoodle ayudándome con los muebles. Le pedí que me ayudara con una banca y accedió. Pensó que me refería a moverla, no a construirla. Estaba molesta porque era una banca que iba en una de las cabañas y me preguntó por qué no se la compraba a ella y listo.

—¿Y por qué no se la compraste?

—Porque no. —Sonríe—. Me pareció que sería un buen proyecto para hacer con ella, algo que nos acercaría. —Se ríe—. Nunca vi sus mejillas tan rojas, estaba furiosa conmigo porque no la dejaba cortar nada.

—¿Por qué no? —pregunto.

—Porque era una sierra como esa. —Señala la mía—. Llevaba puesto un vestido y no quería que sudara. Sabía que esa noche tenía una cita con Earl. Aunque me gustaba mucho, respetaba su relación y sabía que se molestaría si no estaba perfecta para la cita.

—Entonces le dijo que no podía usar la sierra.

Asiente y mira hacia los árboles, con la mirada anhelante, soñadora.

—Estaba enfurecida conmigo. Me preguntó si creía que una mujer no podía usar una sierra.

—¿Y qué le dijo? ¿Retrocedió?

—¿Te parezco un hombre que retrocede?

Me río.

—No, pero por ahí lo hacía por Joan.

—No lo hice. Le dije que una mujer como ella no podía usar una sierra.

—No creo que eso haya terminado bien.

Termino de cortar la última tabla y le paso a Sully un trozo de lija. Lijamos juntos la madera.

—No. Se fue corriendo y la perseguí. Me disculpé y le dije que la estaba protegiendo. Me respondió que no necesitaba mi protección y me di cuenta de que tenía razón. Es una mujer muy fuerte.

Me parte el alma cuando habla de ella en presente. No me puedo imaginar cómo debe ser vivir todos los días creyendo que el amor de tu vida sigue vivo y enterarte todos los días de que no es así. Debe ser devastador. En especial para Fallon, que tiene que darle la noticia una y otra vez. Hablando de mujeres fuertes… Fallon debe haber aprendido de la abuela Joan.

—Es muy parecida a Fallon —agrega Sully como si pudiera leerme los pensamientos—. Conociste a mi nieta, ¿no?

Claro que sí.

La conocí cuando no tenía las ideas claras.

Me reencontré con ella cuando estaba totalmente ebrio.

Y anoche por fin pude conversar con ella, sin reparos, sin Jaz atormentándome. Pude experimentar un momento verdadero con Fallon, y, desde que nos despedimos anoche (con un incómodo saludo con la mano de regreso a la cabaña), solo puedo pensar en su embriagadora expresión cuando le conté de Wilson Phillips y en la forma amable en que me preguntó si quería compartir con ella la pizza que le había mandado Jaz y en la risa genuina que aún resuena en mis oídos cuando la brisa cesa y los árboles a mi alrededor aquietan sus ruidosas ramas.

Asiento.

—La conocí. Es muy impetuosa, determinada.

Divertida.

Amorosa.

Un alma vieja.

—Y hermosa —Sully alza la vista.

Tragó con dificultad.

—Sí, hermosa.

Jodidamente hermosa. Y eso no es mentira. Fallon es muy hermosa. Una belleza natural, con su piel impoluta y gruesos labios rosados que se doblan hacia abajo cuando está enojada, triste o tan solo pensando. Pero su apariencia no es lo único que la vuelve hermosa para mí: es su infinita valentía por hacerse cargo de la titánica tarea de remodelar las cabañas mientras cuida de su abuelo.

—Deberías invitarla a salir —señala Sully.

Me atraganto con mi propia saliva y toso.

—Mmm…, tiene novio. Peter.

Hace una pausa, sus ojos se mueven hacia los lados.

—Ah, cierto. Peter —dice y casi me convence de que lo recuerda, pero luego de mi primera interacción con él, me sumergí en el agujero negro de internet y, por lo que leí, las personas con Alzheimer suelen fingir que saben algo solo para evitar la confusión, pero en realidad no tienen idea de qué les están diciendo.

A juzgar por su reacción, puedo entender que es eso lo que le está pasando.

—¿Hace mucho que están saliendo? —me pregunta.

—Eh, eso creo. —Me encojo de hombros—. No sé la fecha exacta.

Asiente.

—Bueno, si se separan, deberías invitarla a salir.

—Me parece que no soy su tipo. —Tomo otra tabla y comienzo a lijar los bordes.

Sully me mira y gira la cabeza hacia un lado.

—Puede que tengas razón. Tal vez tu nariz torcida no sea lo que esté buscando.

No está tan torcida. ¡Jesús!

En Hollywood le dicen «carácter». ¿No oyeron hablar de Owen Wilson?

No todos pueden ser perfectos.

Respiro hondo.

–Qué bueno que tenga a Peter entonces, ¿no?

–Supongo... Aunque... –Sully me da un golpecito con un trozo de madera–. Sí me pareces divertido. Creo que me caes mejor.

Eso me hace sonreír.

Tú también me caes bien, Sully.

Me caes muy bien.

CAPÍTULO 11

FALLON

—**G**uau, ¡qué bien se ve! –exclama Sawyer cuando entra a la recepción–. Me encantan los detalles en rojo.

–Gracias –digo contemplando el área que acabo de terminar de decorar.

Armar los muebles llevó mucho más tiempo del que esperaba, pero cuando recordé que podía usar el destornillador eléctrico, las cosas se aceleraron. Jaz se tuvo que ir cuando estaba ensamblando la última silla, pero para entonces ya habíamos colgado unas fotografías en las paredes y unas cabezas de venado sobre la chimenea. Dos negros, uno blanco y uno rojo: se ven modernos pero adorables y, al mismo tiempo, un poco rústicos.

Las fotografías que colgamos son imágenes de las cabañas que tomó Jaz, en blanco y negro para que combinaran con la estética general. También hay una fotografía de Sully y Joan sentados en su banca mirando el lago, el día de su boda. Me aseguré de colgarla de forma tal que sea lo primero que vean los huéspedes.

La alfombra roja le da un vibrante toque de color a los muebles neutrales y los hermosos suelos nuevos, ilumina el espacio y termina de unir todo. Cuando Sully entró hace media hora, no dijo ni una palabra, solo me envolvió en sus brazos. Saber que pude hacer esto por él me llenó los ojos de lágrimas. Por ese momento valieron la pena las noches sin dormir y las arduas jornadas de trabajo.

—Debes estar agotada —dice Sawyer.

Asiento, muy consciente del dolor que siento en los hombros y la espalda.

—Voy a comer y a desmayarme en la cama.

—Me parece bien. —Me mira—. Yo también iba a comer algo y, eh, pensaba ir a Beggar's Hole. ¿Quieres que vayamos juntos? Claro que no tienes que cenar conmigo, pero, ya sabes, si quieres caminar acompañada.

Estoy demasiado cansada como para pensar mucho en la respuesta.

—Claro, solo déjame subir a cambiarme la camisa. Enseguida regreso.

—Me ocupo de estas cajas mientras.

—Ah, no te preocupes. Yo después las ordeno.

—Fallon, estás exhausta. No me molesta. —Comienza a desarmar una de las cajas de los muebles para armar una pila. Como no tengo energía para resistirme, dejo que lo haga y subo las escaleras. Cuando llego a mi habitación, me miro al espejo.

Por Dios.

Parezco una bruja desdichada.

Tengo el pelo apenas atado en una cola de caballo que ahora cuelga despeinada, la camisa empapada y manchas de sudor debajo de las axilas.

Guau, Fallon, preciosa.

No es que quiera verme atractiva frente a Sawyer, pero siento que me gustaría mantener un estándar mínimo de humanidad. Considerando el hecho de que él lleva puestos unos pantalones caquis, una camiseta blanca impoluta y la gorra hacia atrás, diría que es el ejemplo de ese estándar del que yo estoy tan lejos.

Me muevo rápido entre el baño y el dormitorio. Mojo una toalla (síp, a ese nivel estoy) y me limpio la cara, el pecho y las axilas. Busco una camiseta limpia en mi vestidor, elijo una sencilla, que dice «Pueblo de Canoodle», y me deslizo una gorra de béisbol en la cabeza, me sujeto el pelo en un moño bajo. Ya me siento un poco más humana; me pongo un poco de bálsamo labial, desodorante, las Birkenstocks y me doy por hecha.

Estoy a punto de bajar las escaleras cuando me vibra el teléfono en el bolsillo trasero de mis pantalones cortos. Lo tomo y veo un mensaje de Peter.

Peter

Me parece que no voy a poder ir este fin de semana.

Tengo que cubrir el turno de Bill porque su hermano acaba de fallecer.

Lo siento, cariño.

Una punzada de arrepentimiento me atraviesa el pecho y me siento en la cama.

Fallon

Te entiendo. Pero no puedo decir que no estoy desilusionada.

En serio quería compensarte por el fin de semana pasado.

De inmediato me pone:

Lo único que quería era verte este fin de semana.

Déjame ver qué puedo hacer, confía en mí, ¿sí?

Bueno, pero te entiendo si no puedes.

Supongo que sería mucho pedirte que
te fijaras si puedes venir tú, ¿verdad?

Ojalá pudiera. Todavía me quedan doce
cabañas por remodelar.

Pero te prometo que iré pronto.
Cuando todo esto termine.

Te tomo la palabra. Te amo, Fallon.

Aprieto los labios y le respondo.

Que descanses.

Guardo el teléfono en el bolsillo y voy hacia las escaleras que llevan a la recepción, donde Sawyer está terminando con las cajas, que ha apilado contra la pared junto a la puerta.

—No estaba seguro de dónde querías dejarlas.

—Ahí está perfecto. Gracias.

—No fue nada. —Las cajas desarmadas comienzan a deslizarse de la pila y rápido las empujamos contra la pared para que queden en un mejor ángulo—. Así debería funcionar. —Se ríe y toca la parte de arriba de la gorra: ahí es cuando noto sus manos.

—Dios, ¿qué te pasó? —señalo.

Las estira y se las mira, todas cortadas y llenas de raspones. Cuando las da vuelta, me espanto con la cantidad de ampollas que tiene.

—Ay, por Dios, Sawyer, ¿te hiciste eso anoche?

—Nah —responde y se mete las manos en los bolsillos—. Estuve haciendo unos trabajos. —Es muy evasivo, evita el contacto visual. Señala la puerta con la cabeza—. ¿Vamos?

—Sí. —Pero no me muevo; me quedo mirándolo, curiosa por su reacción—. ¿Quieres banditas o algo? Tenemos un botiquín de primeros auxilios.

—No es nada. Solo son unos raspones. Voy a estar bien. —Empuja la puerta y la sostiene para que pase. Avanzo y capturo la estela de su jabón, que me recuerda cómo puede parecer un desastre de sudor y de todos modos oler bien. Creo que nunca he conocido a alguien así—. ¿Y? ¿Estás contenta con la nueva recepción? —pregunta mientras giramos a la derecha y vamos hacia el norte, hacia Beggar's Hole.

—Muy. En realidad, fue Sully, mi abuelo, quien pensó cómo debíamos decorarlo. Siempre le gustó el rojo porque era el color con el que le gustaba vestirse a mi abuela. Entonces quería asegurarse de que hubiera toques rojos en todas partes por ella. El empapelado también fue idea suya, le encanta el escocés.

—Sorprendente, es muy moderno.

—Pensé lo mismo, pero estuvo mirando programas de televisión de manualidades y me dijo que el papel tapiz es lo último, así que nos pusimos a buscar uno que le gustara.

—Me gusta el escocés —comenta Sawyer—. Es fresco pero tiene un aire de montaña, como si Paul Bunyan te saludara al entrar.

Me hace reír.

—No se me había ocurrido, pero tienes razón. Y, por supuesto, el suelo quedó muy bien… Gracias de nuevo por ayudarme.

—No es nada. Me mantuvo ocupado.

—No dejas de decir cosas así —señalo—. ¿No estás trabajando? Jaz dijo algo así como que por contrato tienes que hacer otra película.

—Ah, ¿sí? —Alza una ceja—. ¿Está leyendo sobre mí?

—Cuando digo que eres una de las cosas más interesantes que pasaron en Canoodle en varios años, lo digo en serio.

—¿No se supone que los pueblos pequeños están llenos de chismes y drama?

—Eso se cree, pero el drama más grande es cuando elegimos alcalde cada cuatro años.

—Gato o perro, ¿no?

—Síp. Es un reguero de sangre. Que elijan a tu mascota como alcalde del pueblo no solo es el mayor honor que puedes recibir, sino que además te habilita a vivir con tu mascota en la residencia del alcalde. La mejor parte es que tiene piscina, y es la *única* del pueblo.

—Me vendría muy bien una piscina en este momento. Me sorprende que no haya una en La Caverna.

—Sully la había planeado. —Dejo escapar un suspiro—. Quería que mirara al lago, pero nunca tuvo el dinero.

—Qué pena, hubiera sido una gran mejora. Hubo días en los que consideré tirarme de clavado al lago por pura desesperación.

—Sí, pero no se puede. Por eso el agua es tan cristalina: no permitimos que nadie se meta. Es solo para los patos y los peces. Y botes, dos veces al año, cuando tienen permitido navegar.

—¿Solo dos veces por año?

—Sí. Al principio de la primavera y al final del otoño. Canoodle es muy estricto cuando se trata de preservar el hábitat natural.

—Ya veo. —Mira los árboles—. Por eso es un lugar tan hermoso. Pero tiene sentido la masacre por la casa del alcalde. Yo adoptaría una mascota solo para tener la oportunidad de ganar la piscina.

—Jaz dice eso mismo cada vez que se acercan las elecciones: lo único que quiere es pasar el verano flotando en la piscina. —Niego con la cabeza, mitad exasperada, mitad divertida.

—¿Cuándo es la próxima elección?

—En un año. Tiene tiempo, pero no tanto. Si quiere hacerse un nombre en la comunidad mascotera y que parezca que adoptó un animal por pura bondad y no solo por la elección, tiene que hacerlo pronto.

—Supongo que es una persona de gatos.

Me río.

—Síp, no quiere un perro obediente que la complazca en cuanto llegue a casa. Quiere un gato de ceño fruncido y que idealmente le pegue a la gente cuando pasa.

Lanza una carcajada.

—Parece correcto.

Juntos cruzamos la calle principal que rodea el pueblo y caminamos hacia Beggar's Hole. El estacionamiento está repleto y, al acercarnos a la puerta principal, las estruendosas risas del interior irrumpen en la calma de la noche.

—Guau, está lleno —comenta.

—Lo que quiere decir que Jaz seguro está a punto de arrojarse por el mirador. Le gusta el negocio, pero no disfruta de estar a las corridas.

Sawyer sujeta la puerta abierta para mí e ingreso al salón con luz tenue y la música que retumba desde la rocola. Bueno, el lugar está atiborrado. Solo quedan libres dos taburetes en la esquina de la barra.

Lo que significa que... tendremos que sentarnos juntos.

Y esa certeza hace que me invada la ansiedad. Parece tan estúpido dado que pasamos la noche anterior colocando un suelo y hasta compartimos una pizza, pero esto se siente diferente. Se siente más... íntimo.

Los lugares disponibles están en una esquina. Dos taburetes, uno al lado del otro. Y nos van a estar mirando. Jaz, sobre todo. No es que haya algo de lo que preocuparse. Sawyer es... Bueno, no es un amigo en realidad; solo es un conocido. ¿Que si creo que huele muy bien en este momento? Por supuesto. ¿Y creo que se ve encantador con la gorra hacia atrás y la sombra de barba en su quijada? Mentiría si dijera lo contrario. Pero tengo un novio al que yo…, eh, al que aprecio mucho. Así que no hay nada de que preocuparse. No hay nada de malo en que comamos uno al lado del otro.

—Espero que no te importe comer al lado mío —le digo—. Parece que solo quedan dos asientos.

—Podría estar peor acompañado —responde mientras caminamos entre las mesas repletas hacia los taburetes vacíos. Jaz me ve cuando tomamos asiento, suspira de forma dramática y camina hacia nosotros.

—Vayan juntando dinero para la fianza: hoy voy a acuchillar a alguien. —No esperaba otra cosa de Jaz. Y no te preocupes; no va a acuchillar a nadie. Coloca un posavasos y mira a Sawyer—. ¿Qué hace Julia aquí?

—Vinimos caminando juntos —contesto con una mirada incisiva, intentando asegurarme de que entienda que esto no significa nada. Nada en absoluto.

Pero hoy no está de ánimo. Está claro que tiene los nervios fritos ante tanta gente.

—¿¡Caminaron juntos!? —pregunta con las cejas en alto—. ¿Qué es esto ahora? ¿Una amistad? ¿Primero el suelo y ahora comen juntos?

—No estamos comiendo juntos —indica Sawyer—. Solo al lado. No podría ni soñar en entablar una amistad con Fallon después de la forma en que la traté en nuestra cita a ciegas. Soy muy consciente de que tengo suerte de que por lo menos me hable. Esto no es más que una coincidencia. No establecimos ningún vínculo.

¿Ves? Enteramente platónico.

—Mmmm. —Mi amiga alterna la mirada entre nosotros—. Respóndanme esto: ¿se rieron de camino aquí?

Me invade la culpa, lo que es ridículo. Sí, claro, conversamos y sí, me reí. Una simple risa, nada tan gracioso que me hiciera doler el estómago de la carcajada.

—¡Ajá! —Jaz me señala—. Sí que te reíste.

—Dijo una cosa graciosa. —Me encojo de hombros.

Jaz cruza los brazos sobre el mostrador y se inclina hacia delante.

—Es Julia, por el amor de Dios, Fallon. ¿Qué pudo haber dicho que fuera tan gracioso como para que te rías?

Miro a Sawyer y luego de nuevo a mi amiga.

—Estábamos hablando sobre las elecciones de alcalde y que tú serías capaz de adoptar un animal solo para tener la oportunidad de quedarte con la piscina.

—Hechos —señala Jaz.

—Y él asumió que eras una persona de gatos. Me hizo reír.

—Qué risa fácil tienes —declara Jaz alejándose del mostrador—. Es obvio que soy una persona de gatos. Quiero tener que ganarme el amor de un animal, no que me lo entreguen apenas cruce la puerta. Quiero pasarme una hora buscando a mi animal por todos los rincones de la casa para que termine siseándome. Esa es la clase de animal que quiero.

—Se oye mágico —responde Sawyer.

Jaz alza una mano.

—Tu comentario no es necesario. Solo dime qué quieres así puedo continuar.

—Wafle y agua —dice.

—¿Agua? —responde alzando una ceja—. ¿Cuándo te volviste abstemio?

—Cuando dos mujeres me tuvieron que llevar a una cabaña.

Jaz sonríe con malicia.

—Awww, mi recuerdo favorito contigo, Julia. —Se gira hacia mí—. ¿Lo mismo de siempre?

—Sí, pero sin cerveza. Jugo de arándanos, por favor. Estoy exhausta y la cerveza no me va a ayudar.

—La cerveza se inventó para la gente exhausta. Todo el mundo lo sabe. —Alterna la mirada entre nosotros—. No se viene a un bar para no ordenar bebidas alcohólicas.

—No, vine por el wafle —digo.

—Yo igual —agrega Sawyer.

—Bueno, son dos fenómenos. —Jaz se da vuelta y se dirige a la otra punta de la barra para preparar nuestro pedido.

—¿Alguna vez se contiene?

Niego con la cabeza.

—Nunca.

Después de pasar un momento con la mirada fija al frente, dice:

—Bueno, te dejo tranquila entonces.

Baja la vista a sus manos y no puedo evitar reírme.

—¿En serio vas a sentarte aquí y no me vas a hablar? ¿No te parece que eso va a ser más incómodo?

—Solo quiero darte tu espacio —responde—. Sé que no quieres que seamos amigos, así que estoy evitando que eso ocurra.

Y ahora me siento una cretina. Cuando dije que no quería que fuéramos amigos fue porque volver a verlo me puso en una posición extraña. De verdad no estaba enojada por lo de la cita a ciegas, creo que era más vergüenza que otra cosa. A nadie le gusta ser olvidable, y cada vez que lo veía, recordaba el sentimiento amargo de esa noche. Pero ahora que va a quedarse más tiempo en Canoodle, además de que pude conocerlo mejor, la idea de conversar con él no me parece tan mala.

—No tenemos que hacernos amigos, pero podemos conversar.

—No lo sé... Soy bastante amigable. No quiero arrastrarte hacia la amistad. —El encanto en su voz alivia la tensión de mis hombros.

—Tengo un fuerte control sobre mis emociones. Confía en mí, no vas a romper el escudo de la no amistad —digo burlona.

—¿Tan segura estás?

—Sí, muy segura.

Gira su taburete y me mira de frente.

—De acuerdo, entonces conversemos.

—Bueno. ¿De qué quieres hablar?

Se encoge de hombros.

—De lo que sea.

Pienso un poco y, para ser sincera, me da curiosidad una cosa...

—¿Cómo siguen las consecuencias de la boda? —suelto y él se estremece—. Mierda, no debería haber dicho nada. No tenemos que hablar de eso —agrego enseguida.

—No, está bien, supongo que es mejor hablarlo que reprimirlo. Y mi hermano no puede ser el blanco de todos mis lamentos.

—Ooooh, *lamentos*, esto se va a poner bueno.

—Tan solo digamos que las cosas no van bien. Los medios están comprando la triste historia de Annalisa y Simon al punto de que les ofrecieron un lugar en un programa de televisión para volver a celebrar la boda y que el padrino no la arruine. Creo que se llama *Nueva boda* o algo así. A esta altura, Movieflix, con quien tengo un acuerdo, por poco piensa que soy el Anticristo. Mantienen mi contrato para un nuevo guion, pero se niegan a recibir ofertas de nada que no sea romance.

—Y me imagino que el romance debe ser lo último en tu cabeza en este momento.

—Muy cierto. Pero no van a ceder, así que estoy intentando que se me ocurran ideas. Hasta ahora no he tenido mucho éxito..., todo lo que se me ocurre tiene un giro de asesinato...

—A Jaz le encantaría.

Se ríe.

—Seguro que sí. —Suspira—. Ya se me va a ocurrir algo. Las ideas siempre llegan, en especial cuando menos las esperas, y suelen ser motorizadas por el entorno.

—¿Eso qué significa? —Me inclino hacia delante, la curiosidad saca lo mejor de mí.

—Significa que mis mejores ideas han surgido de observar a la gente que me rodea. Mi película más exitosa se basó en un pueblito en Maine que se llama Port Snow. Estaba visitando a mi tía en Pottsmouth.

—¿Pottsmouth? ¿Ese es el nombre de un pueblo?

—Sí, muy desafortunado. Mi tía me estaba contando sobre una tienda de recuerdos, El Desembarco de la Langosta, que tenía los mejores caramelos de leche de la costa oeste. Me dijo que tenía que probarlos, así que hicimos el breve viaje hacia Port Snow y pasamos el día allí. —Sonríe al recordar—. Nos sentamos en la costanera y comimos hamburguesa de langosta en un camión de comidas que se llamaba Las Hamburguesas de Jake, compramos una mostaza famosa en el mercado local y luego comimos muchísimos caramelos de leche mientras lucíamos nuestras manoplas para horno con forma de tenaza. Fue un día fantástico. Cuando estaba allí, vi que Lovemark estaba filmando un romance de pueblo pequeño en una gran mansión blanca oculta entre los árboles que rodean el poblado. Quedé fascinado y, cuando regresé a casa, comencé a investigar. Descubrí que Port Snow era una locación muy popular para películas de pueblitos… Entonces apareció un artículo y conocí a la familia Knightly.

—¿Quiénes son?

—Los dueños de El Desembarco de la Langosta. En el pueblo había un rumor de que los cuatro hermanos Knightly habían recibido una maldición en un viaje que habían hecho de chicos a Nueva Orleans.

−¿Qué clase de maldición?

−Una maldición de amor.

−¿En serio?

−Bueno, *pensaban* que era una maldición de amor. No sé qué tan real era, pero al haber estado allí y haber conocido el pueblo, pude desarrollar una historia basada en los hermanos y se la vendí a Lovemark. Fue mi primer gran contrato de película.

−Ah, ya veo a lo que te refieres con eso del entorno. ¿Esa fue tu primera película?

Niega con la cabeza.

−Ojalá hubiera sido la primera.

−Lo dices como si tu primera película no hubiera sido tan buena.

−Es que no lo fue. −Se masajea la nuca−. La primera fue sobre encontrar el amor en Marte. Un astronauta que se enamora de una marciana.

−No. −Siento cómo se me abren los ojos−. No es cierto, ¿o sí?

−Por desgracia, lo es. No sé cómo la vendí ni cómo le dieron luz verde, pero es probable que sea la película más vergonzante que se ha hecho jamás y me molesta que esté en mi página de IMDb. Hace unos años, un grupo de universitarios la encontró, la viralizaron en las redes y la convirtieron en un juego para beber.

−¿Un juego para beber? ¿Cómo se juega?

−Eh, hay que beber cada vez que la marciana jadea por el astronauta.

Me río.

−¿Hay muchos jadeos?

−Le hubiese dado vergüenza a un perro en celo.

−Ay, por Dios −digo justo cuando Jaz deja nuestras bebidas, pero no se queda porque alguien la llama−. Puedo decir con orgullo que es probable que nunca mire esa película.

—Preferiría que nadie volviera a mirarla.

—¿Qué pasó después?

—Escribí algunos guiones que fueron seleccionados, pero nunca les dieron luz verde, y luego pasé a las grandes ligas con Lovemark. Después del guion de Port Snow, hice otros romances ligeros, historias de Navidad predecibles pero entretenidas. Y luego escribí un guion basado en un reality de bodas. El padrino y la dama de honor organizaban la boda de sus hermanos y terminaban enamorándose. Se lo vendí a Movieflix y firmamos un contrato por cinco películas.

—¿Y ahora estás en la película número cinco?

—Síp. Intentando descifrar qué hacer. —Toma el vaso de agua y lo hace girar sobre la mesa; baja la mirada.

—Seguro se te ocurrirá algo.

No quiero decir que escuchar su historia hace que me parezca más… humano, pero es así. De a poco se va despegando del despiadado con el que tuve una cita cuando muestra sus vulnerabilidades y características humanas. Está teniendo un efecto en la idea que tenía de él.

Quiero seguir creyendo que es un imbécil. Que está demasiado ocupado enterrado en su teléfono como para conversar. Pero ese no es el caso en absoluto. Es atractivo. Es ambicioso, y esa ambición me recuerda a mí misma. Y me da miedo, porque puedo identificarme con él. Antes guardaba la distancia y decía que no teníamos nada en común, pero ahora de verdad veo potencial para la amistad.

—Más me vale, porque si no, estoy arruinado. —Levanta el vaso de agua y se lo lleva a la boca, así que, incómoda, hago lo mismo. Cuando vuelve a apoyarlo, me pregunta—: ¿Ahora qué te toca remodelar? ¿O ya terminaste?

Suspiro, todo lo que falta me pesa sobre los hombros.

—Ojalá hubiera terminado. No estoy ni cerca. Vamos a empezar con la primera cabaña. Tengo que darle una mano de pintura, colocarle suelos nuevos, cambiar las encimeras, los apliques de luz, los accesorios de baño y luego, por supuesto, los muebles.

—¿Y harás eso con todas las cabañas?

Asiento despacio.

—Es casi imposible hacerlo en tan poco tiempo.

—¿Qué tan poco?

—Un par de semanas —respondo—. Solo tengo que terminar algunas cabañas así puedo tomar reservas mientras trabajo en las otras. Espero tener más huéspedes que algún que otro padrino fugitivo. —Le lanzo una mirada incisiva que lo hace reír.

—¿Y lo estás haciendo tú sola?

—Jaz me ayuda cuando puede… Justo ayer antes de irse me dijo que por ahí Tank trae a su club de motociclistas un fin de semana para que me ayuden, pero todavía no ha podido coordinar la fecha. Así que, hasta entonces, tendré que ocuparme de todo.

—Yo te ayudo.

¿Puedes imaginártelo?

¿Sawyer y yo trabajando juntos? Qué extraño giro del destino.

Ha hecho un buen trabajo con el suelo de la recepción, pero no hay ni la más remota posibilidad de que considere aceptar su ayuda. Porque es un huésped y porque…, bueno…, porque no somos amigos.

—Ah, no es necesario. Puedo hacerlo. Además, tienes que pensar en tu película.

—Puedo pensar en la película mientras te ayudo.

Niego con la cabeza.

—No, en serio, está bien. Yo me ocupo. Pero gracias. —Nos quedamos sentados, incómodos, durante unos segundos, así que agrego—: Además, Peter, mi novio, me ayuda los fines de semana.

—Los fines de semana son dos días, yo puedo ayudarte toda la semana.

—De verdad no hace falta —repito, aunque una partecita de mí quiere decir que sí. Apuesto a que con su ayuda podríamos trabajar rápido, pero debería pagarle y no puedo pagarle a nadie. El tipo de ayuda que necesito es mano de obra gratuita. Como la de Jaz, Peter y los amigos de Tank.

Además, no estoy segura de que sea una buena idea pasar tanto tiempo con Sawyer. La espantosa primera y segunda impresión que tuve de él se desvanecen cuanto más hablamos. Y comienzo a pensar que no es tan malo. Es posible que sea una buena persona.

Divertido.

Así que, sí, Sawyer no es opción.

Jaz aparece entre el barullo del bar y los clientes exigiendo bebidas y nos deja nuestros wafles.

—Casi le pongo tomates al tuyo, Julia, pero me contuve.

—¿Gracias?

—No es nada. —Golpea la barra frente a él—. ¿Has tenido noticias de tu hermano? ¿Te ha pedido mi número?

Sawyer levanta la vista de su wafle, se lo ve nervioso.

—La verdad que sí.

—¿En serio? —pregunta Jaz y se inclina hacia delante con interés—. ¿Se lo has dado?

—Eh, cuéntame cuándo fue que me diste tu número, porque no logro recordarlo.

Jaz toma el bolígrafo que tiene detrás de la oreja y un posavasos de la barra. Anota su número y se lo entrega.

—Espero que me contacte en las próximas cuarenta y ocho horas. Si no tengo novedades de él, te las verás conmigo. —Se vuelve a acomodar el bolígrafo detrás de la oreja, le guiña un ojo y se va.

—Eso fue aterrador —asegura Sawyer antes de guardarse el posavasos en el bolsillo.

Lo fue, pero así es Jaz.

Verla trabajar tanto después de haberme ayudado con las renovaciones me hace recordar la suerte que tengo de vivir en un pueblo como Canoodle, en el que los amigos hacen cualquier cosa por ti.

—¿Cómo se conocieron? —pregunta Sawyer y posa sus ojos sobre mí.

—Es la nieta de Tank. ¿Conociste a Tank?

—Oh, sí —responde Sawyer y sus ojos brillan en el lúgubre salón—. Lo conocí y noté cierto aire de familia.

Me río sin querer.

—Sí, y Sully es el mejor amigo de Tank. No nos quedó más opción que hacernos amigas cuando éramos niñas. Yo venía mucho aquí, en especial en el verano, y pasaba el fin de semana con mis abuelos mientras mis papás hacían «viajes de amor fugaz», como les gustaba decirles.

—Viajes de amor fugaz. —Sawyer se ríe—. Si vuelvo a estar en una relación, voy a llamar «viajes de amor fugaz» a nuestras escapadas. —Corta el wafle y come un bocado—. Perdón si te ofendo, pero dijiste que tienes dos papás, ¿eso quiere decir que eres adoptada?

—No me ofende. —¿Me sorprende que me haga preguntas personales? Sí. Creí que nunca llegaríamos a ese punto—. Y sí, soy adoptada. Mi madre biológica es de Idaho, quedó embarazada en el baile de graduación… Típico. No tenía los recursos para criarme y tampoco estaba preparada, así que me dio en adopción. Mis padres se inscribieron en una agencia de adopción local y ella los escogió.

—¿Sigues en contacto con tu madre biológica?

—No, la verdad que no. Lo último que supe es que sigue viviendo en Idaho, está casada y tiene dos hijos, pero no sentí la necesidad de conocerlos. Sé que hay otras personas a las que les gustaría conocer esa parte de sus vidas, pero lo cierto es que yo no lo necesito. Me conformo con tenerla en algún lugar de mi mente.

—Te entiendo. Creo que yo me sentiría igual que tú. —Come otro gran bocado de wafle; me quedo mirando cómo se le tensa la mandíbula cuando mastica, y mis ojos se disparan a su cuello cuando traga—. ¿Así que creciste con dos papás en Palm Springs? ¿Cómo fue eso?

Su pregunta me devuelve al wafle y me concentro en la forma en que el jarabe se escurre dentro de los huecos. *Por Dios, Fallon, ya deja de mirar al hombre.*

—Eh…, bueno, he ido a las mejores fiestas temáticas de mi vida.

Se ríe.

—Puedo imaginarme el despliegue, sin ánimos de ser prejuicioso.

—Para nada. Mis padres organizan las mejores fiestas. Mis amigos de la infancia esperaban con ansias sus celebraciones de fin de curso. Jaz también venía. Siempre la mejor comida, la mejor decoración, y atuendos nivel *RuPaul's Drag Race*. Este año me perdí el baile de verano y todavía estoy intentando superarlo.

—¿Cuál fue la temática?

—«*Intoxigáymonos*». Cada persona tenía que inventar un trago y servir una ronda; y después de una cata a ciegas, se elegía al ganador. Sorbo de Pantano se llevó el premio.

—¿Sorbo de Pantano? —Hace una mueca—. ¿Quiero saber más?

Niego con la cabeza.

—Solo sé que involucraba hielo seco y que enloqueció a la multitud.

—¿Cuál era el premio?

—Qué bueno que lo preguntas —digo llevándome un bocado de wafle a la boca; me encanta cómo quedan los terrones de azúcar que Jaz le agregó a la mezcla. Me gustan las cosas dulces y agradezco poder disfrutar algo así en la cena—. Hacen estos bailes de verano todos los años y siempre incluyen una competencia, así que hay un codiciado trofeo que, año tras año pasa de ganador en ganador. Algo así como una medalla de honor.

—¿Qué es?

—Un dildo pintado con aerosol dorado y cubierto de brillos sobre una base de madera.

Sawyer casi se atraganta de la risa. Le doy una buena palmada en la espalda mientras bebe un sorbo de agua.

Cuando se repone, dice:

—No me esperaba esa respuesta, pero me parece jodidamente maravilloso.

—Y por supuesto que hay un enorme chat grupal en el que todos presumen las fotos con el trofeo. Yo nunca gané. Jaz tampoco y eso tuvo un impacto en su autoestima. Ni siquiera se lo pueden mencionar…, se pone muy mal.

—Yo también me pondría mal si fuese el dueño de un bar y no pudiera pasar un año con el pene brillante y dorado.

Me río fuerte y los ojos de Jaz se disparan en mi dirección desde la otra punta del bar. Su expresión no es de enojo, es más bien de curiosidad, pero sé que mañana me va a torturar. Con lo que detesta a Sawyer, me imagino que no va a gustarle que me siente con él en el bar, conversando y (Dios mío) me ría. En mi defensa, como recordarás, no había más asientos.

—¿Tus padres te vienen a visitar seguido?

—No tanto como me gustaría. Me encanta vivir en Canoodle. Cuando era más chica, era mi segundo hogar y, ahora que vivo aquí en forma permanente, no me puedo imaginar estar en ningún otro lado. Dicho eso, no es muy inclusivo para discapacitados. Mi papá usa silla de ruedas. Así que cuando viene aquí le cuesta moverse por algunos sitios de La Caverna y en el pueblo. Sully se estaba ocupando de ese tema antes de que, eh, se enfermara. Como la construcción es muy vieja, no todo está al día con las regulaciones vigentes, pero estamos trabajando en eso.

—Ahora que lo pienso, todo el lado derecho del pueblo está sobre una colina; solo se puede acceder por escaleras.

—Sí. Así son los pueblos de montaña. En La Caverna tenemos un intento de cabaña accesible al lado de la recepción. Sully empezó a construirla para mi papá, pero nunca pudo terminarla. Está el esqueleto, pero… le faltan unos toques así que no se la ofrecemos a los huéspedes.

—¿Dónde se quedan tus padres cuando vienen?

Me ruborizo de la vergüenza. Papá nunca se quejó conmigo ni con Sully por lo difícil que le resulta moverse, pero lo hemos visto y papi sí ha hecho algunos comentarios. No debería habernos llevado tanto tiempo mejorar las cosas.

—Hemos convertido el depósito en un dormitorio. No es lo ideal, pero funciona. Sé que esa es una de las razones por las que no vienen tan seguido: todo es incómodo.

Sawyer se queda en silencio; me pregunto si me está juzgando por lo poco que hago por mi propio padre.

—Dijeron que iban a venir a ayudar más o menos en una semana —me apresuro a agregar—. Así que eso es bueno. Los extraño mucho. Antes de venir aquí a cuidar a Sully, cenaba con ellos todos los domingos. Preparaban una elaborada cena de cuatro pasos y yo llevaba el postre. Qué épocas.

Mueve un trozo de comida en el plato.

—Me hubiera gustado pasar más tiempo con mi familia. Mis padres tienen un viñedo en las afueras de Palm Springs. Mi hermano los ayuda, así que siempre están juntos y, como yo tengo que estar cerca de Los Ángeles, me siento un poco como un extraño cuando nos reunimos; no porque ellos me traten distinto.

—Me sentía así cada vez que regresaba aquí después de haber pasado un tiempo en casa, pero esa extrañeza se disipaba rápido.

—Me pasa igual. —Se termina el wafle y se apoya en el respaldo—. Esta noche resultó mejor de lo que pensaba.

—Ah, ¿sí? ¿Qué creías que iba a pasar?

Bebe un sorbo de agua. De nuevo, miro sin disimulo cómo se le mueve la nuez de Adán cuando traga. Me fascinan los movimientos de su cuello, entro en trance. *¿Qué sucede contigo, Fallon? No es sexy tragar.* No debería fascinarme ver a un hombre bebiendo un vaso de agua, pero, Dios, me sucede. Me fascina. Él me fascina.

—Pensé que iba a caminar en silencio esquivando patos endemoniados…

—Aaah, ¿ya has experimentado su furia?

—Desde el día uno, y a partir de entonces me he mantenido lejos. Después, pensé que sería el blanco de Jaz y que me pasaría toda la noche recibiendo sus ataques mientras le quitaba los tomates a mi comida, pero, en cambio, he comido un delicioso wafle sin tomates y he tenido una maravillosa conversación. Pero no te preocupes —agrega rápido—, no creo que seamos amigos ni nada de eso.

Contengo la sonrisa.

—Bien, porque no quiero darte una idea incorrecta.

—Créeme, no es así. —Me guiña un ojo, apenas un parpadeo, pero con ese sutil movimiento me sucede la cosa más extraña: mi estómago da un vuelco. Se me ha erizado la piel de todo el cuerpo y tengo la urgente necesidad de dejar salir este enorme y poco sentador suspiro que estoy conteniendo.

¿Qué carajo me está ocurriendo?

Me sube el calor a las mejillas y aparto la mirada de él mientras intento procesar por qué me provoca todos estos nuevos cosquilleos. ¿Por qué es tan diferente de lo que esperaba?

¿Por qué tiene que ser gracioso? ¿Amable? ¿Interesante?

¿Por qué no puede ser el hombre que conocí en el Golden Star?

¿Por qué tiene que complicar las cosas? Porque eso es lo que siento. Lo último que necesito en este momento son complicaciones y, sin embargo, cuando lo miro, no puedo evitar sonreír por lo adorable que se ve sentado junto a mí.

**

Jaz

¿Qué carajo fue lo que sucedió hace un rato?

Fallon

Estoy exhausta, Jaz.
Solo quiero irme a la cama.

De ninguna manera. Explícame.

¿Que te explique qué?

Estabas ruborizada. Te vi. Y vi cómo lo mirabas.

No es cierto. Y hacía calor, todos tenían
las mejillas rojas.

Eres una mentirosa y lo sabes.

¿Te gusta?

Qué?? Estás loca??
Primero que nada, tengo novio.

Segundo, apenas lo conozco.

¿Cómo va a gustarme?

Ah, no sé. Es ridículamente guapo, amable y alto.

Sin mencionar que te hace reír.

Eh..., pensé que te caía mal.

Me cae mal, pero llamemos a las cosas por su nombre.

Sawyer es un buen partido, serías una idiota si pensaras lo contrario.

Así que..., ¿te gusta?

Te quiero, amiga, pero has perdido la cabeza.

Vete a la cama.

Tú has perdido la cabeza!!!

Está bien... Nos vemos mañana.

Sí, ME VAS A VER.

Porque me tienes que dar una explicación.

Si es por eso, ni te molestes en venir.

Ja, buen intento. Llevo desayuno para ablandarte. Te veo al alba.

CAPÍTULO 12

SAWYER

Los senderos a mi alrededor están en un silencio profundo que solo interrumpe el susurro de la brisa atravesando los pinos. Miro por encima de mi hombro, nervioso (posiblemente porque no debería estar aquí), tomo el pomo de la puerta principal de la cabaña, cierro los ojos con fuerza y, rezando, lo giro.

Por suerte y para mi sorpresa, la puerta no está trabada, así que entro a la cabaña polvorienta y vacía. El polvo flota en el aire y toso un par de veces mientras busco el interruptor de la luz para encenderla. Fallon tenía razón: le hace falta algo de trabajo, pero no mucho.

Me tomó un segundo entender por qué esta cabaña escondida entre un bosquecillo de pinos estaba pensada para su papá, pero cuando lo descubrí, todo cobró sentido. La puerta es más ancha y veo la estructura para una rampa, solo falta clavar la tapa. Por dentro, es igual a mi cabaña, pero las paredes del interior son blancas y no de roble natural. Los suelos son blancos y grises y está colocado un poco más de la mitad, pero los muebles y las molduras ya están terminadas, igual que el suelo y los azulejos del baño (gracias a Dios).

Aunque la grifería sigue en su empaque. Es cierto que la cabaña está casi lista. El tiempo es la clave y me provoca una punzada de dolor que Sully se haya enfermado en ese momento porque estoy seguro de que lamenta no haber podido terminar esto para su hijo.

Considerando lo que falta terminar, y que los materiales ya están aquí, diría que necesita un día de trabajo. Puedo terminar rápido con el suelo y colocar los zócalos sin problema. Los retoques de pintura se secarán en unos segundos. Las reparaciones no llevarán mucho tiempo. Y parece que la tapa para la rampa ya está cortada: solo hay que clavarla en su lugar.

Sí, puedo hacerlo en un día sin problemas.

Recorro el resto del espacio para asegurarme de que no me estoy perdiendo de nada, y entonces me topo con los planos de diseño pegados en la pared detrás de un colchón. Como las ventanas están cubiertas con telas que detienen gran parte de la luz del día, tomo el teléfono y enciendo la linterna para ver mejor.

La cama irá en el medio de la habitación con una alfombra roja debajo. Miro a mi alrededor e identifico una alfombra enrollada en el armario junto con bolsas de ropa de cama. Agradecido, lo borro de mi lista mental. Junto a la alfombra hay dos apliques de pared de estilo farol. ¿Dónde van? Vuelvo al diseño y veo que deberían ir uno a cada lado de la cama. Muevo un poco más el colchón y veo que ya está hecho el cableado en la pared. Qué suerte. Tengo conocimientos de electricidad, pero no es mi parte favorita. Poner un aplique no es la gran cosa, pero cablear… Sí, eso no me encanta.

Me alejo del diseño y recorro el espacio con la mirada una vez más, dejándome llenar de expectativa. Esto será sencillo, pese a lo mucho que me duele el cuerpo. Y valdrá la pena. Casi me destrozó escuchar a Fallon hablar sobre este proyecto anoche. No solo percibí la decepción y la vergüenza en su voz, sino que además estaba escrita en su rostro. Y el modo en que habla de sus papás, lo mucho que los extraña y saber que esto está impidiendo que se vean más… Tengo que terminarlo.

Pero primero lo primero: necesito agua y buscar mis herramientas en el cobertizo.

Con la botella en la mano, salgo de la cabaña y camino por el sendero de pinos hacia la recepción. Es temprano, el sol se sigue posando sobre las formaciones rocosas y le da un tinte rosado al cielo. Entiendo por qué a Fallon le gusta tanto este lugar: es impactante.

—¿A qué te refieres con que te tienes que ir? —Escucho que dice Jaz cuando entro—. ¿Es un chiste?

La puerta se cierra a mis espaldas y las dos me miran con los ojos abiertos como platos.

—Ah, ahí está… El rompehogares.

—Jaz, basta —gime Fallon.

Pero no lo hace, sino que da un paso hacia delante.

—¿Cuáles eran tus intenciones anoche?

Bueno, buen día para ti también. Por Dios. No esperaba un interrogatorio tan temprano.

—Eh, cenar —respondo francamente aterrorizado por la mirada de loca que tiene.

Se me acerca y me golpea el pecho con el dedo. Su expresión de sorpresa por el impacto de la uña contra mis músculos casi me hace reír. Pero no soy tonto: sé que una sonrisa solo va a fastidiarla más, así que me contengo.

Recupera la compostura, resopla y se endereza.

—Entonces, ¿me dices que tus intenciones eran buenas?

Miro a Fallon, que se está masajeando la sien con los dedos, claramente abatida por el ataque verbal de Jaz.

—No tengo idea de qué hablas —respondo.

—¿Así que no estabas coqueteando con mi amiga?

—Jaz, por favor —suplica Fallon.

—¿No estabas buscando otra oportunidad en el amor? Porque, déjame decirte algo, *Julia*, tuviste tu oportunidad con Fallon y la desperdiciaste.

—Lo siento —dice Fallon—. Por favor, ignórala.

Las miro cada vez más confundido. Eh, hasta donde sé, anoche todo fue muy inocente. Nadie se pasó de la raya, cenamos wafles, no bebimos alcohol y conversamos tranquilamente. ¿De dónde viene todo esto? En serio espero no haber hecho nada para hacerle creer algo diferente a Fallon.

—Anoche tenía hambre. Quería un wafle, así que fui a tu bar. Fallon justo iba para el mismo lugar. Mi plan era sentarme solo y pensar ideas para el próximo guion, pero el bar estaba lleno y eso me obligó a sentarme al lado de ella. Hubiese sido incómodo quedarnos sin hablar. Así que le hablé. No tenía otras intenciones. Entiendo que tiene novio, un tipo bastante agradable, por cierto, así que créeme cuando te digo que no tengo intenciones de hacer nada que ponga eso en riesgo. Sé cómo se siente que te engañen: no se lo haría a nadie.

Jaz se endereza y alza la barbilla orgullosa.

—Tiene sentido. —Se gira hacia Fallon—. ¿Quieres manzana con canela o arándanos? —Camina hacia una caja de pastelería que está sobre una mesa cercana y la abre.

—¿En serio? ¿Vas a actuar como si no acabaras de insultarme? —espeta Fallon—. ¿O a Sawyer, para el caso?

—Hablas como si yo tuviera la capacidad de controlar mis palabras. A esta altura deberías haber aprendido.

—Jaz, nos debes una disculpa. Eso fue completamente desubicado.

Jaz suspira y toma una magdalena de la caja.

—Les pido perdón si fui grosera, pero también estoy preocupada. Vi cómo lo mirabas, la risa… Me hizo creer que estabas interesada.

A mí no me dio esa impresión.

Pero disfruté su risa.

Me encantó su sonrisa.

Y fue casi imposible no darle un empujoncito juguetón con el hombro y acercarme.

Pero me contuve porque, como dije, tiene novio.

—No lo miré de ninguna forma —dispara Fallon con la voz cada vez más enojada.

Intervengo para agregar:

—Yo, eh, no percibí ninguna mirada. Hasta dejamos en claro que no éramos amigos, solo conocidos.

—Bueno. —Jaz le quita el envoltorio a la magdalena—. Solo quería asegurarme de que no sucediera nada. Ya saben, por el bien de Peter.

—No tienes que preocuparte por Peter —asegura Fallon—. Eso lo tengo bajo control. Ahora, si me disculpan, tengo que llevar a Sully a Palm Springs.

—¿De verdad te vas? —pregunta Jaz.

—Sí, te lo dije, me olvidé de que tenía citas médicas, así que tengo que llevarlo, y luego vamos a cenar con mis padres, así que vuelvo tarde.

—¿Vas a ver a Peter?

Fallon baja la mirada. Por el silencio y la forma en que baja los hombros, es obvio que oculta algo.

—¿Le dijiste que vas a estar en Palm Springs? —insiste Jaz.

—No. —Ahh, ahí está—. Pero le voy a escribir para invitarlo a cenar.

—Mmm… —Jaz avanza hacia la entrada de la recepción—. Hazlo, escríbele. —Gira y me señala—. Me escribió tu hermano; tienes suerte de haber hecho algo bien, Julia. —Y, sin decir más, sale, magdalena en mano y con la navaja rebatible asomando del bolsillo trasero.

En serio es… aterradora.

Y sí, apenas regresé a la cabaña, le envié su número a Roarick y le dije que más le valía escribirle al menos para que yo pudiera conservar mis testículos. Pero estaba agradecido por haber conseguido su teléfono, así que, algo está sucediendo ahí.

Cuando se cierra la puerta, Fallon suspira.

—Dios, Sawyer, lo siento tanto. Qué vergüenza.

—No te disculpes. En serio, está bien. Es tu amiga.

—Una amiga molesta e intrusiva. —Abre la caja de pastelería—. ¿Quieres una magdalena? Quedan tres.

—Está bien, no te quiero robar tus magdalenas.

—Te las estoy ofreciendo. Es lo menos que puedo hacer luego de esa vergonzante conversación. —Toma la caja y me la trae—. ¿Arándanos o manzana con canela?

—¿Cuál es tu favorito? —le pregunto.

—Manzana con canela.

—Entonces, arándanos. —Tomo una—. Gracias.

—Gracias por soportar a Jaz.

Apoyo la magdalena sobre el dispensador de agua.

—Algunas personas creerían que compartir magdalenas es un signo de amistad —bromeo.

—Podría ser, pero no es el caso. Solo soy una amable propietaria de cabañas que le ofrece una magdalena a su huésped en la mañana. Nada más.

Mierda, qué linda es.

Hablar así con ella, este ida y vuelta, trae a mi vida una luz que me olvidé de que existía.

—Por supuesto. —Termino de llenar la botella de agua—. Porque no queremos que nadie piense que somos amigos.

—Exacto, pero también porque… no somos amigos.

—Nop, ni un poco.

Sonrío.

Ella sonríe.

La puerta se abre de par en par y los dos nos sobresaltamos. Entra Sully y me mira fijamente.

—Phil, ahí estás. Esta noche, en el campo de lanzamiento de herraduras. Te voy a demostrar cómo juega un hombre de verdad.

Puedo sentir los ojos de Fallon sobre mí, confundidos, preguntándose de qué diablos está hablando Sully.

—Eh, claro.

—Sully —intercede Fallon—. Las canchas de lanzamiento de herradura ya no están en condiciones.

—Eso no es cierto, vengo de allí. Están como nuevas.

Fallon tiene cara de preocupada: debe pensar que está teniendo una crisis.

—Así es —intercedo para ayudar a Sully—. Muy limpias; se ven fantásticas.

—¿De qué estás hablando? —susurra Fallon, con el ceño fruncido.

No quiero decirle que fui yo quien las limpió. Por alguna razón, me gusta avanzar por el predio completando tareas sin que me vea. Me gusta ser un misterio para ella. Una parte de mí cree que si se entera de que yo fui quien la ha estado ayudando, reparando todas las cosas que quería reparar Sully, no me dejaría hacerlo más. Y reparar cosas ha sido liberador, catártico, una forma de reconectarme conmigo mismo. La presión de Hollywood puede resultar muy demandante y es fácil perderse. Y, por el éxito que he tenido, sé que he perdido varias partes de mí a lo largo de los años. Estar aquí, en Canoodle, hablando con Sully, volviendo a trabajar con las manos, experimentando la lealtad y camaradería de un pueblo pequeño, me ha regalado un nuevo comienzo. Todavía no estoy listo para que termine.

Así que opto por flexibilizar la verdad:

—Sí, salí a correr y las vi perfectas. Le dije a Sully que le jugaba una partida.

—¿Qué? —pregunta confundida y se gira hacia su abuelo—. ¿Puedes ir al baño? En un rato salimos para Palm Springs.

—No soy un niño. Sé cuándo ir al baño —se queja.

—Entonces ve ahora, es un largo viaje por las montañas —exclama y sale por la puerta trasera. La sigo, empujado por una fuerza que no entiendo bien.

Avanza por el sendero entre las cabañas hacia el campo de juego donde, hace unos días, reparé los postes, podé la vegetación, agregué unas bancas y hasta construí un marcador de madera para ambas canchas.

—¿Qué carajo? —Apoya las manos en sus caderas y mira a su alrededor—. ¿Quién ha hecho esto? —murmura entre dientes. Se acerca y acaricia la suave banca—. Es… perfecto.

—Sí, se ve bastante bien —digo con un ligero temblor en la voz. *Por favor, no me preguntes si soy yo el que está haciendo esto. Por favor—.* Así que, sí, esta noche la estrenamos con Sully.

—Vamos a volver tarde —dice mirándome—. Tal vez mañana. —Camina hacia el marcador y juguetea con el sistema de puntuación—. Les voy a preguntar a mis papás sobre esto.

—¿Sobre qué?

—Sobre todo esto. —Agita una mano—. Creo que han contratado a alguien para que haga arreglos. ¿Se pensaban que no me iba a dar cuenta? Solo quiero saber quién es.

—Eh… ¿Qué… qué más han arreglado? —pregunto haciéndome el tonto.

—La zona de las mesas de pícnic, la banca de Sully y ahora esto. Y creo que también vi reparadas unas tablas de la cerca que da a la carretera.

Así es. Lo hice hace algunos días. Solo me tomó unos segundos.

—Significa mucho para mí ver a La Caverna transformarse así. Quiero poder decir gracias, expresar mi gratitud por tanto trabajo. Y, además, no me gusta que sucedan cosas sin que yo lo sepa.

Bueno, entonces puede que no le guste lo que tengo pensado para hoy.

Pero eso no me hará cambiar de planes. No va a estar en todo el día, lo que me da suficiente tiempo para terminar la cabaña.

Baja la vista para mirar la hora en su teléfono y gruñe.

—Tengo que irme si quiero llegar a tiempo para la cita de Sully. Dios sabe que tendrá que orinar cuando estemos en la ruta. —Me mira—. Que disfrutes tu magdalena, y perdón por Jaz; si quieres hospedarte en otro sitio, lo entiendo por completo.

Me río.

—Estoy bien. Buen viaje. —La saludo con la mano, ella sonríe por encima de su hombro mientras camina hacia la recepción.

Cuando está fuera de mi vista, tomo asiento en la banca que da hacia el campo de juego y le quito el envoltorio a mi magdalena. Respiro hondo, disfrutando el aroma a pino y el aire de montaña.

La calma antes del huracán de la remodelación.

Sonrío para mis adentros.

Esto será divertido.

* * *

—Carajo, esto no es divertido —le gruño al teléfono mientras me siento en el suelo que acabo de instalar.

—¿Qué diablos estás haciendo? —pregunta Roarick al otro lado de la línea.

—Renovando una cabaña.

—¿Por qué?

—Es una sorpresa.

—¿Una sorpresa? Eh, corrígeme si me equivoco, pero ¿no se supone que deberías estar escribiendo una propuesta de guion y no renovando una cabaña?

—Se me están ocurriendo ideas mientras hago las renovaciones.

—Ya veo, ¿y cuáles son con exactitud esas ideas que se te están ocurriendo?

Me llevo la botella de agua a la boca y le doy un largo sorbo para humedecerme la garganta.

—Oh, ya sabes, ideas.

—Dime una —me desafía Roarick.

—Eh…, coleccionista de trolls se enamora de Rigatoni Roy. Unen sus fuerzas y abren un museo de pasta y trolls.

—¿Qué… carajo… dices…? Por el amor de Dios, dime que es una broma. —Como me quedo callado, continúa—: No puedes pensar que una película sobre alguien que colecciona trolls y este cocinero italiano Ralph…

—Rigatoni Roy.

—Como sea, no pensarás que es una idea a la que le pueden dar luz verde.

—Puede tener potencial.

—No hay ni un ápice de potencial en esa idea. En serio, viejo, ¿qué te sucede? Nunca has estado tan seco de ideas. Siempre parece que tienes un as bajo la manga.

—Lo sé, lo sé. Es solo que fue… No sé, es difícil. Supongo que no estuve indagando mucho en esa parte de mi cerebro, porque cuando lo hago pienso en Annalisa y Simon, y eso es en lo último en lo que quiero pensar.

—¿Por qué? ¿Sigues enamorado de ella?

—¿¡Qué!? No. Eso ya quedó en el pasado. No existe ni la más remota chance de que pueda volver a enamorarme de ella. Ya comprobé de lo que es capaz. Vi lo falsa que es. Cuando la conocí, tenía los pies sobre la tierra, era amable, trabajadora. Pero desde que se hizo famosa, solo le importa eso. Solo se preocupa por su imagen y no creo que vaya a cambiar.

—La fama puede ser peligrosa —coincide Roarick—. Para muchas personas es su condena si no saben manejarla de forma profesional. En lugar de que la fama sea algo bueno, se convierte en el final de su carrera.

—Por ahora, Annalisa está en la cumbre de la fama, su carrera está lejos de terminar.

—Confía en mí, va a caer. Es el destino de los buscafama, porque, cuando empiezan a prestarles menos atención, se desesperan tanto por recuperarla que terminan dando un paso en falso que los borra del mapa.

Pienso en todos los actores que estaban en el lugar de Annalisa y les pasó eso.

—Sí, creo que tienes razón.

—Es así. He visto caer a muchas celebridades y ya sabes cómo corren los chismes en el mundo del vino. Trabajando en el viñedo he escuchado de muchas etiquetas que venían a la granja alardeando de la más reciente publicidad con celebridades que habían hecho. Va a suceder. Solo ten paciencia.

—No quiero que caiga —digo rápido.

—Mentira —se ríe Roarick.

—En serio. No me gustaría verlo.

—¿Me estás diciendo que no te alegrarías ni un poco si mañana vieras en las noticias que Annalisa subió una insípida historia a su Instagram y la gente le tiró *hate*?

—Tal vez un poco —respondo con honestidad. No puedo mentir: sé que sentiría una leve sensación de justicia.

Se ríe.

—Claro que sí. Todos disfrutan más la caída que el ascenso. Pero ese no es el punto. Si no estás enamorado de Annalisa, ¿cuál es el problema? Seguiste con tu vida, lo dejaste en claro cuando les hiciste *fuck you* en el altar; ¿qué más podrías querer?

—No lo sé, estoy… sensible, supongo. En este momento no me siento superromántico.

—Entonces, ponte romántico. Tal vez puedes invitar a Jaz a salir.

Me hace lanzar una carcajada.

—Creo que tanto Jaz como yo, antes que salir juntos preferiríamos tirarnos por el mirador del Beggar's Hole. Además, parece que ustedes han estado hablando…

—Así es. Solo te estaba poniendo a prueba, ver si había algún sentimiento ahí.

—Créeme, el único sentimiento que me despierta Jaz es terror.

—No veo por qué; es una bocanada de aire fresco. —Mi hermano ha pasado demasiado tiempo entre las uvas—. ¿Hay alguien con quien puedas salir?

—La verdad es que casi no salgo. He estado ocupado reparando cosas.

—Cierto, ¿y exactamente por qué estás haciendo eso?

Me pongo de pie y comienzo a juntar la basura que dejé desperdigada por la cabaña.

—Porque me mantiene ocupado, me despeja la mente.

—¿Y a Fallon no le molesta que tú… estés todo el tiempo trabajando en las cabañas?

—Es que… —Siento que me ruborizo—. Ella, eh, como que no sabe que soy yo.

—Espera, ¿no sabe que estás reparando cosas? ¿Cómo es posible?

—Todas han sido en el fondo de la propiedad, así que no me ha visto hacer nada. Sully me dio instrucciones. No sé, lo estoy disfrutando. Y luego ella vio los resultados. Viejo, deberías haber visto su sonrisa. Estaba tan feliz.

El teléfono se queda en silencio.

—¿Estás ahí? —pregunto.

—Sí, aquí estoy.

—¿Por qué te quedas callado?

—Estaba pensando.

—¿En qué?

—Eh…, en cómo te estás enamorando perdidamente de la dueña de las cabañas. Hermano, ahí tienes tu historia: viajero rebelde escapando de la fama y de las presiones de Hollywood se refugia en un pueblito… y se enamora de la amable y humilde dueña de las cabañas. Es algo sobre lo que escribirías.

—Primero que nada, no me estoy enamorando de ella. Segundo, me parece raro basar una historia en este pueblo.

—¿Por qué? Eres tú quien dice que hay que estar inmerso en el entorno para escribir una historia. Bueno, ahí estás, inmerso. Úsalo.

Niego con la cabeza aunque no pueda verme.

—No me parece bien. Estas personas fueron amables conmigo, no quiero que piensen que me estoy aprovechando y usándolas para crear tramas.

—¿Estás hablando de la gente del pueblo en general o de Fallon en particular?

—Es parte del pueblo, ¿o no?

—Sí… También es muy linda.

—Basta de esa mierda, viejo.

Una risa estruendosa retumba en el auricular.

—Vamos, no vas a decirme que no te estás castigando, aunque sea un poco, por no haberle prestado atención en la cita a ciegas. Siendo franco, no sé cómo pudiste ignorarla, ni hablar de olvidarla.

Sí, sigo pensando cómo pudo haber pasado.

Lo único que recuerdo es que no estaba en un buen momento en lo que respecta a salud mental. Intentaba terminar un proyecto, Annalisa me estaba volviendo loco, lidiaba con Movieflix; era… un infierno, nada me salía bien. No tendría que haber aceptado la cita.

—¿Podemos dejar de hablar de Fallon?

—¿Por qué te pones tan sensible?

—Porque… —arrastro las palabras, perplejo.

—¿Porque qué?

—Porque… no quiero hablar de ella.

—Que te rehúses a hablar de ella me hace pensar que de verdad quieres hablar de ella, pero te da miedo lo que puedas llegar a decir.

—¿Qué? —Esa sola oración me hizo doler la cabeza.

—¿Qué cabaña estás remodelando ahora?

—Eh…, una que está en el fondo de la propiedad. No importa.

—Sí, importa. Ella no lo sabe, ¿no?

—No —respondo.

—Entonces, ¿cómo sabías que había que renovarla?

¿A dónde carajo quiere llegar?

—Me lo mencionó anoche mientras cenábamos. Dijo que era la cabaña que su abuelo quería terminar para que sus papás tuvieran dónde quedarse. Uno de sus padres usa silla de ruedas y esta es la cabaña que estaban haciendo accesible para él. Su abuelo no pudo terminarla porque empeoró y sus padres no vienen mucho de visita…

—Viejo.

—¿Qué?

—¿Cenaron juntos anoche?

—No es lo que parece —digo a la defensiva—. Solo nos sentamos uno al lado del otro. No salimos a cenar juntos.

—Es lo mismo, hablaron. Te contó de la cabaña de sus padres y ahora la estás remodelando... Odio decirlo, Sawyer, pero me parece que te gusta.

—Casi no la conozco, no me puede gustar.

—Pero eso no significa que no estés interesado. Dime...: ¿se te acelera el corazón cuando la ves? —No respondo enseguida porque la realidad es que se me acelera como un caballo, entonces continúa—: La verdad es dura, hermano, pero creo que te pasan cosas con Fallon.

Aprieto la mandíbula, frustrado, mientras contemplo la cabaña que he estado reparando.

No me frustran las acusaciones de Roarick. Me frustra que en algún lugar del subconsciente creo que puede tener razón.

No sé mucho de Fallon, pero sí sé que es solidaria. Es fuerte. Atenta. Y leal, un atributo que no se ve mucho en el lugar en el que vivo. Me intriga su relación con Sully. La necesidad que tiene de preservar el lugar que tanto quiere me estruja el corazón. Y su infranqueable determinación es (desafortunadamente) muy atractiva.

Sin mencionar que su sonrisa me cautiva, su risa es como un cálido abrazo y es muy fácil perderme en sus ojos cuando me mira.

Así que, sí, puede que me pase algo pequeño, muy diminuto, casi invisible con Fallon, pero nunca haría nada porque tiene novio.

Porque ni siquiera quiere ser mi amiga.

Porque tuve una oportunidad y la desperdicié.

No hay nada más para decir al respecto.

Fallon está fuera de mi alcance.

CAPÍTULO 13

FALLON

—Papi, estas tapas de espinaca son de otro planeta —aseguro mientras me limpio la boca con una servilleta.

Papi me toma la mano y exclama:

—Qué bueno, entonces, que hice de más y las congelé para que te llevaras a Canoodle.

—¿En serio? —pregunto.

Me da un beso en el dorso de la mana.

—Quiero asegurarme de que nuestra chiquita esté bien alimentada.

—La tratas como si fuera un bebé —gruñe Sully a mi lado. No le gustó mucho ver al doctor hoy. No paró de decir que tenía que ir a ayudar a Phil. Le comenté al médico de la confusión, pero las pruebas de Sully salieron mejor que antes, lo que… me desconcertó. Como dijo el doctor, es imposible predecir lo que va a sucederle a un paciente con Alzheimer y ahora entiendo a qué se refería.

Pero me confunde que estas últimas semanas Sully no solo habló de la abuela Joan, sino que también nombró a su hermano. Creí que era una señal de que estaba empeorando, pero parece que muestra grandes progresos en otras áreas. Su noción del momento del año en el que estamos, el pasado, el presente, están casi alineados. Así que… Dios, no lo sé.

Creo que llegué al límite en lo que a esta enfermedad respecta. Desearía que existiese un botón mágico que me ayude a entender, que me permita mirar dentro del cerebro de Sully y ver de dónde viene todo esto. Pero no tengo ese lujo. Nadie lo tiene.

Lo único que me queda es creer en el doctor, y lo que él dice es que sigamos haciendo lo que estamos haciendo.

No sé qué fue lo que ha cambiado.

—Me acuerdo de cuando hacías varias tandas de galletas y las congelabas para que me las llevara a la universidad —le dice papá a Sully mientras avanza con su silla desde la cocina, trayendo una bandeja de bebidas sobre el regazo. Le pasa el agua a Peter, que también está sentado al lado mío.

—Gracias, Izaak —dice.

—No me acuerdo de nada —responde el abuelo y come otro bocado de tapa de espinaca.

Papá se ríe y se acerca a Sully. Le da un beso en el brazo y, como siempre, Sully se acerca y le da un beso en la cabeza. Puede que el abuelo sea gruñón, pero es un hombre muy amoroso y lo demuestra.

Cuando papá tenía dieciocho años, iba en automóvil con unos amigos por Palm Springs, se sentía invencible, y, por supuesto, no llevaba puesto el cinturón de seguridad. Los embistieron cuando pasaron un semáforo en rojo y papá salió despedido del automóvil. Tuvo suerte de no haberse muerto y, desde entonces, mi abuelo se volvió un padre sobreprotector. No estaba exagerando con lo de las galletas. Me acuerdo de que papá me contó que Sully lo visitaba todas las semanas en UC Riverside para ver cómo estaba, para asegurarse de que se hubiese adaptado a la vida universitaria. Luego de los primeros meses, la abuela Joan puso un límite y espaciaron las visitas a una vez por mes.

—Mi mamá también me mandaba cosas cuando estaba estudiando Medicina, pero nunca galletas caseras —cuenta Peter.

—¿Qué te mandaba? —pregunta papá.

—Fideos instantáneos.

Papá y papi se estremecen y yo me río.

—Ay, pero qué abominación —dice papá.

—Lamento mucho que te haya ocurrido una cosa así —agrega papi.

Peter se lleva una mano al pecho.

—Gracias. No ha sido fácil, pero alguien tenía que comerse esos fideos.

Todos nos reímos. Mientras mis padres bromean con Peter, no puedo evitar pensar en lo bien que encaja en mi familia: se preocupa por Sully, bromea con mis papás, se hace tanto tiempo para verme como puede, y, sin embargo…, siento que falta algo. Pero no puedo saber qué.

—Fallon, ¿me escuchaste?

—¿Eh? —le pregunto a papá.

—¿Cómo vienen las remodelaciones?

—Quería hablar de eso con ustedes. —Giro el vaso de agua sobre la mesa—. ¿Cuándo pensaban decirme que han contratado a alguien para ayudar?

Papá y papi intercambian miradas confundidas.

—¿De qué estás hablando?

—De la persona que estuvo ayudando en el predio. Ya saben, la banca, las mesas de pícnic, la cancha de lanzamiento de herradura… ¿Cuándo iban a decírmelo?

Papi cruza una pierna sobre la otra y mira a papá. Como él se encoge de hombros, papi dice:

—Cariño, no tengo idea de qué estás hablando. No hemos contratado a nadie.

—¿Qué? ¿Cómo que no?

—No, hija. ¿Por qué? ¿Han arreglado esas cosas?

—No solo las arreglaron, sino que están… inmaculadas. Mejor de lo que me hubiera imaginado. —Me giro hacia Peter—. ¿Tú has contratado a alguien?

Se pasa una mano por el cabello.

—Me gustaría decirte que sí, porque eso me hubiese sumado unos puntos, pero no he sido yo, cariño.

Más confundida que antes, miro a Sully, que está masticando un escarbadientes.

—¿Tú has contratado a alguien?

—¿Para qué contrataría a alguien si ya está trabajando Phil?

—Sully, Phil falleció hace unos años —dice papá con delicadeza y posa una mano sobre el hombro de su padre—. Lo siento tanto.

—Sé muy bien que Phil falleció —responde Sully—. Me refiero al otro Phil.

—¿Qué otro Phil? —pregunto, y entonces lo entiendo—: Espera, ¿te refieres a *Sawyer*?

—¿Quién es Sawyer? —pregunta Sully.

—El hombre que alquila la cabaña. Alto, rubio, lleva la gorra hacia atrás.

Sully gruñe.

—Ya le dije que la use como un ser humano normal.

—Espera. —Apoyo mi bebida y giro hacia Sully—. ¿Me estás diciendo que es Sawyer quien está detrás de todas esas remodelaciones?

—Querrás decir Phil —me corrige Sully.

Intento contener mi frustración.

—Sí, Phil. ¿Es él quien estuvo haciendo las remodelaciones?

—Bajo mi supervisión, por supuesto. —Se escarba los dientes—. De no haber sido por mí, ese muchacho estaría perdido por completo.

Aunque me gusta que use herramientas convencionales. No quiere usar eléctricas.

Eso explica por qué no he escuchado nada.

—Entonces, ¿tú y… Phil han hecho todos esos trabajos en el predio?

—Sí —confirma Sully y me vuelvo a sentar en mi silla completamente… impactada.

Repaso todas las veces que Sawyer fue a la recepción a rellenar su botella de agua, sudado y a veces sucio. No estaba haciendo ejercicio como asumí… estaba trabajando en La Caverna. Estaba arreglando la banca de Sully. Estaba lijando y pintando las mesas de pícnic, convirtiendo toda esa zona en un lugar soñado. Y las canchas de lanzamiento de herraduras…

No puedo…

No creo que nadie pueda comprender la clase de gesto…

Se me cierra la garganta y se me llenan los ojos de lágrimas.

—¿Qué clase de trabajos ha hecho? —pregunta papi.

Con la garganta cerrada, miro a mis padres.

—La zona de pícnic está toda renovada, pintó las mesas de rojo brillante y colgó luces de los postes. —Me trago las emociones—. También podó. Está hermoso, como cuando íbamos con la abuela Joan. —Me seco las lágrimas—. La banca de Sully…

—Que me sigue resultando incómoda —murmura.

—Debe ser mejor que una pila de madera —señala papá con una sonrisa.

—Y limpió y reparó las canchas de lanzamiento de herraduras, construyó un marcador y bancas. —Se me humedecen los ojos al pensar en todo lo que ha trabajado. Los cortes y raspones en sus manos, las ampollas. Fue por trabajar. Y lo hizo de forma desinteresada.

—Lo ayudé a pintar el marcador —informa Sully y me saca de mis pensamientos.

Tomo al abuelo del hombro con afecto.

—Has hecho un gran trabajo —le digo y entonces entiendo algo—. Espera, ¿tú lo has estado ayudando todo este tiempo?

—Sí, eso fue lo que dije. El tipo estaba solo. —Sully resopla—. Para mantenerlo entretenido, le conté sobre la abuela Joan mientras trabajábamos. Parece que es un romántico.

Peter se mueve incómodo a mi lado.

—¿Romántico? —pregunta.

Sully asiente y señala a Peter.

—Sí, si fuese tú, tendría cuidado.

Ay, por Dios.

—¡Sully! —lo amonesto y luego miro a Peter—. Confía en mí, no tienes de que preocuparte.

—¿Ha coqueteado contigo? —me pregunta Peter con cara de preocupado.

—No. Para nada. Apenas hablamos. —Técnicamente no es cierto, considerando nuestras últimas interacciones, pero lo último que necesito es un novio celoso.

—¿Entonces por qué haría esas remodelaciones sin que tú lo sepas? Muy buena pregunta.

—Porque yo le dije —afirma Sully muy seguro.

Todo esto me resulta demasiado para procesar y no estoy segura de poder lidiar con él. Resulta que el hombre que pensaba que era una persona horrible, de quien no quería saber nada, es quien está detrás de todo este misterio. Me dirijo a Peter:

—¿Puedes, eh, llevarte a Sully al fondo a jugar a las cartas?

—No soy inválido —dice mi abuelo mientras se aleja de la mesa—. Solo dime que quieres que me vaya para poder hablar de mí. —Acomoda su silla en la mesa, toma el plato, lo lleva a la cocina y sale enfurecido al patio dando un portazo.

—¿Debería irme con él? –pregunta Peter.

—Sí, por favor, ¿puede ser?

—Claro. –Me da un beso en la mejilla y se pone de pie.

Cuando estamos solos, les digo a mis padres:

—El doctor me dijo que Sully parece estar más… lúcido. Me preguntó qué estábamos haciendo para detener el avance de los síntomas y yo le dije que nada nuevo. –Alterno la mirada entre ellos–. ¿Creen que sea por trabajar en La Caverna?

Papi cruza una pierna sobre la rodilla y se toma la barbilla.

—Justo estuve leyendo que terminar tareas podía ayudar a demorar el deterioro. A él siempre le gustó trabajar con las manos. Le sacamos las herramientas porque era muy peligroso que las usara solo, pero con la debida supervisión, entiendo que pueda resultar catártico.

—Tiene razón –concuerda papá–. Leí el mismo libro. Pero nos daba miedo que entretenerlo a él te recargara a ti. Parece que Sawyer es una bendición… en varios sentidos.

Miro hacia el patio y veo a Peter sentado junto a Sully.

—No puedo creer que Sawyer no haya dicho nada.

—¿Tienes algún vínculo con él?

—Más o menos. Me ayudó con el suelo de la recepción… Dios, cómo no me di cuenta en ese momento. Sabía muy bien lo que estaba haciendo y terminó de colocarlo enseguida. Se ve que últimamente no pienso con claridad. Y luego cenamos la otra noche.

—¿Cenaron? –pregunta papá con una ceja en alto.

—No así. Nos sentamos uno al lado del otro en el bar. No fue una cita ni nada por el estilo. Pero hablamos un poco. Y también… –Me muerdo el labio–. Tuvimos algo así como una cita a ciegas antes de que me mudara. Fue horrenda: ni siquiera se acordaba de mí cuando nos reencontrarnos. Pero eso no importa, nada de esto importa. Debería, no sé… decirle que se detenga.

—¿Por qué? —pregunta papá.

—Porque tiene una vida. Porque es guionista y seguro tiene mejores cosas para hacer que reparar La Caverna y dejarse mandonear por un anciano con Alzheimer.

—Pero debe tener alguna razón para hacerlo… Tal vez deberías preguntarle antes de pedirle que se detenga —dice papá.

—Coincido. Primero tienes que llegar al fondo de esto porque, hasta donde sabes, necesita trabajar tanto como Sully, y creo que quedó bien claro que a Sully lo está ayudando. —Papi sonríe—. Te queremos, chiquita, pero hay veces que tu testarudo orgullo te juega en contra. Tienes esta necesidad de demostrarle al mundo que puedes hacer todo sola. Está bien pedir ayuda.

—De verdad. —Papá se acerca a mí y me toma una mano—. Y también tienes que ser cuidadosa… Peter es un buen hombre.

—Lo sé.

—Y te ama —agrega papi.

Asiento y se me retuerce el estómago.

—Lo sé.

—Mientras lo sepas… —Papá da un beso en la mejilla—. Te quiero.

—Yo también —respondo.

Después de limpiar y subir al auto a un Sully muy cansado que ya comienza a divagar, me quedo de pie junto a mi automóvil saludando con la mano a mis papás mientras vuelven a entrar a su casa. Peter se acerca, me toma de la cadera, me acerca hacia él y me da un beso en la frente.

—Qué pena que tengamos que despedirnos.

—Lo sé. Pero me alegra que hayas podido venir a cenar con nosotros a pesar de haberte avisado con tan poca anticipación.

Se ríe.

—Por suerte hoy no tenía mucho trabajo y pude acomodarme.

—Mueve la mano a mis costillas y siento como se me estremece el cuerpo bajo sus caricias–. ¿Puedo invitarte a cenar este fin de semana? ¿Tal vez a Rigatoni Roy? Solo tú y yo. Podemos vestirnos bien, tomarnos de la mano y caminar por el lago.

—Me encantaría.

—¿En serio? –pregunta y puedo ver la incredulidad en sus ojos.

—Sí. –Lo tomo de la nuca y lo acerco hacia mí. Aprieto mis labios en los suyos y me apoya con cuidado contra el vidrio del auto para profundizar nuestro beso.

Cuando nos separamos, deja escapar un suspiro de alivio.

—Bueno, nos vemos el viernes por la noche.

Lo beso una vez más.

—Viernes por la noche.

Me acaricia la mejilla con el pulgar.

—Te amo, Fallon.

Le sonrío y, en lugar de responder, lo beso una vez más antes de girarme para meterme en el auto. Me abre la puerta. Una vez que estoy acomodada y con el cinturón de seguridad puesto (Sully ronca despacio en el asiento del acompañante), se inclina y me dice:

—Conduce con cuidado.

—Lo haré. –Lo saludo con la mano–. Adiós.

—Adiós. –Cierra la puerta y, mientras salgo de la rampa para autos, se queda allí, con las manos en los bolsillos, mirándome alejarme. La culpa me carcome.

✳ ✳ ✳

Llegamos a Canoodle con la suerte de mi lado: Sully se despertó, así que no tuve que pasarme su brazo por los hombros para ayudarlo a llegar a nuestra casa, como suelo hacer. Esta vez pudo caminar solo y yo simplemente lo seguí con las tapas de espinaca, que guardé en el congelador mientras se preparaba para ir a la cama. Lo ayudo a acostarse, acomodo el monitor (que él odia) y enciendo el ventilador para asegurarme de que estuviera cómodo.

—¿Estás bien? —le pregunto.

—Sí, gracias —responde despacio—. Eres una buena nieta. Te quiero mucho.

—Yo también te quiero, Sully —digo.

Y cuando estoy por cerrar la puerta, agrega:

—Es un buen hombre.

—¿Peter? —pregunto y me detengo para mirarlo.

—No —gruñe Sully—. Phil. Me cae muy bien.

—Ah…, me alegro.

—Va a ser un gran marido… Piénsalo.

Me contengo de poner los ojos en blanco.

—Bueno, buenas noches, Sully.

—Buenas noches.

Cierro la puerta y considero irme a la cama, pero sé que no me voy a dormir hasta que no hable con Sawyer. Así que, con el teléfono en la mano (que me notifica si Sully se mueve en el monitor) bajo la escalera y salgo por la puerta trasera de la recepción hacia el sendero que lleva a las cabañas. Diviso la suya de inmediato y noto que las luces están apagadas.

Mmm, si ya está durmiendo, no voy a molestarlo. Aunque una partecita de mí quiere golpear la puerta, solo para sacarme de encima esta conversación, sé que no sería justo para él, que está trabajando tan duro.

Con un suspiro de resignación, me estoy girando para volver hacia la residencia cuando algo en mi visión periférica me llama la atención. Miro a la derecha y, entre las ramas de los pinos, percibo un destello de luz que viene de la cabaña accesible para personas con movilidad reducida.

Voy hacia allí con curiosidad, avanzando con cuidado entre los árboles, con el estómago retorcido por los nervios mientras me pregunto por qué estará encendida esa luz. Me acerco y la luz se vuelve cada vez más brillante. Camino entre los pinos, doy vuelta en la esquina y... me quedo congelada.

La rampa de la cabaña está terminada.

No... No lo hizo. ¿Lo hizo?

La puerta está abierta, así que subo la rampa, que se siente maravillosamente sólida bajo mis pies. Espío por la puerta abierta. Me quedo sin aliento.

Sawyer está sobre la cama (centrada en medio de la habitación y no contra la pared) luchando con una sábana ajustable.

Pero no es eso lo que me acelera el corazón.

Son los suelos colocados.

Los zócalos instalados.

Los hermosos apliques que brillan con bombillas nuevas.

Es la habitación limpia y terminada que llevaba meses incompleta, languideciendo.

—Vamos, hijo de puta —dice Sawyer cuando la sábana elastizada se desprende del colchón.

—¿Necesitas ayuda? —pregunto desde el umbral.

—¡Por el amor de Dios! —grita y se cae hacia atrás; la sábana elastizada se hace una bola en la esquina del colchón—. Jesús. —Respira hondo con las manos en las rodillas—. Me asustaste.

—Ya veo —sonrío, me divierte que este hombre grande y habilidoso sea tan fácil de asustar. Contemplo la habitación—. Sawyer, ¿qué... qué has estado haciendo?

Baja la mirada con una clara expresión de culpa.

—Yo, eh, pensé que te gustaría tener terminado el lugar en el que se pueden quedar tus padres. —Se encoge de hombros como si no hubiera nada más que aclarar. Pero ese no puede ser el motivo.

—¿Por qué?

Se rasca la nuca.

—Estabas triste porque no venían a visitarte y yo quería tener algo para hacer.

—¿No ha sido suficiente con la banca, las canchas de lanzamiento de herradura y las mesas de pícnic?

Se ruboriza y desvía la mirada.

—Esos fueron proyectos secundarios.

Avanzo, mi cuerpo levanta temperatura con cada paso que me acerca a este hombre.

—¿Por qué no me lo dijiste?

—Pensé que si te lo decía no ibas a dejarme. —Se vuelve a encoger de hombros—. La verdad, no era mi intención hacer todas estas cosas. Estaba cerca del lago pensando ideas para mi próximo guion, cerca de la banca, y Sully me preguntó por qué la había roto. Le dije que no había sido yo, pero me trató de mentiroso.

Lanzo una carcajada.

—Perdón por eso.

—No hay nada que perdonar. Me acordé del cartel que hay en la recepción sobre su Alzheimer, así que le seguí la corriente. Le dije que lo sentía y que iba a repararla. Así que eso hice.

El corazón me late desaforado.

—A partir de ahí, me preguntó por qué no había reparado las mesas de pícnic, así que me puse a trabajar en eso y él se sumó. No sé, fue agradable hablar con él y escuchar sus historias sobre tu abuela Joan. Me gustó hablar con alguien real. El trabajo fue intenso, pero pasar tiempo con Sully fue una verdadera alegría.

Vuelve a vibrarme el corazón en la caja torácica.

Bum. Bum. Bum.

Un sonido tan fuerte que apenas me permite escucharlo.

—Perdón por haberme entrometido.

¿Me pide perdón? ¿Cómo puede pedirme perdón cuando ha hecho tanto por mí, por mi familia…, por Sully? Nadie, y me refiero a nadie en lo absoluto, ha hecho algo así por mí. Se me escapa todo el aire de los pulmones cuando me doy cuenta, aquí y ahora, de que Sawyer ha tenido un impacto significativo en mi vida.

Me ha tocado el corazón de una forma única.

—No… no te entrometiste —le aseguro y se me entrecorta la voz porque me invaden las emociones.

Decir que estoy agradecida no llega ni a comenzar a describir cómo me siento.

Estoy en deuda con este hombre.

—Has sido muy amable. Y esto… —Señalo la cabaña—. Es… —Una lágrima me rueda por la mejilla.

—Mierda —exclama y cierra el espacio que nos separa con grandes zancadas. Lo tengo a pocos centímetros cuando se estira para secármela. El contacto me provoca un cálido consuelo—. No llores, Fallon. Lo siento.

—No te disculpes —niego con la cabeza—, son lágrimas de felicidad y agradecimiento. No estoy molesta contigo.

Guarda las manos en los bolsillos y se encoge de hombros.

—Bueno.

Los centímetros que nos separan se convierten en un metro cuando da un paso hacia atrás, un paso por el que quiero quejarme. Quiero acercarme, acercarlo otra vez. Yo… Dios, quiero agradecerle un millón de veces más. Quiero llorar…, llorar a mares sobre su hombro. Demostrarle cuánto se lo agradezco.

Pero en cambio nos quedamos ahí parados, incómodos, mirando cualquier cosa con tal de que nuestras miradas no se encuentren. Puedo sentir cómo se espesa el aire mientras intento descifrar qué hacer, qué decir.

Sé que técnicamente no tiene tanto que ver conmigo como con Sully, pero, sin embargo, por asociación, me hace sentir que no soy la única a quien de verdad le importa este lugar. Que no toda la carga del éxito de las cabañas pesa sobre mis hombros. Este es un enorme peldaño en el camino a la reapertura.

—No te das una idea de lo preocupada que he estado —suelto tras unos minutos de silencio—. No estamos en condiciones de tomar reservas y eso ha perjudicado el negocio. Intentar cuidar a Sully y reparar las cabañas es…, bueno…, es abrumador.

—Es un gran proyecto, en especial si no tienes experiencia.

—Nop, no tengo nada de experiencia.

Se hamaca sobre los talones.

—Bueno, yo tengo mucha. Antes de comenzar a escribir guiones, era contratista. Eso hacía para pagar las cuentas mientras intentaba vender el romance entre una marciana y un astronauta. —Se me escapa una risa seca—. Déjame ayudarte. Sé lo que hago.

—No me cabe duda, te ocupaste tú solo de este espacio. —Miro a mi alrededor, cómo brillan las paredes blancas con un toque gris peltre en las molduras y los zócalos. La alfombra roja sobre el suelo recién colocado. Hasta puedo ver que instaló la grifería del baño—. Esto es un sueño, como un oasis entre los árboles. Pero no puedo pedirte que me sigas ayudando.

—No me lo estás pidiendo…, te estoy diciendo que quiero hacerlo.

Niego con la cabeza.

—Sawyer, ya has hecho un montón.

—*Quiero* hacerlo —asegura con un dejo de desesperación en la voz–. Por favor, no me quites esto, Fallon. –Sus ojos se encuentran con los míos y siento que se me entrecorta la respiración mientras intento contenerme–. Necesito la escapatoria. Necesito compañía. Conversaciones reales. Esto es tanto por mí como por ti.

–¿Por qué sigues diciendo lo de «conversaciones reales»?

–Odio caer en el cliché, pero cuando estás envuelto en el mundo del cine, no siempre te encuentras con personas reales. Me he pasado el último año fingiendo que no me afectaban las decisiones de mi mejor amigo, su traición. Todas mis relaciones se sentían artificiales. La única conexión con el exterior era mi hermano, pero tampoco lo veía en persona. Así que hablar con Sully, e incluso contigo y… –se ríe– y con Jaz, se siente real. No es falso.

–Te entiendo, en especial por lo de Jaz. –Me froto las manos–. Bueno, me da culpa que tengas que hacer todo este trabajo conmigo. Es demasiado.

Es demasiado y sé que me sentiría culpable, pero, en el fondo, mis palabras son una mentira porque *quiero* su ayuda. Quiero pasar más tiempo con él. Quiero ser esa persona en la que pueda encontrar lealtad y hasta… amistad.

–Entonces, qué tal esto: yo trabajo durante el día y tú te encargas de la cena. Puede ser algo tan sencillo como un sándwich de jamón. Ya tienes que alimentar a Sully, ¿no? Así que solo me tendrías que sumar a lo que le prepares a él y estamos a mano.

–No me parece muy justo –señalo con una ceja en alto.

–Lo sé, lo sé, seguro tus platos valen mucho más, así que te estaré agradecido para siempre.

–No me refería a eso. –Me río.

Guiña un ojo y susurra:

–Lo sé. –Me extiende la mano–. ¿Qué dices? ¿Trato hecho?

Le miro la mano y luego a él, me invade la duda.

—Te vas a arrepentir.

—Te prometo que no. Hasta ahora nunca me he arrepentido de nada.

—Pero soy complicada, y Jaz también.

—He trabajado con gente peor. —Acerca más la mano—. Vamos, Fallon, acepta el trato.

Sería estúpido no hacerlo. Me viene muy bien su ayuda, en especial porque tiene experiencia. No hay nada que quiera más que salvar las cabañas de Sully. Haría cualquier cosa... Al carajo el orgullo.

Antes de poder detenerme, estoy estrechándole la mano.

—Trato hecho.

—Buena decisión. —Me suelta y vuelve a la sábana—. ¿Podrías ayudarme con esta jodida sábana?

—Soy bastante buena haciendo la cama.

—Tal vez puedas darme algunos consejos.

—Claro. —Levanto la sábana—. Primero lo primero: no está bien ubicada. ¿Ves esta etiqueta? Dice «arriba-abajo», eso significa que puede ir en el respaldo o en los pies.

—Error número uno. —Se ríe—. ¿Ves? Esta relación laboral es beneficiosa para ambas partes. Pero no te preocupes, no voy a tener esa idea loca de ser amigos.

Ahí está su encantadora sonrisa.

—Bien, porque ya veo que esta sociedad podría interpretarse como la semilla de una amistad.

—Otras personas, si no están bien informadas, podrían ver una amistad en potencia, pero nunca lo confirmarán porque antes de que se corra el rumor, los destruiremos.

Acomodo la sábana bajo el colchón.

—Estoy considerando hacer camisetas que dejen en claro que no somos amigos.

—Lamento recargarte con otra tarea, pero creo que esa es una gran idea.

Lo miro y sonrío.

—Entonces, trato hecho. Trabajamos juntos, pero no somos amigos.

—Trato hecho. —Me guiña un ojo y toma la otra sábana mientras siento cómo se me vuelve a acelerar el pulso.

Bum. Bum. Bum.

Y así como así, dejo entrar a Sawyer en mi vida.

CAPÍTULO 14

FALLON

—Eh..., ¿qué está haciendo él aquí? –pregunta Jaz y señala a Sawyer mientras toma asiento en nuestra mesa de Whistling Kettle.

Sully está en la ferretería con Tank pasando el rato, y yo la llamé a Jaz para invitarla a desayunar y repasar el plan de acción para lograr que la gente reserve nuestras cabañas. Cuando le sugerí a Sawyer ir a Strawberry Fields, se sujetó la barriga, negó con la cabeza y me rogó que fuéramos a cualquier sitio menos a ese. Por el extraño tono de verde que adquirió su rostro, entendí que había una historia detrás del dolor en su voz y tengo todas las intenciones de llegar al fondo de eso.

—Tal vez primero debas beber café –le digo a Jaz–. Antes de profundizar en los detalles. –Deslizo una taza hacia ella; torrado oscuro, mitad y mitad: es bastante clásica–. Vamos, vamos, bebe.

Mira la taza. Luego me mira a mí.

El escepticismo brilla en sus pupilas, me está analizando. «¿Qué me vas a pedir?» es el mensaje que envían las suaves líneas de expresión en su ceño.

—¿Qué le pusiste? –señala la taza.

—Nada —digo mientras le alcanzo a Sawyer su taza de café. También torrado oscuro, pero con una cucharada de azúcar y sin leche. Yo, por mi parte, necesito una lágrima con caramelo: me gusta el estímulo de la cafeína, pero mi estómago infantil necesita lácteos y azúcar para aplacar el amargor del café. A menos que estos dos quieran verme gemir y retorcerme en el suelo pidiendo por la dulce piedad de la muerte.

—Gracias. —Sawyer toma su taza, se la lleva a la boca y la sopla antes de apoyar los labios en el borde.

—De nada.

Jaz, por su parte, está callada, mirándonos…, sumida en una observación minuciosa, lista para lanzar su sermón reprobatorio. En lugar de tomar su café, se cruza de brazos y se recuesta en la silla.

—¿Qué carajo sucede aquí?

Mostrando los colmillos, lista para atacar, tamborilea los dedos sobre la mesa, como un código Morse de mejores amigas: «Exijo explicaciones… de inmediato».

Pero parece que «negación» es mi lema, así que, con un rápido movimiento de dedos, abro la caja rosada que tengo delante.

—¿Rollo de canela? ¿Buñuelo de manzana? —Luego me acerco a Jaz y muevo las cejas–. Buñuelo de arándanos…

Retrocede su mirada vehemente, un gesto de interés se apodera de sus cejas mientras espía la caja. Ahí está, descansando en todo su esplendor, el dulce que ha sumido al pueblo de Canoodle en una orgía inducida por la glucosa.

Los buñuelos de arándanos.

Creados por Helena.

Reproducidos en masa por su equipo.

Y aprobados por la señorita Daphne Lynn Pearlbottom, la alcaldesa de Canoodle.

Los buñuelos de arándanos han doblegado a nuestra pequeña nación de montañeses, y Jaz no es la excepción.

—Maldita seas. —Se estira y toma uno. Desde el año pasado intenta alejarse de estos codiciados tesoros horneados porque se había vuelto adicta. Llegó al punto de consumir un buñuelo por día durante un mes entero. Terminó odiándose y, para perder las calorías extra, pasó varias mañanas poniéndose el calzado deportivo a regañadientes para correr por el sendero Harry Balls.

Como un animal al que le sueltan la cadena y lo libera de la jaula que lo sofoca, se abalanza sobre el buñuelo y le da un buen mordisco. Satisfecha, la observo derretirse en su silla. Ahora solo son ella y su buñuelo.

Debo decir que, por el momento, todo marcha bien.

Me giro hacia Sawyer y le ofrezco la caja.

—¿Buñuelo o rollo de canela?

—Comí una barra proteica, estoy bien.

O *pensaba* que estaba bien: con los ojos encendidos, Jaz arremete con la ira de todos los dioses en su rostro. Sus dedos se transforman en una herramienta de destrucción y se aferra a la mesa con tanta ferocidad que me gustaría saber si los sensores lo han registrado como un terremoto.

—Escúchame bien —dispara Jaz—. Esa barra proteica que dices haberte comido no significa nada. En este momento estás desesperado y lo único que puede saciarte es una dosis de hidratos de carbono. Así que mete tu mano reseca en esa caja de bendiciones y elige algo para desayunar porque no hay ninguna puta chance de que dos mujeres adictas a los panificados vayamos a quedarnos aquí sentadas y atracarnos con harinas mientras tú te regodeas de tu autocontrol escarbándote los restos de barra proteica que te quedaron entre los dientes. No, por supuesto que no. Toma un jodido buñuelo y trágatelo.

Con el rostro transformado por el miedo, Sawyer busca en la caja a ciegas y saca lo primero que toca sin molestarse en mirar.

—Así me gusta. —Jaz se recuesta en su silla con una sonrisa satisfecha.

Y yo que creí que iba a tranquilizarla con un buñuelo.

Qué ilusa.

Cuando están los dos acomodados, desayuno en mano, les paso servilletas. No tiene sentido intentar entablar una conversación en este momento. Jaz está sumergida en su buñuelo mientras Sawyer mastica de a poco sin alejar el rollo de canela más de diez centímetros de su boca y mirando siempre a Jaz. Sin perturbarme por su exabrupto (no es la primera vez que los panificados la hacen perder el control), le doy un mordisco a mi buñuelo dejando que el leve murmullo de la cafetería llene el silencio.

El objetivo de los panificados: aplacar la incontrolable ira que vive en Jaz. Necesito que el azúcar le recorra las venas antes de comenzar a hablar de la razón por la que estamos apretujados en esta mesa que en realidad es para dos personas.

Para ganar un poco de tiempo me dirijo a Sawyer:

—Considerando tu indiferencia con los panificados de este establecimiento del bien, asumo que nunca has comido aquí.

Mira a su alrededor, al salón iluminado por el sol, y niega con la cabeza, lo que me hace desviar la mirada hacia los rizos rubios que comienzan a formarse en el borde de su gorra. Ya estuve estudiando su cabello y el color parece natural, desteñido por las horas al sol. Es la clase de cabello por el que las mujeres pagan miles de dólares.

—Solo compré café para llevar, pero nunca había entrado. Me recuerda a un local de Portland. Rústico pero moderno; no combina con el resto del pueblo.

Profundo. Nunca fui a Portland, pero he visto fotos y puedo entender a qué se refiere.

—El año pasado Helena remodeló todo; en el proceso rompió una cañería de agua y tuvo que reemplazar el suelo casi por completo. No estuvo bueno, pero le encantaba la idea de cambiarlos.

Sawyer mira el suelo de pino blanco y lo golpea con la punta del pie. El ruido sordo que hace demuestra su solidez.

—Contundente. Muy bonito. También me gusta cómo queda el azul de las alacenas con los muebles y aberturas negras. Mucho mejor que el infierno de trolls de al lado.

—¡Ja! —exclama Jaz con la boca llena. Enfatiza su arrebato chupándose glaseado del dedo—. Por fin algo en lo que estamos de acuerdo. Faye tiene un problema y parece que nadie tiene las pelotas para decírselo.

—¿Tú sí? —quiere saber Sawyer.

Mi amiga entrecierra los ojos.

—Por supuesto que no. Esa mujer empuña la sartén como Rapunzel en *Enredados*. Me gusta mi rostro, no quiero que ningún hierro fundido me lo desfigure.

—¿Ya le ha pegado a alguien? —pregunta Sawyer, horrorizado. Jaz y yo asentimos.

—Una vez le dio duro a Tank —cuento—. Le rompió la nariz.

—¿Qué hizo para ganarse una nariz rota?

—Le dijo que debería haber ordenado los trolls según los colores del arcoíris —responde Jaz. Veo que comienza a relajarse, exactamente lo que quería. Sabía que el azúcar pronto iba a hacer efecto.

Sawyer toma un trozo de rollo de canela.

—Pensé lo mismo cuando fui con Sully y los chicos. Menos mal que no dije nada.

¿Y los chicos?

Lo dice con tanta naturalidad que en serio me cuestiono lo ciega que he estado con este hombre. Tan ciega que no me he dado cuenta de que forjó una amistad con mi abuelo, hizo grandes renovaciones en la propiedad y tiene un vínculo con *los chicos*.

—¿Fuiste a Strawberry Fields con Sully? —pregunto, anonadada. Aunque no debería sorprenderme, parece que han empezado un romance a mis espaldas.

—Síp, con Sully, Tank y Roy.

—Roy, qué personaje. —Jaz sonríe con malicia—. ¿Te hicieron pedir lo de siempre?

Sawyer aprieta los labios, indignado.

—Sí, y no solo me hicieron terminar esa mezcolanza suficiente para Jesús y sus discípulos, sino que también tuve que pagar toda la cuenta.

Jaz y yo nos reímos. Ni es una cuenta barata ni es tarea sencilla terminarse «lo de siempre». Vi a Sully demorar una hora en comerse todo y tuvo que parar para respirar varias veces. También lo vi hacerse la señal de la cruz antes de comenzar y rezar por una pronta recuperación después de la ingesta. Devorarse «lo de siempre» es una tradición tácita de Canoodle, un deporte olímpico no apto para los débiles de corazón.

—¿Se te reventó el estómago después? —pregunto.

—Digamos que no tuve un buen día. —Se tapa la boca con las manos y niega con la cabeza despacio, está claro que el recuerdo es demasiado doloroso como para revivirlo.

—¿Pero lo terminaste? —pregunta Jaz.

Sawyer baja las manos y asiente.

—Sí. Me pareció que no tenía otra opción.

Jaz alza una ceja, impresionada.

—Te respeto por eso, pero aún no me caes bien.

—Me parece bien —responde Sawyer.

Mi amiga toma una de las servilletas que les di y se limpia los restos de buñuelo de la boca. Bebe un poco de café. Chasquea la lengua y alterna la mirada entre mí y Sawyer.

—Ahora que me ablandaste con azúcar y café, ¿vas a decirme qué diablos está sucediendo?

Parece que su paciencia se agotó y no me queda mucho tiempo para aprovechar la sobredosis de azúcar antes de que se diluya y vuelva a transformarse en su habitual versión de Tinker Bell endemoniada, revoloteando por el pueblo, esparciendo sobre la gente vidrio molido y polvo de estrellas.

Busco en mi bolso, tomo el cuaderno y el bolígrafo. Respiro hondo.

—Sawyer nos va a ayudar con la remodelación.

—Ay, por Dios. —Alza la mano en el aire. Exactamente la reacción que esperaba. Si no estuviera bajo el efecto del azúcar, ya habría abierto su navaja retráctil y la habría arrojado como un hacha por el salón hasta clavarla en la pared—. ¿Porque pudo instalar un suelo una vez? No me parece que necesitemos que Julia interrumpa nuestro sólido flujo de trabajo.

—Jaz, antes que nada, no tenemos un sólido flujo de trabajo y, segundo, era contratista. Nos va a venir bien su ayuda.

—Mmm, ¿viste algo en lo que haya trabajado?

—Él fue quien reparó la banca, las mesas de pícnic y las canchas de lanzamiento de herradura —digo con el mentón en alto.

Poco a poco, gira la cabeza para mirar a Sawyer a los ojos. Me preparo mentalmente para lo que sea que vaya a salir de su boca. Puede que esté bajo los efectos del azúcar, pero igual es implacable. Tuerce la cabeza y, con un movimiento de mentón, pregunta:

—¿Tú reparaste la banca de Sully?

Una mezcla de miedo y satisfacción se debate en los ojos de Sawyer.

—Sí —responde con la voz estrangulada.

Despacio, dibuja círculos en la mesa, como un jefe de mafia que calcula cuándo atacará con su bazuca con un cohete directo a su rostro. Sin piedad, agrega:

—¿Y tú reparaste la zona de pícnic? ¿La que hizo llorar a mi amiga porque estaba tan feliz de ver volver a la vida el sitio en el que bordaba con su abuela?

Bueno, no hacía falta mencionar lo del llanto, Jaz. Dios. Tengo las mejillas encendidas.

Sawyer me mira.

—¿Lloraste?

—No es importante —respondo alejando la mirada.

Jaz se mueve y cruza una pierna sobre la otra, un innegable gesto de poder que hace que recupere el control de la conversación.

—¿Y fuiste tú quien reparó las canchas de lanzamiento de herradura con las que Tank quedó enloquecido?

—¿Quedó enloquecido? —pregunta Sawyer con una sonrisa—. Es bueno saberlo.

—No te atrevas a sonreírme. —Jaz lo apunta con un dedo. El gesto clava a Sawyer a su silla y lo hace pestañar un par de veces.

Ese es mi pie para interceder.

—Es muy bueno. También terminó la cabaña accesible de mis papás. —Le muestro una fotografía que tomé con mi teléfono esta mañana.

Dubitativa, Jaz toma mi móvil, pone los ojos en blanco y mira la foto unos cinco segundos. Apoya el teléfono con cuidado y lo desliza sobre la mesa hacia mí. Con los ojos fijos en Sawyer, tuerce un poco los labios.

—No me caes bien.

Y yo que pensé que la muestra de su trabajo iba a abrirle la mente, que la ayudaría a ver a Sawyer desde otra perspectiva. Pero esta chica sí que sabe aferrarse al rencor.

—Pero… —Hace una pausa—. Por desgracia, haces un trabajo maravilloso —admite y Sawyer sonríe con cautela. Entre la tensión nerviosa y el ceño fruncido, sus labios forman una curva mientras intenta leer a Jaz—. Esto me duele, pero está bien, puede ayudarnos.

Tampoco es que pueda decidir mucho, pero tener su aprobación a regañadientes hará que todo el proceso sea mucho más sencillo.

Alza un dedo en el aire.

—Pero eso no significa que seamos amigos, ¿me escuchaste?

Sawyer se lleva la taza de café a los labios.

—No te preocupes —dice desde el borde de la taza—. Anoche Fallon y yo dejamos bien claro que no somos amigos. No esperaba otra cosa de tu parte.

—Bien. —Jaz abre mi cuaderno con un dedo—. Ahora que dejamos todo aclarado, ¿cuál es el plan?

Un encantador comienzo para una alianza inesperada. Julia, el padrino fugitivo, quien se olvidó de mí, desastre de cita a ciegas, ahora asistente en la remodelación de La Caverna de Canoodle. Respiro hondo.

—Bueno, es hora de ocuparse de las cabañas.

* * *

—Ay, Dios mío, tienes excremento de ratón en el cabello. —Señalo horrorizada los mechones platinados de Jaz.

—¿Qué? —chilla. Da vueltas en el lugar como el Demonio de Tasmania, gritando—. Quítalo. Quítalo.

Con los brazos en alto, se transforma en un torbellino, un remolino tan poderoso que ninguna defensa puede mitigar el impacto de sus manos o las rodillas que eleva hasta el pecho. Gira, se inclina, y sale eyectada de la tercera cabaña en la que trabajamos.

—No te quedes ahí parada —grita en decibeles demasiado altos, a solo una octava de que no puedan oírla más que los perros—. Quítalo. Quítalo. Quítalo.

Avanzo con cuidado por el césped, con mi brazo karateka enfundado en un guante como única defensa.

—Si te mueves así, no puedo. Quédate quieta.

—Si me quedo quieta, el excremento se va a implantar en mi cabeza.

—¡No funciona así! —aseguro golpeando su mano con el guante de trabajo—. Jaz, deja de moverte, así te puedo ayudar.

—¡Ahhh! —grita agitando las manos sobre su cabello—. ¿Por qué sigue…?

Pum.

Jaz se queda dura como si le hubieran disparado directo en el corazón. Pestañea, pone cara de confusión y luego, como un pino recién cortado, se desploma al césped.

En estado de shock, busco a Sawyer con la mirada y lo veo parado delante de ella, con un cojín en la mano, tan sorprendido como yo.

¿La tumbó con ese cojín?

Por el modo en que le tiemblan las manos mientras observa a la confundida Jaz, diré que sí.

El temor me corta la respiración y me quedo muy quieta, anticipando lo peor: una catarata de amenazas brotando de la boca de Jaz, lista para desatarse. Puedo sentirlo.

Que el bosque te acompañe, Sawyer; el infierno es un lugar apacible comparado con mi amiga.

Con una sacudida y un escalofrío, Jaz recupera el control sobre su cuerpo luego del brutal knock-out técnico contra un oponente tan menor como un cojín relleno de algodón.

Me retuerzo las manos por el miedo, alterno la mirada entre ella y Sawyer. Él se queda ahí parado, tapándose la entrepierna con el cojín, sin poder creer que haya golpeado a Jaz en la cabeza. Ella, una adversaria digna, lucha por recobrar la compostura.

Unos segundos de silencio (y una ola de nervios) después, Sawyer se aclara la garganta.

—Eh, ya no tienes excremento en el cabello…, gracias a esta bolsa de tela rellena. —Muestra el cojín—. Y, eh, estaré encantado de golpearte otra vez si vuelves a encontrarte en un problema similar.

Aaaaaah, no quiero ser grosera, pero aprieto el trasero mientras espero el inminente derramamiento de sangre.

El aire se congela.

Los pájaros huyen de los árboles porque presienten a Hades abriendo el suelo para emerger como lava a la superficie.

Y, a lo lejos, el llanto de un bebé interrumpe el imperturbable silencio.

¿Hueles eso? Un homicidio se avecina. ¿La víctima? Un hombre de metro noventa, visitante ignorante que intenta apelar a las bondades demagógicas de nuestro pueblo.

Sus ojos se encuentran.

Ella abre la boca.

Rezo por los niños del pueblo, pido que no oigan el quejido agudo de la derrota de Julia…

Ahí viene…

Prepárense.

ME ESTREMEZCO Y CIERRO LOS OJOS CON FUERZA

—Gracias —dice Jaz, tranquila.

Racional.

No estoy segura de si controlarle el pulso o temer por mi vida.

—¿Gracias? —pregunto, no sé por qué. Quizá porque se pasó toda la última hora quejándose por tener que arrancar la alfombra de la tercera cabaña. Sí, puede que en la primera hayamos encontrado una cucaracha tan grande que nos saludó con su patita desde la esquina y nos hizo temblar hasta los huesos.

Y puede que en la segunda cabaña nos hayamos encontrado manchas en la alfombra que bien podrían ser de una lluvia de café que no se limpió bien o… un asesinato encubierto cometido por una criatura del bosque. Como sea, les agradecí a los dioses de las remodelaciones por los guantes en mis manos.

Así que, sí, la materia fecal en el cabello después de desenterrar el nido que había hecho un ratón en la cabaña tres amerita un chequeo.

—Estas alfombras me han hecho olvidar lo mal que me cae Julia —dice Jaz abatida—. Y solo ha pasado una hora. —Me mira—. ¿Sully limpiaba estas cabañas?

—Parece que no tan bien como debía. Me sorprende que no hayamos tenido comentarios negativos. Con la cantidad de objetos extraños que encontramos bajo la alfombra, cualquiera pensaría que tenemos varios clientes infelices.

—Todos aman a Sully —asegura Jaz, aún sentada en el césped—. No se puede competir con su hosco encanto. —Suspira—. No me odies por lo que estoy a punto de decir.

—¿Qué? —pregunto mientras Sawyer regresa a la cabaña; seguro le está agradeciendo a su estrella de la suerte por haber burlado a la muerte. Con la cabeza gacha, sigue empujando la alfombra por la puerta de la cabaña. Parece que nunca se detiene.

—No puedo seguir ayudándote hasta que no me duche y me cerciore de que ya no tengo excremento en el cabello.

Aunque no es lo ideal quedarnos con un par de manos menos, entiendo su necesidad de bañarse. Si yo estuviera en su lugar, me estaría lavando el cabello con una hidrolavadora.

—Te entiendo. —Me estiro y la ayudo a ponerse de pie–. ¿Vas a regresar?

—Con el almuerzo. ¿Te parece bien tacos de Juan Juan Tacos?

—Sí. —Grito por encima de mi hombro–: ¡Sawyer!, ¿¡te parece bien tacos para almorzar!?

—¡¡Sí!! –grita con un gruñido al terminar de empujar la alfombra por la puerta y tirarla en el césped.

—Debería ayudarlo.

Jaz me apoya una mano en el hombro.

—Buena suerte.

Se va caminando a toda velocidad (que es la misma velocidad de quienes salen a caminar los domingos al centro comercial para decir que cumplieron con su cuota de ejercicio diaria).

Atravieso la puerta ya despejada y entro a la cabaña. Sawyer está en el suelo quitando las grapas con una pinza.

—¿Puedo ayudar?

—Aquí tienes. —Me pasa otra pinza–. Sé metódica y asegúrate de quitar todos los clavos y grapas. Es más fácil hacerlo ahora que cuando estemos instalando el suelo.

—Ah, ¿como cuando tuviste que sacar las grapas del suelo de la recepción? ¿No quieres volver a hacer eso?

Me mira.

—Exacto.

—¿Empiezo del otro lado de la habitación o me pongo al lado tuyo? –pregunto al arrodillarme.

—Al lado mío. Avancemos juntos así no se nos pasa nada.

Me deslizo junto a él y de inmediato siento el calor que emana de su cuerpo. Es un día caluroso de julio en las montañas y el sol se cuela por las polvorientas ventanas de la cabaña. La exigencia física del trabajo que venimos haciendo se materializa en la tela de su camiseta de algodón y me doy cuenta de que quiere quitársela por el modo en que se sube las mangas una y otra vez para descubrirse los hombros.

¿Debería decirle que no tengo problema con que se quite la camiseta?

Puede ser un poco depravado de mi parte. Creo que debería dejar que él solo decida el destino de su camiseta.

—Esquivaste la muerte con Jaz. Lo sabes, ¿no?

Clava la mirada en el suelo, su intensa ética de trabajo brilla como un faro y me guía por el pantano de las renovaciones.

—Lo sé.

—Por lo tensos que tenías los hombros y el gesto preocupado de tus labios, asumo que te preparaste para lo peor.

—Por eso me tapé la entrepierna con el cojín; al menos eso iba a darme algo de protección contra el inminente golpe.

—Muy inteligente. Cubrirte la entrepierna podría haberte salvado de terminar con puntos de sutura en el escroto.

—Un resultado poco favorable. —Deja de quitar clavos y se gira en mi dirección—. ¿Alguna vez lo hizo? ¿Hacer que alguien necesite sutura en el escroto?

—Sin comentarios.

Se estremece, una enorme ola de temor atraviesa todo su cuerpo.

Pasamos los siguientes diez minutos trabajando de manera sincronizada, quitando grapas, jalando, guardándolas en un jarro. El sonido de nuestro trabajo tiene un ritmo que no ganaría ni estaría nominado a un Grammy, pero me alienta mientras avanzamos hacia el último sector de la cabaña.

Pensé en muchos tópicos para iniciar una conversación.

Como… «Escuché que plantaste al novio y a la novia. ¿Cómo fue matar dos pájaros de un tiro?».

Y… «¿Te arrepientes de haberte ido corriendo de la boda? ¿No hubieses preferido irte bailando?».

Sin mencionar… «¿Alguna vez deseaste encontrar tu zapato celeste perdido?».

Pero él es el primero en hablar cuando nos arrodillamos en la esquina de la cabaña, cerca de la puerta. Ya casi habíamos terminado.

—Sé que no somos amigos, pero tal vez podamos llenar un poco el silencio.

—¿Qué tienes en mente? Puedo deleitarte con unas canciones de Cat in Heat.

—Por el amor de Dios, no lo hagas. —Me río mientras me fulmina con la mirada—. ¿Extrañas el trabajo de enfermera?

Eh, no me esperaba esa pregunta. Ni siquiera que recordara que soy enfermera. Debe haber tenido que excavar profundo en su memoria para encontrarlo, en especial porque no me registraba ni a mí ni a nuestra cita del horror.

—A veces —respondo—. Trabajaba en la sala de emergencias y, aunque las jornadas eran largas, siempre había algo para hacer. Resolvía problemas todo el tiempo, pero usando el conocimiento que había estudiado. Cuidando a Sully me siento fuera de mi zona de confort. Y, aunque todos los veranos venía a ayudar con las cabañas, la mayor parte del tiempo siento que no sé lo que estoy haciendo. La incomodidad se ha convertido en mi nueva normalidad. Así que, sí, a veces lo extraño, pero no regresaría porque prefiero estar con Sully el mayor tiempo posible, hasta esos días en los que no está muy lúcido.

—Te entiendo. Sentiría lo mismo si fuese tú. —Deja un puñado de grapas en el jarro que compartimos—. Me gustaría pasar tanto tiempo con mi familia como pueda.

—Sí, aunque extraño a mis amigos.

—Y a Peter seguramente.

—Sí…, por supuesto. Y a Peter —agrego y siento una punzada de culpa. ¿Qué carajo me sucede? ¿Por qué no lo mencioné primero? Tengo la nuca empapada de sudor por los nervios. Sin duda mi novio debería haber sido lo primero en lo que pensara, pero no fue así. Tampoco fue la segunda persona en la que pensé. Es posible que ni siquiera haya sido la tercera. Si soy completamente honesta, la lista de lo que extraño sería: papás, amigos, piscinas de Palm Springs… Peter. Mierda, esta revelación no le sienta bien a la boca de mi estómago.

Intento ignorar mi ineptitud para ser una novia amorosa y cambio de tema.

—También extraño las historias locas que compartíamos con las otras enfermeras.

—¿Historias locas? —La sonrisa que aparece en su comisura me pega directo en el pecho. Hago todo lo que puedo para no caerme de espaldas en la alfombra enrollada y llena de excremento de ratón.

—Tú, eh, no me creerías si te contara esas historias. —Me siento sobre los talones—. Sala de emergencias en Palm Springs: el destino para escapadas de celebridades. Viejo, sí que tengo historias.

Como yo, también se sienta sobre los talones.

—¿Por qué no me deleitas?

Deleitarlo…

De inmediato mi mente se inunda de historias que lo harían reír.

El recuerdo de mi primera menstruación y el conmovedor haiku que me escribieron mis padres sobre convertirme en mujer.

Mi energética demostración de danza en el show de talentos de tercer grado, saltando como un hada al ritmo de *Isn't She Lovely*, de Stevie Wonder.

Tal vez una catarsis sobre el día en que perdí la virginidad con Joel Eaglewash y cómo cuando terminamos lloró entre mis pechos durante unos buenos cinco minutos mientras balbuceaba lo feliz que era. Todavía siento el río de sus emociones bajando por mi escote.

La verdad es que todo parece un buen material para citas a ciegas. Debería habérselo contado, tal vez así sí me hubiese recordado.

—¿Estás bien? —pregunta Sawyer.

—Ah, sí, lo siento. —Se me encienden las mejillas de la vergüenza. Dios, espero no haber recreado el baile de tercer grado mientras estaba perdida en mis pensamientos—. ¿Qué tal una pausa para beber agua?

—Solo si me cuentas al menos una historia de la sala de emergencias.

—Dale. —Nos ponemos de pie, tomo las botellas del dintel de la ventana y las llevo hacia el lugar en que Sawyer se ha sentado con la espalda apoyada contra la pared.

Me siento a su lado y le entrego su botella. La destapa y bebe, con la cabeza hacia arriba. Otra vez me pierdo en la forma en que se le contrae la garganta cuando traga, en cómo se le mueve la nuez de Adán. Parece que ahora me gustan las gargantas.

¿Cómo es la garganta de Peter? Me fastidia no saberlo, no poder recordar si también… se le contrae cuando bebe.

Cuando Sawyer baja la botella, alejo rápido la mirada para que no me atrape observándolo. Y me quedo sentada, rígida, intentando con desesperación conjurar imágenes de Peter bebiendo agua, de su garganta contrayéndose de forma sensual, pero solo puedo pensar en esa vez que bebió un *Bloody Mary* demasiado rápido, se volcó y el líquido rojo se chorreaba por su cuello y parecía la víctima en una película de asesinos seriales. No es lo mismo.

Sawyer me golpea con el hombro.

—¿Entonces…?

—Sí, historias de emergencias. —Bebo un sorbo de agua y me aclaro la garganta. *Contrólate, Fallon*—. Bueno, un ganador de Oscar…

—¿Nombre? —pregunta.

—Lo siento, contrato de confidencialidad.

Chasquea los dedos, decepcionado.

—Maldita sea.

—Lo sé, pero tal vez puedas descifrarlo. Ganador de Oscar, joven, vino a la sala de emergencias porque estaba recreando una escena de su última película para los amigos y terminó… con un cristal clavado en la nariz. Para quitarlo, participamos dos enfermeros, tres médicos y un gran par de fórceps.

—Uuff, eso duele.

—Y cuando todo estaba hecho, dijo que no tenía idea de cómo había terminado allí, pero que le gustaría recuperar el cristal porque era muy caro. Más tarde lo expusieron en uno de esos sitios de chismes con un video en el que inhalaba el cristal.

—Por Dios. —Sawyer se ríe—. No me imagino cómo alguien termina inhalando un cristal un sábado a la noche.

—No creo que sea algo que puedan hacer muchas personas. ¿Qué hay de ti? —Lo golpeo con el hombro—. ¿Alguna loca historia de celebridades? Tú eres el que trabaja en la industria del entretenimiento.

—¿Que no sea la del exnovio loco que huye de la boda?

—En tu defensa, fue muy injusto de su parte pedirte que fueras padrino. Como mínimo, cuarto en la fila junto al novio.

Sonríe con una sonrisa tan devastadora como la anterior. Puede que sea malo para las citas, pero no hay dudas de que tiene el encanto de Hollywood.

—Como mínimo —dice despacio—. Bueno… ¿Historias locas? No tengo muchas más que las clásicas cuestiones de ego. No he tenido el privilegio de estar en muchos estudios de filmación, así que estoy seguro de que me he perdido algunas crisis épicas.

—Qué pena. Tu próximo proyecto debería ser un libro en el que cuentes todo lo que has acumulado tras bambalinas a lo largo de los años. Volaría de las librerías. Se vendería… como pan caliente.

¿«Como pan caliente»? No recuerdo haber usado esa frase nunca en la vida.

Jamás.

—¿Como pan caliente? —Sawyer se ríe. Por supuesto que no se le iba a pasar.

Hago como si nada.

—Así. —Chasqueo los dedos en el aire—. A todo el mundo le gustan los chismes. Mientras no sean de ellos. Eso es todo lo que les preocupa.

—Cierto. —Suspira y deja la botella de agua sobre su pierna—. Me pregunto qué dirá la gente.

—Tengo unos artículos guardados si quieres ver. Mi favorito es uno en el que dicen que unos apostadores en Las Vegas te pagaron mucho dinero para que interrumpieras la boda y que recibirías un extra si hacías escándalo. El artículo decía que te pagaron dos millones de dólares y un monedero de brillantes como extra. —Me giro hacia él—. ¿Puedo ver el monedero?

Se ríe tan fuerte que el sonido hace eco en el espacio vacío y consume el aire que nos rodea.

—Guau, cómo me gusta vivir en un mundo en el que puedes decir cualquier cosa sin repercusiones.

—Espera…, ¿entonces no hay monedero? —digo juguetona.

—Lamento desilusionarte, pero no tengo ningún monedero brillante en mi haber.

—Que no esté en tu haber no significa que sea mentira. —Alzo una ceja esperanzada.

—Es mentira.

—Mierda.

Se atraganta con una risa y me vuelve a golpear con el hombro.

—Dirás que estoy loco, pero ¿no te parece que nos estamos haciendo amigos?

—¿Qué te dio esa impresión? —pregunto, aunque yo también puedo sentirlo. La ligereza entre nosotros, las bromas, la simple camaradería. Sawyer (cuando no está enterrado en su teléfono durante una cita a ciegas) parece la clase de persona de la que todos querrían ser amigos. El servicial. El bonachón.

—Estás siendo amable conmigo. Me pregunto qué harías si quedara atrapado debajo de una roca; creo que ya no te acercarías para filmar la escena con el teléfono, sino que pedirías ayuda.

—¿Atrapado debajo de una piedra? ¿Ese es tu ejemplo?

—Me avergüenza que, siendo guionista, no se me haya ocurrido nada más... amenazante.

—Como... si estuviéramos haciendo juntos un número de trapecio no necesariamente te dejaría caer a una muerte segura; tal vez *consideraría* atraparte.

—O si tuviera una alergia mortal al cilantro y vieras una hoja en mi taco, me lo quitarías de las manos antes de que pudiera ingerir el veneno.

—No sé si te lo quitaría de las manos, pero *consideraría* quitártelo de las manos.

—Ah —dice y asiente con la cabeza—. Entonces eso significa que, si siguiera atrapado debajo de esa roca, no pedirías ayuda, sino que...

—Consideraría llamar a alguien —termino por él.

—Entonces..., no somos amigos.

—Me temo que no, pero esta pausa de hidratación ha sido encantadora.

—Coincido. Pero esos suelos no van a colocarse solos.

—Por desgracia. —Me pongo de pie y le ofrezco mi mano. La mira por un momento antes de tomarla para que lo ayude a incorporarse.

Me observa con esos ojos azul aciano. Un color que hubiese descrito como aburrido pero que hoy tiene un brillo extra. Un brillo de comprender. Un brillo tan intenso que casi es un mensaje. Un mensaje de victoria.

Bueno, eso no alcanza. Si cree que me ganó, que está a punto de comenzar una hermosa amistad conmigo, lamento decirle que está equivocado. Soy una dama de hierro, sin emociones, sin espacio para cultivar nuevas amistades. Ese tren partió. Se acabaron los boletos.

Sigue con lo tuyo.

No se permiten amistades.

—Deja de mirarme así y ponte a trabajar. —Giro sobre mis talones y devuelvo la botella de agua al dintel mientras intento borrar esa mirada esperanzada de mi mente.

***

—¿Se puede saber, por el amor de Dios, qué carajo está sucediendo aquí? —grita Sully desde el umbral y nos hace sobresaltar mientras instalamos la última tabla en el suelo de la cabaña número tres.

—Sully —digo en voz alta mientras mi respiración intenta aplacar mi corazón—. Por Dios, me asustaste.

—*Nos* asustaste —aclara Sawyer con una mano en el pecho y la otra en la pared.

—Arrancaron una alfombra en perfecto estado. —Sully golpea con su pie el nuevo suelo de pino blanco. El que elegimos juntos en la ferretería: donde se quejó de las opciones durante media hora antes de conformarse con la que había elegido en un primer momento—. Se ve barato.

Si otra persona nos estuviera diciendo eso, me puedo imaginar golpeándola. Hace cuatro horas que estamos trabajando en esto y una sola crítica puede ponerme al borde de convertirme en un jaguar furioso listo para arrancar globos oculares.

Pero, como es mi abuelo, a quien respeto y admiro mucho y que, además, tiene Alzheimer y es evidente que no recuerda las renovaciones de las que hablamos, me muevo con cautela.

Avanzo hacia los planes de diseño que cuelgan de la pared junto a la puerta, el que Sully dibujó y firmó para que, cuando se olvidara, pudiera mostrarle con exactitud qué había aprobado. Señalo los papeles.

—A ti se te ocurrieron todos estos cambios, hasta la decoración: con toques de rojo en todas las cabañas para representar a la abuela Joan.

Sully mira los planos y los estudia con cuidado. Puedo ver cómo la confusión se apodera de su rostro al pasar las hojas, mirando las muestras y las paletas de colores. Me duele el corazón verlo intentar entender que ha aprobado todos estos cambios. No puedo imaginar cómo será estar en su cerebro, estar tan confundido y desconectado del entorno. Seguir vivo pero perdido en el tiempo, sin saber qué día es ni qué sucede en tu vida cotidiana.

Se pone la máscara de la indiferencia mientras cierra los planos. No se acuerda.

Ni siquiera recuerda las decisiones que ha tomado, pero es la encarnación de la negación, porque entrelaza las manos en la espalda, se balancea sobre los talones y dice:

—Todo parece estar en orden.

Esto es lo que menos me gusta de él: que haga como si entendiera cuando en realidad no tiene ni idea de lo que sucede. Sé que es un mecanismo de defensa porque es orgulloso. Sé que es doloroso, confuso y desgarrador para él, que tiene que pasar todos los días estos momentos en los que no recuerda nada.

Sus ojos se posan en Sawyer y se endereza.

—Fallon, ¿por qué no me presentas a tu novio?

Ay, Dios, sí, mi abuelo tiene un muy mal día.

—Sully, él es Sawyer. Nos está ayudando con la remodelación. Peter es mi novio.

Mi abuelo mira hacia un lado, intenta recordar a Peter.

—Bien, bien —dice asintiendo con la cabeza—. Bueno, Sawyer, si invitas a salir a mi nieta tienes que saber que le gustan mucho las flores…, más precisamente las margaritas.

Me giro hacia Sawyer, pidiéndole perdón con la mirada y le aviso:

—Lo voy a llevar a casa. Ya vuelvo.

—Tómate tu tiempo —dice despacio—. Yo termino aquí.

Le agradezco en silencio y tomo a Sully del brazo.

—Están dando nuevos episodios de ese programa de remodelaciones que tanto te gusta. ¿Por qué no te preparo algo para comer y te sientas a verlos?

No dice nada, pero me deja guiarlo por el sendero que lleva hacia la residencia. A mitad de camino, se detiene y me enfrenta cabizbajo:

—¿Dónde está Joan? Ella iba a preparar la cena, pero creo que está enojada conmigo.

Se me estruje el corazón e intento conservar la calma. Lo tomo de la mano, nuestras palmas se tocan, me las llevo al corazón y digo con la mayor delicadeza posible:

—La abuela Joan falleció hace varios años, Sully.

Se le llenan los ojos de lágrimas.

Le tiemblan los labios.

Y su mano se agita en la mía mientras lleva la otra a su pecho sin poder creer lo que acabo de decir.

—No, mi Joannie —susurra y casi se desmorona.

El desconsuelo se apodera de nosotros como la oscuridad de la noche y nos cubre con un manto que no ofrece consuelo, solo dolor.

—Lo siento, Sully —digo con la voz quebrada, la calma me ha abandonado.

Esto pasa cerca de una vez a la semana: yo teniendo que recordarle a Sully que perdió al amor de su vida, y cada vez me resulta más y más difícil darle la noticia. Quizá porque cada semana se lo toma con más angustia. Las líneas de expresión de su rostro son más profundas. Las lágrimas de sus ojos, más pesadas. Y la bocanada de aire que toma cuando escucha mis palabras, más profunda.

—¿Quieres que te lleve a tu dormitorio?

Serio, con una lágrima rodando por su mejilla, cabizbajo, asiente.

Hacemos el resto del camino en silencio. Cuando llegamos a su dormitorio, hace exactamente lo que sé que va a hacer: se sienta en su cama sobre la vieja manta de lana blanca, con los pies colgando, se estira despacio hacia la mesa de noche y toma un portarretrato con una fotografía de la abuela Joan.

Acaricia el vidrio con sus manos temblorosas, las lágrimas le brotan de los ojos y le ruedan por las mejillas. Desgarrador: esa es la única forma de describirlo. Verdaderamente desgarrador.

Sully y la abuela Joan tuvieron un matrimonio de esos que inspiran grandes novelas románticas. Construido sobre los cimientos de una amistad que poco a poco se fue convirtiendo en un amor leal y sincero. Tuvieron sus peleas y momentos en los que no todo era hermoso, pero también se respetaron y compartieron un amor irrepetible e inmortal. Sully besaba el suelo por el que ella caminaba y dejaba hasta su último aliento para asegurarse de que fuera feliz, que estuviera protegida y se sintiera amada.

Verlo llorarla una y otra vez me está destruyendo.

Me está desintegrando por completo.

—Sully —lo llamo con la respiración entrecortada y doy un paso hacia él.

Se aferra el portarretratos a su pecho. Sus manos, que son tan fuertes, ahora no paran de temblarle.

Tiene los ojos nublados. Está llorando. Sus pantalones azules están ahora mojados por las lágrimas que le rodaron por la mejilla.

–Quisiera estar solo.

Como siempre. Y yo respeto su privacidad, aunque lo único que quiero es envolverlo en un abrazo y decirle cuánto lo quiero.

–De acuerdo. Avísame si necesitas algo.

Sé que no lo hará.

Sé que se quedará en su dormitorio aferrado a ese portarretratos.

Sé que va a abrir la caja donde guarda las cartas de amor de la abuela Joan para leerlas una y otra vez.

Y sé que mañana, cuando despierte, se olvidará de la tristeza que sintió hoy.

Cierro con cuidado la puerta y tomo el teléfono de mi bolsillo. Abro la aplicación del monitor y configuro las notificaciones para que me avise si sale de su habitación…, por si acaso.

Luego me apoyo contra la pared y recobro el aliento, mi corazón desbocado parece haberse apoderado de mi pecho.

CAPÍTULO 15

SAWYER

allon no volvió rápido.

Tampoco volvió una hora después.

Ya han pasado casi dos horas desde que se fue y solo puedo pensar en cuánto quisiera ir a ver si está bien. Si Sully está bien.

La expresión de su rostro, el dolor, la desorientación… Creo que nunca había visto algo tan devastador. En muy poco tiempo, Sully se ha ganado un lugar en mi vida, justo en mi corazón. Nunca he tenido con un familiar la clase de relación que Fallon tiene con su abuelo y sé que no soy lo suficientemente fuerte como para estar en su lugar, para ser el único cuidador de una persona con Alzheimer. El simple hecho de estar cerca de él (aunque, de hecho, tampoco estoy tan cerca) ya me resulta difícil.

Como Fallon no había regresado y todavía quedaba bastante por hacer, cubrí todo lo que no debía ensuciarse, tomé la pistola de pintura y me puse a pintar la cabaña número uno. La pintura cubrió el viejo beige gastado de la pared sin dificultad. Fallon y Sully querían conservar los detalles de madera natural, así que me aseguré de cubrirlos bien; me odiaría si dejara rastros de pintura en la madera.

A medida que la pared se tiñe de blanco, me imagino cómo se verá la cabaña terminada. Seguro transmitirá una sensación de calidez, con suelos que combinan con la madera y le dan luz y alegría a todo el espacio. La oscuridad en la que están sumidas las cabañas por la noche, con esas paredes beige, la alfombra verde oliva y los pesados muebles de madera natural, puede ser un poco abrumadora (créeme, lo sé por experiencia), pero este nuevo diseño les dará a los huéspedes una atmósfera de montaña mientras se hospedan en un espacio moderno y agradable.

Justo cuando estoy terminando con la última pared, la cortina de plástico que cubre la puerta de entrada se abre y entra Fallon. Ya no tiene puesta la ropa de trabajo, sino unos pantalones cortos de algodón azul y una camiseta sencilla que dice «Canoodle, California». Tiene el pelo húmedo, peinado en dos largas trenzas francesas, y su rostro irradia un brillo de recién lavado.

Se ve… acariciable.

Yyyy no había dicho esa palabra nunca en la vida.

—Sawyer, lo siento tanto —comienza, con cara de desesperación.

—Ey, no hay nada que perdonar.

Bajo la pistola de pintura.

—No hacía falta que siguieras trabajando. Pensé que terminarías el piso y te irías a descansar.

—Quedaban algunas horas y pensé que podía seguir avanzando. Espero que no te moleste.

—Por supuesto que no. —Pero la expresión de su rostro me dice que hay algo más. Aprieta los labios y se cruza de brazos mientras mira la habitación recién pintada.

Doy un paso hacia delante y doblo un poco las rodillas para mirarla directo a los ojos.

—¿Estás bien, Fallon?

Alza la vista, con los ojos llenos de lágrimas. Niega con la cabeza.

—No.

Ya me parecía.

—¿Sabes qué? Vámonos de aquí —propongo y la tomo del brazo—. Puedo limpiar después.

—Te voy a ayudar a...

—Lo que vas a hacer ahora es seguirme. —Con cuidado, la llevo hacia la puerta y corro el plástico para que pueda pasar. Cuando salimos, me topo de inmediato con la impenetrable oscuridad de las montañas de San Jacinto. Estuve tan metido en las cabañas con las luces encendidas que no me di cuenta de que había anochecido.

Los árboles se han convertido en sombras que se mueven en el fondo cuando la suave brisa acaricia sus ramas. La luz de la luna marca el sendero entre las cabañas iluminando las aceras con un amarillo pálido. Y arriba, en un claro cielo nocturno, las estrellas se ven enormes y brillan como si quisieran reemplazar los rayos del sol.

La llevo hasta la banca de Sully y tomamos asiento. Paso un brazo sobre el respaldo y me giro hacia ella. Se lleva las rodillas al pecho y las abraza mientras mira el lago inmóvil. Los patos endemoniados deben estar durmiendo para despertarse frescos en la mañana y seguir aterrorizando personas inocentes.

Dudo que Fallon quiera hablar de lo que sucedió con Sully. Si fuese ella, querría un descanso, escapar por un segundo, así que en lugar de preguntarle si quiere hablar de eso, uso otra estrategia:

—Yo juraba que me iba a casar con Annalisa. La conocí en el primer set de filmación que pisé, cuando trabajé para Lovemark. En esa época ella hacía de extra y era una chica con los pies sobre la tierra. Tenía una tendencia rapaz, pero asumí que era algo normal.

—¿Tendencia rapaz? —Se ríe y me mira. Justo lo que quería: distraerla de sus pensamientos para que se concentre en algo que no sea Sully.

–Sí. Podía ser muy dulce, pero cuando algo iba mal, se convertía en una persona diferente. Apretaba la mandíbula, sus dientes se convertían en unos colmillos puntiagudos y luego, cuando menos te lo esperabas, atacaba como un animal rapaz, directo a la yugular y te dejaba en el suelo, ensangrentado y temblando.

Me estudia, me busca con la mirada, luego se gira y ríe.

–No cabe duda de que eres creativo. La exageración está a flor de piel.

–No se puede ser escritor y no exagerar –aseguro–. Para poder transmitir una actitud, un sentimiento o una acción tienes que dibujar una imagen con cierta intensidad en la mente de los lectores.

–Lo dices como si escribieras libros.

–Incursioné en el rubro –reconozco y me encojo de hombros–. Pero me costaba crear imágenes bonitas.

–Acabas de crear en mi mente una imagen jodidamente sangrienta.

Me río.

–Cuando me estaba formando como guionista, tomé una clase de escritura creativa para expandir mis conocimientos y ganar una nueva perspectiva. Fue útil y exasperante en partes iguales porque yo solo quería escribir diálogos. Pero mi profesora se puso firme con que bajara la velocidad y les permitiera a los lectores visualizar la historia. Todo el tiempo me decía: «Arma la escena…, arma la escena». Me volvía loco. Hasta que una vez, leyendo las notas que me había dejado en un trabajo, vi que había escrito «arma la escena» tantas veces que me cansé, arrojé mi trabajo por los aires y le grité: «¡Arma *tú* la escena!». –Me río, recordando esa sensación de querer arrancarme los pelos–. No fue un gran momento, sobre todo porque cuando arrojé el trabajo por los aires, tumbé una taza de café y se volcó todo.

–¿Ves lo que sucede cuando haces berrinches?

—Quisiera decir que he aprendido la lección, pero…, bueno, mi último berrinche aún es reciente.

—Al menos este fue más elaborado que solo arrojar un trozo de papel por el aire. Un berrinche digno de una perra.

—¿Digno de una perra? —Alzo las cejas—. ¿Cómo puedes acusarme de «perra»?

—¿Has visto el video?

La risa en su voz me dice que la estrategia está funcionando. El autodesprecio siempre da resultado cuando quieres que alguien salga de su angustia. Porque por un momento no piensan en lo espantosa que es su vida y solo se concentran en tu incapacidad para comportarte como un ser humano normal. Es entretenido y dispara la autoestima por los cielos:

Ey, al menos no estoy tan mal como este tipo.

Estoy sufriendo, pero mira la mochila que arrastra este tipo. Uff.

—¿Te parece que voy a perder el tiempo recostado en la cama, boca abajo, con las piernas flexionadas y apoyado sobre mis codos, disfrutando un video en el que me comporto como un imbécil?

Entrelaza sus dedos.

—Tal vez un poco.

—Está claro que no me conoces en absoluto… —La miro a los ojos—. Jamás me acostaría boca abajo y levantaría los pies...

Se ríe y gira hacia mí.

Sí, estoy teniendo mucho éxito en esto de «ayudarla a olvidar sus penas».

También me está costando no perderme en esos ojos tan expresivos. Incluso en la semioscuridad, me atraen, me toman en sus garras, me ruegan que los mire. En especial cuando están llenos de lágrimas, porque solo quiero ayudarlos a librarse de la angustia que los embarga. Quiero mostrarle que, aunque esté atravesando un momento difícil, todavía se puede reír, todavía puede disfrutar de algo tan pequeño como sentarse en una banca, bajo las estrellas, con un no amigo… riéndose de él.

—Dices eso, pero ¿cómo sé que es verdad? —pregunta.

—¿Tengo que mostrarte en qué pose miraría el video de mi rabieta?

—Me encantaría. —Sonríe con malicia.

A esta altura haría cualquier cosa por una pequeña mueca de sus labios. Una sonrisa suya se siente como el suave comienzo de un brillante atardecer que trae una bocanada de aire fresco directo a los pulmones.

Así que me deslizo de la banca hacia el césped, me escurro de mi asiento como melaza, lo que la hace reírse con fuerza. Estiro la mano hacia ella.

—¿Puedo usar tu teléfono para la demostración?

—Por supuesto.

Tomo su teléfono, me acuesto boca arriba, abro las piernas tanto como puedo (este muchacho necesita un poco de yoga porque tiene las caderas duras) y sostengo el teléfono sobre mi cabeza. Con la mano libre, me tapo los ojos y separo el dedo medio y el índice para ver a través de ellos. Me estremezco y entonces… me paralizo.

Es probable que la risa de Fallon resonando en el silencio de la noche sea uno de los sonidos más hermosos que he escuchado, y me llena de una alegría innegable.

—¿Por qué separas las piernas así?

—No quieres saberlo.

—Sí que quiero —asegura, mirándome desde arriba.

Me levanto un poco y quedo recostado sobre los codos y la miro a los ojos.

—Tengo el sudor fácil, así que es muy importante garantizar un buen flujo de aire cuando miro videos vergonzantes.

—¡Ay, por Dios!

—Te dije que no querías saberlo.

Por su reacción, puedo garantizar que nunca olvidará ese comentario.

Cualquier posibilidad de que exista algo romántico entre nosotros, en una realidad paralela en la que no tiene novio y no está atada a un tipo llamado Peter, se acaba de ir volando por la ventana. Nunca podrá volver a mirar mi entrepierna de la misma manera.

Que quede claro que no sudo demasiado.

Sudo lo normal.

Si trabajo duro, voy a sudar, pero si solo estoy sentado en un escritorio, escribiendo, no se desata una catarata ni necesito que pongan un ventilador para que me refresque las partes íntimas a lo Marilyn Monroe.

Aunque no caben dudas de que se sentiría bien...

—Por el amor de Dios, cierra las piernas. —Fallon se ríe, pero yo intento abrirlas más.

El intento se queda corto.

Muy corto.

Y, antes de que pueda darme cuenta... siento que algo se rompe.

—¡Ayyy, mi ingle! —exclamo tomándome la parte interna de la pierna y colocándome en posición fetal.

La risa de Fallon es aún más fuerte.

¿Ves? Autodesprecio.

Funciona como un hechizo. Solo desearía no estar sujetándome mi (sudorosa) ingle frente a ella.

En realidad, no está sudada, quiero que te quede bien claro, pero, ya sabes..., exageración...

—Llamen a un médico... Ah, ¡esperen! —Me siento—. Enfermera Fallon, repórtese en el césped: el paciente se ha desgarrado la ingle hasta la nuca.

—Eso no existe. —Me empuja con el pie—. Y de ningún modo eres mi paciente.

—No es que yo sea un experto en temas médicos, pero sí entiendo algo de ética y pegarle a un paciente con la punta del pie deforme de troll no es la forma correcta de comportarse.

Abre grandes los ojos con una risa silenciosa, su comisura se tuerce de sorpresa.

—No tengo pies deformes de troll.

Me sujeto el sitio de la pierna en el que me empujó con el pie.

—Díselo al hematoma que se me está formando. —Chasqueo los dedos sobre mi cabeza—. Propietaria, propietaria, hay un claro caso de abuso en su complejo de cabañas. Me gustaría hablar con la persona a cargo.

—Soy la propietaria y la persona a cargo. ¿Cuál es su queja? —dice cruzada de brazos.

Me giro para enfrentarla.

—Su personal médico no ayuda, su gerencia no es buena y tienen que podar el césped porque las hojas me están haciendo picar las piernas.

Con las manos juntas, se inclina hacia delante.

—Su queja fue recibida. Por favor denos de siete a diez días hábiles para responderle.

Me levanto del césped y me pongo de pie en posición de protesta.

—¿De siete a diez días hábiles? Eso es inadmisible.

Ahora se reclina en la banca, todavía cruzada de brazos, con una expresión juguetona bajo la luz de la luna.

—Lo que es inadmisible es su ingle sudorosa.

—Ey —digo señalándola—. Eso te lo conté en confianza. No te atrevas a usarlo en mi contra.

—No he firmado ningún acuerdo de confidencialidad. Hasta donde sé, puedo hablar de tus bolas chorreantes.

La risa gutural que brota de mi interior podría despertar a todo Canoodle.

—Jesús, no chorrean. —Me seco los ojos porque se me cayeron un par de lágrimas de la risa.

—¿Cómo voy a saber lo que sucede ahí abajo? Has hecho que me imagine cosas que ahora dan vueltas por mi cabeza. Berrinches, bolas sudorosas, piernas que se mueven en el aire.

—Te dije que no tenía las piernas así; te hice la demostración con las piernas separadas.

—Prefiero imaginarlas en el aire, pero debo decir que no estás quedando bien parado.

—¿Y qué hay del incansable trabajo que he hecho en La Caverna? ¿Eso no sirve de nada?

—La payasada de la ingle eclipsa el trabajo duro, lo siento.

Asiento despacio y tomo asiento junto a ella.

—Por extraño que sea, lo acepto.

Se ríe.

—¿En serio te duele la ingle?

—No, creo que está viva. —En el momento en que la palabra sale de mi boca, intento retroceder—. No digo… *viva* en ese sentido. Ya sabes. No me refiero a una erección ni nada por el estilo.

—No lo tomé de esa forma, pero deberías estar agradecido de que Jaz no haya escuchado esta conversación.

—¿Eso quiere decir que no le vas a contar?

—Oh, no. Sí le voy a contar, y con lujo de detalles.

—A esta altura no esperaba menos.

El silencio se instala entre nosotros y el sonido del lago golpeando despacio contra la orilla toma el lugar de nuestras burlas. Y aquí sentados, haciéndonos compañía, siento cómo me late el corazón. La mujer junto a mí es intocable y, sin embargo, siento cómo me sudan las palmas por tenerla tan cerca. Tengo la ferviente necesidad de mirarla, directo a los ojos, correr el mechón de cabello que no deja de cruzarse en su mejilla y acomodárselo detrás de la oreja. En el cálido abrazo de la luz de la luna, me doy cuenta de que cometí un enorme error.

Uno gigante.

Un error del que me arrepentiré por bastante tiempo, puede que para siempre.

Ignorar a Fallon en nuestra cita a ciegas es la cosa más estúpida que he hecho.

No enamorarme de Annalisa.

No aceptar el ofrecimiento de Simon para ser su padrino.

No plantarlos en el altar.

Nop.

Dejar que Fallon se me escurriera entre los dedos: ese sí que fue un error colosal.

Lo entiendo con una intensidad tan poderosa como la de un ejército que ataca territorio enemigo cuando ella inclina la cabeza hacia un costado e ilumina mi mundo con la más simple de las sonrisas. Una sonrisa tan pequeña que, de no haber estado prestando atención, me podría haber perdido. Pero está ahí y, carajo, es una belleza. Es hermosa. Es embriagadora.

Siento esa sonrisa abrazarse a mi pecho, lo que me acelera el pulso y hace que mis pulmones tengan que trabajar más.

—Gracias —dice despacio y mi respiración sigue el ritmo del corazón. Sus ojos se conectan con los míos. Es tan fácil perderme en su mirada—. Por ayudarme a olvidar por un momento.

—¿Ese «gracias» quiere decir que hemos dado un paso hacia la amistad? —pregunto intentando mantener el aire liviano.

—¿Por qué tienes que forzar tu suerte?

—¿Desesperación por hacer amigos? —sugiero, y la pregunta es en parte verdad.

Me mira y luego se pone de pie.

—Probablemente nos estemos acercando a esa cosa llamada amistad.

Yo también me paro.

—Sabes, hoy me desperté pensando que iba a ser un buen día. —Me acerco y, aunque sé que no debo tocarla, me estiro y le acomodo ese mechón de cabello detrás de la oreja—. Y así lo fue.

Le acaricio la piel más de lo que debería. No soy tonto; sé que está fuera de mi alcance. Sé cómo se siente que alguien se meta en tu relación. Pero, carajo, necesitaba este momento con ella. Este momento calmo, entrañable, tranquilo.

Este contacto.

Solo una noche en la que pueda mirarla a los ojos y, por un segundo, olvidar que tiene novio. Olvidar que dejé que algo bueno se me escurriera entre los dedos cuando tendría que haberlo tomado con fuerza.

Sus ojos buscan los míos. No están nerviosos, no están confundidos; solo quieren entender, y no la culpo, porque yo también quiero entender esta fuerza que me atrae hacia ella. ¿Fallon también la siente? ¿Siente que yo soy el suelo y ella la gravedad, la irresistible fuerza que nos atrae?

Respiro. No. Tengo que mantener a raya esa atracción. Puedo hacerlo; es lo mejor.

—La pasé bien esta noche —responde y luego, para mi completo asombro, se acerca, me envuelve con sus brazos y aprieta con fuerza—. Gracias, Sawyer.

Mierda...

Y yo que pensaba que podía mantener lo que siento por ella

encerrado en mi pecho, bajo llave, para que no se entere de que la quiero en mi vida, como algo más que una amiga.

Pero envuelto en sus brazos, no estoy seguro de poder mantener mis sentimientos bajo control. Así no.

No ahora que siento lo bien que encaja entre mis brazos.

Lo suave y cálida que es.

O el aroma de su champú de lavanda que llena mi cabeza de sinsentido. La clase de sinsentido que me meterá en problemas.

Pero, como no tengo remedio, porque soy un hombre patético y sin voluntad cuando se trata de esta mujer y sus suaves caricias, la envuelvo entre mis brazos y también la aprieto con fuerza.

—Cuando quieras, Fallon.

Por un breve segundo, su mano sube por mi columna y baja antes de que me suelte. Si no estuviera desesperado por aprovechar cada momento de este contacto, me lo habría perdido, pero como ella se ha convertido en mi obsesión, estoy atento a todos los detalles. La comodidad. El calor. Y cuando me suelta y da un paso hacia atrás, mi cuerpo se enfría, vacío.

Con más distancia entre nosotros, dice:

—Si quieres, mañana puedes tomarte el día.

¿Tomarme el día? Ni loco. No después de haberme dado cuenta de lo pequeña pero poderosa que se siente en mis brazos, no después de haber saboreado la forma en que su risa vibró en mi pecho o sentir la chispa de su sonrisa hasta el centro de mis huesos.

No.

Como un adicto, necesito más. Quiero estar cerca de ella. Quiero conocerla mejor.

A pesar de mis rodillas llenas de hematomas, mi espalda adolorida y las manos ampolladas, seguiré trabajando si eso significa pasar una parte de mi día a su lado.

Con Fallon.

Meto las manos en los bolsillos.

—¿En serio crees que me tomaría el día libre?

—No —responde honestamente mientras nuestras miradas se conectan. Y en un instante, algo pasa entre nosotros. No estoy seguro de lo que es; ¿entendimiento, tal vez? Necesita esto tanto como yo—. Pero igual quería darte esa posibilidad.

—Gracias por el ofrecimiento, pero estoy aquí hasta próximo aviso, así que acostúmbrate a tenerme cerca.

* * *

Andy

Han pasado casi dos semanas y no me has enviado nada. ¿Debería preocuparme?

Bajo la vista hacia el mensaje, mis dedos se preparan para responder, ¿pero responder qué?

En lugar de pensar en algo para el guion, he estado renovando un complejo de cabañas gratis.

En lugar de hacer el trabajo por el que me pagan, me la he pasado robándole miradas en secreto a una chica con la que una vez tuve una cita a ciegas.

En lugar de actuar como un profesional, he estado siguiendo las directivas de un anciano gruñón sin darme cuenta de que me estaba enamorando de su inalcanzable nieta.

La verdad no me deja bien parado. Entonces, no hay necesidad de responder.

Arrojo el teléfono sobre la cama porque, si no lo veo, no es un problema, ¿no?

La negación es una cosa hermosa.

Como anoche me quedé hasta tarde limpiando la cabaña en la que habíamos estado trabajando (para mí es importante tener limpio el espacio de trabajo), esta mañana dormí un poco más de lo que debía, dada la cantidad de tareas que habíamos planificado para el día. Pero, carajo, a pesar de haberme levantado media hora más tarde, igual me cuesta. Me duelen todos los músculos del cuerpo, tengo los ojos nublados por el sueño y la ingle... Sí, me duele como la mierda. Sé que le dije a Fallon que estaba bien, pero después de terminar de limpiar me di cuenta de que no era así. Anoche, en la privacidad de mi cabaña, me puse hielo para intentar aliviar el dolor, pero sabía que no había forma de que no me hubiera desgarrado mientras intentaba hacer reír a Fallon.

Y tenía razón.

Duele.

Duele todo.

Hasta las uñas.

Y, sin embargo, estoy vestido, con una gorra de béisbol en la cabeza, con antitranspirante puesto y listo para aprovechar el día. Tomo una última bocanada de aire y disfruto la vista de la ventana: el plácido lago, las altísimas rocas. A pesar de que el mensaje ha abierto un agujero en mi teléfono, tengo la mente tranquila, en paz.

Si algo he aprendido en este tiempo lejos de los problemas de la industria cinematográfica, es a valorar las cosas pequeñas, como el sonido de las aves, el murmullo de las hojas y la importancia de una pequeña comunidad de amor incondicional; aunque esa comunidad incluya una cafetería llena de trolls.

Rezando porque Fallon tenga el café listo, comienzo la corta caminata por el sendero que lleva a las tres primeras cabañas. Esta mañana se ve que han encendidos los aspersores, porque el césped tiene un brillo húmedo y el agua se ha acumulado sobre el camino. El sol ya está asomando entre los árboles y encandila a quien se atreva a mirarlo a esta hora. Y aunque sé que será un día abrasador, la mañana es fresca; la calma antes de la tormenta de calor.

Camino hacia la segunda cabaña y las voces se filtran por la puerta abierta. Cuando entro, Fallon y Jaz me saludan. Están sentadas en el suelo, con unos panificados y tres tazas de café humeantes. El néctar de azúcar y cafeína me atrae y mi cuerpo se impulsa hacia delante. Incómodo (gracias, ingle) me siento en el suelo con ellas y tomo mi café.

—¿Todo bien? —pregunto porque no dicen ni una palabra.

—Todo bien —responde Fallon.

Pero Jaz debe haber bebido un café expreso de más esta mañana, porque me dispara una sonrisa maliciosa.

—Me alegra que nos bendigas con tu presencia, *Julia bolas chorreantes.*

—No puedo creer que se lo hayas contado —siseo. Sabía que Fallon lo iba a hacer, pero me divierte hacerme el enojado.

Solo espero que se haya saltado la parte en que le acomodé el cabello detrás de la oreja. Posiblemente le haya contado por encima lo del abrazo, pero seguro no le dijo que la miré embobado.

—¿Cómo está la ingle esta mañana? —me pregunta Jaz y se lleva la taza de café a los labios.

Me enderezo.

—Le vendría bien un masaje… ¿Te ofreces?

Una sonrisa diminuta atraviesa los labios de Jaz.

—Soy bastante buena masajeando ingles.

—Dado tu carácter, imagino que puedes desarmar nudos.

—Puedo hacer muchas más cosas con un hombre que solo desarmarle los nudos.

—Santo Dios —susurra Fallon.

—Bueno, ¿qué mejor manera de arrancar el día que con un buen masaje de ingle de mi persona menos favorita del pueblo?

—¿Menos favorita? —Jaz alza una ceja—. ¿Estás diciendo que te cae mejor Fave, la coleccionista de trolls?

Como veo que va a llevar esto hasta las últimas consecuencias, dejo el café junto a la caja de panificados y me recuesto en el suelo. Abro las piernas y apoyo las manos detrás de la cabeza para ponerme en posición.

—Tú y Faye están en un empate técnico, pero puede que ella se gane el puesto si esos dedos son tan mágicos como dices.

Nunca fui de retroceder. De hecho, disfruto de empujar a la gente para ver qué tan lejos está dispuesta a llevar una broma. Es el comediante (y uso el término a la ligera) que vive en mí.

Miro hacia atrás y veo a Jaz inmóvil.

—¿Y…?

Entrecierra los ojos con astucia y apoya el café antes de tronarse los dedos negando con la cabeza.

—Te advierto que no soy suave.

—¿Parezco un hombre al que le gustan las cosas suaves? —pregunto.

—Si pienso en cómo te quejaste y lloriqueaste por comer «lo de siempre» en el restaurante, diría que no vas a poder conmigo si casi no pudiste con eso.

—Pude. Solo que no estaba mentalmente preparado para eso. Confía en mí, puedo contigo.

—Dice el hombre que tiembla de miedo cuando estamos en la misma habitación —comenta Jaz poniendo los ojos en blanco en dirección a Fallon. Luego gatea hacia mí y se sienta a mi lado. Alzo la mirada hacia ella, desafiante; me mira, aceptando el reto.

Se suena los dedos una vez más, solo para el espectáculo y luego los agita.

—¿Estás listo para el masaje de tu vida?

—Te estoy esperando. Tú eres la que demora.

—No me estoy demorando —asegura y se le iluminan los ojos—. Te estoy dejando preparar mentalmente, así no te vuelve a pasar lo de Strawberry Fields. Lo último que quiero es que vayas por el pueblo diciéndole a la gente que mis masajes no cumplieron con tus expectativas porque no estabas preparado mentalmente.

—Estoy listo. Adelante. —Separo un poco más las piernas y le sonrío. La estoy acusando de cobarde.

—Bueno, pero, para que sepas, es probable que después de esto te enamores de mí y te puedo garantizar que no será recíproco. En especial porque me gusta tu hermano.

—Pruébame —digo.

Abre las fosas nasales y se lleva los dedos hasta la boca, los dobla sobre las palmas de las manos y los sopla despacio antes de bajarlos hacia mi…

—Suficiente —interviene Fallon, alejando a Jaz—. Por Dios, se están comportando como niños.

—Él empezó —Jaz me señala.

¿Yo? La verdad no me acuerdo… Ah, sí, pero ella me estaba molestando por llegar tarde.

—No, tú, cuando me llamaste «Julia bolas chorreantes».

Con las manos en alto en un gesto defensivo, retrocede.

—Solo enuncié hechos.

Fallon se masajea las sienes.

—Tenemos mucho trabajo hoy…

—Y gracias a Julia estamos atrasados —termina Jaz.

—Anoche trabajó muy duro. —Fallon acude en mi defensa, pero noto que no me mira. De hecho, ¿me miró en algún momento desde que llegué? No recuerdo haber visto sus ojos ni su sonrisa.

El temor y la vergüenza me recorren al pensar en cómo la toqué la noche anterior. ¿Está enojada? ¿Se está arrepintiendo de haberme hablado? ¿Cree que me excedí?

—Está bien que haya dormido más —continúa Fallon—, y ponernos a discutir no nos llevará a ningún lado. —Se masajea los ojos y entonces me doy cuenta de lo cansada que se ve. Sus ojeras me hacen preguntarme si se ha desvelado por mí—. Comencemos con la electricidad de las cabañas y peguemos las molduras. La grifería llega este fin de semana junto con el grupo de Tank. Si podemos tener listas estas tres cabañas, les daremos un buen modelo de cómo deberían verse las otras. Mis papás también llegan este fin de semana. Tenemos que ponernos manos a la obra para poder terminar. —Se gira hacia Jaz—. ¿Puedes traer las nuevas luces? Están en la recepción. Yo comienzo con las molduras.

—Claro —dice Jaz con un suspiro, pero se pone de pie y sale de la cabaña.

—¿Qué quieres que haga? —pregunto.

—Come algo. —Se pone de pie. Mis ojos bajan a sus pantalones cortos, que se suben un poco más en el frente que en la parte de atrás. Raídos en las piernas, tienen un agujero del lado izquierdo que, si estuviera un poco más alto, calificaría como indecente. Combinó los pantalones con un top rojo y tiene el cabello peinado hacia atrás, con una bandana roja en la coronilla. Lleva puestas las botas de trabajo, que en ella se ven sexys, en especial con esos pantalones cortos—. ¿Sucede algo con la comida? —pregunta Fallon y me doy cuenta de que en lugar de comer la estuve mirando.

—No —respondo secándome las palmas sudorosas con las piernas. Por la forma en que reacciona mi cuerpo frente a un sencillo par de pantalones cortos, cualquiera creería que es la primera vez que estoy frente a una mujer—. ¿Todo bien? Parece que me estás evitando.

—Todo bien —asegura, aunque sigue sin mirarme—. Solo quiero terminar con esto.

—Bueno. —Tomo una magdalena, pero no la muerdo de inmediato—. Perdón si anoche me excedí.

—No lo hiciste —responde, avanzando como una ráfaga a acomodar las molduras en las paredes correspondientes.

—¿Estás segura? Porque siento que las cosas cambiaron…

—Porque cambiaron. —Por fin se gira para enfrentarme, se apoya contra la pared y, con una mano en la espalda, me mira, aún sentado en los suelos recién colocados—. Lo de anoche cambió todo.

—¿Para mal? —pregunto, lleno de nervios.

Suspira y sus ojos viajan hacia la ventana.

—Dios, esto es tan vergonzante. —Se presiona la frente con la palma—. Pero anoche, cuando me acomodaste el cabello detrás de la oreja, sentí algo. —Su mirada se encuentra con la mía—. Sentí que se me aceleraba el corazón, aunque sé que no está bien. Cuando tus dedos me tocaron la piel, se me cortó la respiración. —Se muerde el labio—. Y cuando me abrazaste, me sentí segura, protegida, quería quedarme ahí más de lo que debía.

Yo…

Carajo, no sé qué decir.

—Así que estoy intentando mantener la distancia, ¿sí?

—Sí…, claro. —La verdad es que no tengo idea de cómo manejar la situación. Creo que nunca una mujer me ha dicho lo que le pasa sin rodeos. Francamente, estoy impresionado.

Cuando se da vuelta para seguir con las molduras, digo:

—Solo para que sepas, yo también lo sentí.

Hace una pausa y, mientras se inclina hacia delante, veo la tensión en el modo en que endereza los hombros, la tensión en su espalda cuando se incorpora por completo.

Y luego sus ojos se conectan con los míos y, en lugar de su habitual y hermosa suavidad, hay algo de preocupación.

—No podemos hablar de esto, Sawyer. Tengo novio.

—Lo sé —aseguro rápido—. Y no me atrevería a ser la persona que se interponga entre ustedes, en especial porque a mí me engañaron. Pero… no sé, no quiero que pienses demasiado las cosas.

—¿No lo ves? —pregunta y se gira para enfrentarme—. Ya estoy pensando demasiado todo. Cada vez que hablo con Peter me dice que me ama, ¿y crees que puedo pronunciar esas dos palabritas de respuesta? No puedo. —Su respiración es despareja; la voz, casi un hilo. Me pongo de pie y camino hacia ella, pero dejo una buena distancia entre nosotros—. Y cuando entraste —hace un gesto hacia mí—, me miraste un segundo y yo ya estoy aquí cuestionándome toda mi relación con él. Así que, sí, estoy pensando demasiado, y lo único que necesito es terminar con esta remodelación para dejar de preocuparme por si vamos a tener que vender estas cabañas o no. Solo quiero que todo esto se termine, necesito que esto…

Antes de poder detenerme, la envuelvo en un abrazo y la aprieto contra mi pecho, con fuerza.

—Shhh —la tranquilizo, acariciándole la nuca—. Vamos a terminar con las remodelaciones, ¿sí? No falta mucho y este fin de semana vamos a tener mucha ayuda. Podemos con esto. Y con lo otro. —Me inclino para poder mirarla a los ojos—. Despreocúpate. —Siento la tentación de estirarme y acomodarle otro mechón de cabello detrás de la oreja, pero me contengo.

—No puedo simplemente… apagarlo —suelta. Tiene los brazos alrededor de mí y está tan cerca que, si me inclino, podría besarla. Podría descubrir a qué sabe, cómo se sienten esos labios gruesos y perfectos en un largo y embriagador beso.

—¿Debería hablar más de mis bolas sudorosas? ¿Eso ayudaría?

Se ríe con fuerza, me aparta de un empujoncito y niega con la cabeza.

—No, no va a ayudar; solo te hará más encantador.

Me rasco la mejilla.

—Mmm, de haber sabido que hablar de mis bolas era atractivo, quizá Annalisa no me hubiera dejado.

—Annalisa te dejó porque solo puede pensar en ella. —Fallon regresa al trabajo, el aire entre nosotros es más ligero, ya pasó el momento de tensión. En lugar de comerme la magdalena, la ayudo. Hicimos un diagrama para cada habitación y establecimos un código en cada moldura para saber dónde van. Me ha pasado colocar molduras mal y sé que un diagrama es útil.

Fallon toma una pieza y me muestra el número. Señalo la pared del lado derecho del baño.

—Cuando dices esas cosas me haces pensar que somos amigos.

—No tientes tu suerte.

—No me atrevería —digo justo cuando entra Jaz; Sully viene a su lado cargando dos cajas.

—Tenemos un par de manos extra —anuncia Jaz mientras apoya unas cajas en el suelo.

Miro a Fallon y veo que la preocupación le invade el rostro. Considerando lo de anoche, no estoy seguro de cómo se siente Sully hoy, y eso podría sumar una gran complicación a nuestros planes.

—Sully, creí que ibas a ir a ver a Tank a la ferretería —dice Fallon.

—¿Por qué haría eso con todo el trabajo que hay para hacer aquí? —Baja las cajas y se apoya las manos en las caderas. Su postura emana autoridad, pero la agitación en sus ojos demuestra lo vulnerable que se siente. Después de mirar el suelo durante unos segundos, agrega—: Me gusta. —El comentario casi me hace reír porque ayer se la pasó quejándose de lo barato que se veía según él.

—Gracias —responde Fallon y luego nos mira, pensando qué estrategia usar con su abuelo—. ¿Sabes qué, Sully? Estaba pensando que tal vez podrías ir…

—No me iré a ninguna parte —la interrumpe Sully con rudeza—. Estas son mis cabañas. Yo las construí. No estoy inválido, Fallon. —Es brusco, hostil…, casi violento. Ella retrocede, sorprendida por su tono, y puedo ver que está contrariada, no quiere que esté aquí para que no se lastime, pero tampoco quiere que la insulte.

Entonces decido interceder; espero que no se me vuelva en contra.

—Sully, de hecho, tengo que instalar todas estas luces y esperaba que pudieras supervisar; así te aseguras de que esté a la altura de tus expectativas. —Sully me mira y veo la confusión en sus ojos, así que agrego—: Tu viejo amigo Phil necesita ayuda.

Como si encendiera un interruptor, veo la chispa de reconocimiento seguida por un engreído balanceo sobre los talones.

—No quiero que te andes metiendo solo con esas luces y termines provocando un incendio. Será mejor que te supervise.

—Gracias —digo—. Te lo agradezco en serio. ¿Qué, eh, con qué luz deberíamos comenzar?

—¿Por qué no arrancamos por el baño, así las chicas pueden terminar estos zócalos?

—Gran idea. —Sully sonríe orgulloso al escucharme—. Te veo en el baño. Voy al cobertizo, a buscar mi caja de herramientas.

—No te demores, tenemos muchas cosas que hacer —dice, toma un aplique de luz y lo lleva al baño.

—No me atrevería —respondo y salgo de la cabaña. Voy hacia el cobertizo, donde el otro día dejé armada una vieja caja de herramientas para estas tareas. Algo que aprendí de Harmer hace mucho tiempo: siempre ten a mano una caja de electricidad; que las cosas sean fáciles de encontrar.

Estoy a mitad de camino al cobertizo viejo y abatido cuando oigo pasos a mis espaldas.

—¡Ey! —grita Fallon.

Me doy vuelta y la veo correr el resto del camino. Cuando llega a mí, me toma por sorpresa, porque de inmediato me envuelve en un abrazo.

—Gracias —dice cuando se aleja—. No sé si te diste cuenta de lo importante que lo hiciste sentir. La forma en que formulaste el pedido, lo hizo sentirse valorado. Fue… Fue perfecto.

—Yo, eh, estuve leyendo sobre Alzheimer y recordé que es muy importante cómo formulas las frases. Sully es un orgulloso y no hay nada que yo quiera más que preservar su dignidad. Entonces pensé que, si le pedía que supervisara, iba a hacerlo sentirse involucrado, pero no demasiado.

—¿Estuviste leyendo sobre Alzheimer? —pregunta Fallon con un rastro de admiración en la voz.

—Sí, como voy a quedarme un tiempo aquí, me pareció que podía ser útil. No quería decir nada que perturbara a Sully ni complicarte más la vida.

—Guau, Sawyer, no sé qué decir. —Abre los ojos, le tiemblan los labios. Lo último que quiero es que llore. No quiero ver nunca angustia en su expresión, solo… alegría.

—Por favor, no llores. No podré soportarlo.

—No voy a llorar. —Respira hondo, se tranquiliza y aumenta un poco la distancia entre nosotros, un paso a la vez. Es como si hubiera colocado un letrero enorme frente a mi: *no te atrevas a acercarte*.

—De acuerdo. —Nos miramos incómodos y, a los pocos segundos, señalo hacia atrás con el pulgar—. Bueno, voy a buscar esa caja de herramientas.

—Claro. —Pero no se mueve. Me mira de un modo extraño y sé que sigue dándole vueltas a un pensamiento.

—¿Algo más?

Niega con la cabeza y se retuerce las manos. Cuando nuestros ojos se conectan, veo regresar la dulzura, el agradecimiento por lo que hice. Lo que me parece raro porque… siento que no hice nada. No es algo monumental, pero quizá en su mundo de confusión sí lo fue.

—No, solo… —Se humedece los labios—. Gracias, Sawyer, por todo.

Me llevo la mano a la nuca, en extremo incómodo. No por lo que dice, sino por no poder abrazarla como me gustaría. Tomarla entre mis brazos y decirle que no tiene que hacer todo sola, que yo podría estar aquí, ayudándola.

—Me sigues agradeciendo, pero yo no estoy seguro de merecerlo. —La miro a los ojos—. Soy yo quien debería agradecerte a ti.

—¿Yo? ¿Qué hice aparte de burlarme de ti, tratarte mal y obligarte a que me ayudaras?

Qué poco sabe.

—Lo de la burla está en tu esencia, el maltrato se lo adjudico a que estabas muy estresada y lo de obligarme…, lamento decepcionarte, pero yo me ofrecí. —Le guiño un ojo, pero eso no la hace sonreír como yo esperaba—. Dejando todo eso de lado, creo que no te das cuenta de lo mucho que necesitaba esta escapatoria. No estaba en el mejor momento mental, y salir de Los Ángeles y venir a un pueblo tan leal, tan *real*… ha sido mi salvación. Estos proyectos, las conversaciones que compartimos, fueron importantes para mí. Me ayudaron a superar un momento oscuro de mi vida. Así que…, no tienes que agradecerme cuando soy yo quien está en deuda contigo y con este lugar.

Sus ojos se derriten en los míos y la desesperación que siento por volver a tocarla, abrazarla…, me consume. El sentimiento es tan profundo, tan palpable, que me aprieta los pulmones y me es casi imposible respirar. La única solución, la única forma de tomar una pequeña bocanada de aire en esta cámara de vacío, es tocarla.

Sentirla.

Abrazarla.

Sé que anoche dije que se terminó, que no volvería a hacerlo. Que iba a mantener la distancia.

Pero me invade una sensación de gratitud.

Si no fuera porque Fallon y Jaz me trajeron a las cabañas la primera noche que pasé en Canoodle, seguramente hubiera terminado en otro lugar, un lugar que no me habría ayudado a salir del desastre que hice con mi vida.

Puede que ella no lo vea, pero Canoodle me resucitó de un modo que nunca hubiese esperado.

Y necesito que lo sepa. Necesito que lo sienta.

Antes de que pueda detenerme, cierro la distancia entre nosotros una vez más y la envuelvo en un abrazo. Sin vacilar, sin esperar a ver su reacción, le rodeo los hombros con los brazos y la sujeto con fuerza, dejando que mi cuerpo se relaje en el contacto. Y porque por algún motivo tuve suerte, ella también se sumerge en el abrazo y su cabeza descansa sobre mi pecho mientras me aprieta con fuerza.

El calor me corre por las venas, como si les hubieran inyectado el sol de forma directa. No recuerdo la última vez que tuve contacto con un humano y, sin embargo, aquí estoy, dos días seguidos, disfrutando del privilegio de sentir a Fallon contra mí. Y la forma en que su cabeza descansa sobre mi pecho, como… como si fuese mía. Me hace sentir poderoso, me hace sentir que importo de verdad.

Como si pudiera existir algo así de increíble entre nosotros.

Nos quedamos quietos, sosteniéndonos. El tiempo pasa. El sol sigue subiendo en el cielo y un par de ardillas pelean en los árboles sobre nosotros. En realidad, sé que solo han pasado unos segundos, pero esos segundos son preciosos. Y disfruto cada uno de ellos. No quiero soltarla nunca.

Por desgracia, me suelta ella.

Da un paso hacia atrás y se aleja lo suficiente para mirarme a los ojos.

—Bueno, entonces…, eh…, tenemos trabajo que hacer.

Me gustaría que ese trabajo fuera solo entre nosotros. Como anoche, solo con ella, conversando.

—Sí. Mucho trabajo.

Señala las cabañas con el pulgar.

—Bueno, te veo en la cabaña.

Apoyo las manos en las caderas, nervioso, sin saber cómo debería comportarme en este momento.

Me encantaría que no estuviera saliendo con alguien.

Me encantaría tener la oportunidad de intentar algo con una chica con la que debería haberlo intentado hace un tiempo.

Me encantaría no haber estado tan absorto en mis preocupaciones para reconocer lo que estaba frente a mí.

Una mujer hermosa, con un corazón aún más hermoso, me ha cautivado completa e irrevocablemente.

—Te veo en la cabaña.

—¿Cómo lo ves, Sully? –le pregunto. Es el sexto aplique que he colocado hoy en la pared y sé que está bien, pero, para que se sienta incluido, le consulto de todos modos. Qué feliz voy a ser cuando no tenga que volver a ver en ninguna mesita de noche otro aplique estilo granero urbano con cuello de cisne.

–Torcido –gruñe Sully–. Creí que ya te había dicho que tuvieras cuidado con los ángulos. ¿Dónde está el nivel?

Torcidas mis bolas. No hay nada torcido en este bendito aplique.

Por el rabillo del ojo, veo que Fallon nos está mirando. No hay forma de que esté torcido, ni cerca, pero tomo el nivel con paciencia y lo apoyo en el borde del aplique para tranquilizar a Sully. La burbuja dice que está derecho, pero ya estoy entrenado, así que digo:

–Tienes razón, está un poco torcido. Buen ojo, Sully.

Y hago como si lo moviera, pero ni lo toco, es solo una actuación hasta que me da su aprobación con un gesto de la cabeza.

–Muy bien, bien hecho. ¿Avanzamos? –Contengo la sonrisa porque no quiero ganarme un sermón sobre qué me parece tan divertido de los apliques de luz. Después de la primera instalación, me enseñó muy rápido que la electricidad no es graciosa y que, si no tengo extremo cuidado y no me concentro, podría morir electrocutado. Sí, usó la frase «morir electrocutado».

En un momento también me golpeó la nuca y me ordenó que dejara de mirarle las piernas a su nieta.

No la estaba mirando (justo en ese momento), pero, por Dios, creo que nunca en mi vida me había ruborizado tanto, en especial porque Fallon me miró.

—Eso creo —dice Sully. Junto mis herramientas y las acomodo en la caja de herramientas roja. Sé que dije que no me molestaba ayudar a Fallon, y es cierto que no, pero ya estoy un poco cansado de los apliques de luz—. Vamos a la siguiente cabaña.

—En realidad, estaba pensando en ir a buscar algo para comer —interrumpe Fallon. Me mira a los ojos y me transmite con la mirada que quiere que su abuelo descanse un poco. Lo que no sabe es que yo soy el que está desesperado por un descanso. Esto no podría haber llegado en un mejor momento.

Entonces, apoyo la mano en el estómago y exagero; mientras tanto, mi cuerpo se queja y ruega por algo más que una magdalena.

—Sí, comida. Me encantaría. ¿Tienes algún lugar para recomendarme? —le pregunto a Sully.

—Por supuesto que sí. He vivido toda mi vida aquí. —Me golpea en el hombro y me empuja hacia la puerta de la cabaña. Para ser un anciano, empuja con fuerza—. Vamos.

Jaz mira la hora en su teléfono y dice:

—Ya me tengo que ir al bar. Tengo que ayudar a preparar los ingredientes antes de abrir.

—¿Cortar tomates extra? —pregunto.

—No, esos son solo para ti, muchachito. —Guiña un ojo, le choca los cinco a Fallon y sale por la puerta.

Fallon se gira hacia Sully y, con cuidado, le apoya una mano en el hombro.

—¿Qué quieres almorzar?

—Vamos a buscar unas alitas para ver cuánto picante aguanta este Phil.

Me llevo una mano a la barbilla.

—Te anticipo que no mucho. No te quiero decepcionar.

—¿No aguantas el picante, hijo? —pregunta Sully hamacándose en sus talones.

—No mucho. ¿Tú sí? —Alza su ceja de anciano como si acabara de insultarlo—. Supongo que sí.

—Por supuesto que sí. Tengo un estómago de acero.

Fallon niega con la cabeza despacio detrás de él.

—Bueno, estoy listo para que me enseñes —digo, frotándome las manos.

—Entonces, serán alitas. Los veo en el auto, me cambio rápido la camiseta y los alcanzo —dice Fallon.

Sully y yo caminamos por el sendero que lleva a la playa de estacionamiento para el personal, caminando uno junto al otro. Es extraño, solo llevo un par de semanas aquí y, sin embargo, lo siento como mi hogar. Caminar a su lado se siente natural, y hay cierto placer en sincronizar mis pasos con los suyos, como si lo conociera de toda la vida, como si fuera mi abuelo gruñón al que no puedo evitar adorar.

—¿Sabes qué, Sully? Nunca me contaste cómo conquistaste a Joan. Cómo se la robaste a Earl.

Se detiene en el sendero y se gira hacia mí. La confusión invade sus ojos y, aunque la cubre con un velo de orgullo inflando el pecho, lo conozco lo suficiente como para poder desenmascararlo.

—Recuérdame dónde nos quedamos —pide.

Imito sus pasos seguros hacia la playa de estacionamiento.

—Me estabas contando una gran historia sobre Joan, que vivía en Palm Springs, salía con Earl y te estaba ayudando con las cabañas, pero no gustaba de ti. Solo eran amigos. Me dejaste con la intriga. Me he estado preguntando cómo terminó la historia entre tú y tu amorcito.

—Ah, sí. —Una dulce sonrisa atraviesa sus labios—. No gustaba de mí; o al menos eso era lo que yo pensaba. Trabajábamos juntos en las cabañas decorando, acomodando los muebles y, al final del día, se iba, completamente indiferente.

—Apuesto a que eso no te gustaba mucho.

—No —dice despacio—. Porque cuando se alejaba sentía que una parte de mí se iba con ella. Era doloroso saber que iba directo a los brazos de otro hombre. —Se acomoda las gafas en la nariz. Dios, esto se siente tan real—. Pero me aferraba a esos momentos que podía robarle. A las bromas que compartíamos, a las miradas secretas, a los inocentes contactos cuando nos chocábamos por accidente. Cuando ella estaba aquí, me aseguraba de no avanzar por respeto a su relación con Earl, pero eso no me impidió forjar una amistad. Y esa amistad creció al punto de que era a mí a quien llamaba cuando estaba triste o entusiasmada por un mueble que le había vendido a otro cliente. Cuando ella estaba aquí, ayudándome, sentía como si estuviéramos en nuestra propia burbuja donde nada más importaba: solo éramos ella y yo y luego…, justo antes de la inauguración de las cabañas, trajo a Earl para una escapada de fin de semana.

Se me estrujó el corazón al imaginarme cómo habrá sido cuando explotó esa burbuja.

Me estremezco.

—Carajo, me imagino lo que habrá sido para ti verlo aquí, en tu territorio, donde habías desarrollado un vínculo tan fuerte con Joan. ¿Cómo lo manejaste?

—No muy bien —responde negando con la cabeza, como si hubiera pasado ayer—. Los celos sacaron lo peor de mí. Verlos tomarse de la mano y caminar por el lago como soñaba hacer con ella fue como un golpe en la boca del estómago. Esa noche los celos metieron su fea cola y comencé una discusión con ella cuando estaba haciendo la prueba de usuario en una de las cabañas.

—¿Creíste que iba a probarla sola?

—Sí —responde Sully cuando llegamos a la playa de estacionamiento. Como hay un solo automóvil, un Jeep Wrangler azul, caminamos hacia él y nos apoyamos contra las puertas—. La había invitado al fin de semana de prueba con la esperanza de que sucediera algo entre nosotros. Era mi oportunidad de descubrir si ella sentía lo mismo que yo. Pero luego trajo a Earl y lo único que sucedió fue que nos peleamos. No fue mi mejor momento y, a la mañana siguiente, los dos se fueron.

—Se te debe haber roto el corazón —digo con suavidad.

—Así fue. —Sully se acomoda las gafas en la nariz—. Un hombre menos determinado hubiera arrojado la toalla en ese momento, pero yo no. Sabía que había obrado mal. Sabía que lo que le había dicho esa noche no estaba justificado y que le debía unas disculpas.

—¿Qué hiciste? —Puedo sentir cómo se me acelera el pulso al imaginarme un Sully joven corriendo detrás de su verdadero amor. En mi cabeza se despliega una historia vívida. Una historia de devoción verdadera y no correspondida brillando a través de la inocencia del amor a primera vista. La clase de amor que arde en el corazón y hace que el fuego corra por tus venas. Un amor que dura una vida, que dura incluso después de que la muerte los separe.

Es la historia de Sully, pura y simple, pero me pregunto si alguna vez tendré algo así.

Pasa la mano por su mejilla arrugada hasta una pequeñísima lastimadura que se hizo al afeitarse.

—Conduje hasta Palm Springs y me paré fuera de su apartamento con una flor. Le dije que era un tonto, que estaba celoso y que lo sentía por haberle hablado tan mal porque no lo merecía. Le confesé mis sentimientos y le dije que era increíblemente difícil para mí verla con Earl. Pero, a pesar de mi corazón rendido y magullado, le prometí ser el amigo que siempre había sido y que eso nunca iba a cambiar.

—¿Volviste a ser su amigo? –pregunto.

Asiente.

—Le hice una promesa. Y la cumplí.

—Guau. –Niego con la cabeza–. Debe haber sido difícil verla con el novio y solo ser amigos.

—Una de las cosas más difíciles que hice.

Justo en ese momento, Fallon aparece por la puerta trasera de la residencia con una gran sonrisa en el rostro y la cola de caballo agitándose detrás. A medida que se acerca, mis ojos se clavan en ella y mi corazón se salta un latido con cada paso que da. Una sensación de soledad me invade cuando me doy cuenta de que… mi historia con Fallon no es muy diferente a la de ellos. Y fui elegido para interpretar el papel del amigo, ese con el que necesita poder contar sin que haya nada romántico en el medio. El dolor que sentía por Sully ahora lo siento por mí.

«Una de las cosas más difíciles que hice», me había dicho.

Me encantaría poder decir que no me identifico con ese sentimiento, pero cuando Fallon me guiña un ojo, entiendo hasta qué punto es real el dolor.

La quiero, igual que Sully quiso a Joan.

Y, sin embargo, estoy aquí, atascado en un papel que no me agrada.

Sully me apoya una mano en el hombro, alejando mi atención de Fallon. Cuando desvío la mirada y me encuentro con sus ojos, no estoy seguro de haber visto nunca su mirada tan clara ni haber escuchado su voz tan sincera como cuando dice:

—Pero a veces, hijo, las mejores cosas se hacen esperar.

Mierda…

Me aprieta el hombro una vez más y me dispara una sonrisa cómplice mientras abre la puerta del acompañante del automóvil de Fallon.

Puede verlo, está escrito en mi rostro.

Mi adoración por su nieta.

Mi desesperación por hacer algo tan simple como tomarla de la mano.

Mi anhelo irremediable de que no estuviera saliendo con Peter, igual que Sully deseaba que Joan no estuviera saliendo con Earl.

Las historias se encuentran y, sin embargo, siento que la mía puede terminar diferente a la de Sully: es decir, con mi corazón roto.

—¿Estás listo? —me pregunta Fallon, su sonrisa contagiosa choca con las mariposas de mi estómago.

—Sí. —Trago con dificultad mientras las palabras de Sully reverberan en mí—. Estoy listo.

«A veces, hijo, las mejores cosas se hacen esperar».

Yo esperaría a Fallon. Yo movería montañas para hacerla feliz.

Pero, a diferencia de Sully y Joan, no creo que nuestra historia esté escrita en las estrellas.

★ ★ ★

—¡Sully, por aquí! —grita Tank desde el cubículo de la esquina donde está sentado con Rigatoni Roy.

En el momento en que entramos a Ponte tus Alitas el espeso aroma a grasa frita, seguido de un distante rastro de condimentos, me golpea. Mierda, espero que no sean muy picantes… Voy a pasar mucha vergüenza.

—Ah, cierto, los chicos iban a juntarse aquí –dice Sully antes de darle un beso en la mejilla a Fallon y señalarla–. Sé bueno con mi nieta. –Y así sin más, como si jamás le hubieran diagnosticado Alzheimer, desaparece en las profundidades del edificio de ladrillo a la vista y me deja solo con Fallon.

Qué curioso cómo se dieron las cosas.

—Guau, embaucada por mi propio abuelo… Me siento un poco tonta –dice Fallon divertida–. ¿Tomamos asiento?

—Claro –respondo, pero mi mente da vueltas.

Esta ha sido una clásica intromisión del familiar metiche que une al héroe y a la heroína sin que ellos lo sepan. Suele estar a cargo de una madre alocada que luego pide disculpas o una mejor amiga que sabe qué es lo mejor para la heroína de la historia. Pero, en este caso, es un anciano gruñón que tuvo un rapto de lucidez en el momento correcto.

¿Qué chances hay…?

Un momento…, ¿de qué rayos estoy hablando? No soy el héroe de esta historia y, aunque siento cosas por Fallon (sentimientos grandes, románticos, que me hacen latir el corazón), estoy muy seguro de que ella no es la heroína.

Tomamos asiento en el fondo, cerca de los baños (qué agradable) en una mesa elevada de bar. El restaurante está bastante oscuro, en especial considerando que es mediodía. Las luces tenues que cuelgan sobre cada una de las mesas solo ofrecen un rastro de luz, y los suelos y sillas negras casi se camuflan en el abismo y hacen que el espacio no tenga dimensiones. Los menús están parados entre el servilletero y el salero, así que los tomo y le paso uno a Fallon cuando nos acomodamos en el taburete.

—¿Ya habías venido a este lugar? —me pregunta.

Niego con la cabeza.

—No, pero mis padres han venido algunas veces cuando volvían de visitarme en Los Ángeles. Es uno de sus sitios favoritos para parar, pero no me dijeron con exactitud qué ordenan. —La miro por encima de mi menú—. ¿Alguna sugerencia?

—¿En serio te llevas mal con el picante?

—Si quisiera demostrarte mi hombría, te diría que puedo comer ají rojo sin problema, pero creo que la he perdido la noche en que llegué y tuviste que arrastrarme inconsciente hacia la cabaña.

—Sí, no me diste una buena… segunda impresión.

—Uf, me sorprende que estés sentada conmigo en esta mesa.

—Has compensado con creces tu mal comportamiento de esas dos primeras veces que nos vimos.

Bajo el menú.

—Entonces ¿me estás queriendo decir que tengo habilidad para redimirme?

—Un poco. —Sonríe con malicia—. Y, para que lo sepas, Sully ordena las alitas calientes, pero la cocinera sabe que tiene que hacerlas ligeras. Sé que tal vez no es lo correcto, pero ¿por qué heriría su orgullo?

—Te entiendo. Me parece muy tierno que hagan eso.

Un ligero rubor trepa por sus mejillas: un rubor que me sorprende poder ver con una luz tan tenue.

—Y para ti —dice señalando el menú—, el sándwich de pollo clásico es muy bueno. No es para nada picante, pero como es un clásico del menú, nadie va a notar tu debilidad.

—Me gusta cómo piensas. Viene con patatas fritas… ¿Son buenas?

—Son de esas saborizadas y crocantes por fuera.

—Vendido. —Dejo el menú en su sitio—. ¿Y tú qué vas a ordenar?

—Una canasta de alitas medianas con acompañamiento de queso azul y guarnición de vegetales crudos, y planeo robarte algunas patatas.

—Ah, ¿sí? ¿Crees que tienes derecho a comerte mi comida?

—Después de cómo me trataste en nuestra cita a ciegas, diría que sí.

Me cruzo de brazos y los apoyo sobre la mesa, acercándome a ella. Desde esta distancia puedo oler su perfume dulce y embriagador, un aroma ligeramente floral que me está volviendo loco desde que me senté en su Jeep. Es fresco y me hace querer acercarla a mí y pasar la nariz por su cuello.

—¿Cuánto tiempo más me seguirás echando en cara esa cita?

Esboza una sonrisa juguetona, una expresión que comienza a agradarme. Annalisa no era muy graciosa. Más bien era seria. No entendía muy bien la idea de bromear. Fue difícil acostumbrarme, pero pude hacer que la cosa funcionara. Me alegra no tener que fingir con Fallon.

Con ella hay una calma que no creo haber sentido con ninguna mujer. Parece que... nos entendemos.

Y esa es una de las principales razones por las que esto me cuesta.

Porque sentado frente a ella en esta mesa, con sus hermosos ojos azules brillando en mi dirección, con el rastro de una sonrisa en los labios, solo puedo pensar en que estoy desesperado por estirarme sobre esta mesa circular y tomarle la mano.

Eso nada más. Tomarle la mano.

No es mucho.

Pero, para mí, significaría tanto.

Significaría que está disponible, que tengo una verdadera posibilidad de volver a intentarlo con ella.

—Creo que mientras te quedes en las cabañas seguiré mencionando la cita a ciegas. Sé aferrarme al rencor, Sawyer.

—Eso parece. —Aunque no puedo tenerla, al menos puedo tener este momento con ella—. Dime una cosa: cuando estuvimos en esa cita, ¿hubo algo que te gustara de mí?

La atrapo con la guardia baja y la veo procesar la pregunta con cuidado. Justo cuando creo que no tiene nada para responder, avanza con una respuesta segura:

—Tu velocidad para escribir en el teléfono era bastante impresionante. No creo haber visto a alguien manejar un teléfono como tú: punzadas rápidas y precisas. Y eso es mucho decir, porque una vez un hombre me dio un masaje con una mano mientras escribía en el teléfono con la otra.

—Un masaje de una mano. —Niego con la cabeza—. Por desgracia, estoy demasiado acostumbrado a eso…

Fallon abre grande los ojos y se ríe con fuerza, con la cabeza hacia atrás.

Su reacción es suficiente recompensa por haber admitido algo tan vergonzante. No estoy seguro de por qué lo dije, pero las palabras atravesaron mis labios antes de poder detenerlas.

—No puedo creer que hayas dicho eso. —Se ríe un poco más y luego toma una servilleta para secarse los ojos—. Al menos eres honesto.

—¿Qué te parece si lo agrego a mi perfil de citas? Algo así como: «Sawyer Walsh, honesto sobre sus masajes de una sola mano. Se recomienda darle una oportunidad. También es rápido con los dedos».

—Ambas cosas son ciertas, pero no creo que te sumen muchas estrellas. —Se ríe un poco más.

—¿A qué te refieres? —pregunto justo cuando la mesera aparece.

—¿Qué quieren? —dice masticando un trozo de goma de mascar y mirando su anotador con el bolígrafo preparado.

Hosca y sin modales. Un personaje poco interesante que no deja mucha huella en una historia más que para interrumpir la escena y sostener la intriga del espectador. El botón de pausa perfecto para un guionista. Agora (según su gafete) interpreta el papel a la perfección a la vez que ofrece un tema de conversación para más adelante si así lo decide el guionista. Siempre se trata de expandir las opciones, y Agora solo es… una opción.

Toma nuestro pedido, me mira de reojo por haber pedido mi comida «sin tomate» y se va. Me giro hacia Fallon:

−¿Cuántas estrellas me darías?

−No estoy segura de que tu frágil ego masculino pueda soportarlo. −También se inclina sobre la mesa y se acerca algunos centímetros, centímetros que acepto con gusto.

−Mi frágil ego masculino es más fuerte de lo que tú…

−Dos estrellas.

−¿¡Qué!? −Casi salgo disparado del taburete, miro alrededor del restaurante y me acerco con un gesto juguetón−. ¿¡Me darías dos estrellas!? Eso es brutal. Vas a tener que explicarte, porque no creo que esté justificado.

−¿Y por qué crees que no está justificado? −espeta.

−Eh, porque sentí que me había redimido.

−Te redimiste como persona, pero eso es diferente a Sawyer «el soltero al acecho». A ese Sawyer solo lo conozco como alguien que no le presta atención a su cita y se escapa de la boda de su exnovia con un zapato menos. La razón por la que no te doy una estrella es porque desde entonces compartí algunas comidas contigo y por esas interacciones pude aumentar tu puntaje. Deberías estar feliz.

−Muy feliz −suelto sin emoción.

Se ríe.

−Pero, si tuviera que calificarte como no-amigo, te daría cinco estrellas.

−Ah, ahora solo quieres endulzarme el oído.

—Confía en mí, no gano nada al hacerlo. Sé cómo funcionan los hombres como tú.

—¿Hombres como yo? —Me señalo—. Esto tengo que escucharlo. Por favor, dime, Fallon, ¿cómo funcionan los hombres como yo, según tú?

—Si te digo lo maravillosamente considerado que eres, pueden pasar dos cosas. Una es que te desmayes en la mitad de mis halagos porque te sentirás tan orgulloso que solo podrás pensar en que eres «el hombre perfecto». La otra es que después, cada dos por tres, me recuerdes este momento en el que te permití disfrutar unos mediocres halagos.

Hago una pausa.

Pienso en su respuesta.

—Sí, tienes razón.

Se ríe con fuerza justo cuando Agora apoya nuestras bebidas sin decir una palabra.

Cuando se aleja del campo de audición, bajo la voz.

—Sí que tiene personalidad. —¿Lo ves? Tema de conversación—. ¿Su segundo nombre es Fobia? Ya sabes… Agora *Fobia*.

Fallon niega con la cabeza con fingida decepción.

—Mal chiste, Sawyer. Y ofensivo, dado que la agorafobia es un padecimiento real.

—Sí. —Me rasco el mentón—. No me enorgullece.

—Al menos puedes admitirlo.

Me animo.

—¿Eso aumenta mis estrellas?

—No —responde sin expresión y luego bebe un sorbo de agua—. A pesar de su falta de personalidad mientras trabaja, Agora de hecho es una de las actrices principales en la obra que se presentará este verano en el parque.

—¿Obra en el parque? ¿Qué es eso?

—Todos los veranos el pueblo arma una obra elegida por el alcalde y dan varias funciones nocturnas. Este año, creo que la obra elegida, o mejor dicho musical, es *Hairspray*. Agora tiene el papel de Penny, la mejor amiga alegre.

—¿En serio? ¿Alegre? —pregunto riéndome—. Debe ser una actriz del carajo.

—Eso escuché, y todo el pueblo está entusiasmado por verla. Se anda diciendo que Roy se roba el espectáculo.

—¿Roy? ¿A quién…? Espera. —Alzo una ceja y Fallon sonríe—. ¿Roy es la mamá?

Asiente.

—El incomparable Rigatoni Roy interpretará a Edna Turnblad.

—Oh, carajo, esto sí que voy a tener que verlo. Roy con vestido… No me lo puedo perder.

Fallon se acerca y baja la voz.

—Jaz me dijo que el otro día lo encontró en el restaurante con pantimedias. Se había olvidado de quitárselas. Cuando ella se lo mencionó, él le dijo que su paquete estaba cómodo.

Me estremezco.

—Aaaaah, no necesitaba esa imagen. —Me muevo en el taburete y mi mente aterriza sobre un detalle clave—. Bueno, tengo una pregunta: ¿cómo decide un *gato* cuál va a ser la obra en el parque?

—Como se toman todas las decisiones en este pueblo: se le presentan al alcalde dos recipientes con la misma cantidad de comida y, debajo de cada uno, deslizan un papel con cada una de las opciones. El que escoge el alcalde para comer es el ganador.

—Eso es sorprendentemente diplomático.

—Siempre ha funcionado muy bien y nadie se queja. Una vez elegido el recipiente, la discusión se termina y la decisión se respeta. El alcalde ha hablado.

—¿Nunca hubo confrontación o enojo por el resultado?

Niega con la cabeza.

—La única controversia que hubo por una decisión del alcalde fue cuando Beefy Boofcheck, el perro San Bernardo de hace dos mandatos, durmió una siesta entre los dos recipientes en lugar de escoger uno.

—Escandaloso. ¿Qué decisión había que tomar y cómo lo resolvieron?

—Estaban decidiendo de qué color se iba a pintar la cocina de la residencia del alcalde. Como no se tomó ninguna decisión, no se pintó la cocina, a pesar de que lo necesitaba. Si visitas la casa del alcalde, que se abre al público martes y jueves…

—Lo tendré en cuenta. —Sonrío mientras me llevo el vaso de agua a la boca.

—Aún se pueden ver las pruebas de pintura en la pared junto al refrigerador. Ambas espantosas.

—¿No la pintaron desde entonces? ¿En dos mandatos?

—Nop. Porque, verás, Sawyer, la decisión tendría que volver a Beefy ya que él fue quien originalmente eligió el borrador de la propuesta (está en la legislación), pero, por desgracia, Beefy comenzó el descanso eterno un año después de que terminara su mandato, por lo tanto…

—Nunca pintarán la cocina —termino por ella.

—Exacto. Estoy segura de que debe haber alguna clase de adenda que diga que en caso de muerte la decisión puede pasar a otro alcalde, pero como el pueblo sigue en duelo por la partida de Beefy, a nadie se le ocurre volver a mencionar la cocina.

—¿Tan encariñados con Beefy estaban?

Se lleva una mano al pecho.

—Ay, Sawyer, no te imaginas el amor que tenía este pueblo por Beefy. Todas las mañanas daba paseos y se detenía en cada tienda para saludar al propietario, que le agradecía la visita con un boca-dillo. También ayudaba con las entregas de los sábados arrastrando una carreta por la acera. Era verdaderamente un empleado público comprometido con la gestión. Cuando oías acercarse a las ruedas chirriantes de su carreta, sentías la tranquilidad de que este pueblo estaba bien cuidado. Pero, cuando finalizó su mandato, comenzó una nueva era y el pueblo eligió un gato como alcalde. —Niega con la cabeza como si no pudiera creerlo. Cuando sus ojos se encuentran con los míos, se me retuerce el estómago de lo mucho que me gusta esta chica—. Desde entonces, nada volvió a ser igual.

—Los perros y los gatos tienen una visión muy diferente del mun-do. Déjame adivinar: ¿el nuevo alcalde no hace entregas los sábados?

—Nop, es una gata de exhibición. Sirve más para Instagram que para otra cosa. Todo es protocolar. Beefy era uno con el pueblo, pero la señorita Daphne Lynn Pearlbottom deleita a los habitantes con su colección de tiaras que compite con la de la reina. —En un susurro, agrega—: La señorita Pearlbottom aún no ha repetido tiaras.

—Guau, impresionante… Qué colección.

—Uno de los dormitorios de huéspedes de la casa está destinado a las tiaras de la señorita Pearlbottom.

—Parece que voy a tener que hacer la visita, en especial para ver las muestras de pintura en la cocina.

—Vale la pena y, a partir de este fin de semana, tendrás tiempo para hacerlo. Espero que con la ayuda de los amigos de Tank y mis papás podamos terminar todo y comenzar a tomar reservas. Lo que me recuerda: vas a tener que irte de tu cabaña para renovarla este fin de semana, pero no te preocupes, Tank se llevará a Sully y voy a cambiar la ropa de cama. Puedes usar su dormitorio. Solo serán dos noches.

—Claro, no hay problema. Mientras apagues el monitor… No quiero que me mires mientras duermo.

Pone los ojos en blanco.

—Lo dices como si fuese algo que haría.

—¿No es así? —Muevo las cejas y ella se estira para empujarme la cara, riéndose.

—No lo haría, créeme…

—Bueno, hola por aquí.

Me sobresalto, miro por encima del hombro de Fallon directo a los ojos de profundo color café de Peter, su novio.

Mierda, ¿de dónde salió?

—Peter. —Fallon se gira en el taburete para mirarlo. Él me observa unos segundos más antes de dirigir su atención hacia ella. Le posa una mano en la mejilla y la toma con ternura mientras ella se acerca para besarlo en los labios.

Sus movimientos son lentos.

Deliberados.

Como si estuviera dándome un mensaje.

«Es mía… sal de aquí».

Y es una puta agonía ver sus labios acariciar los de ella.

Él puede tocarla.

Acariciarla.

Reclamarla.

Es una ola de realidad que me da de lleno y me recuerda que Fallon está con alguien.

Cuando se separan, ella le sonríe.

—¿Qué haces aquí? —Mierda, esa sonrisa.

—Decidí salir antes para aprovechar este fin de semana largo y ayudarte. ¿Estoy… interrumpiendo algo? —Peter me mira.

—No —responde rápido Fallon—. Solo estábamos descansando. Siéntate, podemos ordenar algo para que comas.

El temor casi… acusatorio en la mirada de Peter me dispara

alarmas en la cabeza. No le gusta lo que ve. Aunque no tiene pruebas de que haya sucedido algo, no le gusta lo que ve. Y no lo culpo.

Infla su pecho musculoso. Esta escena lo clasifica como «el pavo real orgulloso de la trama»: el novio sobreprotector y un poco celoso. Aunque, si esto fuera una película, tendría algo malo, algo que genere rechazo. Ya saben, el imbécil adicto al trabajo que no tiene tiempo para su novia. No es el caso aquí, porque está claro que se hace el tiempo para ella al salir antes del trabajo.

También está el novio poco interesado, el que hace que el público se pregunte por qué le gusta a la heroína. Pero Peter no es para nada así. Cada vez que los veo juntos, está muy involucrado. Siempre atento. Siempre tocándola. Mirándola embobado.

Y, por último, está el novio de larga distancia que pone demasiada presión y quiere que estén juntos, olvidando por completo que la heroína tiene su propia vida. Metas. Sueños. De nuevo, no es el caso.

Entonces…, ¿será que Peter es el indicado? ¿La historia que está escrita en las estrellas será la de Fallon… con él?

Carajo, ¿qué me importa? Alcanza con saber que están juntos, alcanza con saber que está fuera de mi alcance. No debería importarme si están destinados a estar juntos o no.

Me abstraigo de mi delirio.

—Debe haber sido un largo viaje. Le pido otra silla a la mesera para que puedan ponerse al día.

Comienzo a levantarme, pero Peter estira la mano.

—No es necesario. Me gustaría conocer a la persona que ha estado ayudando a Fallon con las renovaciones. —Señala mi taburete—. Siéntate, Samuel.

Oooh, y yo que estaba por felicitarlo mentalmente por ser mejor hombre que yo antes de que recurriera a este clásico movimiento de poder. El viejo truco de confundir el nombre. Ya sabes, como está en presencia de su chica, no quiere quedar como un idiota celoso por haberla encontrado comiendo con otro hombre, así que toma la vía del distraído… y me llama por un nombre equivocado.

A ese movimiento lo sacó directo de la caja de herramientas del imbécil cordial.

Yo mismo he tomado prestados uno o dos trucos de la misma caja. Definitivamente he confundido el nombre de alguien. Casi seguro de que lo hice con Simon la primera vez que cené con él y con Annalisa.

Seeman, ¿no?

No, Simon, idiota.

Ah, cierto…

Si no fuera el receptor del desplante, me pondría de pie para aplaudirlo, porque, sin que Fallon se entere, acaba de ponerme en mi lugar.

«Es mía; retrocede».

Si tuviera un cartel de neón en la camiseta, eso es lo que diría.

Eso o «Este pene es de ella». Acompañado de una flecha que persiga a Fallon cuando se mueva.

–Peter, su nombre es Sawyer –lo corrige Fallon, ignorando por completo el recurso.

–Ay, mierda. –Peter chasquea los dedos moviéndose con habilidad hacia el abordaje amistoso–. Cierto, Sawyer. Perdón, amigo.

Amigo.

Claro… No soy tu amigo. Ni cerca.

–Clásico error. –Le doy una sonrisa breve–. Pero, en serio, puedo irme.

–Quédate sentado –dice Fallon–. Con todo lo que trabajaste, no hay manera de que vaya a dejarte comiendo solo.

–Tiene razón –exclama Peter. Toma su billetera del bolsillo y la apoya sobre la mesa antes de sentarse junto a Fallon–. Yo invito.

Un par de cosas:

Primero, la billetera sobre la mesa, gruesa y obviamente llena de billetes apretujados, es otra demostración de poder. Me está echando en cara su dinero sin saber que es probable que yo tenga inversiones que avergüencen a su salario.

Segundo, estamos sentados en una mesa para cuatro personas, con un lugar a cada lado de la mesa y, sin embargo, Peter apretuja su silla junto a la de Fallon para que queden sentados hombro con hombro. Está cerca de bajarse los pantalones y dibujar a su alrededor un círculo de orina.

El tipo da vergüenza ajena.

Y, sin embargo, tengo celos de él.

Tengo celos del modo en que inclina su cuerpo hacia Fallon, le desliza la mano sobre el muslo y le besa el cuello. Esa demostración pública de afecto le enciende las mejillas a Fallon, que está roja de la vergüenza, pero no lo aleja, lo que quiere decir que puede incomodarla pero no la enoja.

Tal vez una parte secreta de mí desearía que lo alejara, que lo abofeteara cómicamente por pura mortificación, que se disculpara y que lo volviera a abofetear porque no sabe qué fuerza se ha apoderado de ella.

No me molestaría un poco de humor de bofetadas.

—No tienes que pagar el almuerzo —asegura Fallon—. Se lo debo a Sawyer. Yo pago.

—No, corazón, déjame a mí. Quiero agasajar al hombre que ha estado ayudando a mi novia; es lo menos que puedo hacer.

¿Has visto eso? ¿Cómo marca el territorio? Sí, viejo, ya entendí.

Además…, ¿«corazón»? Guácala, asqueroso, así llaman los padres a sus hijos, por lo menos en mi experiencia como escritor. «Corazón» está reservado para los hombres que no se atreven a llamar a su mujer «nena».

«Corazón» no es para la mujer de tu vida.

«Corazón» está diseñado para el personaje secundario desechable.

–Gracias, viejo. Muy amable de tu parte –digo, intentando terminar la discusión sobre quién pagará el almuerzo–. ¿Qué tal el viaje?

–Bien. –Peter se acomoda y se acerca aún más a Fallon, si es que eso es posible–. Vine escuchando un podcast bastante fascinante sobre procedimientos médicos que salen mal. Creo que las cosas que contaban son la pesadilla de cualquier médico.

–¿Y por qué lo escuchaste? –pregunto.

Se encoge de hombros.

–Para recordarme que no debo relajarme.

–Tiene sentido.

–Qué bueno. –Su tono es irónico, pero Fallon no parece darse cuenta porque está mirando a Sully, que se ríe de algo que acaba de decir Rigatoni Roy.

–Parece que está bien –comento.

Se gira hacia mí.

–Una buena parte es gracias a lo que estás haciendo con él.

–¿Qué está haciendo Sawyer con Sully? –quiere saber Peter.

Fallon no me quita la mirada.

–Incluye a Sully en la remodelación, le hace sentir que tiene un propósito y al mismo tiempo lo protege de lastimarse. Fue… Fue un cambio rotundo para Sully. –Para mi espanto, Fallon se estira sobre la mesa y posa su mano sobre la mía.

Trago con dificultad.

El calor me trepa por la espalda mientras el aire entre los tres se vuelve palpable, tan espeso que me cuesta respirar.

La presión de la mirada de Peter sobre mí es intensa, como si dentro de unos segundos sus ojos fueran a disparar rayos láser que me van a partir a la mitad y me dejarán derretido en el suelo, desamparado frente a su rapto de ira.

—Eh, no es nada. —Intento (débilmente) alejar mi mano de la suya, pero me sujeta con aún más fuerza.

—Sí que lo es. Su médico me dijo que había cambios en su comportamiento y me preguntó qué estábamos haciendo diferente. No lo sabía a ciencia cierta, aunque tenía mis teorías, pero después de ver cómo lo tratas, sé con exactitud por qué encontró algunos momentos de claridad entre la niebla que se ha apoderado de su mente. —Ladea la cabeza un poco y se humedece los labios—. Eres tú.

Carajo...

¿No podía guardárselo para cuando Peter no estuviera aquí, mirándome, listo para arrastrarme fuera y presentarme a la obvia fuerza de sus bíceps? Estoy en forma, yo también tengo músculos, pero está claro que él tiene algo contra las pesas porque las ha estado usando con fuerza.

No estoy seguro de cómo reaccionar, así que alejo la mano despacio y me la llevo a la nuca.

—En serio, no es nada. Me estuvo haciendo compañía, y fue agradable porque, bueno, ya sabes, he estado bastante solo.

—Cierto, tu exnovia se casó con tu mejor amigo —acota Peter perdiendo los buenos modales—. ¿Cómo viene *eso*?

—Viene bien —le respondo, mirándolo—. Estar aquí, en Canoodle, me ha ayudado. Hace mucho que ya no estoy enamorado de Annalisa, pero la falta de lealtad es dolorosa. Fue refrescante pasar tiempo cerca de gente entre la que abunda la lealtad. La otra noche le decía a Fallon que le agradezco su amistad, porque me ha ayudado de verdad.

—¿La otra noche? —pregunta Peter mientras se pasa la lengua por los dientes. Ah, sí, quiere presentarme a su puño, no me cabe duda.

—Su comida —exclama Agora y deposita dos canastas frente a nosotros. Mira a Peter y resopla—. ¿Tú quieres algo?

—Compartimos mi plato —dice Fallon.

Agora pone los ojos en blanco de la forma más grandiosa y fastidiada que he visto en la vida. Llamen al *Libro Guinness de los récords* porque creo que tengo una candidata para la categoría de exasperación.

Se gira sobre sus talones y le agradezco en silencio haber sido tan oportuna.

—Entonces, ¿cuál es el plan cuando regresemos a las cabañas? —pregunto para alejar la conversación todo lo posible de «la otra noche».

—Creo que, como los amigos de Tank vienen mañana, quisiera terminar de llevar los muebles al depósito y quitar las alfombras para que pongamos todas las energías en el suelo y la pintura, que son los proyectos más grandes. Las encimeras y lavabos del baño los trae uno de sus amigos; los conseguimos al costo, todavía no puedo creerlo.

—¿En serio, al costo? Eso es maravilloso. No puedo esperar a verlas.

—Son muy bonitas, de cuarzo blanco, y quedarán muy bien contra la pared gris peltre y el suelo rojo original, que me alegra haber podido conservar.

Asiento, a mí también me alegra.

—Es un gran ahorro de dinero, le da algo de nostalgia a la cabaña y preserva el recuerdo de la abuela Joan.

Fallon me sonríe.

—Sí, muy cierto. ¿Crees que está bien que dejemos los exteriores de las cabañas como están?

Tomo una patata de la canasta y me la meto en la boca. Solo porque sé que ella también quiere, busco una patata grande (la más grande de la canasta) y se la ofrezco a Fallon. La toma y me agradece con una sonrisa.

—Creo que las cabañas están bien como están. Son impactantes, quizá un poco gastadas, pero no me parece que el diseño del exterior esté pasado de moda; a lo sumo es retro. Tienen la justa cuota de rudeza de montaña que esperan los visitantes, en especial para sus redes sociales. Pero, sí, esas alfombras –digo y me estremezco– se tienen que ir.

Se ríe.

–Apuesto que te alegrará que renovemos tu cabaña.

–Más que agradecido. –Guiño un ojo, luego tomo mi sándwich de pollo y le doy un gran mordisco. Recién entonces recuerdo que Peter está sentado junto a Fallon.

Y permíteme decirte que estoy conociendo a otro de sus amigos mientras disfruto de la multitud de sabores que saltan en mi lengua. Se llama Vena de la Frente, y late con furia.

Palpita.

Golpea con tanta fuerza que temo que vaya a explotar.

Intento romper la tensión y le ofrezco una patata a Peter.

–¿Patata? Están ricas.

Me lo imagino haciéndola puré, dando vuelta la mesa, tomándome del cuello y arrastrándome por el salón con sus enormes bíceps hasta un barril de madera lleno de salsa para alitas.

Pero, en la realidad, toma la patata y se la engulle, mirándome fijamente.

A esta altura no creo que vayamos a hacernos amigos.

* * *

–Eres un hombre más fuerte de lo que pensaba, Julia bolas chorreantes –dice Jaz mientras maniobramos con la mesa de café para meterla en uno de los depósitos que alquiló Fallon por el fin de semana.

–Mis músculos están a la vista.

Recorre mis brazos con la mirada.

–Así es, y son bastante grandes, en especial cuando haces fuerza, pero pensaba que tal vez eran artificiales.

—¿Artificiales?

—Ya sabes, implantes. ¿No hacen eso en Los Ángeles? Músculos falsos.

—Me gustaría decir que no, pero sé que hay bastantes tipos que se agregaron pantorrillas, así que, sí, lo hacen. Pero estos bultos de carne son reales.

—Dios, eres tan cursi. «Bultos de carne». ¿Quién dice algo así?

—No quería decir «músculos» porque era muy reiterativo y quería cuidar la calidad de la conversación.

—¿Perdón? —Bajamos la mesa, pero Jaz no se mueve, esperando mi respuesta. Como Peter se quedó con Fallon, yo tengo que trabajar con ella para correr los muebles. Me imaginaba que ellos dos iban a trabajar juntos, pero pensé que yo iba a mover los muebles solo…, hasta que Fallon dijo que Tank había cerrado temprano la ferretería y que se ocuparía del bar con Sully para que ella pudiera ayudarnos.

Así que Jaz es mi nueva compañera.

¿Cuánto quieres apostar a que en algún momento voy a terminar contra el filo de su navaja?

—¿Qué carajo es «reiterativo»? ¿Y por qué quieres perfeccionar nuestra conversación?

—«Reiterativo» significa que repites una palabra muchas veces. Como ya había usado «músculos», pensé que era mejor elegir algo diferente, algo más creativo. Entiendo que no es normal, pero estás hablando con alguien que vive de escribir; pienso todo el tiempo en que el flujo de las conversaciones sea el adecuado.

—No seas raro. —Pasa junto a mí y me golpea el hombro.

—No es ra…

—¡Fallon, Sawyer está actuando raro! —exclama al ver que Fallon y Peter se acercan, cargando una poltrona.

—No soy raro.

—Te dije que no quería trabajar con él. Me está haciendo reiteraciones.

—No —la corrijo—. Estaba intentando *no* ser reiterativo… para que la conversación sea más interesante y menos aburrida. Pero con toda esta charla de ser raro y de tanto reiterar una y otra vez la palabra «reiterar», estamos tirando por la borda toda esa intención.

—Ah, genial, ahora dices que soy aburrida. Guau, Julia, de verdad no sabes hacer amigos, ¿no?

Me masajeo las sienes.

—No te estaba llamando aburrida, estaba intentando evitar aburrirnos.

—¿Sabes qué? Yo también quiero evitar aburrirme. —Jaz se topa con Fallon para moverla y toma la poltrona—. Peter es mi nuevo compañero; me rehúso a estar expuesta a este nivel de raritud.

—No existe la palabra «raritud» —respondo.

—Si tú lo dices, señor Diccionario —se burla Jaz y empuja a Peter hacia el sendero.

—Ey, estaba disfrutando el tiempo con mi novia —se queja.

—Ya tendrás tiempo suficiente para susurrarle jerga médica al oído como juego previo. Ahora muévete. —Empuja a Peter, que no tiene más opción que dejar que Jaz tome el control.

Me giro hacia Fallon.

—No estaba siendo raro.

—No lo sé…, fue bastante categórica. —Fallon sonríe y juro que no puedo evitar pasar un brazo sobre su hombro y guiarla hacia la cabaña.

—Ya veo dónde está tu lealtad.

No se aleja, pero me golpea con el hombro, juguetona.

—Mejores amigas desde los cinco años; nos veíamos todos los veranos. Mi lealtad es de ella.

—Me parece bien. —Bajo el brazo; no quiero tentar mi suerte–. Te iba a decir que, si esta noche prefieres estar a solas con Peter, puedo buscar otro lugar para quedarme, o poner un colchón en el suelo de alguna cabaña.

—No seas ridículo. No te haré dormir en una cabaña vacía. Además, es, eh…, ese momento del mes, así que no va a suceder nada con Peter.

—Ah. —Me río nervioso porque soy un niño de doce años–. Eh…, ¿quieres… necesitas chocolate o algo de eso?

Hace una pausa y me mira.

—¿En serio? ¿Eso es lo que vas a decir?

—No lo sé. —Me jalo el cabello–. No estoy seguro de cómo reaccionar. ¿Necesitas descansar? ¿Un tampón? ¿Un vaso de agua para… ayudar con la limpieza? —Hago una pausa y me rasco el costado de la mejilla–. Por Dios, tal vez sí soy raro.

Se ríe y me toma el brazo para empujarme hacia una cabaña.

—Me gustaría que no fuese cierto, pero sí, puede que seas un poco raro.

—Tal vez todos tengamos un raro dentro… —Niego con la cabeza–. ¿Por qué parece que estoy hablando de un pequeño alien?

—Tienes la mente muy perturbada, ¿te das cuenta?

—Sí, por eso comencé a escribir, para deshacerme de alguna de esas ideas.

—De ahí lo del marciano que se enamora de la humana…

Curva las comisuras y la señalo con falso enojo.

—No vamos a hablar de mis defectos. Ya quedé catalogado como «raro». Tienes que ayudarme a conservar algo de dignidad.

—¿Estoy obligada?

—No, pero sería un buen gesto de tu parte.

—Tal vez sea lo que dicta mi corazón. Vamos, comencemos con las alfombras… Jaz y Peter pueden con los muebles.

Caminamos juntos hacia una de las cabañas vacías. Huele a humedad, la alfombra tiene tantas manchas asquerosas que forman un estampado de leopardo y hay un curioso hueco en la pared donde estaba el respaldo de la cama.

—¿Y ahí qué pasó? –pregunto, señalando el agujero.

—No sé. Es posible que haya sido una burda demostración de fragilidad masculina.

Lanzo una carcajada.

—Podría ser, sin dudas. ¿Deberíamos enmarcarlo y poner «Artista desconocido» al pie?

—Es una gran idea, pero no estoy segura de que todos vayan a comprenderlo. Por favor, dime que puedes repararlo.

—Pfff, por supuesto que puedo repararlo.

—¿Tan seguro?

—Fallon, por favor, es trabajo de niños.

—¿Eso significa que puedes repararlo hoy? Así pintamos mañana.

—No lo sé; ¿tienes los materiales necesarios? –le pregunto alzando una ceja.

—¿En serio necesitas materiales? Si eres tan bueno, pensé que podrías repararlo con lo que tienes a disposición.

—Soy bueno, Fallon, pero no soy MacGyver. Al menos voy a necesitar un poco de yeso. ¿Tienes algo de eso?

Se da golpecitos en la barbilla con el dedo índice.

—Mmm, no te prometo nada, pero voy a revisar los materiales.

Me río.

—Si no tienes, mañana a primera hora paso por lo de Tank. Podemos pintar última esta cabaña, así le damos tiempo a que seque. Mientras tanto, arranquemos esta alfombra.

Nos ponemos guantes y me preparo mentalmente para el polvo y suciedad que implica mover estas alfombras.

Nos toma unos minutos tomar ritmo, pero una vez que comenzamos a jalar y enrollar, conseguimos quitarla en un ratito.

Me paso el antebrazo por la frente.

—¿Lista para moverla hacia la puerta?

—Cuando dices «mover» te refieres a que tú jalas y yo empujo, ¿no?

—Sí —digo. Salto el rollo y maniobro para orientarlo hacia la puerta. Tomo un extremo—. ¿Lista?

Se pone en posición para empujar.

—Lista.

—Tres, dos, uno… Vamos.

Jalamos y empujamos juntos con tanta fuerza que, cuando arrojamos la alfombra sobre el césped frente a la cabaña, nos tropezamos. Me caigo de espaldas en el césped y Fallon cae hacia arriba, sobre la alfombra, rueda y se da la cara contra el macetero junto a la puerta.

—Mierda, ¿estás bien? —pregunto mientras me levanto.

—Sí. —Se ríe.

Rueda sobre su espalda cuando me acerco y la tomo de la mano para ayudarla a ponerse de pie. Cuando está firme, veo una mancha de lodo en su mejilla. Antes de que pueda detenerme, me quito el guante y estiro la mano para limpiarla.

Sus ojos confundidos se disparan hacia mí.

—Tienes lodo en la mejilla —digo rápido—. Diría que te queda bien, pero la verdad es que no.

—¿Estás diciendo que el lodo no va conmigo?

—Estoy diciendo que no resalta tus mejores atributos, que son los ojos. Distrae a quien te mira y no puede perderse en ellos —aseguro antes de poder detenerme. Mis dedos siguen en su mejilla y su mirada sigue sobre mí; la brisa se aquieta y el sol comienza a ponerse detrás de las montañas. Nuestros ojos se conectan y algo pasa entre nosotros. ¿Un reconocimiento? Un entender.

Me estaría engañando si dijera que no me alegraría que Fallon hiciera algo con la atracción que hay entre nosotros.

Pero hay algo ahí, una peligrosa clase de emoción que me da esperanzas.

—¿Todo bien por aquí? —La voz de Peter nos interrumpe y me devuelve a la realidad.

Mierda, aléjate, viejo.

—Sí, se acaba de caer —digo y me giro para evitar el contacto visual mientras pasa junto a mí.

—¿Estás bien, corazón? —Peter camina hacia ella con un gesto de preocupación.

—Sí, solo fue un tropezón. —La voz de Fallon tiembla cuando responde. Quiero mirar por encima de mi hombro para ver si la vacilación en su respuesta fue idea mía. Quiero volver a mirarla, ver si sus mejillas están rosadas, si sus ojos apuntan en mi dirección.

¿Lo sintió?

¿La descarga entre nosotros?

¿La atracción?

¿O solo soy yo?

Consciente de que Peter nos encontró en un momento de intimidad, no quiero agitar el avispero, así que le permito mimarla mientras regreso a la tarea que tengo entre manos: la alfombra. Tomo la punta y, con la fuerza de la frustración reprimida, la llevo hacia el basurero.

Mientras tanto, me recuerdo: *no es tuya, Sawyer.*

No es tuya, maldito seas.

＊＊＊

Creí que sabía lo que era sentirse incómodo hasta que subí a la residencia de la planta alta con Fallon y Peter.

Luego del tropiezo, Peter volvió a pedir trabajar con Fallon y Jaz se puso a acuchillar la alfombra como si su vida dependiera de eso. Me paré junto a ella para mirarla horrorizado. Si Jaz alguna vez aparece en las noticias, sabré con exactitud por qué fue.

Al final pude alejarla de la alfombra victimizada y la enrollé para descartarla en el basurero. En algún momento, Peter perdió su camiseta y andaba caminando por ahí con el pecho inflado para que lo mirara todo el mundo. Quisiera decir que el tipo tiene algo malo, como un pezón torcido o pelo disparejo en el pecho, pero lo cierto es que no puedo señalar nada, lo que me resulta aún más irritante.

Porque sé que, si yo me hubiese sacado la camiseta, habría dejado al descubierto una mancha en el pectoral que, si miras rápido, se parece bastante a un tercer pezón. De cerca es obvio que es un lunar, pero no todos lo saben.

Conociendo mi tumultuosa relación con Jaz, no me atrevería a quitármela, sé que haría algún comentario sobre mi lunar. Ya me ha visto sin camiseta, pero con la suerte que tengo, va a elegir el peor momento para mencionarlo.

Una vez que desechamos las alfombras, dimos el día por terminado. Jaz volvió al bar con alegría en su paso por haber podido acuchillar algo y, con dolor, seguí a Fallon y a Peter, que iban tomados de la mano.

Duchado y listo para la cama, tuve que caminar por la residencia con el corazón pesado mientras Peter iba acariciando a Fallon en el brazo, la espalda, dándole besos por aquí y por allá, dejando absolutamente claro que, aunque haya pasado conmigo una parte del día, él pasará la noche entera con ella. Eso fue demasiado para mí, demasiado doloroso, y, en lugar de quedarme con ellos en la sala de estar, me retiré a la habitación.

—¿Estás cómodo? —pregunta Fallon—. Espero que no te resulte

extraño quedarte en la habitación de Sully. —Está apoyada contra el marco de la puerta con unos pantalones cortos rojos de algodón y una camiseta sencilla de Canoodle. Con una mirada rápida (y estoy hablando de la velocidad de un rayo) me doy cuenta de que no lleva sujetador, y eso es todo lo que voy a decir al respecto… Excepto, Dios, se ve abrazable. Como si pudiera derretirse sobre mi pecho, con las piernas enroscadas a mi alrededor y los brazos en mi cintura.

—Está perfecto —respondo, con las manos en el colchón. Reboto un poco y los resortes rechinan. El colchón es viejo y está hundido; estoy seguro de que nunca lo ha cambiado.

—Espero que no seas de los que se mueven cuando duermen, porque con ese ruido pasarás la noche en vela.

—Por suerte para mí, duermo como un tronco, con las manos a los costados; parezco un lápiz.

Se ríe.

—¿Por qué me lo imaginaba?

Me llevo una mano al pecho, haciéndome el escandalizado.

—Fallon, ¿cómo te atreves a imaginarme en la cama?

Se sigue riendo justo cuando Peter aparece a sus espaldas y le pasa un brazo por la cintura para apoyarle la mano en el vientre. Le da un beso en el cuello y los celos se disparan en mi interior.

—¿Lista para la cama, corazón?

—Sí. Solo quería asegurarme de que Sawyer estuviera cómodo. —Se gira hacia mí y me doy cuenta de que no se entrega al contacto de Peter ni apoya su mano en la de él como haría una pareja enamorada, donde él la toca y ella lo toca. En cambio, él se aferra a ella como un flotador mientras ella se queda quieta, con los ojos clavados en mí, haciendo que me atreva a preguntarme si no tendré una oportunidad.

—¿Estás bien?

—Estoy bien. Gracias, Fallon.

—No, gracias a ti, Sawyer. De verdad estoy muy agradecida por todo lo que has hecho.

—Sí, gracias, Sawyer —agrega Peter sobre el hombro de Fallon.

Llego a ver que le acaricia el vientre con el pulgar. Es el movimiento más sutil, no creo que otra persona fuera a observarlo, pero me llama la atención y me hace sentir una punzada en el pecho. Sé, por la perspectiva que me dio escribir romance y observar las pequeñas cosas de una relación, que una caricia con el pulgar es casi más íntima que un beso.

Cualquiera puede acercarse y darle un beso al otro.

Pero solo una persona en una devota relación tendría el privilegio de pasar el pulgar por la piel de su pareja.

Y eso es lo que me destroza.

Esa caricia con el pulgar.

Como un tornado, los celos, la furia y el anhelo me elevan y me dan vueltas.

¿Por qué carajo tuve que ignorarla en nuestra cita a ciegas? ¿Por qué tuve que actuar como un imbécil en el único lugar en que encontré a alguien con quien congenio, alguien con quien me puedo ver, alguien que está completa e irrevocablemente comprometida?

¿Por qué no puedo ser yo el hombre que la abraza, el que la acaricia?

¿Por qué siento que me arrojé a un purgatorio autoinducido sin escapatoria?

—Bueno, buenas noches, Sawyer —me saluda Fallon.

—Sí, buenas noches, Sawyer —repite Peter, lleva a Fallon hacia su pecho y entonces lo veo: ella apoya la mano sobre la de él y es como un jodido puñetazo.

Por un momento, el más pequeño y breve, creí que tal vez ella no sentía por él lo mismo que él por ella. En las sonrisas, en el modo juguetón en que bromea conmigo, en las miradas robadas, mi imaginación encontró esperanza, me susurró en el fondo de la mente que tenía una oportunidad. Pero, con esa caricia pequeña e inocente, con su adorable lenguaje corporal hacia Peter, esos pensamientos se esfumaron.

Le sonrío con dulzura a pesar del dolor.

—Buenas noches.

Y entonces se van, tomados de las manos, hacia la habitación de Fallon, que está en la otra punta de la casa, donde compartirán una cama…

Giro en el colchón y me tomo la cabeza, la agonía me desgarra.

—Mierda.

CAPÍTULO 17

FALLON

—E stoy exhausta —suspiro mientras cierro a mis espaldas la puerta del dormitorio.

—Yo también —responde Peter al arrinconarme contra la puerta con una mirada cargada de deseo. Desliza la mano por mi cintura, por el borde de la camiseta, se inclina hacia delante y me besa el cuello—. Te extrañé, corazón.

—Peter, yo no…

—¿No me extrañaste? —pregunta; su boca baja por mi cuello mientras su mano sube lento por mi camiseta.

—Sí. —Tomo su mano inquieta y lo detengo—. Pero ahora no.

Se aleja y nuestras miradas se conectan.

—¿No quieres estar con tu novio? —pregunta con un enojo subyacente en sus ojos siempre tan amables—. ¿Por qué? ¿Porque *Sawyer* está en la otra habitación?

Alzo la ceja por esa suposición.

—No, porque estoy menstruando, Peter. —Me separo de él y voy hacia mi lado de la cama.

Lo siento arrepentirse desde el otro lado de la habitación.

—Mierda, Fallon. Lo siento.

Eso es lo que sucede con Peter: siempre se disculpa rápido. Casi que deseo que se demore un poco, que se tome unos segundos para sentir *de verdad* el arrepentimiento que supuestamente siente.

—¿Lo sientes? —le pregunto mientras doblo las sábanas de la cama—. ¿O lo dices en piloto automático?

—¿Qué quieres decir?

—Que desde que llegaste has estado desfilando —hago un gesto con el brazo hacia un costado— como un hombre... posesivo, marcando territorio adonde quiera que yo vaya.

—¿De qué me acusas? —dispara haciendo con su brazo la mímica del mío—. Cuando estaba conduciendo hacia aquí esperaba darle una sorpresa a mi novia amorosa, pero llego y te encuentro con otro hombre.

—Ay, por Dios, lo dices como si te estuviera engañando, como si nos hubieses encontrado en la cama. —Me quito el broche que me sujetaba el cabello y lo arrojo sobre mi mesa de noche—. Solo estábamos hablando. Me estuvo ayudando con la remodelación... No voy a ser mala con él.

—Bueno, pero tampoco tienes que coquetear con él.

—¿Qué? ¿Estás loco? No estoy coqueteando con él.

—No soy tonto, Fallon. Puedo ver la forma en que te mira. Le gustas. Y tal vez a ti te gusta la atención.

Qué horrible lo que dice.

La furia me atraviesa e intento mantener la voz baja para que Sawyer no escuche.

—No le gusto, y es insultante que digas que disfruto de la atención de otro hombre, Peter.

—Está loco por ti —asegura Peter acercándose—. Confía en mí, sé cuándo un hombre está interesado, y estoy cien por ciento seguro de que le gustas.

—No es cierto —espeto—. Lo conozco mejor que tú, y no, no me ve de ese modo. Como mucho hay una amistad. Es un hombre perdido, solitario, y busca algo más que la vida superficial en la que estaba viviendo. Además, lo engañaron; ¿en serio crees que sería cómplice del engaño a otra persona? —Y sí, tal vez hayamos establecido que había atracción entre nosotros y ambos acordamos hacerla a un lado, pero prefiero no mencionarlo porque Peter se va a volver loco.

—Sí —responde sin pensar—. Así es. Los hombres no tienen consciencia cuando desean algo.

—¡No me desea! —grito en un susurro.

—¿Y tú? —pregunta Peter.

Abro la boca para responder y, por alguna razón, las palabras se quedan atrapadas en mi garganta. La respuesta se me pega a la lengua como un caramelo masticable: paralizada, inmutable. Se sienten como minutos, pero solo pasan unos segundos y respondo:

—No, por supuesto que no.

Pero esa pausa, ese segundo que me ha tomado recobrar la compostura, es todo lo que Peter necesita para dar un paso hacia atrás, aturdido.

—Por supuesto que sí —dice como si se tropezara con la verdad—. Te gusta.

—Peter, basta. No me gusta. Me gustas tú. —Doy un paso hacia él, pero retrocede—. Los dos estamos cansados. Creo que tenemos las emociones a flor de piel; deberíamos…

—Dime que me amas.

—¿Qué? —Me quedo congelada a mitad de camino.

—Te amo, Fallon. Lo sabes. Pero no me puedo sentar a esperar a que descifres si tú también me amas. Hace más de un año que estamos juntos; me amas o no me amas.

Desvío la mirada. No puedo verlo a los ojos. Porque sé la respuesta a su pregunta.

Él quiere que yo lo ame, y lo intenté. Intenté mucho bucear en las profundidades de mis emociones y traer a la superficie ese sentimiento, pero cada vez que él pronuncia esas dos palabritas, solo puedo pensar... No lo sé.

—No es tan sencillo, Peter.

—¡Sí que lo es! —exclama caminando hacia mí. Me toma el rostro y me lo levanta, para que lo mire a los ojos—. Dime, aquí y ahora, lo que sientes por mí.

—Peter, esto... no es justo. No puedes presionarme así.

—¿Presionarte? —Se ríe—. Fallon, he sido más que paciente contigo. He venido hasta aquí casi todos los fines de semana para estar contigo. He esperado, he hecho a un lado mis necesidades, mis planes, todo por ti. Creo que es justo preguntarte si me amas o no.

—Nunca te pedí que hicieras nada a un lado por mí.

—Y eso es lo que tú no entiendes; porque te amo hago todo lo que quieres. Cualquier cosa para asegurarme de que seas feliz. —Alejo la mirada porque esto es muy crudo, es demasiado. La culpa me consume porque sé que es cierto. Sé que haría cualquier cosa por mí y, sin embargo, no puedo corresponder al amor que él espera de mí. Se me escapa una risa sarcástica mientras tomo el atajo cobarde de mirar hacia otro lado—. Pero eso no es suficiente, ¿o sí? —Me suelta y retrocede—. Mi amor, la promesa de hacerte feliz. No es suficiente para ti, no te alcanza. —Gira, se toma la cabeza y respira hondo—. Dios mío, ¿estuve perdiendo el tiempo?

—¿Qué? No. —Me muevo hacia él y le toco la espalda, pero se aleja de mi mano. Me atraviesa un escalofrío. Su negación cala más hondo de lo que esperaba.

—¿Cómo hago para creerte? —Se da vuelta—. ¿Cómo puedo convencerme de que no he desperdiciado buena parte del año dando vueltas alrededor de alguien que no siente lo mismo por mí?

Sus palabras me hacen clavar los talones. ¿Perdiendo el tiempo? Me cruzo de brazos.

—¿De verdad crees que has perdido el tiempo conmigo? ¿Te das cuenta de lo insultante que es eso?

—¿Te das cuenta de lo insultante que es que no puedas decirme dos palabritas? —contraataca—. No es tan difícil, Fallon.

—Para mí lo es. Empezamos a salir justo cuando me mudé aquí. Y, sí, ¿fuiste maravilloso por viajar hasta aquí y hacer que esto funcionara? Por supuesto, pero tienes que entender algo, Peter: no soy la misma persona que conociste hace un año. Y el hecho de que no lo veas me dice que no me conoces en absoluto. Que tal vez estás enamorado de la chica que era antes, no de la chica que soy ahora.

—¿A qué te refieres con que has cambiado?

—Ya que no lo notes dice mucho.

—No leo mentes, Fallon. Casi no te veo, ¿cómo diablos voy a saber si has cambiado o no cuando apenas si pasamos juntos unos pocos días? Tal vez una llamada por semana y algunos mensajes salpicados. Lo estoy intentando, en serio, pero tenemos que encontrarnos a mitad de camino.

Al escuchar sus argumentos me siento menos furiosa. Tal vez tiene razón: quizá tengo que encontrarlo a mitad de camino. Nuestra comunicación no está ni cerca de ser tan buena como debería entre dos personas que llevan juntas casi un año, y sé que soy la mayor responsable de que así sea.

—Esto es difícil. Mucho más difícil de lo que imaginé que sería. Antes de mudarme aquí, antes de enterarme de lo de Sully, mi vida era tan sencilla… Sí, trabajaba en emergencias, pero eso era desafiante, me mantenía alerta. Me pasaba los días leyendo en el borde de la piscina, absorbiendo el sol de Palm Springs, jugando juegos de mesa por las noches con mis papás y mis amigos. Carajo, hasta con solo beber una copa de vino ya me relajaba. Y ya no tengo ese privilegio. Estoy atada a mi abuelo, a estas cabañas. Ya no sé ni qué día es, pero no me molesta porque mis prioridades han cambiado. Sé que tienes buenas intenciones, pero sigues intentando alejarme de este lugar; sigues queriendo ayudarme a olvidar. Pero no quiero —digo con la voz afligida por la verdad sincera y profunda que sale de mi boca—. No quiero olvidar por qué estoy aquí, por qué he tomado la decisión de ayudar a mi abuelo enfermo. Ahora esto es parte de mí, una parte de mi alma, y aunque sé que le tienes paciencia a Sully, también sé que una parte de ti lo resiente: puedo verlo en tus ojos. —Mientras hablo, comienzo a entender por qué no lo puedo amar. Por qué no puedo decir esas dos palabras—. ¿Cómo podría amar a un hombre que resiente a la única persona que me hace sentir completa, que me hace sentir que tengo una misión?

Peter hace una mueca y, cuando sus ojos miran más allá de mis hombros, sé que tengo razón.

—No te culpo, Peter. Me conociste cuando las cosas eran diferentes, cuando tenía todo el tiempo del mundo para entregarte toda mi energía. Pero ya no soy la misma persona, y no quiero ser la misma persona. Quiero un compañero en esta vida, aquí en Canoodle, no alguien que me intente alejar de esto. No alguien que esté contando los días que faltan para que no quede otra opción más que internar a Sully en un asilo. —Camino hacia la puerta—. Esta es mi casa. Aquí voy a quedarme. Estas cabañas son su legado y no voy a dejar que nada les suceda. Sé que crees que tal vez, algún día, regresaré a Palm Springs, y quizá yo pensaba que tú te mudarías aquí en algún momento, pero creo que ambos sabemos que eso no sucederá.

Se masajea la boca, la tensión se apodera de sus hombros y le baja hasta los antebrazos.

—Esto no se trata de Sawyer, Peter. Esto se trata de nosotros.

Y, como un amanecer, la verdad por fin sale frente a su rostro, transformando el enojo en aceptación. Baja la mano y por fin me mira a los ojos.

—Mierda —murmura, camina hacia mí y me da un abrazo. Me toma la nuca y giro la cabeza entre sus brazos para apoyar la mejilla sobre su pecho. Se me humedecen los ojos mientras me aferro a él.

—Te amo, Fallon. En serio, pero…, mierda, sé cuándo algo no funciona, y esto, tú y yo, no está funcionando.

Espero que las lágrimas empiecen a caer y que una cascada me corra por las mejillas. Pero nunca caen. Ni cuando Peter se aleja y me acuna el rostro para mirarme a los ojos. Ni cuando se inclina hacia delante y me da un beso en la frente. Y tampoco cuando arma su bolso demasiado grande para un fin de semana y se pone los zapatos.

—No tienes que irte esta noche. Es tarde, Peter.

—No puedo quedarme aquí. No puedo dormir en tu cama sabiendo que se terminó. Es demasiado doloroso.

—Te entiendo —digo y se me estruja el corazón al verlo tomar el bolso.

Me hace un gesto con la mano.

—Ven aquí. —Camino hacia su abrazo, lo envuelvo entre mis brazos y él me sujeta con fuerza—. Siento no haber podido ser el hombre que necesitabas en este momento.

—Siento no haber podido ser la mujer que necesitabas o merecías. —Lo miro a los ojos—. Pero sé que encontrarás a alguien. Tienes un alma hermosa y estoy muy feliz de haber pasado este tiempo contigo.

—Lo mismo digo. —Me da un beso en la frente—. ¿Puedes hacer algo por mí?

—Claro.

—¿Puedes decirle a Sawyer que me perdone por haber actuado como un idiota posesivo? Sé que no me comporté bien.

—Sin duda fue un lado diferente de ti. —Me río—. Me gustó en especial cuando te quitaste la camiseta y comenzaste a desfilar.

Gruñe.

—Por favor no me lo recuerdes.

Le doy un apretón.

—¿Estarás bien?

—Estoy seguro de que sí —admite—. Tengo que curarme estas heridas, pero sobreviviré. No es sencillo superar a alguien como tú, Fallon. —Para mi sorpresa, me toma por la barbilla y me besa suave en los labios.

Recuerdo la primera vez que lo besé: fue como un espectáculo de fuegos artificiales en mi cabeza mientras sus labios devoraban los míos. Pero fue la única vez que sucedió. Ese primer beso. Luego se convirtieron en rutinarios, los esperaba, pero no los anhelaba.

Y con este beso de despedida, no siento nada más que arrepentimiento, un pensamiento inquietante y persistente.

Cuando se aleja, no puedo evitar decir:

—Lo siento, Peter. Lo siento si te hice perder el tiempo.

Niega con la cabeza.

—No debería haberlo dicho. Nunca pierdes el tiempo cuando intentas descubrir quién eres con otro ser humano. Esto es más como un peldaño en nuestras vidas. En todo caso ha sido una enseñanza.

Y así, juntos, vamos hacia la sala de estar; él lleva su bolso, yo lo tomo de la mano. Cuando llegamos a la puerta, se gira hacia mí, con los ojos bien abiertos y el rostro serio.

—Si alguna vez necesitas algo, me avisas, ¿sí?

Asiento.

—Gracias.

Me sonríe con dulzura y luego, sin una palabra más, se va; baja los ruidosos escalones y se adentra en la oscuridad de la noche. En silencio, cierro la puerta tras él y pongo la traba.

Cuando me doy vuelta, me sobresalto contra la puerta. Al otro lado de la habitación, veo una figura de pie junto al fregadero de la cocina.

—Soy yo —dice Sawyer y se para bajo la luz de la luna que se filtra por la ventana de la sala de estar—. Lo siento, no te estaba espiando, te lo juro, solo vine a buscar agua. —Me muestra un vaso.

Respiro hondo, mi corazón acelerado no se calma cuando mi mirada se posa sobre Sawyer, que solo lleva puesto un par de pantalones cortos deportivos que le cuelgan por debajo de la cadera. Su torso es infinito. Su abdomen, moldeado, esculpido baja hasta la profunda V de sus caderas. Peter era musculoso, pero Sawyer tiene lo que parece un cuerpo de surfista y, a pesar de mi confusión emocional, me pregunto: ¿surfeará? Mis ojos suben hacia su cabello rubio, ahora oscuro en esta lúgubre habitación.

—¿Surfeas?

—¿Eh? —La mirada confundida en su rostro es cómica.

—Es una pregunta sencilla: ¿surfeas?

Se rasca uno de sus definidos pectorales.

—Bueno, sí, cuando puedo. Quisiera decir que soy bueno, pero soy apenas mejor que algunos de los niños de doce años con los que tomo clases. —Me analiza—. ¿Todo bien?

—No… lo sé —respondo—. Peter y yo acabamos de terminar.

Su expresión pasa de la confusión a la preocupación y da un paso hacia delante antes de poder detenerse, como si tuviera que recordarse a sí mismo que no puede acercarse demasiado. Parece no saber qué hacer.

—¿Estás bien?

—Creo que sí. Solo un poco triste, ¿sabes a qué me refiero?

—Sí, te entiendo. —Está en silencio, pero sigue mirándome—. Es presuntuoso, pero espero que no haya tenido nada que ver conmigo.

Niego con la cabeza.

—No, hacía mucho que veníamos lidiando con esto. De hecho, Peter quería disculparse contigo. Dijo que se había comportado como un imbécil y que lo lamentaba.

—Está bien. No hizo nada que yo no hubiera hecho o hice en el pasado. Cuando de verdad te gusta alguien, la amenaza de los otros hombres se vuelve real. No es que, eh… No es que yo sea una amenaza ni nada por el estilo.

Casi sonrío al oírlo.

—Como sea, lo lamentaba.

Sawyer asiente.

—Es tremendamente amable de su parte. Lamento que se vaya.

—¿Sí? —pregunto cuando las acusaciones que hizo Peter sobre Sawyer pasan al primer plano de mi mente: «Está loco por ti. Confía en mí, sé cuándo un hombre está interesado, y estoy cien por ciento seguro de que le gustas».

No quería creerlo mientras Peter lo decía, y cuando Sawyer y yo admitimos nuestra atracción, no tenía tiempo para pensarlo demasiado, pero ahora, parada frente a Sawyer, vulnerable y con la ruptura muy fresca, tengo curiosidad.

—O sea, sí, no quería que salieras lastimada —asegura Sawyer al apoyar el vaso de agua en la mesa y cruzar la habitación con unas pocas zancadas—. Sé cómo se siente que te rompan el corazón…

—No lo amaba —espeto.

Hace una pausa para absorber esa información.

—Eso no significa que no te importara —dice al fin—, que no haya sido una parte importante de tu vida.

—Me importaba, pero no estoy segura de que tanto como yo a él. —Me muerdo el labio y se me retuerce el estómago—. Mierda… Me siento muy culpable. —Miro la puerta cerrada por encima de mi hombro, preguntándome si debería perseguir a Peter y decirle eso, pero, de nuevo, es probable que necesite espacio.

—Ey, ¿quieres sentarte, hablar? —pregunta Sawyer.

Asiento y caminamos hacia el sofá cuadriculado rojo y azul marino de la sala de estar. La cocina, el comedor y la sala de estar están conectadas, solo las separan algunos muebles. Tomamos asiento y nos giramos hacia el otro con los hombros apoyados contra el respaldo del sofá.

—¿Quieres hablar de Peter? ¿Quieres hablar de otra cosa? ¿Quieres escuchar la ridícula historia de cómo una vez se me quedó un dedo atascado en una botella?

—¿Se te quedó el dedo atascado en una botella?

—Principio de mis veinte. No fue mi década más inteligente. Hice cosas muy estúpidas, incluyendo escribir una historia sobre una marciana que se enamora de un humano.

Lanzo una carcajada.

—Tengo que encontrar esa película y mirarla, solo por la cantidad de veces que la has mencionado. Nunca se sabe: puede ser una de esas horribles películas que le resulta entrañable a un famoso de TikTok y basta un paso de baile con la película de fondo para que se vuelva tendencia.

—Entonces, ¿quieres decir que estoy a un meneo de la fama viral?

—Creo que ya te hiciste viral con lo de la doble plantada en el altar.

—Muy cierto. No quisiera ver cuáles son los hashtags que acompañan eso.

—Mejor que estés lejos de las redes sociales. —Me llevo las piernas al pecho y me acurruco contra el sofá—. Sabes, con Peter, creo que había una desconexión. Bueno, no lo creo…, sé que era así.

—¿A qué te refieres? —pregunta con sinceridad. Así habla siempre Sawyer: con verdadero interés. No hace preguntas solo por hacerlas: pregunta porque le importa.

—Creo que él esperaba que en algún momento yo volviera a Palm Springs, y yo tal vez esperaba que él se mudara aquí, pero ninguno de los dos hablaba del tema y no estábamos dispuestos a cambiar de opinión.

—Es difícil.

—Sí, y, aunque era muy dulce, no estoy segura de que entendiera quién soy ahora ni cuáles son mis prioridades.

—¿Te refieres a conseguir que a las cabañas les vaya bien y cuidar a Sully?

Y así sin más, sin pestañear ni tartamudear, Sawyer sabe con exactitud lo que me importa. ¿Cómo es que Peter no lo veía? ¿Cómo es que un hombre que conozco hace solo unas pocas semanas me entiende tan bien, pero el hombre con el que llevaba un año saliendo veía todo distorsionado?

—Sí —respondo sorprendida—. Para alguien que no me prestó atención en nuestra primera cita, sin duda aprendiste a hacerlo en este tiempo.

—Uno de los errores más grandes de mi vida —dice Sawyer y baja la mirada—. Me di cuenta cuando vine a aquí. —Sus ojos se encuentran con los míos—. Me perdí una gran oportunidad de conocer una persona maravillosa.

Mis mejillas se calientan y se me seca la boca como si estuviera en un desierto, buscando, rogando por cualquier gota de agua. Después de nuestra cita a ciegas, dije «adiós para siempre» y nunca volví a pensar en él. Si no quería hablar conmigo era problema suyo, así que volver a verlo no hizo resurgir ninguna intención de ganarme su aprobación. Pero su confesión me pega con tanta fuerza que me cuesta encontrar las palabras.

—Lo siento, no tendría que haber dicho eso —agrega Sawyer.

—No, está… Eh, está bien. Ambos admitimos que sentíamos algo, o algo por el estilo, y luego Peter dijo que creía que tal vez tú tenías sentimientos por mí. Por supuesto que le dije que estaba equivocado, que ese no era el caso en lo absoluto. De verdad creyó que estabas intentando avanzar. ¿Puedes creerlo? —pregunto, riéndome nerviosa.

No responde de inmediato.

Sino que me mira, y veo que algo da vueltas en su mente mientras aprieta y relaja la mandíbula. El silencio incómodo se extiende hasta volverse insoportable, al menos para mí, que odio los silencios incómodos; pero cuando sucede en una conversación que ya me tenía nerviosa, se despierta mi instinto de pelear o huir. Esta vez ganará huir. Daré el día por terminado, me olvidaré de este momento y podré hundir la cabeza en la almohada y esperar la dulce bendición de olvidarme de que esta conversación ocurrió.

Al fin se aclara la garganta.

—Puedo creerlo. —Nuestros ojos se encuentran—. Porque es cierto y, carajo, no debería estar diciéndote esto ahora, que acabas de terminar con tu novio, pero sí, siento cosas por ti y me estaría engañando si no lo reconociera. Fui un imbécil al tratarte como lo hice en nuestra cita a ciegas. Te mereces mucho más de lo que puedo ofrecerte, pero sí..., de mi parte hay sentimientos y me destruyó verte con Peter. —Se humedece los labios—. Verlo tocarte, besarte... —Asiente despacio—. Bueno, me hizo darme cuenta del celoso idiota que soy.

Todo el aire que tenía en los pulmones se ha desvanecido por completo y ahora, mientras intento respirar, no consigo hallar el oxígeno.

¿Él... siente cosas por mí? Me refiero a sentimientos reales. No solo atracción o comentarios con doble sentido.

¿Peter tenía razón?

Por supuesto que Peter tenía razón: siempre tiene razón. Y tal vez una partecita de mí, aunque lo negara, sabía que Peter estaba en lo cierto.

¿Pero oír a Sawyer decirlo? Tiene impacto a otro nivel. En el fondo, si de verdad quiero ser sincera conmigo misma respecto de lo que ha ocurrido estas últimas semanas, mis sentimientos por Sawyer también han florecido. Y esto es más que un flechazo, latidos acelerados cuando me toca el rostro. Esto es real.

—Carajo, qué inoportuno —se lamenta Sawyer—. Lo último que necesitas en este momento es que yo venga y te diga lo que siento. Solo olvídalo, ¿sí? Olvida que he dicho algo. —Apoya las palmas en sus ojos y los masajea—. Entonces, volviendo a mi dedo atascado en una botella. Tenía veinti…

Le apoyo una mano sobre su pierna para detenerlo.

Cuando sus ojos se encuentran con los míos otra vez, estiro la mano. Baja la mirada y luego me mira, confundido. Quiero ayudarlo a entender, así que me estiro y le jalo la mano. Se moja los labios y una vez más busca confirmación. Cuando asiento, posa su mano sobre la mía con cautela. Entrelazo nuestros dedos y recuesto la cabeza en el respaldo del sofá.

—Bueno. —Me acomodo—. Continúa con tu historia. Tenías veintipico.

Una pequeña sonrisa aparece en sus labios mientras estira la otra mano y juguetea a enroscar un mechón de mi cabello.

Es algo simple, un acto pequeño e íntimo que me hace saber que está ahí para mí, que está interesado y que cuando yo esté lista, él estará listo.

Si no me sintiera tan culpable por Peter, podría acercarme un poco más a él.

Pero con tomarnos las manos es suficiente para mí.

∗∗∗

—¿Qué carajo estás haciendo? —pregunta Jaz mientras la arrastro dentro del armario de la recepción, cierro la puerta y jalo la cuerda que enciende la lámpara de techo. El pequeño espacio se ilumina y aparecen los rasgos irritados de Jaz—. ¿Qué estás haciendo? —pregunta con la mano en la cadera.

—Shhh —digo con el índice sobre los labios—. Habla bajo. —La Caverna está repleta del club de motociclistas de Tank, Sawyer está saltando de tarea en tarea, y yo quiero tener esta conversación en absoluta privacidad.

—Bueno, ¿por qué estamos susurrando? —pregunta despacio.

—No quiero que nadie sepa que estamos aquí hablando.

—¿Por qué no? —susurra.

—Porque necesito contarte algo, pero necesito que sea en privado, y necesito que no hagas sonidos fuertes que llamen la atención.

Es la mañana siguiente a la ruptura y a la noche en que nos tomamos de las manos. Sawyer y yo pasamos otra hora en el sofá y luego me acompañó a mi habitación, me dio un tierno abrazo y se fue al dormitorio de Sully. Esta mañana me encontré con una nota en la mesa del comedor que decía que había salido temprano a correr y que comenzaría a emparchar la pared tan pronto como pudiera con los materiales que tiene a disposición. También dibujó un corazón al final de la nota. Guardé la nota en el bolsillo del pantalón y bajé rápido las escaleras de la recepción, donde encontré a Jaz y, sin pensarlo dos veces, la metí en el armario.

—¿Por qué no queremos llamar la atención?

No estoy muy segura de cómo va a reaccionar a la noticia. Nunca notó lo que yo sentía por Peter. Tenía momentos en los que le caía muy bien y había veces que le daba igual.

Pero, cuando se trata de Sawyer, también conocido como Julia… Bueno, estoy bastante segura de que no le va a encantar este giro; por eso necesito encerrarla en este armario y hacerle prometer que va a estar tranquila para que no monte una escena frente a Tank, Sully, mis papás y todos los muchachos del club de motociclistas.

—Porque te tengo que contar algo, pero me tienes que prometer que no te vas a enloquecer.

Se cruza de brazos.

—No te puedo prometer eso.

—Por favor, Jaz. Necesito tener un fin de semana tranquilo, pero tengo que contarte algo como mi mejor amiga y, si no me lo quito de la cabeza, creo que voy a explotar. Pero es algo grande. Algo muy muy grande.

Abre grandes los ojos y me toma el hombro.

—Ay, Dios mío, estás embarazada.

—¿¡Qué!? ¡Por Dios, no!

—Ah. —Se le transforma el rostro—. ¿Entonces qué es tan importante que tienes que encerrarme en este viejo armario al que le vendría bien una limpieza? ¿Qué es ese olor? ¿Eso son polillas?

—Peter y yo terminamos.

Sus ojos se disparan hacia mí a toda velocidad.

—¿Terminaron? ¿Por qué? ¿Quién terminó con quién? ¿Él o tú? ¿Por eso no está aquí ahora? Me quedo con el buñuelo que le compré; te aviso ahora para que no haya confusiones.

—¿Eso es lo que te preocupa? ¿Los buñuelos?

—Siempre me preocupan los buñuelos, pero también estoy preocupada por ti. —Me golpea el hombro con un gesto robótico, su falta de instintos maternales a plena vista—. ¿Pero estás bien? ¿Él fue quien terminó?

—¿Por qué asumes eso?

—Bueno, porque estaba muy celoso ayer. La verdad es que daba un poco de vergüenza ajena. Hizo una rabieta cuando te fuiste a quitar la alfombra con Julia. Me preguntó si sucedía algo entre ustedes, y por supuesto que yo dije que no, pero eso no lo conformó. Asumí que debió haber sido demasiado para él y decidió terminarlo. ¿Eso fue lo que pasó?

—Bueno, algo así. Terminamos los dos. Fue de mutuo acuerdo. Y al final no hubo tensión. Solo… tomamos diferentes caminos. Cambiamos mucho desde que nos conocimos y creo que eso terminó de decantar anoche, cuando por fin pudimos ponerlo en palabras.

—Tiene sentido, hace bastante tiempo que me lo veía venir, pero no quería meterte ideas en la cabeza. Era mejor que te dieras cuenta sola.

—¿Qué quieres decir con que lo veías venir? ¿Hace cuánto tiempo?

—Meses —responde Jaz examinándose las uñas—. Podía ver cómo te distanciabas, que hablabas menos de él, no te entristecías cuando no podía venir un fin de semana. El hecho de que no pudieras decirle que lo amabas. Una sumatoria de pequeñas cosas.

—Oh… Me pregunto si Peter habrá notado esas cosas.

—Está claro que algo notó si la ruptura fue de mutuo acuerdo. —Alza la vista de sus uñas, se la ve preocupada—. ¿Estás bien?

—Sí, estoy bien. Sorprendentemente. Creo que tienes razón: hacía meses que la relación venía decayendo y finalmente ayer tocó fondo. Me siento culpable por haberlo retenido durante tanto tiempo.

—No lo retuviste. Creo que solo no entendiste tus sentimientos y está bien. Lleva tiempo resolver esas cosas. Pero seré honesta, no es una noticia que justifique encerrarnos en un armario. Me lo podrías haber dicho frente a la señorita Daphne Lynn Pearlbottom y no hubiésemos tenido problema.

Sí, puede que tenga razón, pero esa no es la gran noticia. No es por eso por lo que estamos en el armario. Es por lo que le voy a decir ahora:

—Anoche nos dimos la mano con Sawyer.

—¿¡Qué!? —grita.

—Shhh. —Le tapo la boca con una mano. Sabía que teníamos que ocultarnos—. Vamos, Jaz, te pedí que hicieras silencio.

Me quita la mano con fuerza y sus ojos se llenan de preguntas. Me preparo.

—No puedes decirme que anoche le diste la mano a Julia y esperar que me lo tome con calma —susurra enojada—. No es algo para tomarse con calma. Es algo para... para... —Antes de que pueda descifrar lo que va a hacer, sus manos van hacia mis hombros y me empuja contra la pared del armario.

Cuando golpeo contra la pared, la miro sorprendida.

—¿Por qué fue eso?

—No lo sé. —Sacude las manos, tan sorprendida como yo. Me ha empujado... contra una pared—. No sé qué me está sucediendo. ¿Julia? ¿Le diste la mano a Julia? ¿Cuándo? ¿Peter seguía aquí? ¿Esa es la verdadera razón por la que terminaron?

—Por Dios, no. Jamás haría una cosa así. Fue después. —Trago con dificultad—. Justo después. Él estaba en la cocina cuando me despedí de Peter, comenzamos a hablar, me dijo que sentía cosas por mí, y luego...

—¿Te dijo eso? ¿Justo después de que terminaras con tu novio? Qué inoportuno. Al menos dale un minuto para respirar después de la ruptura, Julia. Jesús.

Me estremezco.

—Eso mismo dijo de sí mismo anoche: inoportuno.

—¿Y eso debería redimirlo? —pregunta con esa expresión de «seamos realistas».

—No, pero dijo que se sentía muy mal por la confesión y dijo que era un pésimo momento, pero que le salió así.

–¿Qué carajo le dijiste?

–Nada. Solo… le di la mano. Dedos entrelazados, pulgares que acarician nudillos. De verdad nos dimos la mano. Y ahora tengo que verlo y estoy perdiendo el control. ¿Qué digo? ¿Menciono lo de las manos? ¿Menciono que me gustó que enrollara mi cabello con su dedo? Porque hizo eso: tomó un mechón y lo enroscó. Me tuve que esforzar para no golpear la pierna contra el suelo como un perro. O… ¿le digo que creo que tiene una buena proporción de músculos en el pecho? Estaba en tetas… Espera, ¿los hombres están en tetas? ¿O decimos que no llevan camiseta? Como sea, no tenía ropa puesta. Bueno, solo los pantalones cortos. No vi nada en el hemisferio sur, así que no te preocupes por eso. Pero, quiero decir… –Respiro entrecortado–. Jaz, ¿te dije que yo también siento cosas por él?

–Espera. ¿Tú también sientes cosas por él? ¿Sentimientos reales?

Me tomo las mejillas.

–Sé que es una locura. Todo esto es una locura. Acabo de terminar con Peter, pero él y yo nos estábamos separando desde antes que Sawyer apareciera en escena, y luego, cuando comencé a hablar con Sawyer, creo que vi la diferencia entre los dos. Peter se aferraba a la vieja yo, pero Sawyer abraza a la nueva yo. Y, además, el modo en que se comporta con Sully. La paciencia que le tiene. Me conmueve. Me hace querer abalanzarme sobre él. –Jaz no responde. Solo se queda parada bajo la tenue luz del armario, estoica, juzgándome con sus ojos penetrantes, de brazos cruzados–. ¿Qué? Di algo. No quería que esto sucediera, pero sucedió, y ahora siento que me ha atropellado un tren. –Me muevo hacia la puerta mientras me invade la ansiedad–. Tengo que salir y actuar con normalidad, como si no hubiese sentido miles de mariposas revolotear en mi estómago cuando anoche me abrazó antes de irnos a dormir. Dios, Jaz, ¿qué está sucediendo?

Vuelve a examinarse las uñas.

—Exactamente lo que imaginé que iba a suceder cuando me enteré de quién era Julia.

—¿Qué quieres decir?

—Esa primera noche vi la forma en que lo mirabas. Incluso con mis comentarios sobre su nariz torcida, tú estabas interesada.

—No tiene la nariz tan torcida, solo un poco, y le da carácter. Es bastante guapo. —No puedo evitar sonreír.

—Y eso. —Jaz señala mi boca—. Eso es de lo que estoy hablando. Te gusta este tipo desde el momento en que llegó a este pueblo, aunque quieras negarlo. Solo me sorprende que te hayas entregado considerando lo testaruda que eres. Y después, por supuesto, estaba todo lo del triángulo amoroso con Peter. Si soy franca, me sorprende que haya dos hombres enamorados de ti y yo ni siquiera pueda hacer que Ralph, el sobrino de Roy, entre al bar.

—Cuando te conoció, tenías sangre goteando del costado del rostro porque te habías enojado tanto con la derrota de los Chicago Rebels en el primer partido del campeonato mundial que te diste la cabeza contra la pared. Eso acobardaría hasta al más fuerte de los hombres.

—Maddox Page había hecho un juego impecable y los mitigadores lo echaron todo a perder: eso vale un golpe de cabeza. ¿Y sabes qué? ¿Por qué debería conformarme con alguien que no valora mis pasiones y reacciones cuando las cosas no salen como quiero?

—No deberías. Por eso Ralph no es el indicado para ti.

—Exacto. —Alza un poco más el mentón—. Y tal vez el estúpido hermano de Julia me invite a salir algún día en lugar de solo enviarme memes ridículos que me hacen reír pero no significan absolutamente nada. —Niega con la cabeza y sacude los brazos casi como para sacarse todo de encima—. Pero ese no es el punto. Tú y Julia estaban destinados a estar juntos quieras creerlo o no. Ahora solo tienen que decidir si van a hacer algo con eso.

—Ese es el punto, Jaz. No sé qué hacer. Me estoy volviendo loca.

—Me doy cuenta, dado que estamos en un armario, gritándonos en susurros.

—Solo dame un consejo, el que sea.

—Llámalo Julia, responde bien a eso.

—Jaz, eso no ayuda.

Suspira y luego se estira para tomar mi hombro.

—¿Me estás escuchando? Porque solo voy a decirlo una vez… No me gusta tener que repetir las cosas, en especial cuando se trata de cuestiones románticas.

Parpadeo un par de veces.

—Te estoy escuchando.

—Bien. Ahora, vas a salir, vas a actuar como si todo fuese normal, y cuando él diga «buenos días» (porque sabes que lo hará), le vas a decir «buenos días» y luego… sigue con tu día. No hay nada por lo que enloquecerse. Al tipo le gustabas desde antes que anoche; le gustabas… por quién eres. Así que no tienes que pensar demasiado en esto. Solo sé tú.

—Pero ya no sé cómo ser yo —digo con la mente nublada por el pánico—. He cambiado. Me he transformado. Soy una mujer…

PAF.

Me tropiezo hacia atrás y me choco la pared del armario.

El dolor se dispara en mi mejilla y, pestañeando a toda velocidad, veo a Jaz muy satisfecha. No me sorprendería tener su mano marcada, una marca permanente. Esta podría ser su marca personal y, sin embargo…

—G-gracias —digo y me enderezo mientras se me va despejando la mente—. Lo necesitaba.

—Lo sé. Por eso lo hice. Ahora contrólate. Tenemos mucho trabajo por delante.

Con eso, sale del armario y va hacia las cabañas, no sin antes tomar la caja de panificados debajo del brazo.

Salgo del armario y me sigo masajeando la mejilla hasta que dejo de sentir que me late. Respiro hondo. ¿Ser yo misma?

¿Eso significa que, aunque me sienta muy extraña e incómoda, debería dejar que lo vea?

Sí, supongo que eso es exactamente lo que significa.

Con el consejo de Jaz impulsándome hacia delante, salgo de la residencia y camino por el sendero que va a las cabañas; el cemento está húmedo por los rociadores de la mañana. Pero pronto el sol evaporará hasta el último charquito de agua. Solo hay una cabaña con la puerta abierta, lo que significa que Jaz debe estar ahí con él.

Solo espero que no le esté hablando de lo que sucedió anoche.

Apuro el paso por el sendero y respiro hondo mientras doblo en la esquina hacia la cabaña, lista para encontrarme a Jaz diciendo algo vergonzante, pero me detengo en seco. Mi amiga no está a la vista y solo puedo ver a Sawyer.

—Ay, lo siento. Creí que Jaz estaba aquí –digo.

Alza la vista del parche que le está haciendo al hoyo que encontramos anoche en la pared y, cuando sus ojos se conectan con los míos, un destello de alivio le ilumina la mirada. ¿Acaso temía que no fuera a aparecer hoy? ¿Pensaba que no me iba a hacer cargo de las remodelaciones, que me iba a escapar al sendero Harry Balls y que me iba a ocultar allí hasta que todo estuviera listo?

Aunque sea tentador, jamás haría una cosa así.

—Todavía no la he visto por aquí. –Apoya su herramienta masilladora (como sea que se llame) en el balde nuevo de masilla y se pone de pie.

—Yo, eh, no sabía que Tank abría tan temprano –señalo en un triste intento de buscar conversación.

—Hizo una excepción por mí —dice Sawyer y mete las manos en los bolsillos de los pantalones cortos color caqui llenos de manchas de pintura. Lleva puesta su camiseta original de Canoodle, la que compró cuando estaba recién llegado, y una gorra de béisbol roja puesta hacia atrás, algo que cambiará en cuanto aparezca Sully—. ¿Cómo dormiste?

—Bien, supongo —respondo y, como soy una tonta y parece que no puedo actuar con normalidad frente a un hombre cuando me doy cuenta de que siento cosas por él, agrego—: Me levanté en mitad de la noche porque tenía que hacer pis. ¿Me oíste?

Se ríe y niega con la cabeza.

—No, debes ser una orinadora silenciosa.

—No tiré la cadena. Bueno, o sea, tiré la cadena esta mañana, pero, ya sabes lo que dicen: «Si es amarillo, déjalo tranquilo», así que lo dejé tranquilo porque me gusta ahorrar agua y además no quería despertarte. A veces cuando voy al baño en mitad de la noche despierto a Sully y es muy difícil hacer que se vuelva a dormir, así que intenté ser tan sigilosa como pude.

—Fuiste sigilosa. —Sonríe. La forma en que se le curvan los labios, con un gesto sexy y divertido, me hace querer comérmelo a besos, pero también me derrite en una muerte lenta y dolorosa.

—Bueno, supongo que eso es lo que consigues con un año de práctica. —Alejo la mirada porque, Dios, ¿qué sucede conmigo? ¡Estoy hablando con él sobre orinar!

—Nunca se sabe cuándo serán útiles esas pequeñas cosas, ¿no?

—Supongo que no. —Lo miro y el silencio se instala entre nosotros.

Él sonríe.

Yo tengo espasmos nerviosos.

Y no sé cuánto tiempo llevamos parados aquí, él mirándome como si esperara que yo dijera algo y yo intentando camuflarme lentamente en la pared, pero ya ha sido demasiado largo.

Y no puedo soportarlo.

Así que al fin rompo el silencio:

—Esto es incómodo. No sé cómo estar cerca de ti.

Su sonrisa juguetona se convierte en una cariñosa mientras achica el espacio entre nosotros. Cuando lo tengo a centímetros de distancia, se estira y me toma de la mano, entrelaza nuestros dedos. Nuestras palmas se unen y yo casi gimo por la sensación inocente pero adictiva de su mano en la mía.

—¿Te arrepientes de algo de lo que ocurrió anoche? —pregunta en voz baja, acariciando con el pulgar el reverso de mi mano, igual que anoche.

¿Me arrepiento de algo de lo que ocurrió anoche?

La verdad…

Ni un poco. Me da pena Peter y haber perdido ese vínculo en mi vida. Fue un sólido compañero durante un tiempo, y nuestra reciente separación me entristece. Pero sé que terminar las cosas con él ha sido lo correcto. Creo que hemos pasado demasiado tiempo fingiendo que las cosas estaban funcionando.

Y luego todo lo que sucedió con Sawyer, las confesiones, las caricias inocentes…

Lo miro y niego despacio con la cabeza.

—No, no me arrepiento de nada.

—Bien. —Alza nuestras manos entrelazadas y deposita un dulce beso en mis nudillos—. Entonces, no hay razón para que te sientas incómoda. —Me suelta la mano con suavidad y vuelve a la pared, justo cuando Jaz aparece con la caja de pastelería.

—Awww, los tortolitos. ¿Ya se besaron?

—Jaz —exclamo entre dientes.

Sawyer me mira.

—¿Le contaste?

—Por supuesto que me contó, Julia. —Jaz toma asiento en el suelo con la espalda contra la pared–. Me cuenta todo.

—Si te cuenta todo, entonces ¿por qué estás preguntando si ya nos besamos? —pregunta alzando una ceja.

Jaz la señala.

—Puedes bajar esa curiosa cejita que tienes. Sé que anoche solo se tomaron las manos y que ese simple contacto la hizo gemir…

—Jazlyn —digo con firmeza.

—Pero no estaba segura de si esta mañana, como he tomado el camino más largo (a propósito), por fin habían avanzado a probarse los labios.

¿Qué le sucede?

—Lo siento, Sawyer. Está claro que Jaz no tiene decoro.

—No tienes que disculparte. —Camina hacia Jaz, toma asiento junto a ella, se estira hacia la caja y toma un buñuelo. Sin siquiera pestañear, mira a Jaz a los ojos y da un mordisco–. Sé cómo funciona Jazlyn —asegura después de tragar–. Esta es su forma de decir que me da su aprobación. No podría estar más feliz de que nos… hayamos tomado de la mano anoche.

—No me enfurece —admite Jaz, toma un buñuelo para ella y da unas palmaditas en el suelo para que me siente frente a ella.

Intranquila, confundida y un poco pensando que el cielo se va a abrir y arderá el infierno porque parece que Jaz y Sawyer están… llevándose bien, tomo asiento en el suelo. Sawyer se mueve para quedar junto a mí y me alcanza la caja. Me estiro y yo también tomo un buñuelo.

Le doy un mordisco y los miro.

—Entonces…, ¿esto está sucediendo? ¿Se están llevando bien?

Jaz gime saboreando su buñuelo y luego hace una pausa:

—Mientras no te lastime, estamos bien.

—No pienso hacerlo –dice Sawyer justo cuando sus ojos se encuentran con los míos–. Sé con exactitud lo que significa que te lastimen.

Los nervios me invaden el pecho mientras mueve su mano por el suelo con discreción y me acaricia la pierna suavemente. Una caricia ligera, que solo quien la recibe la puede notar y, sin embargo, enciende mis partes íntimas. Cierro los ojos, saboreando su piel sobre la mía.

—¿Qué carajo están haciendo? –La voz de Sully retumba desde la puerta y los tres nos sobresaltamos–. No les pago para que se sienten a comer donas. –Técnicamente son buñuelos–. Levanten el trasero y muévanse. –Irrumpe en la habitación.

—Bueno, buen día para ti también –digo controlando mi reacción cuando Tank aparece tras él y nos avisa:

—Los chicos están en camino. –Su voz grave es tranquilizadora, como un James Earl Jones sensual–. Ah, ¿buñuelos? ¿Hay uno para mí?

—Siempre –dice Jaz y empuja la caja hacia su abuelo con una expresión amorosa en los ojos.

Tank toma la caja.

—¿Has pinchado alguna cubierta últimamente? –le pregunta.

—Todavía no –responde Jaz y mira directo a Sawyer–. Pero estoy preparada.

Esa es la clase de animosidad que me hace sentir cómoda.

* * *

Tank no estaba bromeando cuando dijo que sus amigos iban a trabajar duro. Cuando sus motocicletas rugieron al entrar al pueblo, no perdieron el tiempo con saludos ni cortesías. Nop, se dividieron en grupos y atacaron. Sully tomó el mando, con la asistencia de Sawyer, por supuesto. Verlos juntos confirmó el motivo por el que no puedo alejar la mirada de Sawyer, por qué me siento como una colegiala inocente con un flechazo mortal. Por qué no me sorprendería si comenzara el club de fans de Sawyer y fuera la presidenta, vicepresidenta y tesorera: le habla con cuidado a Sully, le hace preguntas (aunque sabe las respuestas) y luego lo ayuda a encontrar las respuestas cuando las necesita. Pero también se hacen la vida imposible, bromeando aquí y allá como amigos de toda la vida.

A mi abuelo le brillan los ojos.

Se ve más vivo hoy que en las últimas semanas.

Y la risa que oigo retumbar por las cabañas, la risa que crecí escuchando, que se ha convertido en una fuente de consuelo, la he escuchado tantas veces hoy que he perdido la cuenta. Sully está cómodo, rodeado por la gente que ama, trabajando en mejorar su legado como una gran familia. Ha sido un día absolutamente perfecto. Todos nos hemos puesto manos a la obra. Quitamos el resto de las alfombras e instalamos el suelo de madera. Al mismo tiempo, pintamos las paredes; como en una gran cadena de montaje de tareas. No quedó una sola cabaña sin tocar y, por la sonrisa de Sully, no solo siento que estoy cumpliendo un sueño que tengo hace más de un año, sino que hemos creado algo especial. Estamos construyendo sobre los cimientos que dejaron Sully y la abuela Joan y les estamos garantizando un futuro.

Mis papás llegaron hace unas horas y estuvieron trabajando duro en preparar la cena para todo el equipo. Cuando recién llegaron, los saludé y los llevé hacia su cabaña renovada. Las lágrimas en los ojos de mi papá hicieron que mi corazón latiera más fuerte por el hombre que la ha remodelado. Sawyer no tiene ni idea de lo importante que es esto para toda mi familia. Cuando mis papás me preguntaron cómo pude hacer todo esto, les conté sobre Sawyer y cuánto ha estado ayudando en La Caverna. Aparentemente, no pude ocultar mi atracción hacia él, porque mis sentimientos estaban escritos en mi rostro. Así que me quebré y les conté lo de Peter y sobre lo que sentía por Sawyer, algo que no quería hacer este fin de semana porque quería que el foco estuviera puesto en las cabañas. Para mi sorpresa, ambos dijeron que lo veían venir. No lo de Sawyer, pero sí la ruptura con Peter. Y luego papi quiso alejar a Sawyer del equipo, pero no lo consiguió porque estuvo trabajando tanto que casi no lo vi. Pero después de todo lo que les conté, mis papás están ansiosos por conocerlo.

Y ahora que la cena está lista, ha llegado el momento.

Junté a todos los hombres, pero queda una última cabaña al final del sendero que me falta revisar y sé que allí debe estar Sawyer.

Subo los dos escalones del pequeño pórtico, atravieso la puerta y encuentro a Sawyer instalando un aplique de luz negro. Le resaltan los músculos del antebrazo mientras intenta enroscar dos cables.

Se ha quitado la camiseta y la ha enganchado de sus pantalones cortos, tan bajos en sus caderas que dejan ver el elástico negro de su ropa interior. Tiene la espalda ancha y cincelada, igual que el pecho; mientras mis ojos viajan por toda su extensión, noto los adorables hoyuelos que tiene en las lumbares.

—Ey —digo despacio para no sobresaltarlo—. La cena está lista.

Mira por encima del hombro y, cuando sus ojos se encuentran con los míos, curva los labios en una sonrisa demoledora.

—Hola —me saluda y regresa al aplique, donde mete los cables y los hace girar. Cuando termina, se voltea hacia mí y le lanzo una mirada desvergonzada. Ya perdí la cuenta de la cantidad de veces que lo he visto sin camiseta, pero cada vez se siente como si fuera la primera. Cuando mis ojos vuelven a los de él, veo su expresión satisfecha, casi astuta. Le complace que lo mire.

Me aclaro la garganta y retrocedo hacia la puerta.

—Sí, bueno…, ya sabes, la cena. —Señalo hacia atrás con el pulgar—. Mis papás han preparado lo que llaman un «banquete veraniego». No sería una cena preparada por ellos si no le hubieran puesto un nombre.

—Se oye bien. —Toma la camiseta de sus pantalones y se quita la gorra (que llevaba hacia atrás) y se viste. Con la camiseta puesta, se vuelve a poner la gorra, pero «de la forma correcta», como diría Sully. Con Sawyer, son las pequeñas cosas las que me llegan, como que se fije en cómo lleva la gorra para mostrar lo mucho que respeta a mi abuelo.

Cuando está listo para irnos, camina hacia mí y me apoya una mano en la espalda para guiarme hacia la puerta.

Y con eso solo alcanza.

Porque no es el primer contacto discreto del día; es uno de muchos. Cada vez que me vio, se mordió el labio o me miró de una forma tan intensa que me llegó hasta el alma. Una mirada que me hizo cosquillas en el centro del cuerpo. Una mirada tan palpable que sentí como si sus ojos me acariciaran. Y cuando no eran sus ojos, eran sus manos. Sus dedos me recorrían la piel cuando me pasaba por al lado. Me acariciaba la cintura mientras respondía algunas de mis preguntas. Un leve golpecito con el hombro, algo que no suele ser para nada sensual y, sin embargo, me hizo sentir que un gemido se me subía por la garganta.

Fue así todo el día: un constante recordatorio de lo que siento por este hombre. Y no estoy segura de si se da cuenta de lo que me provoca, pero me está volviendo loca de deseo. Logra que pare con lo que estoy haciendo, justo en mitad de dar un martillazo, para quedarme mirándolo. Estoy distraída. Estoy agitada. Y estoy desesperada por otra remodelación.

—¿Cómo estás? —pregunta mientras salimos de la cabaña. Como

estamos en la cabaña más alejada, no nos ven desde las mesas de pícnic, que están justo sobre la colina que se erige frente a nosotros.

—Cansada —admito—. Pero muy muy agradecida. A partir de mañana, solo tendré que preparar las habitaciones. Jaz ya ha tomado fotografías y está armando el sitio web. Tal vez podamos comenzar a tomar reservas el lunes.

—Me alegra mucho escucharlo. —Desliza la palma por mi espalda mientras nos dirigimos hacia el sendero—. Esta semana puedo encargarme de las plantas. Vi que hay algunas zonas crecidas, no me tomará mucho tiempo solucionarlo.

—Sawyer, no tienes que hacerlo. Puedo contratar a alguien.

—Yo puedo —dice y me guiña un ojo justo cuando sus dedos me acarician la mano. Pero, antes de que pueda reaccionar y tomarlo de la mano, subimos la colina a la vista de todos los que están sentados en las mesas de pícnic…, que por supuesto están decoradas.

Manteles negros cubren las mesas recién pintadas de rojo. Hay individuales amigables con el ambiente en cada asiento y en el medio, como centro de mesa (por supuesto), unas piñas de pino en distintos recipientes. Las guirnaldas de luces están encendidas a pesar de que el sol aún brilla detrás de la cumbre de la montaña, y una música de fondo termina de crear el ambiente perfecto.

Todos ya están sentados a la mesa, comiendo y conversando, mientras papi se mueve de aquí para allá para asegurarse de que todos estén servidos y cómodos.

Hay dos lugares vacíos junto a papá y asumo que allí debemos sentarnos Sawyer y yo. Lo guío hacia la mesa y sonrío cuando mis ojos se encuentran con los suyos.

—Ey, papá, ¿Jaz se fue?

—Sí —asiente—, pero le separamos comida tal como se lo hemos prometido. Se la llevaremos al bar cuando terminemos aquí.

—Yo se la llevo —ofrezco y tomo asiento.

En lugar de sentarse, Sawyer camina hacia mi papá y le estrecha la mano.

—Soy Sawyer; me alegra conocerlo, señor Long.

Para mi completa sorpresa, papá se ruboriza.

—Por favor, llámame Izaak. Y a mí también me alegra conocerte.

Justo entonces, papi se une y apoya una mano sobre el hombro de papá.

—Tú debes ser Sawyer (o Phil); hemos oído hablar tanto de ti.

Sawyer sonríe y le da un apretón a la mano de papi.

—Así es, soy yo. Me alegra mucho conocerlo… ¿Puedo llamarlo Kordell?

—Por favor. —Papi hace un gesto con la mano—. Todo eso de «señor» me hace sentir como un hombre de setenta años, y yo me rehúso a envejecer.

—Está sucediendo… Ya se te notan las líneas de expresión —se burla papá.

Papi apoya una mano en el pecho con fingido espanto.

—¡Cómo te atreves!

Todos nos reímos y tomamos asiento. Para mi sorpresa, Sawyer se sienta justo a mi lado, tan cerca que nuestros cuerpos se rozan. En condiciones normales, disfrutaría de estar tan cerca de él, pero puedo sentir cómo se calientan las mejillas ante el aroma de su jabón. Me pone nerviosa quedar como una tonta delante de mis papás. Ya sabes, hacer alguna locura como acercarme para olisquearle el cuello, o jadear y lanzar suspiros soñadores mientras lo miro o, peor aún…, lamerme los labios incesantemente mientras gimo. No digo que sean cosas que haría, pero siempre hay una primera vez para todo y creo que Sawyer es la clase de hombre que puede llevar a una mujer hasta el punto de avergonzarse con labios mojados y sonidos salvajes.

—Bueno —dice papá con una sonrisa pícara que conozco muy bien: anuncia vergüenza en público—. Te gusta nuestra hija.

Ay, Dios. Sí, tal como me lo imaginaba.

Será *esa* clase de cena, de esas en las que quiero que me trague la tierra en mitad de la velada.

—No tienes que responder —intervengo, intentando dispararles a mis papás una mirada de advertencia.

Pero, sin perder el tiempo, Sawyer me mira, con los ojos brillantes de promesas. Su expresión es tan sensual, tan honesta.

—Sí, Izaak. Me gusta mucho.

Discúlpame… ya vengo, tengo que ir a desmayarme.

CAPÍTULO 18

SAWYER

Kordell lanza una carcajada mientras le muestra su teléfono a Izaak. Ambos miran la pantalla y, al unísono, se vuelven a reír.

–Oh, esto es impagable –dice Izaak–. Hubiese dado cualquier cosa por ver en persona el momento en que dejaste plantada en el altar a tu exnovia.

–No me enorgullece –reconozco moviendo los guisantes de mi plato. Izaak y Kordell han preparado un festín de barbacoa, con maíz, guisantes horneados, rebanadas de melón y una ensalada fresca de fresas, rúcula y queso feta. Además de sándwiches de pollo desmenuzado con diversas opciones de salsa. Ya he comido demasiado y, sin embargo, no puedo dejar de hacerlo.

–Debería –dice Kordell.

No estaba muy seguro de qué esperar de los papás de Fallon, pero definitivamente no imaginaba que fueran a darme la bienvenida a la familia con los brazos tan abiertos; no porque temiera que no fueran amables, sino porque no sabía qué tan cercanos eran a Peter. Tenía dudas de conocerlos bajo el mote del, eh…, «interés romántico» de Fallon, pero no estoy seguro de qué era lo que me preocupaba. Son geniales. Me recuerdan a los padres de *La familia de mi novia*: abiertos y acogedores, ligeramente atrevidos, pero muy divertidos.

—Sí, yo pondría ese episodio en tu currículum —afirma Izaak—. Eso o lo convertiría en una película.

—Sería un gran comienzo para una película —asegura Kordell—. Ya me lo imagino. —Hace un arco con la mano en alto—. Canción pegadiza de comedia romántica que te hace mover el pie, tomas aéreas de Los Ángeles, que se van acercando hasta una tranquila capilla blanca, la cámara baja por el campanario, atraviesa las puertas y entra a la ceremonia de la boda donde está parado el padrino infeliz.

—Comienza una voz en off —agrega Izaak—. Es el padrino contándole a la audiencia sobre su mala suerte, que de inmediato convierte al novio y a la novia en los villanos para que, cuando la novia camine hacia el altar, aunque se vea angelical, el público sepa que debajo de ese vestido blanco se esconde un demonio.

—Exacto —interviene Kordell—. Y en el momento preciso, el padrino infeliz les hace *fuck you* con una reverencia, la audiencia se queda boquiabierta y él se va corriendo de la capilla. Y, como una Cenicienta, deja atrás un zapato celeste. Suena *Ready to Run*, de The Chicks.

—No, no, no. —Izaak levanta una mano para detenerlo—. No podemos copiar *Novia fugitiva*. Debemos tener una canción con el mismo impacto pero que no haga pensar al público que somos poco originales.

—Cierto —dice Kordell dándose golpecitos en la barbilla con el dedo índice—. Ajá, lo tengo. —Señala el cielo con un dedo—. *Make Way*, de Aloe Blacc.

—¿Qué canción es esa? —pregunta Fallon y se inclina hacia delante, adorablemente interesada en la narración de sus padres.

Kordell toma su teléfono y busca algo. Sonriendo, vuelve a apoyar el teléfono en la mesa mientras la voz de la canción comienza con la palabra «legendario» y luego estalla en un ritmo de bajo seguido por unas palmas que van al ritmo de la batería. La canción tiene un ritmo veloz y habla sobre huir de un sitio y a la vez avanzar. Puedo verlo, todo lo que describieron. Puedo imaginármelo todo.

–Esta canción es absolutamente perfecta –dice Izaak–. Y mientras suena, pasamos a un montaje de él alejándose conduciendo su automóvil mientras el novio y la novia, furiosos, agitan un brazo. Pasan los créditos, sube el volumen de esta canción en el auto y conduce hacia las montañas; más tomas aéreas, esta vez del auto surcando carreteras desoladas, el volumen de la canción baja cuando entra al bar, con el nudo de la corbata deshecho, algunos botones de la camisa desabrochados, como si acabara de escapar de una pelea en un bar… Y entonces… se topa con la pueblerina.

–Sí. –Kordell alza el puño en el aire–. Y, a partir de ahí, atraviesa los conflictos de su vida mientras la pueblerina lo ayuda a ver cuánto vale. Se terminan enamorando, por supuesto. Personajes locos, dos papás, un pueblito lleno de vida y color local. Puedo oler el éxito de taquilla.

–Y al final, cuando por fin se besan, las cámaras hacen ese movimiento clásico de girar alrededor de la pareja –agrega Izaak–, mientras suena *Love on the Top*, de Tim Halperin. –Toma el teléfono de Kordell, lo toca algunas veces y empieza a sonar la canción. Al principio es lenta, una reversión de *Love on the Top* original, pero luego comienza a acelerarse…–. Ahí, ahí es cuando la cosa comienza de verdad, cuando se entienden, cuando se confiesan su amor y que no pueden vivir sin el otro. Ahí es cuando se besan.

–Gira la cámara –dice Kordell.

–Y nos limpiamos las lágrimas de alegría porque la pareja terminó unida. Junto con los créditos vemos imágenes de su nueva vida juntos.

—Como un epílogo —clarifica Kordell—. Como lo que hacen en *Sueño de amor*.

Izaak toma la mano de Kordell y se hace la señal de la cruz mirando al cielo.

—J-Lo en su mejor momento. Qué bendición haber tenido la suerte de poder ver un epílogo como ese. —Cuando Izaak recobra la compostura, los dos se giran hacia mí—. Podría llamarse *Padrino fugitivo*. —Sonríe—. Un título así vende solo. ¿Qué opinas?

Me rasco la mejilla un poco sorprendido.

—Bueno…, ¿puedo contratarlos? Porque eso ha sido… increíble.

Kordell se ríe, se estira sobre la mesa y me da un golpecito en la nariz.

—Hacemos limonada con los limones, bebé. —Se presiona el vientre con la mano y respira hondo—. Ahora tengo que empezar a limpiar. —Se pone de pie y vuelve al rol de anfitrión—. Izaak, junta los platos.

—Sí, cariño —le responde, poniendo los ojos en blanco y se aleja hacia las otras mesas para juntar los platos, que apila sobre su regazo.

—Yo también debería volver a trabajar —le digo a Fallon—. Tengo dos apliques más para instalar en la última cabaña.

—¿Por qué no ayudamos a mis papás y damos el día por terminado? —propone—. Los chicos ya se fueron al bar y acomodaron las bolsas de dormir en las cabañas. Tank se llevó a Sully a su casa. Deberíamos descansar si queremos terminar mañana con lo que falta.

—De acuerdo. Si no te molesta, termino mañana.

Suspira.

—Sawyer, ya has hecho demasiado… Por favor, tómate un segundo para respirar.

—Bueno. —Sonrío y me relajo, agradecido de poder disfrutar el resto de la noche a su lado.

Dedicamos la siguiente media hora a limpiar las mesas de pícnic. La mayoría de los chicos apilaron sus platos, pero los restos de maíz hacían difícil el equilibrio. Fallon y yo nos ocupamos de la basura mientras Izaak y Kordell juntaban las sobras. Cuando las mesas quedaron limpias, acompañamos a sus papás a la cabaña. La abrazaron y le dieron un beso mientras ella les agradecía por haber venido de visita, luego se giraron hacia mí. Kordell me dio un gran abrazo y me agradeció por lo bajo por la cabaña, por hacer que Izaak se sintiera cómodo. Y luego Izaak me dio un apretón de manos con los ojos llenos de lágrimas antes de subir la rampa y entrar. Todo el tiempo sentí sobre mí los ojos de Fallon llenos de adoración.

Después, Fallon y yo caminamos en silencio hasta la casa. Nos separamos para ducharnos y, cuando terminé de limpiarme, decidí ir a ver qué estaba haciendo y me dirigí hacia la sala de estar, donde la encontré acurrucada en el sofá con una taza de té en la mano. Tenía el cabello húmedo peinado en dos trenzas y llevaba puestos unos pantalones cortos negros de algodón y una camiseta negra haciendo juego. La he visto más veces vestida de entrecasa que elegante, y puedo asegurar que me gusta más así: sin maquillaje, cómoda y feliz.

—¿Puedo hacerte compañía? —pregunto.

Traga el sorbo que acababa de darle a su taza y me dice:

—Esperaba que vinieras.

—¿Sí? —Levanto una ceja. Tomo asiento en el sofá, a su lado, y, como necesito tenerla cerca, acomodo sus piernas alrededor de mi cintura—. ¿Qué estás bebiendo?

—Té de menta peperina. Mi abuela lo bebía todas las noches antes de irse a la cama; me contagió el hábito. —Me ofrece su taza—. ¿Quieres probar?

—Te diría que sí, pero sé que no me va a gustar y no quiero insultar a tu abuela de ese modo, así que prefiero pasar.

Se ríe.

—Una respuesta muy honesta. —Bebe otro sorbo—. Espero que mis papás no te hayan espantado con todo eso de la película. Solo estaban bromeando. Me pidieron que te preguntara para asegurarse de que no te hubieras enojado.

—¿Enojarme? —pregunto mientras la acaricio con delicadeza—. ¿Estás bromeando? Sin duda esa ha sido una de las mejores presentaciones que he visto. Me encantaría que se me hubiera ocurrido a mí. Tus papás pueden tener un futuro en la industria cinematográfica.

—De ninguna manera, solo son unos fervorosos fanáticos de la comedia romántica. No saben nada sobre escribir guiones. Aunque sí me escribieron para preguntarme si vas a usar la idea, porque les encantaría verla.

—No lo sé. —La miro a los ojos—. ¿Crees que la pueblerina y el padrino fugitivo terminen juntos?

Sonríe sobre el borde de la taza.

—Creo que hay muchas chances.

Sé que estamos bromeando, pero no se me escapa el significado detrás de su respuesta: me está dando una segunda oportunidad, la oportunidad que estuve deseando. Y la voy a tomar. No voy a permitir que esta chica vuelva a escurrirse entre mis dedos. Cometí ese error una vez. De nuevo no.

—En ese caso, ¿puedo preguntarte algo?

Ladea la cabeza confundida.

—Claro.

—¿Puedo invitarte a salir el lunes? —Dibujo pequeños círculos sobre su piel con el dedo índice.

—¿Como una cita? —pregunta sonriendo—. ¿Te refieres a vestirnos bien y salir a hacer algo o a comer?

—Sí, esa es la definición exacta de cita. —Me río.

Le brillan los ojos.

—Le voy a preguntar a Tank si puede quedarse con Sully.

—Tráelo. —Sonríe y estira la mano para jugar con mis cortos mechones de cabello.

—Es muy dulce de tu parte que lo invites, pero preferiría que no esté en nuestra primera cita… Bueno, técnicamente es la segunda. A veces está de mal humor o se pone irritable, por si no lo has notado.

—¿Dices que no es sexy el TATA?

—¿TATA?

—*T*rae *a t*u *a*buelo.

Se ríe y niega con la cabeza.

—Ni un poco sexy. Hablo con Tank y te aviso. Pero sí, me encantaría salir contigo.

—Puede ser cualquier día —aclaro—. Solo quiero invitarte a salir, ya sabes…, para compensar la cita a ciegas.

—Ya has compensado con creces la cita a ciegas —asegura.

—Nah, trabajar en La Caverna no es «compensar»… Solo sirvió para demostrarte que no soy un cretino. Invitarte a una cita como corresponde… eso sería compensarte.

—Bueno, si sirve de algo, no creo que seas un cretino, ni cerca.

—¿No? —pregunto acariciándole la pierna justo por encima de la rodilla—. ¿Estás diciendo que te he conquistado?

Sus dedos siguen jugando con mi cabello y es una de las mejores cosas que me pasaron.

—Veamos. Estoy sentada contigo en un sofá, con las piernas alrededor de tu cintura mientras me acaricias. No tengo intenciones de moverme en el corto plazo, así que, sí, diría que me has conquistado.

—¿Fue por todos estos días que he pasado sin camiseta? ¿O por mi encanto? —Muevo las cejas, esperando que se ría, pero se pone seria.

—Ninguno de los dos —dice y me da un beso en el pecho—. Fue tu corazón.

Me estiro y le tomo la mano. Le doy un beso en los nudillos, mirándola a los ojos.

—Hay quienes dirían que la respuesta es atrevida. ¿Estás coqueteando conmigo, Fallon?

—No. Solo te estoy diciendo la verdad. Si estuviera coqueteando, me subiría sobre tu regazo para decírtelo.

Jugando, abro los brazos para invitarla.

—Soy todo tuyo.

Se ríe y apoya la cabeza contra el respaldo del sofá.

—Lo haría, pero me da miedo lo que puede suceder. Todos esos roces de hoy, las ligeras caricias, la mano en mi espalda, las miradas penetrantes… Lo he sentido como el juego previo más intenso de mi vida.

Su confesión la ruboriza y me resulta tan adorable.

—Lo que tú consideras juego previo, yo lo considero desesperación… Todos los momentos que he podido robarte para estar cerca de ti, los he aprovechado.

—Entonces, estaría bien decir que… nos gustamos.

—Sí, hace bastante que me gustas. He estado sufriendo en los márgenes, deseando tener otra oportunidad contigo. —Me paso la mano por el cabello, todavía húmedo—. Honestamente, me sorprende tener una segunda oportunidad para invitarte a salir.

—¿A dónde me quieres llevar?

—Tengo algunas ideas. Depende de cómo esté la noche y el clima. Se supone que esta semana va a llover.

—¿Ya te fijaste?

—Ah, sí. Estoy comprometido con esta cita. Llevo un tiempo planeándola en mi cabeza por si llegaba a tener una oportunidad, y ahora que sucedió, estoy refinándola.

Suspira hondo.

—Vas a hacer imposible que siquiera considere salir con otra persona, ¿no?

—Ese es el plan.

* * *

Estoy arrodillado. Me pongo de pie y me llevo una mano a la zona lumbar.

Mierda.

Estas semanas he castigado demasiado a mi cuerpo y finalmente empiezo a sentirlo. Tengo la espalda prendida fuego y siento los isquiotibiales tan duros que creo que con solo un movimiento rápido hacia la izquierda me los podría desgarrar.

—Te mueves como si tuvieras setenta y cinco —gruñe Sully mientras entra a la cabaña con la última moldura que queda por instalar.

—Solo estoy un poco dolorido —digo y tomo la placa. Contengo el quejido mientras me inclino para presentarla en la pared. Es lo último que queda por hacer en las cabañas: después de eso, podemos comenzar a poner los muebles y armar las camas. Todo lo demás está listo; solo faltan unos retoques de pintura para tapar los clavos, pero eso es todo.

No podríamos haberlo hecho sin los amigos de Tank, que no se quitaron su vestimenta de cuero ni para martillar y pintar. Trabajaron tan duro que hasta pudieron hacer muebles nuevos para algunas habitaciones. Aunque no sean mis cabañas, les agradecí a todos y cada uno por su ayuda antes de que partieran.

Instalo la última moldura y me estoy incorporando de a poco justo cuando entra Fallon.

Me estremezco al ponerme de pie. No soy bueno ocultándolo porque enseguida siento su mano en la cintura.

342

–¿Estás bien?

–Oh, claro que está bien –dice Sully–. Solo quiere llamar la atención. –Masculla algo más entre dientes, pero no lo entiendo.

–Sabes, Sully, me preguntaba si no podrías ayudar en la recepción. Hay mucha ropa de cama en su empaque y tengo que sacarla para poder lavarla. ¿Te importaría?

–Como si no hubiese ayudado lo suficiente –dice levantando los brazos, pero le hace caso y se dirige a la recepción.

Cuando nos quedamos solos, Fallon me pregunta:

–Ey, ¿seguro estás bien?

–Solo un poco dolorido. –Me estremezco de nuevo al moverme–. Deben ser los treinta y cinco años que me están haciendo efecto.

Se ríe.

–Seguramente, viejo. Como son las nueve de la noche y todos los muchachos ya se han ido, ¿por qué no das el día por terminado y vuelves a tu cabaña?

–En un día normal insistiría con que hay cosas por hacer, pero creo que esta vez tienes razón. –Bajo la pistola de clavos y me arrastro hacia la puerta.

–No creo haber visto algo que de tanta lástima. –Se ríe y me sigue.

–No es un buen presagio para mis planes de cita. Por favor, no me mires mientras camino a mi cabaña. Puedo llegar a cojear, gatear, y hasta rodar. –Hago una pausa mientras se ríe–. Uf, por favor, dime que mi cabaña está lista.

–Acabo de terminarla. Hasta llevé todas tus cosas.

Alzo una ceja.

–¿Revisaste mis cosas?

–No. –Se ruboriza–. Bueno, tal vez un poco. Olí tu colonia. Pero eso fue todo.

–Mmm… –me burlo.

Con Fallon a mi lado, caminamos (lento) hacia la cabaña; me ha pasado una mano por la espalda y me sostiene de la cintura, y yo intento no recargar mi peso sobre ella. Cuando llegamos, me abre la puerta y se revela el nuevo interior.

—¡Guau! —exclamo cuando entro—. Qué diferencia.

Nos rodean paredes bien blancas, con detalles de madera rústica junto a la puerta y la ventana. El hermoso suelo de pino resalta contra la cama de hierro forjado negro con su cubrecama blanco y esponjoso, cojín rojo y una manta con un estampado escocés blanco y negro a los pies. Los apliques de luz que instalé combinan muy bien con el diseño general, y el detalle de la alfombra roja junto con las cortinas de escocés blanco y negro agrega un poco de calidez. Por un momento, todo mi dolor se disipa y contemplo boquiabierto lo que hemos conseguido juntos.

—Mierda, Fallon, te luciste con estas cabañas. Han quedado preciosas.

—¿Yo me lucí? El que se lució fuiste tú. —Me pincha el brazo—. No podría haberlo hecho sin ti. En serio.

—Recuérdalo cuando tengamos nuestra cita y tenga que usar un bastón para caminar.

Se ríe y, con cuidado, me abraza en agradecimiento.

—Podrías ir en andador e igualmente saldría contigo.

—Ten cuidado con lo que dices. —Me inclino y le doy un beso en la cabeza—. Seguro tienes que preparar a Sully para la cena; yo intentaré darme un baño caliente. Sé que va a ser muy indigno considerando lo adolorido que estoy y preferiría que no lo atestiguaras.

—Te entiendo. ¿Puedo pasar más tarde a ver cómo estás?

—Sí —respondo y busco el teléfono en mi bolsillo—. Me vendría bien tener tu teléfono… Ya sabes, así puedo ponerte al día con mi dolor de ciático y mis juanetes inflamados.

—No te olvides de las bolas sudorosas.

Una risa me desgarra y me sujeto las lumbares.

—Mierda, cómo pude haberme olvidado. Es sorprendente que quieras salir conmigo. —Termina de escribir su número en mi teléfono, me lo devuelve y me da otro abrazo.

Lo acepto agradecido.

—Creo que no te estás dando cuenta de que es gracias a ti —dice mientras se aleja. Me acuna el rostro con una mano—. Llámame si necesitas algo; ya sabes…, si te atascas en la bañera y no puedes salir.

—Prefiero morir en esa bañera a pedirte ayuda. Tengo que conservar algo de dignidad.

Se ríe y me aprieta la mano antes de irse.

Lo digo en serio. No pienso llamarla. No quiero que la primera vez que me vea desnudo sea atascado en una bañera. Prefiero convertirme en una pasa de uva.

Todavía sonriendo, cojeo hasta el baño, que tiene una nueva encimera, lavamanos, accesorios y una bañera recién instalada. A veces son cosas pequeñas las que hacen una gran diferencia.

Abro el grifo para llenar la bañera (que es demasiado pequeña para mí, pero solo necesito un poco de agua caliente en la espalda) y me desvisto. Pienso en poner algo de música relajante en el teléfono, pero lo resigno para jugar a un juego de adivinar palabras. Me meto en la bañera. Mi metro noventa es demasiado para el tamaño de esta bañera, pero cuando el agua caliente me toca la espalda, automáticamente me deja de importar tener las rodillas dobladas y varios centímetros fuera del agua ni que mi pene esté apenas cubierto (aunque, hay que admitirlo, es extraño estar sentado en el agua con el pene afuera). Solo me importa el agua caliente en la cintura.

Cómodo, al menos por ahora, abro la aplicación justo cuando me llega un mensaje de Roarick.

Roarick

¿Estás muerto? Hace un tiempo que no sé nada de ti y comienzo a preocuparme.

¿Debería ir hasta allí para ver si estás bien?

Es cierto. Abandoné a mi hermano. Abandoné a mi agente. Y, más importante, abandoné el mundo real, por obvias razones.

Sawyer

Vivo, pero apenas. Estuve todo el fin de semana haciendo renovaciones y mi espalda está por abandonarme.

En este momento estoy metido en una bañera con el pene asomando fuera del agua.

Así de pequeña es.

¿Por qué me parece tan gracioso?

Literalmente lance una carcajada al imaginarme el pene asomando.

Tu apoyo es conmovedor.

Ey, te escribí para ver si estabas vivo, ¿o no?

Supongo.

Bueno... ¿Qué tal la vida? ¿Como está *léelo con tono de hermanito molesto* Fallon?

No es necesario especificar el tono.

Siempre pienso en ti como un hermanito molesto.

Estás esquivando la pregunta.

Solo le agrego suspenso.

Responde la maldita pregunta.

¿Por qué estás tan impaciente?

Me está aburriendo esta conversación.

Mentira, y si no te cuento,
te quedarás pensando toda la noche.

Por tus evasivas y la picardía que huelo en tus
mensajes, voy a asumir que pasa algo
entre ustedes.

Solo dime que antes terminó con el novio.

Sí. Terminaron en buenos términos
y esta semana tendremos una cita.

Me gusta mucho y creo que yo le gusto
a ella. Lo dijo más de una vez.

¿Es amor lo que huelo en el aire?

No amor, pero sí una relación.

Bueno, ¿eso significa que te vas a quedar
allí más de lo esperado?

Sí, y no solo por ella, sino porque
me gusta estar aquí.

Encontré paz. Sentido. Y la gente es real.

> ¿Estás pensando en quedarte a vivir?

> No sé si tanto, pero sí me voy a quedar un tiempo más.

> ¿Y qué hay de la propuesta de película?

Sonrío para mis adentros y le respondo:

> Estoy bastante seguro de que tengo una idea.

＊＊＊

Cuando salí de la bañera (para ser más preciso, rodé por arriba del borde porque todavía me duele la espalda), me sequé, me puse unos pantalones cortos y cojeé hacia la cama.

Gracias a Dios por este colchón nuevo. No creo haber podido sobrevivir en la bolsa de resortes desvencijada de Sully. No tengo idea de cómo puede soportarlo un anciano. Debe tener la espalda de acero, completamente inmune a la trampa mortal que llama «colchón».

Abro la aplicación del juego de palabras y me interrumpen de nuevo, esta vez un golpe en la puerta. Miro hacia la puerta y me vuelvo a maldecir por haberla trabado, sino podría gritar «¡¡Adelante!!».

Gruño despacio, salgo de la cama y camino con tanto cuidado como puedo, intentando que no me dé un tirón en la espalda. Giro la llave, abro la puerta y me encuentro a Fallon del otro lado, en pijama con el cabello mojado peinado en dos trenzas.

—Te dije que vendría a ver cómo estabas.

Acaricio el marco de la puerta e intento actuar como si no me doliera nada.

—Pensé que me ibas a mandar un mensaje.

—Ah, lo siento. ¿Debería haberte escrito?

Empujo la puerta y me hago a un lado.

—No, esto es mucho mejor. —Entra y cierro la puerta—. ¿Sully ya está en la cama?

—Sí. —Levanta su teléfono—. Si intenta escaparse, me llegará una notificación.

Camino a mi cama y, mientras me siento (despacio), pregunto:

—¿Se levanta mucho?

—Depende. El Alzheimer es muy cruel porque, si se despierta de golpe, su cerebro no llega a interpretar la noción del tiempo, entonces pueden ser las dos de la mañana y él se está preparando para comenzar el día. Esas son las noches más difíciles porque está confundido de verdad.

—No me lo puedo ni imaginar. —Me estremezco mientras me muevo en la cama.

—¿En serio te sigue doliendo la espalda?

—Sí. Creo que tanto trabajo mezclado con el colchón de Sully me ha destruido los músculos. Ya me tomé un analgésico, así que debería mejorar pronto.

Se mueve hacia mí.

—Recuéstate boca abajo.

—¿Para?

—Te voy a ayudar a liberar un poco de la tensión de tu espalda.

—Oh, no es necesario.

—No te pregunté: te lo estoy diciendo. Boca abajo, Sawyer.

Demasiado cansado como para resistirme, me recuesto boca abajo en la cama.

—¿Dónde está tu loción?

—En el baño. Vi que la pusiste en mi mesa de noche. —Me río.

—Bueno, ya sabes…, no sabía si ese era su lugar.

—No —digo mientras me acomodo en la almohada.

—Es bueno saberlo. —Va al baño, regresa con la loción en la mano y se monta sobre mis piernas–. ¿Te duele la zona lumbar? —Arrastra los dedos por mi piel y, de inmediato, caigo en la cuenta de que la hermosa chica de la que me estoy enamorando no solo está sobre mí, sino que me está tocando la espalda desnuda. Se me eriza toda la piel.

—Tal vez esto no sea buena idea —digo.

—Estarás bien… Lo necesitas.

Necesito mucho *más* cuando comienza a tocarme.

—Sí, pero es tarde y no quiero molestarte.

—No me molestas —asegura mientras sus manos húmedas se apropian de la parte baja de mi espalda.

Mierda…, eso… se siente bien.

—Oh, estás tenso por aquí. —Masajea los dorsales–. ¿Puedo bajarte un poco los pantalones? Me mantendré en los límites de lo decente, no dejaré nada a la vista.

No estoy seguro de poder hacerle la misma promesa.

—Eh, sí.

Desliza hacia abajo el elástico de mis pantalones, me clava los pulgares, sube hasta la cintura y repite el movimiento. El placer y el dolor se encuentran; me aferro al cubrecama debajo de mí y se me escapa un gemido gutural.

—¿Te duele? —pregunta haciendo una pausa.

—No —respondo y trago con dificultad–. Se siente muy bien.

—Oh, maravilloso. —Repite el movimiento: con un pulgar a cada lado de mi columna, sube e intenta aflojar la tensión en la base. Lo está consiguiendo, aunque también está aumentando la tensión en otra zona. Pero me he vuelto demasiado adicto a su contacto como para detenerla.

—Me preguntaba cuánto tiempo más crees que te vas a quedar —dice masajeándome los omóplatos y luego regresando a la base.

—Mmm, un tiempo; ¿te parece bien? —Gimo contra las sábanas—. Puedo encontrar otro sitio si quieres alquilarle la cabaña a alguien más.

—No —contesta rápido—, solo, ya sabes, me lo preguntaba. Como mañana abro las reservas, no sabía si debía considerar que ibas a quedarte más tiempo.

—¿Esa es la forma más enroscada que encontraste para preguntarme si tengo intenciones de irme?

—Tal vez —me responde, intimidada.

—Nah, estoy bien donde estoy. Me gusta alguien y quiero estar cerca.

—¿Así que te gusta alguien? Cuéntame sobre ella.

Con los dedos me dibuja círculos en la cintura y juro que, con uno solo, me pongo duro, mi erección se aprieta contra el colchón casi sin dejar espacio.

—Ella, eh…, es muy buena haciendo masajes.

—Una cualidad admirable.

—Y es resiliente. Trabaja duro. Tiene un corazón enorme. A veces puede ser malhumorada y eso le otorga un costado excéntrico y, debo admitirlo, me gusta. También tiende a ponerse una coraza todos los días, un escudo y armadura. Aunque puede arreglárselas sola a la perfección, hay días en los que necesita de alguien a su lado, y yo quiero ser esa persona.

Su mano baja despacio y miro por encima de mi hombro para asegurarme de que todo está bien.

—¿Me pasé de la raya? —pregunto, súbitamente preocupado.

Niega con la cabeza.

—Para nada. Solo estoy sorprendida. —Sus manos vuelven a trabajar en mi espalda.

—¿Sorprendida por qué? —Sus dedos se acercan al elástico de mis pantalones.

Jesucristo.

No recuerdo la última vez que me tocó una mujer. Pasó un tiempo, creo que más de un año… Sí, eso creo. Por lo que tener sus deliciosos dedos subiendo y bajando por mi espalda me pone más duro que una roca. Y cuando se acerca al elástico, me vuelvo absolutamente patético; pero insisto, no creo que ningún hombre en mi posición pueda contenerse.

—Me sorprende que ya me conozcas tan bien.

—No es muy difícil leer a una persona. —Entierra los dedos en la curva de mi cintura y baja hacia mi trasero. Me aferro con más fuerza al cubrecama y alzo la pelvis para aliviar un poco mi erección—. Jesús. —Respiro hondo.

—¿Te gusta? —pregunta repitiendo el proceso.

—Sí, mucho.

Cambia los pulgares por las palmas y presiona aún más. Pongo los ojos en blanco y un gemido profundo brota de mi interior.

—Mierda, perdón —digo entre risas.

—No te disculpes. Es… sexy.

Mierda. Me pregunto qué pensaría si me diera vuelta.

—Gracias, pero prefiero no gemir así delante de ti. Prefiero otras… opciones.

Sus palmas se mueven a los costados de mi cintura y luego a mis glúteos (sobre los pantalones) y siento cómo mi cadera se eleva sobre el colchón, es mi pene buscando más alivio.

—Puta madre —susurro.

Luego de eso no dice mucho, pero sigue pasándome las manos por toda la espalda, clavándome los pulgares, los nudillos, las palmas. Sus movimientos se vuelven melódicos y, aunque me puso increíblemente duro, también comienzo a relajarme, hasta el punto de sentir que se me cierran los ojos… Por más que quiera no puedo evitarlo.

No estoy seguro de cuánto tiempo llevo así, entrando y saliendo de la consciencia mientras me masajea, pero lo próximo que sé es que me está dando un beso en la espalda y se baja de encima.

—Lo siento —musito contra la almohada.

—No te disculpes. Necesitabas relajarte y yo disfruté de escucharte.

—¿Escucharme? —pregunto adormilado con los ojos aún cerrados.

—Sí, fue muy sexy escuchar tus gemidos. —Me da otro beso en el hombro y su mano baja por mi espalda hasta el elástico de los pantalones, que levanta solo un poco.

—Quisiera preocuparme por lo vergonzantes que deben haber sido mis gemidos, pero creo que ni siquiera puedo hacer eso.

—No. —Me acaricia la espalda con la yema de los dedos—. ¿Te sientes un poco mejor?

—Sí. —Abro los ojos y la veo parada junto a mí, con las mejillas ruborizadas. Estiro la mano y ella la acepta, la acerco a mí y le beso los nudillos—. Gracias.

--De nada. Descansa, ¿sí? —Me pasa los dedos por el pelo.

—¿Sigue en pie lo de mañana?

—Nos preocuparemos por la cita cuando estés mejor de la espalda.

—No quiero cancelar. Para mañana ya voy a estar mejor. Dime que sigue en pie.

Su mano viaja a mi mejilla, se inclina y me da un beso en la frente. Sus labios se sienten como suaves pétalos que me acarician la piel y estoy tan tentado de jalarla hacia mí y probar su boca como hace tanto tiempo quiero hacer. Pero no me gustaría que nuestro primer beso sea así: conmigo catatónico en la cama.

—Sabes que no hay nada que quiera más que salir contigo —dice y su respiración me hace cosquillas en el oído.

—Entonces, es oficial. Mañana, tú y yo.

—Por favor, no te lastimes la espalda haciendo nada raro.

—Deja que yo me preocupe por la cita y por mi espalda, ¿sí?

Asiente y se endereza.

—Bueno.

Le doy otro beso en los nudillos.

—De nuevo, gracias por el masaje. Te veo mañana.

Sonríe.

—Hasta mañana, Sawyer.

CAPÍTULO 19

FALLON

—¿Qué te parece esto? —pregunto mientras despliego un traje pantalón púrpura sobre la cama.

Jaz está recostada contra el respaldo, con las piernas cruzadas, masticando un trozo de regaliz negro.

—Lo siento, ¿es una cita o una entrevista para formar parte del consejo escolar?

Con un gruñido, me tumbo de espaldas sobre la cama y me tapo los ojos con las manos.

—Ugh, Jaz, no tengo nada que ponerme.

—Tienes muchas cosas para ponerte, pero estás tomando decisiones equivocadas.

—No me voy a poner solo lencería.

—¿Por qué no? Todos sabemos cómo va a terminar esta cita, así que no es más que un atajo.

—Eso no lo sabemos —digo, mirándola.

—Por favor, se estuvieron follando con la mirada todo el fin de semana. Dios, en un momento hasta yo comencé a excitarme por el modo en que te miraba.

—¿¡Viste!? —digo, incorporándome sobre mis codos—. Fue realmente... sensual, ¿no?

—Guácala, no digas «sensual». Diría «sexy». «Vigorizante». «Embriagador». Cualquier cosa menos *sensual*.

—Como sea, me sentí más deseada ayer que en toda mi vida. Y odio comparar a Sawyer con Peter, pero con él todo se siente diferente. Desde el principio se sintió diferente.

—Peter era más reservado —señala Jaz mordiendo un trozo de regaliz—. Bueno, excepto el último día que estuvo aquí, pero eso fue distinto. ¿Volvieron a hablar?

Niego con la cabeza.

—La verdad que no. Solo un mensaje de texto rápido para decirme que estaba bien. Le agradecí. —Me encojo de hombros—. Ambos sabíamos que se había terminado.

Asiente despacio.

—¿Y cómo crees que será con Julia? ¿No te preocupa que vaya a quedarse poco tiempo? En algún momento, tendrá que volver, ¿no? ¿Eso no te pone en la misma posición en la que estabas con Peter?

—Puede ser. Pero anoche mencionó que no se iba a ir a ningún lado, y él sabe cuáles son mis intenciones: sabe que mudarme no es una opción. Entonces creo que es consciente de que, si la cosa entre nosotros avanza, avanza aquí, en Canoodle.

—Es cierto. Haces que los hombres vengan a ti.

—Es un buen tipo, Jaz.

Suspira hondo.

—Odio admitirlo, pero lo es. Lo que hizo por ti el fin de semana pasado, la cabaña para tus padres... Dios, quiero odiarlo, pero es difícil.

—Lo sé. Él lo hace imposible. Y eso me lleva de vuelta a la cita: no sé qué ponerme y estoy a punto de volverme loca. Dijo que sería algo relajado al aire libre.

—Entonces, ponte el traje con pantalón púrpura. —Aplaude despacio—. Sí, esa parece una buena elección.

—Jaz, por favor, ahora no necesito tu sarcasmo. Tengo que estar lista en media hora.

—Bueno, al menos estás peinada y maquillada. Tal vez quieras considerar una vez más la idea de la lencería.

—¡Que noooo! –gruño fastidiada.

—Está bien —resopla y se incorpora—. Pero estoy segura de que él lo hubiese valorado. —Todavía comiendo regaliz, camina hacia mi armario y me revisa las cosas. Luego va hacia el vestidor y abre las gavetas de pantalones. Vuelve a mi armario. De nuevo al vestidor y entonces…, cuando creo que va a volver a sentarse, toma unos pantalones cortos de encaje y un top negro sencillo. Los arroja sobre la cama–. Listo. Se ve como lencería, pero no es revelador como la lencería. Es cómodo, no te hará sudar y también es sexy.

Bajo la vista hacia el atuendo, luego la miro, y me invade el alivio.

—Exactamente por esto te pedí ayuda. Es perfecto.

—Lo sé. —Muerde el regaliz y vuelve a sentarse en su sitio.

Sin preocuparme siquiera por el pudor, me quedo en bragas y sujetador, y estoy a punto de cambiarme, cuando Jaz dice:

—Eh, ¿qué carajo es ese sujetador?

Bajo la vista hacia mi sujetador de algodón beige.

—Es cómodo.

—¿Usarás *eso*? ¿En tu primera cita, cuando hay posibilidades de que Julia te lo quite? ¿Estás loca?

—Es casi nuevo –protesto–. Y suave. Creo que le va a gustar la suavidad… Espera, ¿en qué estoy pensando? No me lo va a quitar. No lo haremos hoy.

—Mmm, viniendo de la chica que anoche dijo que quería darlo vuelta y montarlo…

—Eso no fue lo que dije. —Jaz me desafía con la mirada—. Bueno, no con esas palabras. Pero esto es una cita, es elegante. No haremos nada… después.

—Bueno, aun así, ¿qué pasa si se te resbala un tirante del top y se te ve el sujetador beige? ¿Estás dispuesta a correr ese riesgo? —Cuando me estremezco, le da otro mordisco al regaliz—. Te lo dije. Ahora vamos a ver tu lencería y, si dices que no tienes, vamos de compras. Ese será tu castigo por ser una abuela.

Pasamos los cinco minutos siguientes eligiendo opciones de ropa interior y nos decidimos por un sencillo conjunto negro. Odio que tenga razón, pero el sujetador de encaje me hace sentir más sexy y tiene otro calce. Me pongo un par de sandalias que terminan de cerrar el atuendo, y Jaz insiste en que me ponga desodorante y perfume. Cuando estoy lista, entrelaza su brazo con el mío y me acompaña por las escaleras hacia la recepción, donde Sawyer está sentado en el apoyabrazos del sofá con las manos entrelazadas sobre las piernas, esperándome.

Se ha puesto unas bermudas y una camiseta azul marino. Es un atuendo sencillo pero se ve muy bien… Increíblemente bien. Cuando me acerco, se pone de pie, me devora con la mirada y una sonrisa se apodera de su rostro.

—Ay, por Dios, te mira embobado —dice Jaz cuando llegamos a la recepción.

Se ríe despacio.

—También me alegra verte, Jaz.

—Jazlyn —lo corrige, pero a él no le importa, porque da un paso hacia delante, me toma la mano y me da un beso en los nudillos con dulzura—. ¿Cómo estás de la espalda, anciano?

Sawyer sonríe.

—Bien, *Jazlyn*. —Luego me mira y me dice—: Estás hermosa.

—Gracias. —El rubor me trepa por las mejillas.

−¿Sully está bien? ¿Te sientes cómoda yéndote?

Y exactamente ese es el motivo por el que me estoy enamorando de este hombre: es tan considerado. No me presiona para que salgamos; primero quiere asegurarse de que las cosas estén bien en mi hogar, y eso es todo para mí. Pone en primer lugar a Sully y mis sentimientos, y solo puedo pensar: *gracias a Dios que me cambié la ropa interior.*

−Está muy bien. Está mirando con Tank *Tonto y retonto*, una de sus películas favoritas.

−Un clásico −acota Jaz, que todavía sigue junto a nosotros y nos da cero privacidad, pero supongo que no podría esperar otra cosa de ella.

−Pero sí, estoy lista. −Nos tomamos de la mano y les doy un apretón.

−Perfecto. −Se gira hacia Jaz−. Que tengas buenas noches, *Jazlyn*, y gracias por dejarme salir con tu chica.

−No lo arruines. O si no... −Busca en el bolsillo, toma la navaja retráctil, desenvaina la hoja y le muestra el borde filoso.

−Jesús −murmura él.

−Me gustaría decir que solo son palabras, pero no es así −admito.

−Te creo. No te preocupes, me portaré bien con tu chica.

Con eso, me guía hacia afuera, y, cuando volteo para ir a la playa de estacionamiento, donde sé que ha estado su automóvil todo este tiempo, continuamos avanzando por el sendero, adentrándonos en el predio de La Caverna.

−Sé lo que debes estar pensando... «¿Nos quedaremos aquí? Siempre estamos aquí». Y sí, es cierto, pero cuando pensaba en un lugar para invitarte, solo podía pensar en este sitio específico.

−¿Qué sitio? −pregunto.

−Bueno, estuve pensando, ¿viste que Sully y Joan tienen su banca?

—Sí —respondo despacio, preguntándome a dónde quiere llegar con esto.

—Pensé que sería lindo tener un sitio como ese.

—Entonces, a ver si entendí bien: ¿quieres quedarte aquí el tiempo suficiente como para que tengamos un sitio especial? —No sé por qué se me escapa esa pregunta cargada de inseguridad, pero lo hace.

Hace una pausa y se gira hacia mí con una sonrisa amable.

—No me iré a ninguna parte. No solo porque me encanta estar aquí, sino también porque quiero ver hacia dónde van las cosas entre nosotros. Sé que recién estamos teniendo nuestra primera cita, pero me gustas mucho, Fallon. Me gusta tu vida. Me gusta Sully, con su malhumor y todo. Y no me puedo imaginar regresando a mi antigua vida; a esta altura me parece tan vacía. Aquí siento que tengo un propósito. Tú me haces sentir que tengo un propósito. Entonces, no más preguntas sobre mi compromiso contigo y con este lugar, ¿entendido?

Asiento, con el estómago lleno de mariposas. No puedo decir cómo ha sucedido todo esto, cómo en un abrir y cerrar de ojos nos conectamos a un nivel tan profundo, pero así fue y puedo sentirlo. Su compromiso, su felicidad, sus intenciones.

—Ahora, como te decía, ya que Sully y la abuela Joan tienen su lugar, quería encontrar un espacio de la propiedad que pudiera ser nuestro. —Caminamos junto a las mesas de pícnic y las canchas de lanzamiento de herradura hasta el fondo de la propiedad, donde la vegetación es más espesa y casi conforma un bosque. Anidada entre los pinos, hay una pequeña construcción de madera. Parece una cabaña, pero sin frente, así que tiene vista directa al lago distante. Dentro, hay cojines que cubren el suelo de madera y unas guirnaldas de luces que brillan sobre nosotros.

—¿Qué rayos es esto? —pregunto sorprendida.

—Algo que armé esta mañana.

—¿¡Qué!? ¿¡Esta mañana!? —digo incrédula—. ¿Y tu espalda?

—Mi espalda está mucho mejor. Y sí, construirlo fue fácil. Lo difícil fue encontrar los cojines. Tuve que hacer una excursión a Palm Springs y maldije todo el tiempo porque no quería llegar tarde a nuestra cita. Por suerte, tus papás los consiguieron y me los alcanzaron hasta el pie de la montaña.

—¿Hablaste con mis papás?

—Por supuesto. —Sonríe—. También me dieron unas galletas para el postre y su completa aprobación.

—No puedo creer que les hayas pedido ayuda —digo mientras unas emociones que no puedo ni empezar a describir crecen en mi interior.

—Hasta recluté a Sully antes de que se fuera con Tank. Necesitaba que me sostuviera las paredes mientras yo las clavaba. Se quejó porque no las lijé, pero no tenía tiempo para dejarlas perfectas. Lo haré luego.

—No. —Le apoyo la mano en el antebrazo—. Quiero que quede como está. Es perfecta.

—¿Sí?

Alzo la vista hacia él.

—Sí. Gracias, Sawyer. Esto es… Es mágico.

—Me alegra que te guste. De verdad espero que se vean bien las estrellas cuando oscurezca. Escogí específicamente este sitio por ese motivo: es privado y agreste, pero la copa de los árboles no es tan grande como para bloquear la vista.

—No creí que fueras así de romántico —digo mientras me guía hacia la pintoresca cabaña.

—No te culpo. El recuerdo que tienes de mí en nuestra cita es con la cabeza enterrada en el teléfono. Pero tienes que pensar que vivo de escribir guiones para comedias románticas, y me los creo. No soy un mártir que no cree en el amor y solo escribe para ganar dinero. Cada historia, cada pensamiento, cada idea de cita: las invento porque creo en ellas.

—Bueno, parece que estaré envuelta en un torbellino de romance.

Sonríe aún más.

—Esto es solo el comienzo, Fallon. Te conviene prepararte porque esto se pondrá mejor.

Y de verdad le creo.

✷ ✷ ✷

—Jamás pensé que Pine Pantry fuera a tener tan buenos quesos —digo al recostarme sobre los cojines mullidos de la cabaña—. Pero, guau, cuando lo combinas con el vino y las uvas… Me he vuelto adicta.

—Yo también me sorprendí. Estaba preparado para pedirles a tus papás que también me trajeran unos quesos, pero cuando encontré el brie, pensé que podíamos darle una oportunidad. Me alegra haberlo hecho.

Se mete otra uva en la boca y se me acerca, recostado sobre los cojines. Pero, en lugar de tomarme la mano, como venía haciendo, me envuelve en sus brazos y me jala hacia su pecho, así que ahora lo estoy usando como almohada. Me acaricia el brazo. Es una caricia directa que me enciende y me da cada vez más ganas de montar a este hombre. Odio admitirlo, pero gracias a Dios que Jaz me hizo cambiarme el sujetador.

El sol comienza a ponerse frente a nosotros mientras una música instrumental suave suena desde un parlante bluetooth que Sawyer colgó del techo de la cabaña. De verdad pensó en todo, desde los cojines hasta las luces, pasando por un pequeño panel solar que provee electricidad. No tengo idea de cómo hizo todo esto en un día, pero me alegra. Más de lo que él sabrá jamás.

—¿Cómo fue que te volviste tan romántico? —pregunto—. ¿Te pasaste horas y horas mirando comedias románticas hasta que se te grabaron en la cabeza?

Se ríe.

—Bueno… Somos dos hermanos varones, y el romance es el género favorito de mamá, así que nos inculcó la idea de que las sagas espaciales no eran las únicas películas disponibles.

—¿Sagas espaciales? ¿De ahí viene el amor marciano?

—Me temo que sí. Creía que iba a ser el próximo George Lucas. Cuando quedó claro que eso no pasaría, pensé en seguir con lo que conocía mejor, y eso era el romance. Pero no era solo por haber visto películas románticas con mi mamá: mi papá es el hombre más romántico del mundo. Fue un ejemplo, un precedente de cómo debería comportarse un hombre con su pareja. Él organizaba citas con mi mamá todos los viernes a la noche, aunque sea en algún sitio dentro de la propiedad, y todas las semanas se esforzaba por demostrarle cuánto la amaba. También nos enseñó a Roarick y a mí a ser románticos cuando crecimos y comenzamos a conocer gente. Y como que… se me quedó. Para mí esto no es la gran cosa. —Señala la cabaña—. Esto debería ser lo esperable.

¿Esto debería ser lo esperable? ¿Toda esta producción?

No puedo imaginarme en una relación en la que esto es lo esperable. Es tan… abrumador.

—Bueno, entonces soy muy afortunada porque me hayas escogido para salir.

—Yo soy el afortunado —susurra y me da un beso en la cabeza—. Agradezco tener una segunda oportunidad, y que no me odies por haber sido un imbécil en nuestra primera cita. Carajo, si mi padre supiera, me colgaría de las pelotas.

Me río.

—Entonces, cuando lo conozca, no quieres que se lo mencione.

—No, salvo que no te importen mis partes...

—Oh, no quisiera que algo les sucediera. Los objetos valiosos deben ser bien cuidados.

—Coincido, por eso ya no tienes permitido darme masajes.

Resoplo.

—Sabía que anoche estabas excitado, podía sentir cómo te retorcías.

Se aleja un poco para poder mirarme a los ojos.

—Y, sin embargo, seguías haciendo esas cosas con tus manos.

—Porque me parecía fascinante. Además, de verdad quería calmarte el dolor de espalda.

—¿Te parecía fascinante el dolor de mi erección?

Me cubro la boca con la mano mientras me río.

—Lo siento, pero… sí. Es difícil evitarlo. O sea, solo con un masaje inexperto conseguí darte una erección: imagina lo que hubiera sucedido si hubiese estado desnuda.

Su nuez de Adán sube y baja cuando traga saliva.

Tensiona más la mandíbula, aprieta los dientes.

Y me sujeta con más fuerza aún.

Conozco esa mirada.

Conozco esa sensación suya de necesitar estar más cerca.

Totalmente inconfundible.

De nuevo está excitado.

No debería sentirme así de orgullosa por poder hacerle esto, pero lo estoy.

—Si estuvieras desnuda… Sí, eso acabaría de inmediato con esta cita.

Le recorro el dedo con el pecho.

—¿Y eso estaría tan mal?

—Sí —responde—. Y, antes de que te hagas ideas, *eso* no sucederá esta noche.

—¿¡Qué!? —pregunto y me alejo de él.

Ahora es su turno de reírse.

—¿Estás ansiosa por desnudarte?

—Bueno, un poco —reconozco y siento cómo se me calientan las mejillas—. O sea, Jaz hasta me hizo cambiar el sujetador por uno más sexy.

Se endereza de la posición relajada en la que estaba, se estira hasta mi hombro y mueve la manga de mi top hacia un lado. Pasa su dedo por el tirante del sujetador y se me corta la respiración por la caricia del reverso de su dedo sobre mi piel. Me imagino que me baja el tirante, dejando expuesto el sujetador. Después, me imagino que me lo quita y posa su boca sobre mi pecho para luego chuparme el pezón con desesperación mientras le paso los dedos por su suave cabello.

—Jamás te hubiese imaginado como una chica de sujetador negro —dice y me acomoda el tirante del top.

—¿Qué, eh…, qué esperabas? —La voz me sale agitada porque me devuelve a la realidad. *Tocó el tirante de tu sujetador, Fallon. Tampoco es que te metió la mano en los pantalones. Contrólate.*

—Una armadura de una pieza.

Abro grandes los ojos y él se ríe a carcajadas. Le doy un empujoncito en el pecho y eso solo lo hace reír más.

—Guau, gran trabajo arruinando el clima.

—Tenía que hacerlo. Tenías ojos lujuriosos. Esta noche no va a suceder nada, así que quítatelo de la cabeza.

—Pff, como si yo quisiera que sucediera algo esta noche. —Me cruzo de brazos, intentando ignorar la desilusión—. Ni siquiera te quiero cerca. Puaj. Qué asco. Guarda las manos.

—¿Con eso pretendes convencerme?

—No estoy aquí para convencer a nadie, solo estoy viviendo mi vida.

—Ah, ¿sí?

—Síp —respondo, enfatizando la *p* con un golpe de labios.

—De acuerdo. —Se aleja para recostarse en los cojines boca arriba, con las manos debajo de la nuca y eso hace que se le levante un poco la camiseta, lo suficiente para ver su piel. Piel bronceada y perfecta.

Se me hace agua la boca.

Le recorro el torso y los brazos con la mirada. Tiene los bíceps flexionados y se presionan contra la manga de su camiseta, lo que demuestra su fuerza. Una fuerza que me resulta demasiado familiar. Y luego contemplo su rostro; tiene la mandíbula cuadrada y una barba incipiente. Su adorable nariz torcida y los devastadores ojos azules que casi se ven violetas debajo de estas luces doradas.

—¿Vas a quedarte ahí mirando o vendrás a recostarte aquí conmigo? —pregunta.

Se me escapa un sonido estrangulado porque no pienso mantenerme lejos de este hombre. Reticente (pero porque de verdad quiero *hacerlo*), me acurruco a su lado y apoyo la cabeza sobre su pecho. Me rodea la cintura con los brazos y me acerca aún más.

—Qué fastidioso —declaro, aunque no puedo disimular la sonrisa que se dibuja en mis labios.

—¿Ya? Viejo, esta relación avanza más rápido de lo que esperaba. Estoy anonadado. —Le pincho el costado con un dedo y se ríe mientras se gira hacia mí para darme un beso en la frente.

* * *

—¿Qué querías ser de grande cuando tenías diez? —pregunta Sawyer mientras enrosca un mechón de mi cabello en su dedo, una expresión de afecto a la que me estoy volviendo adicta.

Nos hemos comido dos galletas cada uno de la canasta que le dieron mis padres. Eran de brownie con malvaviscos y chispas de chocolate, y estaban demasiado ricas como para comer solo una. Los dos acordamos: «Una es muy poco, tres es demasiado, pero dos... Dos es perfecto».

Apagamos las luces navideñas para poder mirar las estrellas y que la luna sea el único cuerpo brillante.

Y, por supuesto, como no puedo mantener la distancia, estoy acurrucada en la comodidad de sus brazos.

—¿Cuando tenía diez? Mmm, creo que seguía en mi fase de rocas, lo que significa que quería ser dueña de una tienda de rocas.

—¿Una tienda de rocas? —Sus palabras están llenas de sorpresa.

—Sí, cuando venía a visitar a Sully y a Joan, me iba a caminar y juntaba rocas maravillosas... Bueno, *a mí* me parecían maravillosas. Cuando llegaba a casa, tomaba el pulidor de rocas que me había comprado Sully y las pulía hasta que quedaban brillantes, suaves y hermosas. Mis papás lo odiaban.

—¿Por qué?

—Bueno, no odiaban que me gustaran las rocas. De hecho, les parecía gracioso que la hija que ellos creían que sería su propia Elizabeth Taylor (me hicieron vestir de ella tres Halloween seguidos) amara jugar en la tierra y tratara a sus rocas como amigos.

Se ríe.

—Diablos, eso es adorable. ¿Conservas alguna?

—Si te dijera que sí, ¿pensarías que soy una ñoña?

—No, querría que me presentaras a tus amigos. —Le doy un empujoncito en el costado y se ríe más—. En serio, es tierno. ¿Y qué cambio? ¿Cuándo eliminaste esa tienda de tu futuro?

—Oh, lo de siempre, la chica mala de la escuela, que se llamaba Debra Lizowski, dijo que era tonta. En sexto grado tuvimos que hacer una presentación de lo que queríamos ser cuando creciéramos y yo presenté mi tienda de rocas. Le había puesto mucho empeño.

Estaba extasiada con mi diseño, muy orgullosa de mí, y había llevado muchas rocas pulidas para mostrar. Gemas rojas, azules, rosadas, púrpuras, de todos los colores del arcoíris. Cuando terminé, me dijo que era una tonta y que iba a ser pobre.

—Jesús, los niños sí que son crueles.

—Sí, ese día guardé las rocas en un depósito y me puse a pensar en otras ideas. Decidí ser enfermera cuando estaba en el secundario.

—De verdad me partes el alma. —Me acerca aún más hacia él—. ¿Qué podemos hacer para devolver a la vida esa tienda de rocas?

Me río un poco.

—Nada. Nadie quiere comprar rocas.

—No es cierto. Siempre hay tiendas de rocas en los pueblos turísticos. Tú vives en un pueblo turístico. Deberías venderlas.

Me siento, le doy un beso en la quijada y digo:

—Eres muy dulce. Pero estoy bastante segura de que ya tengo demasiadas cosas entre manos. No creo que tenga margen para abrir una tienda.

Suspira.

—¿Puedo preguntarte algo?

—Claro.

—¿Cuál era el nombre de la tienda?

—Las rocas de Fallon —respondo, recordando la marquesina a la que le había dedicado horas enteras.

—Ah. —Hace una pausa y piensa—. Ya entiendo por qué Debra Lizowski te dijo que eras una tonta: sé más creativa. —Cuando lo miro, sorprendida, me dedica una de sus sonrisas juguetonas.

—Sí, tienes razón, no sucederá nada entre nosotros esta noche.

Sonríe más y me abraza con fuerza. Sonriendo también, me aferro a él.

* * *

—¿Cómo te rompes el brazo en una piscina? Está llena de agua. A menos que tengas huesos de ave. —Alzo la vista para mirarlo a los ojos—. ¿Tienes huesos de ave, Sawyer?

—Sí. Por favor, trátame con cuidado. Soy frágil y débil y solo tolero caricias de pluma.

—¿Eso cuenta para todo tu cuerpo? —Le miro la entrepierna un segundo y luego vuelvo a sus ojos.

—No, eso está hecho de acero —declara con un tono más masculino—. Pero todo lo demás es frágil. Voy a necesitar que me acurruques. Prefiero que me acurruquen entre senos; me hace sentir mejor.

—Eres un ridículo. —Me río—. Pero ¿en cuántos *senos* te han acurrucado?

—Treinta y siete. Podrías ser la treinta y ocho.

—¿Treinta y siete? —Alzo la voz—. ¿Estuviste con treinta y siete mujeres?

—Ahh, ¿con cuántas estuve? Creí que te referías a un buen arrumaco. Si hablamos de mujeres con las que estuve, fácil, doscientas setenta y nueve. Un mes fui una puerta giratoria de mujeres. Pero tengo que agradecerles por el entrenamiento.

Está claro que está bromeando. Se ha pasado toda la noche bromeando, pero de verdad he disfrutado los chistes y las frases absurdas. Valoro su sentido del humor; hay tantas cosas serias en mi vida, a veces desoladoras. La idea de tener a alguien a mi lado, sosteniéndome la mano y haciéndome reír… le agrega la luz que le faltaba a mi vida, incluso cuando estaba con Peter.

—Guau, doscientas…

—Setenta y nueve.

—Sí, doscientas setenta y nueve, un buen harén. ¿Cómo es que sigues caminando?

—Ayuda tener una tercera pierna. —Guiña un ojo y miro para otro lado, lo que lo hace reír con fuerza.

—Y yo que pensaba que eras diferente al resto de los hombres.

—Puede que sea romántico y voluntarioso y claramente un buen partido, pero sigo siendo un idiota, así que prepárate mentalmente.

—Eso parece. —Me giro y me acuesto boca arriba, mirando las estrellas—. Entonces…, en serio, ¿cuántas mujeres? —pregunto unos segundos después.

—Eh, menos de diez, creo. Pero ninguna —dice con voz dramática—, y me refiero a *ninguna*, se compara contigo, nena.

—Por supuesto que no.

* * *

—¿Alguna vez caminaste por la alfombra roja? —le pregunto a Sawyer mientras nos tomamos de las manos y avanzamos en penumbras por el sendero hacia mi casa.

—Sí —responde.

—¿En serio? ¿De los Oscar?

Se ríe.

—No. En la alfombra roja de una proyección de Lovemark. Lo admito, es casi lo que menos me gusta de mi trabajo.

—¿Por qué?

—No es lo mío. Todas las fotos y preguntas…

—¿Alguien te preguntó qué llevabas puesto?

—Sí, pero antes me preguntaron quién era y si me había colado.

—¡No! —Me río.

—Síp, y cuando les dije que era el guionista, se apiadaron un poco y me preguntaron de dónde era lo que llevaba puesto. Les di la sólida respuesta que era de una tienda departamental, que los zapatos me los había prestado mi padre y que, por supuesto, la ropa interior era de Fruit of the Loom.

—Ay, Dios, ¿en serio? —Lo sujeto del brazo con fuerza mientras la luz de energía solar ilumina nuestro camino.

—Sí. La entrevistadora estaba, como mínimo, horrorizada y enseguida me hizo a un lado.

—¿Fuiste a otra alfombra roja después de esa?

—Sí, pero a partir de ahí comencé a huir de las cámaras. Y, por supuesto, cuando empecé a salir con Annalisa, era su acompañante y me quedaba parado mientras ella posaba.

—Supongo que a esa altura tus trajes ya no eran de la sección de hombres.

—No, pero no por mí. Annalisa me insistía tanto con que gastara dinero en un traje como la gente que me compré uno en Tom Ford y desde entonces lo uso siempre… Bueno, excepto en su boda.

—No, ahí deleitaste a todos con ese modelo celeste.

—Te gustó, ¿no? —Mueve las cejas—. ¿Se te pararon las antenas?

Me abanico el rostro con una mano.

—Es en lo único que puedo pensar: me excita.

—Ah, mierda, de haberlo sabido me lo habría puesto esta noche.

—Pero —digo cuando nos acercamos a casa— como no quieres que suceda nada sexual esta noche, ha sido lo mejor.

Llegamos a la puerta principal, se gira hacia mí y me posa una mano en la cadera.

—Cierto. Pero ahora sé qué ponerme cuando llegue el momento del coito.

—¿Qué sucede contigo?

Se ríe con la risa más sexy y sincera que he oído jamás.

—Bueeeno… Entonces es un no para el traje celeste.

—Es un no al traje celeste y al término «coito».

—Entiendo. —Se ríe y suspira—. Demonios, he pasado una noche increíble contigo, Fallon.

Me sube la temperatura del cuerpo, un infierno se apodera de cada nervio y cada músculo.

—Yo también he pasado una linda noche.

—Entonces…, ¿puedo invitarte de nuevo?

—Me enojaría si no lo hicieras —respondo con honestidad porque quiero que sepa cómo me siento. Quiero que vea lo feliz que me hace. Lo mucho que me gusta estar cerca de él, rodeada de su energía.

—Muy bien. —Me acaricia el mentón y la mejilla, me acomoda un mechón detrás de la oreja—. ¿Nos vemos mañana?

—Sí —respondo humedeciéndome los labios.

—Bueno. —Echa mi cabeza hacia atrás y juro que el aire se congela mientras espero un beso de buenas noches.

Se siente como una película: las estrellas brillan sobre nosotros, el leve sonido del viento se cuela entre los árboles y el lejano aroma de su colonia nos envuelve, nos acerca.

Me sujeta el rostro con decisión.

Tiene los ojos clavados en mí.

Y, mientras baja los labios hacia mí, se me aceleran los latidos y el corazón me trepa por la garganta. La ansiedad está por comerme viva.

Antes de esta noche sabía que lo quería besar. Sabía que quería que sus manos me sujetaran con fuerza, sentir su marca en mi cuerpo, porque es uno de los hombres más considerados y bondadosos que he conocido. Me hace sentir… especial. Me hace sentir que importo, pero que también importan las cosas en las que yo creo. Sin siquiera saber nada sobre La Caverna y los problemas que estamos enfrentando, se hizo cargo de reparar algunas cosas. Se volvió cercano a Sully, lo trata como si fuera su abuelo. No ha mostrado nada más que altruismo y ha abrazado a mi familia como si fuera la suya.

Y esta noche, bajo las estrellas, me ayudó a relajarme, me demostró que en esta estresante vida que llevo adelante puedo respirar hondo y divertirme. Que no estoy totalmente sola en este viaje de cuidar a mi abuelo convaleciente.

Parada aquí, en sus brazos, mirando sus conmovedores ojos, sé que lo único que quiero es besarlo, por fin.

Deslizo una mano por su pecho fuerte y musculoso y la dejo en sus pectorales, cerca de las clavículas.

Inclina mi cabeza un poco más.

Baja su boca.

Las mariposas me revolotean desenfrenadas en el estómago y me sacuden los nervios.

Y entonces…, me da un beso en la frente y se separa de mí.

—Buenas noches, Fallon.

Eh, ¿qué? ¿Buenas noches?

Estoy aturdida.

Me quedo boquiabierta.

Confundida.

Sin saber qué es lo que acaba de suceder.

Me dio un beso en la frente. En la frente. A una abuela se le da un beso en la frente. A una amiga.

No besas en la frente a la chica que te interesa, ¡al menos no en lugar de un beso de buenas noches en los *labios*!

Debe percibir mi irritación porque, en lugar de irse, me pregunta:

—¿Estás bien?

—No —escupo y él retrocede un poco—. No estoy bien, Sawyer.

—¿Qué ocurre? —De verdad se lo ve confundido en la penumbra.

—Lo que ocurre es que quería que me besaras y, en cambio, te despediste de mí con un beso en la frente. Creí que dijiste que habías disfrutado la noche.

—Así fue —responde con el ceño fruncido.

—¿Y entonces por qué no me besaste?

—Porque —me mira a los ojos— acabas de terminar con tu novio y no quiero ser el clavo que saca otro clavo. Quiero asegurarme de que estás bien antes de avanzar en el terreno de lo físico. Prefiero que dediquemos el tiempo a conocernos mejor.

—Bueno, yo no —aseguro. Lo tomo de la nuca y lo acerco hacia mi boca.

Antes de que podamos entender lo que está sucediendo, avanzo, cierro la distancia que nos separa y conecto nuestros labios.

Esperaba que estuviera tenso al principio porque lo tomé con la guardia baja, pero me posa una mano en la nuca y pasa los dedos por mi cabello, mientras que con la otra mano me sujeta de la cintura y me acerca hacia él. Con autoridad, toma el control de nuestro beso y lo intensifica cuando abre la boca.

Me pierdo.

En su contacto.

En el sabor de sus labios.

En la presión de su pecho contra el mío.

En el grave gemido que se escapa de sus labios cuando nuestras lenguas se encuentran.

Nada importa en este momento, solo la forma en que me acuna el rostro, me inmoviliza y no me deja ir a ningún sitio.

No estoy segura de si alguna vez me besaron así.

Nunca he sentido un beso en la punta de los pies y nunca he tenido esta clase de reacción visceral. Me tiemblan las manos, las piernas también y, con cada caricia de su lengua, me gusta más y más.

No soy inocente para el amor ni diría que estoy enamorada, pero sé cada vez con más certeza que este bien podría ser mi último primer beso. Lo siento en cada centímetro de mi cuerpo. Puede que sea este.

Puede que sea él.

De a poco, disminuye la intensidad, su boca sigue sobre la mía unos segundos más antes de separarse. Me acaricia la mejilla con el pulgar y suspira.

—Jesús, Fallon, eso fue…

—Sí —digo mientras apoyo una mano en la suya.

Se vuelve a inclinar y me da un último y rápido beso en los labios antes de alejarse y meterse las manos en los bolsillos.

—Me tengo que ir.

—No tienes que irte, lo sabes, ¿no?

—Sí. —Da otro paso hacia atrás—. En serio, me tengo que ir. —Otro paso hacia atrás.

—De acuerdo. —Bajo la mirada porque daría cualquier cosa por alargar esta noche. Y entonces recuerdo lo que dijo, el motivo por el que al principio no quería besarme—. Ey, ¿Sawyer?

—¿Mmm?

—Si te sirve de algo, no eres el clavo que saca otro clavo. Ni por asomo.

—Espero que no. Después de ese beso no creo que vayas a poder deshacerte de mí.

—Qué bueno. —Sonrío—. Porque yo tampoco me iré a ninguna parte.

CAPÍTULO 20
FALLON

Jaz

¿Qué tal anoche?

Fallon

Maravilloso.

Así que maravilloso, eh... Creía que Julia era incapaz de tener una cita maravillosa.

Pensé que por lo menos iba a estar un poco nervioso.

Ni un poco. Fue gracioso, dulce, considerado.

Me dio de comer, construyó una pequeña cabaña para recostarnos a mirar las estrellas...

Dijo que podía ser como la banca de Sully y la abuela Joan.

Y al final de la noche nos besamos.

Jaz, fue el mejor beso de toda mi vida.

Sé que es una locura, pero solo con ese beso me hizo pensar que podía ser el indicado.

Siento que debería responder con algo como APENAS SE CONOCEN, pero como he visto la conexión que hay cuando están juntos, me lo imaginaba.

¿En serio?

Es obvio.

No me esperaba que dijeras eso en absoluto.

Cuando se trata de mí, es mejor si no esperas nada.

Entonces, ¿anoche solo un beso?

Sí, pero me aseguraré de que eso cambie pronto.

Ah, Julia, cuídate, Fallon va por tus bolas chorreantes.

***

—¡Jaz, mira! —exclamo boquiabierta señalando la pantalla de la computadora.

Levanta la cabeza de su teléfono donde estuvo jugando *Candy Crush* durante la última hora y mira la pantalla.

—¿Qué estamos mirando?

—Las solicitudes de reserva. El fin de semana de apertura está casi lleno.

—Espera… ¿En serio? —Se acerca para ver mejor–. Mierda, es cierto. —Me da una palmada con amor–. Fallon, mira eso, mira lo que has logrado. Has dado vuelta las cosas.

Niego con la cabeza, tan mareada de alivio que casi siento que me voy a caer de la silla.

—Nada de eso, no he sido solo yo. Este es el resultado de la comunidad colaborando para hacer realidad la idea de Sully. Y de lo mucho que ha ayudado Sawyer.

—Contigo como motor de todo. La gente sigue a los apasionados. Solo tenías que liderar. —Jaz se acerca y me abraza justo cuando se abre la puerta trasera y entra Sawyer con una bolsa; se ve muy bien con esos pantalones y una camiseta negra ajustada.

Se detiene.

—¿Interrumpo algo?

—¡La Caverna está casi llena para el fin de semana de apertura! —exclamo, incapaz de contener el entusiasmo.

—Guau, Fallon. —Apoya la bolsa y se apresura para ir detrás del mostrador para darme un abrazo—. Eso es maravilloso. Felicitaciones. ¿Cómo te sientes?

—Entusiasmada. Emocionada. Aliviada. Estresada. Ya sabes, las emociones típicas. —Lo suelto y doy un paso hacia atrás con el cuerpo recargado de energía.

—Me estaba diciendo que no podría haberlo hecho sin ti —interviene Jaz—. Si me preguntas a mí, diría que mi chica está enamorada.

—Ah, ¿sí? —pregunta Sawyer y me sonríe—. Si se ha enamorado por la ayuda, debería estar enamorada de ti también, *Jazlyn*.

Mi amiga se endereza en su asiento.

—¿Sabes qué? Tienes razón. —Toma un bálsamo labial del bolsillo de sus pantalones cortos. Se pinta los labios y apunta la boca en mi dirección—. Vamos. Vengo a reclamar mi pago.

—Tu pago es mi amistad.

—Guau, parece que no me gané el sorteo —murmura.

Sawyer me da otro apretón y regresa del otro lado del mostrador.

—Estoy muy feliz por ti, pero… tengo algo que no puedo guardarme más. Te compré algo. —Pone la bolsa frente a mí.

—Aaaah, regalos —dice Jaz. Me patea con el pie—. Esto es importante, presta atención. Los primeros regalos siempre son importantes. Si te compró algo tonto, te diré que corras mientras puedas.

Sawyer le dispara una mirada seria.

—No es tonto.

—Yo seré quien lo juzgue.

Pone los ojos en blanco, pero se vuelve hacia mí mientras mete la mano en la bolsa y toma una caja. Pero no cualquier caja…

—¿Me compraste un pulidor de rocas? —Lo miro boquiabierta.

Sonríe.

—Sí. Y… —Se estira y toma de la bolsa un paquete con rocas que apoya sobre el mostrador—. Rocas. Pero eso no es todo… También te compré esto. —Pone sobre el mostrador un letrero de terciopelo con letras—. Un letrero para que vendas tus rocas aquí, en la recepción, luego de haberlas pulido. También tengo escritos algunos nombres para la tienda que pueden ser un poco más interesantes que «Las rocas de Fallon».

Me regaló rocas. Ay, Dios mío.

Me regaló… rocas.

Cuando me dijo que me preparara para el romance, no sabía que iba a ser así.

Tan considerado.

Nunca creí que fuera a conocer a alguien como él, alguien que pueda leerme con tanta facilidad y captar las cosas que más me importan.

Él… vale tanto la pena.

Jaz toma la bolsa.

—Así que le regalaste rocas, ¿eh?

Ella es la indicada para destruir la magia del momento.

—Hay una historia… —comienza Sawyer, pero Jaz lo detiene.

—Ah, lo sé. Debra Lizowski es una verdadera zorra. —Examina el pulidor de rocas, inspecciona cada centímetro. Cuando termina, se gira hacia mí—. Todavía tenemos que escuchar los nombres que tiene para ofrecer, pero a simple vista, parece un buen partido.

Espera… ¿Qué?

Por un segundo creí que iba a destruir su regalo, bajarle el precio, bajarle el precio a Sawyer. ¿Puede ser que Sawyer la esté conquistando a ella también?

—¿Eso significa que ya somos amigos? —le pregunta Sawyer.

—Ja, claro… que no. Seremos amigos cuando yo diga que somos amigos. Actualmente estás en período de prueba: no lo arruines y tal vez tu sueño se haga realidad. Ahora, deléitanos con los nombres.

Resignado ante esa respuesta, Sawyer toma el teléfono de su bolsillo y nos mira.

—Este es mi top tres. Les he puesto mucho empeño. —Se aclara la garganta y me resulta demasiado adorable—. La opción uno es «¿Rocas? Por supiedras». —Sonríe y nos mira.

Contengo el resoplido.

—Paso —dice Jaz y lo toma con la guardia baja.

—Sí, ese era el que menos me gustaba. Pero creo que este les va a gustar. —Respira hondo—. «Salta Basalto».

Uuuuf, ese es difícil.

—Oh, Sawyer. —Jaz niega con la cabeza—. Esto se está volviendo vergonzoso.

—El basalto es un tipo de roca —explica mirándonos.

—Entendí el triste intento de hacer un juego de palabras —asegura Jaz con una mano en alto—. Si esos son los mejores dos, me da miedo preguntar cuál es el tercero.

Inseguro, mueve los pies y frota su palma contra el pantalón.

—Bueno, el último es mi favorito.

—Esto va a estar bueno —murmura Jaz con sarcasmo.

Espero que de verdad se haya guardado uno bueno para el final.

Sawyer mira en mi dirección y, con la sonrisa más encantadora, dice:

—«Corazón de carbón».

Me estremezco para prepararme para lo que se viene…

—¿*Esa* es tu mejor oferta? ¿*Corazón de carbón*? —Jaz hace un gesto de desdén con la mano en su dirección—. ¿Y dices que eres escritor? Patético.

Aunque que haya pensado nombres es muy tierno y todo este regalo sea muy dulce, odio admitir que sus nombres no son los mejores. El regalo es sumamente adorable, pero la verdad es que esperaba que se le hubieran ocurrido mejores opciones.

—No son tan malos. —Salgo en su defensa, queriendo ser amable.

—¿Tan malos? —Sawyer guarda el teléfono en su bolsillo y baja los hombros, decepcionado—. ¿Qué tal este: «Las rocas de Fallon»?

Ay, Sawyer. Lo quiero tanto.

—Me gusta cómo suena ese —dice Jaz. Golpea el mostrador y camina hacia la puerta principal—. Considera vendidas esas rocas. —Y, mientras sale, hace el símbolo de la paz al aire y la puerta se cierra a sus espaldas.

Doy la vuelta al mostrador directo hacia los brazos de Sawyer.

—Gracias —murmuro contra su pecho—. Fue el regalo más dulce que he recibido.

—¿No te parece patético? —Su voz suena divertida, así que Jaz no ha causado ningún efecto en él. Es una buena señal, porque el ochenta por ciento de lo que sale de la boca de mi amiga no tiene sentido.

—No. Creo que eres más de lo que merezco.

—No es cierto —dice y echa mi cabeza hacia atrás para darme un suave beso en los labios.

—Gracias —digo cuando nos separamos—. Sin duda este ha sido el regalo más considerado que he recibido. Ahora solo queda pulir.

—De nada. —Guiña un ojo y se aleja—. Bueno, tengo que ponerme a trabajar o mi agente va a matarme.

—No quiero que mueras.

—Después nos vemos. Felicitaciones otra vez por las reservas, Fallon. Sé que Sully estará orgulloso..., y también la abuela Joan. —Me da un último beso y se va. Como buena enamoradiza que soy, lo observo alejarse y se me escapa un profundo suspiro.

* * *

—Estos asientos son incómodos —se queja Sully moviéndose en una de las muchas sillas plegables de plástico que hay en el parque.

—No están mal, Sully —digo mientras miro a mi alrededor buscando a Sawyer. Dijo que iba a encontrarnos aquí, y la obra está por comenzar.

—¿Quién actúa en esta cosa? —pregunta Sully, pasando las hojas de un programa que sé que no puede leer: ha perdido esa habilidad. Me entristece porque le gustaba mucho leer. No recuerdo venir a visitarlos a él y a la abuela Joan y que no estuviera en su silla con algún libro de misterio o thriller.

—Roy. Hace de Edna.

—¿¡Edna!? —exclama Sully en voz alta—. ¿No es nombre de mujer?

—Sí —respondo en voz baja—. Pero esa es la interpretación habitual de *Hairspray*. Un hombre hace el papel de la madre.

—Los hombres nos pueden permitir que las mujeres tengan el foco de atención, ¿no?

—Creo que pretende ser gracioso.

—No hay nada gracioso en que un hombre le robe el lugar a una mujer. Roy ya va a escuchar lo que tengo para decir sobre esto.

Carajo. Tomo nota mental de advertirle a Roy antes de que Sully lo alcance.

—Ey —dice Sawyer, acercándose a nosotros—. Perdón por llegar un poco tarde. —Toma asiento a mi lado y se acerca para darme un beso en la mejilla—. Sully, te traje esto. —Le pasa un cojín para la silla.

Sully mira el cojín y luego a Sawyer.

—¿Y tú quién carajo eres?

—Es uno de esos días —susurro.

—Ningún problema. —Mira a Sully y dice—: Soy Sawyer. Estoy saliendo con su nieta. Quería asegurarme de que estuviera cómodo, así que le traje un cojín. Está bien si no quiere usarlo.

Mi abuelo le arrebata el cojín.

—Por supuesto que quiero usarlo. Estas sillas son una falta de respeto. —Lentamente se pone de pie, acomoda el cojín en su asiento y se vuelve a sentar. Se mueve un poco y la satisfacción se apodera de su rostro. Vuelve a mirar a Sawyer—. ¿Así que estás saliendo con mi nieta?

—Sí, señor.

Asiente y se vuelve a girar hacia el escenario.

—Me parece bien.

Me río mientras Sawyer hojea el programa.

—¿Escuchaste? Cumpliste los requisitos para ganarte el cariño de mi abuelo. Un cojín… ¿Quién iba a decirlo?

Sawyer me toma de la mano.

—Era obvio. ¿Conoces el dicho: «Esposa feliz, vida feliz»? Bueno, «Trasero feliz, hombre feliz».

—¿Hace cuánto lo estás pensando?

—Más de lo que me gustaría admitir.

En ese momento, Roy sale a escena con el vestuario y saluda al público desfilando de una punta a la otra, agitando la mano en el aire como si fuese la reina de Inglaterra.

—¿Qué carajo es esto? —pregunta Sully y se inclina hacia delante como para observar mejor la catástrofe que está ocurriendo sobre el escenario.

—¿Lleva puestas pantimedias rotas? —pregunta Sawyer con los labios tan cerca de mi oreja que se me eriza toda la piel.

Asiento.

—Sí, ya hace un mes que las viene usando.

Roy se detiene en el centro del escenario y junta las manos frente a él, en posición de rezo, para agradecerle a un público no tan enérgico. De verdad está aprovechando al máximo este momento, y no lo culpo. Es un hombre robusto, rechoncho y peludo (muy peludo), con una peluca rubia con flequillo, haciéndole mucha justicia al batón que le queda por la mitad de la pantorrilla. El estampado púrpura y rosado del batón no alcanzan para distraer la mirada de los agujeros que tiene en las pantimedias ni de las Crocs púrpura que lleva puestas. No estoy segura de que hubiera Crocs en los sesenta, pero no sería una obra de Canoodle si no se tomaran estas licencias.

Como cuando en *Romeo y Julieta* Romeo usó el flash de su teléfono en lugar de un farol de mano.

O cuando interpretaron *Cantando bajo la lluvia* y las coreografías de tap eran demasiado complejas (en especial, la exigente pieza *Moses supposes*), así que trajeron un televisor con rueditas (el electrodoméstico sagrado de la escuela primaria, en el que podías ver durante cinco minutos qué estaba sucediendo en *Los viajes de Mimi*) para poner la película en las escenas de baile mientras los actores aplaudían junto a él. Nunca volví a sentir tanta vergüenza ajena.

Entonces, las Crocs son solo una ligera licencia artística. Pero todavía falta la obra entera.

—¡Buenas noches! —grita Roy—. Gracias por acompañarnos. Tenemos una gran obra preparada para ustedes, llena de canciones y de baile. —Su voz grave te confunde el cerebro al verlo totalmente travestido—. Pero antes de comenzar, nos gustaría reconocer la brillante elección de obra que hizo la alcaldesa. —Señala a la derecha del escenario y Faye avanza con la señorita Daphne Lynn Pearlbottom sobre un cojín, con una tiara rosa y verde y una expresión para nada feliz. Francamente, me sorprende que no esté luchando por ir a esconderse, pero es su deber público y la han entrenado para cosas como esta.

—Guau, no sabía que iba a estar la alcaldesa —susurra Sawyer y luego se endereza para acomodarse la camiseta—. Deberías habérmelo dicho; me hubiese puesto traje y corbata.

Me río mientras Faye desfila con la señorita Daphne Lynn Pearlbottom (sí, hay que llamarla por su nombre completo). La multitud aplaude casi en silencio, usando solo dos dedos y las palmas. El aplauso elegante: perfecto para los alcaldes felinos, así sus súbditos no los espantan.

—¿Qué está sucediendo? —pregunta Sawyer.

—Solo es un sábado cualquiera en Canoodle… Acostúmbrate.

Cruza una pierna sobre la otra, pasa un brazo alrededor de mi silla y me acerca hacia él.

—Sin duda me acostumbraré.

Sonriendo para mis adentros, me recuesto en su abrazo y me relajo mientras se despliega la excentricidad de mi amado pueblo.

✶✶✶

—¿Por qué está cocinando Phil? —pregunta Sully cuando irrumpe en la sala de estar con el ceño fruncido.

—Se ofreció a cocinar para nosotros esta noche —respondo con amabilidad.

−¿Y es bueno?

−Me alimenté durante los últimos diecisiete años −dice Sawyer sobre su hombro mientras agita una sartén en el fuego−, así que debo ser decente si sigo vivo.

−¿Te estás haciendo el gracioso conmigo? −pregunta Sully.

−Síp −responde Sawyer sin siquiera pensarlo.

Así quiero mi vida: con estos dos haciéndose la vida imposible. Desde afuera, alguien podría pensar que hay que tratar con más delicadeza a alguien que padece Alzheimer, pero hemos descubierto que Sully disfruta de las provocaciones. Lo hacen sentirse completo. No le gusta que lo traten como una criatura indefensa y digna de lástima. Quiere dar y recibir. Por eso le encanta pasar tiempo con Tank y los chicos, porque no lo tratan diferente.

Pero hemos notado que últimamente Sully está más gruñón que de costumbre. Desde que hemos terminado las renovaciones, hace una semana y media, sin duda su humor ha empeorado. Sawyer tiene pensado ocuparse del jardín en los próximos días y llevará a Sully. Esperamos que eso le afloje el malhumor.

−Bueno, no me pienso comer tus porquerías −espeta Sully.

Sawyer se da vuelta con una cuchara de madera llena de sus macarrones con queso caseros y le da un gran bocado.

−¿Estás seguro? −dice con la boca llena−. Está muy bueno.

−¿De dónde sacaste a este tonto? −me pregunta Sully mientras regresa a su habitación−. Un verdadero animal.

−¡Nos vemos para la cena! −grita Sawyer.

−Sí, nos vemos para la cena −murmura Sully antes de cerrar la puerta de su dormitorio.

Riéndome, camino hacia Sawyer, le acaricio la espalda debajo de la camiseta y me acerco. Me envuelve con un brazo, me acerca a él y me da un beso en la frente.

—No lo va a admitir, pero yo sé que en el fondo te ama. —Masajeo su piel tibia.

—Ay, lo sé. Soy la luz de su vida. —Apoya la cuchara de madera y apaga la estufa. Se voltea, se apoya contra la encimera y me mira—. De la tuya también.

Resoplo y niego con la cabeza.

—Qué ególatra.

—Y, sin embargo, tienes las manos debajo de mi camiseta.

—Porque siempre tienes la piel calentita. —Llevo las manos a su torso y recorro desde los abdominales hasta los pectorales.

—¿Qué estás haciendo ahí?

Le paso un dedo por el pezón y él entrecierra los ojos.

—Te toco un poco.

—¿Me tocas un poco qué? ¿Se te ha perdido algo debajo de mi camiseta y no me he enterado?

—Ajá, pero no recuerdo qué era —digo pasando el dedo por el otro pezón.

Lanza un siseo grave y gutural y me posa una mano en la cadera.

—Nena, basta, me pondrás duro y no quiero tener que ocultar una erección mientras ceno con tu abuelo.

—Podría ser divertido. —Le sonrío juguetona, pero toma mi mano y la quita de su camiseta.

—Para ti, pero no para mí. —La aleja.

—Sawyer…

—Voy a detenerte ahí. Sé lo que vas a decir, y estoy bastante seguro de que tú también sabes lo que diré yo.

—¿Qué vas a decir? ¿Que soy un espanto y no hemos tenido sexo porque el solo hecho de pensar en tocarme te da asco? —pregunto.

Frunce el ceño.

—Basta de esa mierda. —No ha sido muy tolerante con mis bromas, pero no sé cómo tomarme a la ligera su rechazo al contacto físico. Me alza la barbilla y nuestros ojos se encuentran, los suyos brillan con honestidad–. Porque quiero estar seguro de que estás lista.

Es la misma respuesta de siempre, y no sé si me está preguntando si yo estoy lista… o si él está listo.

–Estoy lista, Sawyer. Estoy más que lista. Pasamos tanto tiempo juntos estas semanas que no creo poder estar más lista para nada. Me gustas y me parece que te lo he demostrado una y otra vez. –La inseguridad me envuelve y aparto la mirada–. Tal vez tú no sientes lo mismo.

Mascullando algo entre dientes, me alza. Lanzo un gritito de sorpresa cuando se da vuelta y me apoya sobre la encimera. Me abre las piernas y se acerca entre medio de ellas, poniendo las manos en mi cadera.

–¿Por qué me estás cuestionando? –pregunta. Su actitud es dominante, posesiva, como si estuviera apropiándose de mí, aquí mismo, sobre la encimera–. Me gustas, Fallon, sí me gustas.

–¿Estás seguro? Porque a veces siento que me estás usando como excusa para no avanzar y me pregunto si no serás tú quien no está listo. Si ese fuese el caso, estaría bien, solo te pido que seas honesto conmigo.

–¿Por qué pensarías eso? –pregunta.

–Por todo lo que sucedió con Simon y Annalisa.

–Ya te he dicho que hace un tiempo que no estoy enamorado de ella.

–Eso no quiere decir que toda la situación no te provoque sentimientos encontrados.

La prensa sobre Simon, Annalisa y Sawyer ha disminuido de forma considerable. El público ha perdido interés en la pareja plantada porque no se puede estar toda la vida escuchando la misma triste historia. Y Annalisa (según Jaz, que ha estado siguiendo de cerca el drama) ya le ha sacado todo el jugo a su momento de atención; no le queda ni una gota. Hubo rumores de que ella y Simon iban a tener su propio reality show, pero como Annalisa tuvo algo de mala prensa por sus quejas y algunos tweets desafortunados, lo cancelaron.

De todos modos, puede que Sawyer tenga sentimientos encontrados con toda la situación. Me pregunto si ese es el motivo por el que no quiere que tengamos sexo. Lo máximo que hemos hecho ha sido besarnos, y tal vez lo he tocado un poco mientras estaba sentada sobre su regazo, pero eso es todo. Nada más, y pronto voy a volverme loca.

Niega con la cabeza.

—No. No me genera nada la boda. De verdad, hace mucho que dejó de importarme.

—¿Estás seguro? Porque no hemos hablado mucho de eso.

—Porque no hay nada de que hablar. No tiene sentido hablar, cuando solo refreiríamos lo que sucedió una y otra vez, y eso no sirve de nada. Pero lo que sí me importa es poder avanzar, poder estar contigo. —Desliza su mano por mi costado—. Eso me interesa. Eso me importa.

—Entonces, ¿por qué no quieres tener sexo conmigo? —digo apartando la mirada—. Porque te deseo, Sawyer, y de verdad me gustas, y si tú no sientes lo mismo prefiero…

Me acuna el rostro y hace que lo mire a los ojos.

—Escucha bien, Fallon. —Su tono autoritario envía una brisa lujuriosa directo a mis dedos de los pies—. Te deseo, hace bastante te deseo, pero me lo estoy tomando con calma porque no quiero arruinarlo. He arruinado a lo grande la primera oportunidad que tuve de estar contigo, y no me lo perdonaría si vuelvo a equivocarme. Solo tienes que creerme cuando te digo que va a suceder. Hasta entonces, disfruta de las pequeñas cosas, como tomarnos de las manos, robarnos miraditas, y, por supuesto, las largas jornadas de besos por las noches. —Guiña un ojo y me hace sonreír—. Y, por el amor de Dios, no vuelvas a decir que eres un espanto.

Me río, enrosco los brazos en su cuello y lo acerco hacia mí.

—Solo quería estar segura de que no te sintieras así.

—Créeme, no me pareces un espanto, sino más bien todo lo contrario. —Me da un beso en la nariz—. Sin duda, eres la mujer más hermosa que he tenido entre mis brazos.

Sus manos se mueven a mi espalda y sé que lo que está diciendo no es solo una frase para aplacarme. Sawyer no es esa clase de personas. Cuando dice algo, lo dice en serio, y cuando se trata de romance… Bueno, no estaba bromeando cuando me dijo que esperara lo mejor. Todos los días siento que es algo diferente con él, aunque solo sea en las pequeñas cosas, como cuando vio una flor que le recordó a mí y le tomó una fotografía. O la vez que me ofreció quedarse con Sully una noche para que Jaz y yo pudiéramos pasar tiempo juntas. O cuando construyó un mostrador en la recepción para exhibir mis rocas pulidas.

Le importo. De verdad.

Así que tal vez tengo que escucharlo cuando dice que me desea. Solo tengo que ser paciente e ir al ritmo que lo haga sentir cómodo. Él vale cualquier espera.

Contengo un suspiro y miro sus ojos azules.

—Me gustas mucho, Sawyer.

—Tú también me gustas. Mucho.

—Me haces feliz.

Sonríe.

—Y tú a mí, nena. —Se acerca y me da un beso en la boca justo cuando la puerta de Sully se abre de par en par y entra a la sala de estar con ímpetu.

—Dejen de chuponearse. Tengo hambre.

Sawyer apoya la frente contra la mía y ríe.

—Eso sí que rompe el clima.

—¿Qué clima? —susurro—. Recuerda: nos estás haciendo esperar.

Alza la vista hacia mí y susurra:

—Sabia decisión. —Luego se aleja para tomar platos de la alacena—. Enseguida va tu comida, zorro viejo y malhumorado.

—Estoy malhumorado, Phil, porque en lugar de servir, estás ahí tratando de reemplazar tus labios por los de mi nieta.

—Sully —digo avergonzada—, fue apenas un beso.

—No parecía eso desde donde estaba yo. ¿Tienes edad suficiente para andar besándote?

—Más que suficiente —le aseguro. Camino hacia él y apoyo un brazo sobre sus hombros—. Y es Sawyer, no Phil.

—Lo sé —gruñe Sully.

He hecho el esfuerzo de intentar explicarle a Sully quién es Sawyer, aunque pueda parecer inútil.

—Él reparó tu banca. Y te ayudó con las mesas de pícnic. Hizo gran parte de las renovaciones de La Caverna. Y es mi novio.

En ese preciso momento aparece Sawyer con tres platos llenos de macarrones con queso y guisantes (uno de los favoritos de Sully, receta cortesía de la abuela Joan) y, cuando sus ojos se conectan con los míos, todo lo que puedo ver es adoración absoluta.

Odio compararlos porque son muy diferentes, pero puedo decirte, desde lo profundo de mi interior, que Peter nunca me miró como lo hace Sawyer. Es como si cada vez que Sawyer y yo hiciéramos contacto visual, pudiera verme el alma. Me ve por quien soy y no por quien espera que pueda ser algún día.

—¿Novio? —resopla Sawyer—. ¿Me estás diciendo que sales con el señorito rubio de ojos celestes?

—Sí. —Sonrío.

Sawyer apoya el recipiente de Sully frente a él.

—Soy más bien rubio ceniza.

Me río mientras mi abuelo apunta a Sawyer con la cuchara.

—Estás tentando tu suerte.

—Entonces estoy haciendo bien mi trabajo. —Apoya los otros platos y aleja mi silla para ayudarme a sentarme. Estira la mano hacia mí y la tomo.

Sully mira cada uno de mis movimientos con los ojos llenos de cariño. Cuando Sawyer va a buscar las bebidas, Sully se acerca.

—Parece un buen partido.

Sonrío cuando una suave música de los cincuenta comienza a salir del parlante bluetooth; la voz de Louis Armstrong irrumpe en el silencio. Los hombros de Sully se relajan mientras hunde la cuchara en los macarrones con queso.

Sawyer deja los vasos con agua y toma asiento frente a mí. Cuando nuestras miradas se encuentran, le sonrío y él me responde con un guiño antes de meter la cuchara en su plato.

Y esta es la razón por la que me estoy enamorando de él, justo ahí. Porque, mientras cuido de Sully y me preparo para la gran apertura este lunes, todo el estrés no recae solo sobre mis hombros. Sawyer está aquí, cuidándome. Regalándome un refugio cuando más lo necesito.

Es compañero. Alguien que camina a mi lado y, con cada día que pasa, me doy cuenta de que bien podría ser el hombre con el que pase el resto de mi vida.

Le sonrío al otro lado de la mesa y me ocupo de mi cena.

Ya no quedan dudas: Sawyer regresó a mi vida borracho y a los tumbos y rápidamente se robó mi corazón.

* * *

—Buenos días —saluda Sawyer mientras entra por la puerta principal del vestíbulo con tres cajas de panadería—. ¿Cómo te sientes?

Estoy parada detrás del mostrador de la recepción, con las manos sudadas y el pulso acelerado…, pero no por el hombre que está parado frente a mí, recién bañado y absolutamente perfecto en un par de pantalones cortos y camiseta negra.

—Como si estuviera a punto de vomitar —respondo cuando Jaz sale de la oficina.

—Me contó de las arcadas de esta mañana. —Jaz se estremece—. Brutal.

Sawyer alza las cejas.

—¿Tuviste arcadas?

—¿No sabías? —pregunta Jaz—. ¿Qué carajo estabas haciendo? ¿Seguías durmiendo?

—Estaba en su cabaña —respondo y, en el momento en que las palabras salen de mi boca, me doy cuenta de mi error.

—¿¡Perdón!? —exclama Jaz, su palma abierta aterriza sobre el mostrador y nos mira—. ¿Me están diciendo que sigues durmiendo en tu cabaña?

Sawyer ignora a Jaz, deja las cajas sobre el escritorio y me toma de la mano.

—¿Estás bien?

—Estoy bien —respondo.

—Eh… Yo no estoy bien —interrumpe Jaz—. No estoy para nada bien. Apenas si logro que tu hermano me hable con algo más que un meme, pero tú estás aquí, en una relación con mi amiga y ¿no están durmiendo en la misma cama?

Sawyer se estira, me acuna el rostro y me acaricia las mejillas con el pulgar.

—¿Quieres que te traiga algo para tomar? Los nervios por la gran apertura te deben estar jugando una mala pasada.

—Sí —asiento—, solo quiero estar segura de que todo salga bien.

—¿Sabes qué no está bien? —Mi amiga vuelve a interrumpir y nos señala alternadamente—. Ustedes dos durmiendo en camas separadas. ¿Qué con eso, Sawyer?

—Todo saldrá genial. Pero, si te hace sentir mejor, iré a revisar todas las cabañas para asegurarme de que estén en orden.

Me muerdo el labio.

—¿Te molesta?

—Para nada —dice con tanta sinceridad que lo único que quiero hacer es trepar este mostrador directo a sus brazos—. Pero antes, déjame traerte algo para tomar que calme tu estómago.

—No es necesario. —Niego con la cabeza—. En serio, creo que voy a estar bien.

—¿Segura?

Asiento.

—Echo… Hola —dice Jaz con la voz cada vez más fastidiada—. Cualquiera creería que a estas alturas ya han aprendido que les conviene no ignorarme si no quieren hacer crecer la furia.

Por fin me giro hacia ella.

—Estamos yendo despacio.

—¿Para qué? —Señala de arriba abajo el cuerpo de Sawyer—. ¿Por qué querrías ir despacio con eso?

—¿Me estás halagando? —pregunta Sawyer juguetón.

—No —espeta Jaz, lo señala con un dedo y vuelve hacia mí—: En serio, ¿cuál es el problema?

Miro a Sawyer, incómoda, y él se aclara la garganta.

—Es mi culpa.

Jaz lo mira con los ojos entrecerrados.

—Dios, eres igual a tu hermano: molestamente lento, con cero intenciones de nada.

—Mis intenciones con Fallon son claras como el agua, y ella lo sabe.

—Así es —digo para apoyarlo—. Se me da bien esperar.

Me acerca hacia él y me da el beso más dulce en los labios antes de alejarse.

—Voy a ver las cabañas. Los panificados son para cuando lleguen los huéspedes. Anoche cargué las máquinas de café y chocolate caliente, así que eso está listo. Y también dejé las tazas del día de apertura en cada cabaña junto con las bombas de cacao y las cartas que agradecen que nos etiqueten en sus publicaciones.

—¿Por qué eres tan bueno conmigo?

—Porque te amo —suelta sin previo aviso, luego me sonríe y se va por la puerta trasera, dejándome aturdida.

Sorprendida.

Absolutamente embobada.

—Eh... —se arriesga Jaz—. ¿Acaba de decir que te ama?

Se me seca la boca.

—Creo que sí.

—¿Lo había dicho antes?

Niego con la cabeza.

—No.

—Bueno... —Jaz toma una de las cajas y la abre—. Parece que tienes un enigma entre manos porque, una vez más, un hombre te ama, y la única pregunta es: ¿podrás decirle que tú también lo amas?

Mientras tomo asiento en el taburete junto a la computadora, todavía aturdida, considero la pregunta de Jaz. ¿Le diría a Sawyer que también lo amo?

La respuesta me resulta demasiado pesada, como si fuera un yunque en la punta de mi lengua.

Sí. Se lo diría.

CAPÍTULO 21

SAWYER

Me falta revisar una sola cabaña y todavía tengo los nervios de punta por haberle dicho a Fallon que la amo. ¿Cómo carajo se me pudo haber escapado? Probablemente, porque ya no podía contenerlo. Solo espero no haberla asustado.

Mi teléfono vibra y lo tomo del bolsillo mientras enciendo las luces para asegurarme de que estén funcionando bien. Las dejo encendidas.

Levanto la pantalla para ver quién llama y, cuando aparece el nombre de Andy, sé con exactitud cuál es el motivo.

—Hola, Andy —respondo mientras avanzo hacia la cama. Enciendo las luces de la mesa de noche y también las dejo encendidas.

—Sawyer, ¿tienes un segundo?

—Síp, ¿qué sucede? —Me muevo por la habitación examinando todos los detalles, revisando el suelo, buscando cualquier marca en la pintura que se nos haya pasado.

—Recibí tu propuesta. Debo decirte que es bastante incriminatoria.

—¿En qué sentido? —pregunto mientras voy al baño y abro la ducha y la canilla. Tiro la cadena para asegurarme de que las tuberías soporten todo el movimiento. Busco filtraciones o cualquier cosa fuera de lugar.

—Para ti. Todo el mundo sabe que esta película está basada en tu experiencia.

—Lo entiendo, Andy, y no me importa.

Luego de que los papás de Fallon me dijeran que hiciera limonada con los limones, me senté las noches siguientes a trabajar en mi propuesta, dándole forma a la trama con todo lo que pasé desde que mi cuerpo ebrio fue arrastrado hasta las cabañas. Una vez que tuve la idea general de cómo quería que fuera el guion, se lo mostré a Fallon y le pregunté cómo se sentía con eso. Lo leyó y, cuando terminó, me miró con la sonrisa más brillante. Le encantó, pero me preguntó por qué había dejado afuera a Sully. Le dije que no me parecía bien incluirlo. No quería usar su historia porque no era mía. Y, como ella es tan jodidamente increíble, me dijo que la historia no sería correcta si no incluía a Sully. Así que lo agregué.

Sumé todo. Cada detalle de la historia de amor de Sully con Joan.

—¿Estás seguro? Porque esto significa exponer tu vida. Sé cuánto valoras la privacidad, en especial desde que desapareciste de la mirada pública.

—Pero desaparecer me ha traído mucho más de lo que podría haber pedido y este guion es un homenaje a eso. —Cierro la canilla y tiro la cadena una vez más solo para estar seguro. Como no hay problemas, salgo del baño—. ¿No te gustó? —pregunto un poco preocupado porque no creo que se me ocurra otra idea en el corto plazo.

—Me encanta. Es perfecto. Tiene todo lo que Movieflix está buscando. Pero sobre todo está lleno de corazón, y, considerando las propuestas con asesinos seriales que les presentaste, creo que van a recibir con alegría el cambio.

Me río.

—Sí, me pareció.

—Tengo algunos comentarios para enviarte, pero, en general, creo que es muy bueno.

—Gracias, Andy.

—Estaba preocupado por ti, pero parece que exageré. Tal vez todo este tiempo y espacio para ti era lo que necesitabas.

—Así es —digo mientras tomo asiento en el sofá de un cuerpo que está en el fondo de la cabaña—. Encontré un nuevo lado de mí mismo aquí. Disfruté de escribir la propuesta, pero me reencontré con una parte de mí de la que me había olvidado. Me siento en paz.

—Me alegra mucho oír eso. —Hace una pausa—. ¿Planeas quedarte allí?

Miro alrededor de la cabaña, las paredes muy blancas decoradas con imágenes de La Caverna, cortesía de Jaz, los detalles de rojo sobre el escocés blanco y negro. Es acogedor. Se siente como un hogar, como si fuera mi lugar.

—Sí —respondo con sinceridad—. Conocí a alguien que me deja sin aliento. Soy parte de una comunidad que me hace sentir querido…, útil. Y volví a encontrarme conmigo. Estoy disfrutando de las cosas que disfrutaba antes de que el torbellino de las películas tomara el control.

—¿Eso quiere decir que acabas de entregar tu última idea para un guion? ¿Abandonarás la industria?

—No —digo, y estoy siendo honesto—. Pero sí creo que quiero bajar un poco el ritmo. Aquí encontré un equilibrio saludable y quiero conservarlo.

—Lo entiendo. Bueno, en serio creo que tienes un éxito entre manos. Y creo que Movieflix estará encantado.

—Eso espero. Sé que todo ha sido una locura, pero espero poder recomponer esa relación.

—Lo lograrás, de verdad creo que sí. Y, oye, dejando a un lado los negocios, estoy muy feliz por ti, Sawyer. Sé que el drama de Annalisa y Simon te afectó y me alegra que hayas podido encontrar la felicidad.

—A veces, cuando crees que has tocado fondo, lo que en verdad tocas son los cimientos del próximo capítulo de tu vida. Este es mi próximo capítulo y me entusiasma descubrir a dónde me llevará.

—Bueno, yo también estoy listo para ver a dónde te lleva. Estoy muy feliz por ti, viejo. Después hablamos.

—Gracias, Andy —respondo contento y conmovido en partes iguales.

Cuelgo el teléfono justo en el momento que Fallon aparece en el umbral.

Cuando la miro, veo su expresión preocupada.

—¿Todo bien? —pregunta.

Me guardo el teléfono en el bolsillo y estiro la mano hacia ella.

—Sí, todo bien.

Camina hacia mí y la hago sentarse en mi regazo, con una pierna a cada lado de mi cadera.

—Era mi agente. Le encantó la propuesta.

—¿En serio?

—Sí. Cree que puede ser un gran éxito. Le tengo que mandar a tus padres algo, como una canasta de frutas.

—Créeme que lo único que van a querer de tu parte es un cameo.

Me río a carcajadas.

—Creo que puedo conseguirlo.

—¿En serio?

—Oh, sí. —Guiño un ojo—. Me aseguraré de que aparezcan. Como todo sucede en Canoodle, tal vez podamos filmar aquí. No prometo nada, pero es una posibilidad.

—No bromees. Todos van a volverse locos, hasta Jaz. Y sabes que finge que le caes mal, pero con esto la tendrás totalmente a bordo.

Le acaricio el muslo.

—Bueno, si ese es el caso, me conviene trabajar duro para conseguir que filmen aquí. Eso siempre que acepten la propuesta, pero estoy noventa y nueve por ciento seguro de que sucederá. Andy tenía algunos comentarios, pero dice que casi está para presentar y que estarán más que felices.

—Guau. Eso es increíble. —Me rodea la nuca con las manos—. Estoy maravillada de verte tomar una historia como esa y convertirla en algo más. —Me acaricia el cuello con los pulgares—. ¿Eso significa que regresarás a Los Ángeles? —Arrastra las palabras y puedo ver una ligera tensión en su postura, posiblemente esperando malas noticias.

—Me alegra que lo mencionaras —digo—. De hecho, le estaba diciendo a Andy que pensaba quedarme aquí, y no de forma indefinida o momentánea..., sino de manera permanente. Solo son un poco más de dos horas de viaje hasta Los Ángeles, así que cuando tenga que asistir a alguna reunión, puedo ir. Pero mis prioridades cambiaron y no hay motivos para quedarme allá si puedo estar aquí contigo.

—¿Lo dices en serio? —pregunta con una mezcla de sorpresa y cariño en el rostro.

—Por supuesto que lo digo en serio. Me encanta estar aquí, Fallon. Me encontré a mí mismo, y gran parte de eso te lo debo a ti.

—¿A mí? ¿Yo qué diablos hice?

—Me recordaste que el mundo no gira a mi alrededor, sino alrededor de la gente que me rodea, de la comunidad en la que vivo, del amor entre familiares y amigos. Tu altruismo y tu determinación para continuar el legado de tu abuelo fueron la bofetada de realidad que necesitaba para abrir los ojos y sacudirme el egoísmo de encima. No creo que hubiera sido posible si no me hubiera topado con este pueblo. Estoy agradecido.

—Bueno, yo también estoy agradecida porque este día no hubiese sido posible sin ti.

—No es cierto. —Me acerco y presiono con suavidad mis labios sobre los suyos—. Hubieses encontrado otra manera. Tal vez hubiese sido más difícil, y definitivamente te hubieses privado de tener a este bombón deambulando sin camiseta por La Caverna, pero lo hubieses logrado.

Una leve risa se le escapa de los labios.

—Bueno, me alegra que te sientas de esa forma, porque necesito desalojarte.

—¿Qué? —Retrocedo lo suficiente para mirarla a los ojos.

—Sí, acaba de llamar una persona que quería una reserva para la gran apertura y ya que no estás pagando, voy a necesitar tu cabaña.

—¿A qué te refieres con que no estoy pagando? Nunca he dejado de pagar.

Niega con la cabeza.

—Hace tres semanas que no te estoy cobrando. En serio, debes estar más al pendiente del resumen de tu tarjeta de crédito.

—¡Fallon! —exclamo irritado—. Te dije que me cobraras.

—Y decidí no hacerlo. ¿En serio te vas a enojar por eso?

—Sí.

Suspira y, antes de que pueda evitarlo, se monta sobre mí y, con una mano posada sobre mi pecho, me apoya contra el respaldo del sofá.

—Esto no cambia nada —digo con las manos en su espalda—. Sigo enfadado contigo.

Mete las manos debajo de mi camiseta y me acaricia la piel.

—Sigo enfadado.

Me da unos besos en el cuello mientras con la mano me recorre los pectorales.

Mierda...

—Sigo… enfadado. —Trago saliva cuando mueve sus caderas sobre mí. Es una fricción mínima, pero considerando lo mucho que deseo a esta mujer, me siento como si acabara de darme diez minutos de baile erótico.

—No te enfades conmigo —me pide y sus labios viajan a los míos y me da un beso apasionado que me hace apretar los dedos de los pies.

Incapaz de contenerme, la tomo de la nuca mientras respondo a su beso, clavándola en su sitio, justo donde la quería: en mis brazos.

No estoy seguro de cuánto tiempo nos hemos quedado así, con las lenguas bailando al compás, con una necesidad tan palpable que llena el aire de la cabaña, pero, cuando por fin se despega, me siento mareado, desconectado de mi entorno. Lo único que importa es la chica sobre mi regazo y la forma en que me hace sentir.

—No me parecía bien cobrarte —agrega mientras dibuja círculos en mi torso semidesnudo—. Por favor, no te enojes. Me parecía el único modo de pagarte por todo lo que has hecho por mí y por mi familia.

—Ya te dije que tú también me has ayudado, Fallon.

—Lo sé, pero me hizo sentir mejor, así que no te enojes.

Suspiro y recorro sus muslos con la mano.

—No estoy seguro de poder estar enojado contigo mucho tiempo.

—Recordaré que dijiste eso. —Me acerca la boca y me da otro beso en los labios—. Pero voy a necesitar tu cabaña.

—¿En serio?

Asiente.

—Sí, en serio. Pero no te preocupes: tengo un lugar alternativo para ofrecerte.

—Si dices que Jaz tiene una habitación de más, iré ahora mismo a la ferretería a comprarme una carpa.

Se ríe y niega con la cabeza. Sus dedos bailan en mi pecho.

—Puedes quedarte conmigo.

—¿Sully se irá con Tank? Si es así, voy a cambiar el colchón y a rezarle a Dios que no lo note.

Suspira.

—Dios, ¿por qué haces todo tan difícil?

—¿Qué? —pregunto confundido.

Me mira a los ojos.

—No te quedarás en la cama de Sully…, te quedarás en la mía.

—Ahhh… —Ahora entiendo, y me río por mi estupidez.

—No es gracioso. —Me golpea.

—No me estoy riendo de ti. Me río de lo idiota que fui por no entender lo que me estabas diciendo. —La miro a los ojos—. ¿Es tu manera de meterte en mis pantalones?

Su expresión se vuelve seria.

—No, es mi manera de decirte que te amo y que te quiero cerca.

Se me corta la respiración y siento que el mundo gira a mi alrededor en cámara lenta. Me muevo en el asiento y me bajo la camiseta porque este es un momento que quiero recordar, y no quiero tener el torso semidesnudo cuando suceda.

Sé lo que significan esas palabras para ella y sé que nunca se las ha dicho a Peter. Entonces, que me las diga a mí, que abra así su corazón, es un gran salto de fe.

Avanzo con cuidado cuando la tomo de la mano, entrelazando nuestros dedos.

—Eres tan importante para mí, Sawyer —continúa cuando nuestros ojos se conectan—. Me has hecho sentir que no tengo que atravesar sola este viaje complejo y atemorizante. La forma en la que interactúas con Sully, con mis padres y hasta con Jaz, las personas que más me importan… Los adoptaste como propios y no puedo explicarte lo que eso significa. Y, más allá de eso, me tratas como si fuera la persona más importante de tu vida…

—Fallon —digo despacio—. Sí me importas…

—Ay, por Dios, espera, ¿te entendí mal en la recepción? —pregunta con los ojos llenos de vergüenza mientras intenta despegarse de mi regazo—. Soy tan estúpida…

—Espera —digo mientras lucha por levantarse—. Déjame terminar. —Se le llenan los ojos de lágrimas y pregunto rápido—: ¿Por qué estás llorando?

—Porque pensé que cuando me dijiste que me amabas en el vestíbulo te referías a que estabas *enamorado* de mí. Te entendí mal, y todavía no sientes eso. Puedo oírlo en tu voz.

—Bueno, no estás oyendo bien. Intento decirte que yo también te amo, mucho. —Hago una pausa para que pueda procesarlo en su cabeza hermosa y testaruda—. Pero no quiero arruinarlo yendo demasiado rápido.

—¿No crees que decir «te amo» es ir muy rápido? —pregunta.

—No, creo que cuando sientes algo por alguien, lo expresas. Hemos pasado mucho tiempo juntos y esos sentimientos han crecido. Sé que los míos empezaron incluso antes de que comenzáramos a estar juntos. Y ahora que lo estamos, se solidificaron. Pero ya he arruinado las cosas contigo una vez y no quiero hacerlo de nuevo.

—No lo harás —asegura con la voz casi desesperada—. Te prometo que no lo arruinarás. Estoy aquí, Sawyer. No me iré a ninguna parte. Esto es lo que quiero. Nosotros. Tú. Y no tenemos que hacer nada: podemos solo acurrucarnos, pero al menos quédate conmigo. Si estás incómodo, podemos encontrar otro sitio para ti mientras tanto, pero al menos dale una oportunidad.

Le acuno una mejilla con dulzura.

—Nena, sé que no voy a estar para nada incómodo. Solo no quiero presionarte.

—No te preocupes. —Me toma de los hombros—. No me estás

presionando; estás demorando la alegría de tenerte todos los días. Por favor, déjame tener cada centímetro de ti.

Una sonrisa se dibuja en mis labios.

—Carajo, ¿cómo podría decirte que no después de eso?

—¿En serio? —Su rostro se ilumina con la luz de los miles de rayos de ilusión que brillan en su sonrisa.

—En serio.

Y entonces, una vez más, sus labios están sobre mí y sus manos en mi camiseta.

* * *

—¿Son galletas lo que huelo? —pregunta Sully cuando entra a la sala de estar en el momento en que estoy sacando del horno una tanda de galletas de canela.

Hace dos semanas, estaba con Fallon y encontré el recetario personal de la abuela Joan con todas sus recetas favoritas y las modificaciones que les fue haciendo. Las páginas estaban llenas de recetas impresas, escritas a mano y anotaciones extra, todo gastado y manchado con ingredientes. Lleno de amor, eso seguro. Desde que lo encontré, me encomendé a la misión de preparar todo para devolverle a la casa algo de la abuela Joan.

Esta noche me pareció que lo mejor que podía preparar eran sus galletas de canela, sobre todo porque, para facilitar las cosas, hemos cenado restos de pizza. Me he pasado la mayor parte del día ayudando a Fallon con el registro de los huéspedes e hice de botones acompañándolos hasta sus cabañas, pero una vez que todos fueron registrados, me pidió que fuera a la casa y me quedara con Sully mientras ella terminaba de ordenar. Pensé que unas galletas de canela sería una linda sorpresa para darle.

—Sí, son galletas —respondo y me doy vuelta.

Sully me mira y la confusión se apodera de su rostro.

—Sawyer, ¿no? —dice despacio.

—Síp, así es. —Sonrío.

Fallon imprimió una fotografía mía y la pegó en la puerta de Sully para que, cuando ella no esté en la casa, él sepa que no soy un intruso, en especial porque ahora ella pasa más tiempo en la recepción. En un rato libre, le propuse contratar a alguien para la recepción y me dijo que ya estaba en eso: recibió varias consultas de personas del pueblo que querían trabajar en La Caverna, incluso como personal de limpieza, pero como estaba en el medio de las renovaciones y sin recursos económicos, no avanzó. Cree que en pocas semanas podrá contratar a alguien para ayudar, pero, mientras tanto, somos ella y yo… Y Sully, cuando está bien. Él es más entretenimiento que otra cosa.

—¿Las hizo Joan? —Va hacia las galletas y las huele—. Parece que sí.

Un dolor se apodera de mi pecho mientras apoyo con cuidado la mano en el hombro de Sully.

—Joan falleció, Sully. Lo siento.

Me preparo para lo que está por venir, pero, en lugar de quebrarse como suele hacer, se aclara la garganta.

—Ah, cierto, quise decir, eh, Fallon, ¿las hizo ella?

Avanzo con cuidado.

—No, las hice yo. Encontré la receta de la abuela Joan y se me ocurrió hacerlas como sorpresa para ti y para Fallon. Espero que te parezca bien.

Se aleja y me observa con cuidado. Me entristece verlo así, completamente confundido, en especial porque hemos compartido buenos momentos juntos reparando cosas en La Caverna. No puedo imaginarme cómo se habrá sentido Fallon.

—Bueno, eso es muy amable. —Se aclara la garganta y avanza hacia una de las placas para horno. Toma una galleta y la examina antes de darle un mordisco. Mientras mastica, analiza la galleta, le da vueltas y la observa con cuidado antes de volver a mirarme.

—No son como las de Joan, pero están bastante bien. —Sin más, toma otra galleta y se dirige a su dormitorio.

Me río para mis adentros, acomodo las galletas en las rejillas para que se enfríen lavo la asadera. Ya me ocupé de los platos y limpié la casa, también dejé mis cosas en el dormitorio de Fallon, pero no desempaqué nada para poder preparar las galletas. Tengo bastante tiempo para instalarme, así que no me preocupa.

Cuando termino de limpiar y de poner las galletas frías en un recipiente plástico, oigo el crujido de las escaleras que indica que Fallon se aproxima.

—Sabía que olía a galletas. —Cierra la puerta y camina hacia mí. Me pone una mano en el pecho y se para de puntillas para darme un beso casto—. ¿Las hiciste tú?

—Sí. Se me ocurrió prepararles algo a ti y a Sully para celebrar la gran reapertura. Tu abuelo vino, tomó dos y regresó a su habitación. Se aseguró de dejarme en claro que las de la abuela Joan eran mejores.

—Para Sully, todo lo que hacía la abuela Joan era mejor. No te lo tomes personal.

—¿Dices que no debería llorar hasta quedarme dormido?

—No, no desperdicies ni una sola lágrima. —Mira las galletas—. ¿Puedo comer una?

—Las hice para ti, así que sí. —Me estiro y tomo una—. Tuya.

Toma la galleta y casi se come la mitad de un gran bocado.

—Guau, eso sí que es un mordisco. Me gusta esa clase de mujeres.

—¿Las mordedoras? —pregunta.

—No, las que pueden meterse mucho en la boca.

Levanta las cejas y me doy cuenta de lo que acabo de decir.

—Eh, no en ese sentido. O sea, claro, genial si puedes meterte mucho, pero no es que… sea obligatorio ni nada por el estilo. —Me paso la mano por el rostro, abatido—. ¿Podemos olvidarnos de esta conversación, por favor?

Su risa sincera me tranquiliza mientras me toma de la mano.

—Solo porque quiero ir a acostarme.

Con la galleta en la mano, apagamos las luces y vamos a su habitación. La primera vez que la vi, me sorprendió la falta de personalización. Hay una foto de ella con sus padres sobre la cómoda, junto a una foto con Jaz en el sendero Harry Balls que tiene un marco muy perturbador chorreado con sangre falsa. Pero, fuera de algunos artículos de perfumería y dispositivos electrónicos, eso es todo; como si hubiese conservado la misma habitación de huéspedes que armó la abuela Joan hace años.

—Ahora que terminaste la galleta, ¿cuál es tu veredicto? —pregunto.

Se chupa el azúcar con canela que le quedó en los dedos de una forma muy sugerente. Se quita el dedo de la boca y me tiemblan las piernas de pensar en esa boca en otro lado.

—Ay, Dios. Muy buenas —gime.

Me aclaro la garganta.

—Pero no mejores que las de la abuela Joan.

—Un digno segundo puesto. —Guiña un ojo y toma asiento en la poltrona de la esquina, cerca de donde está mi bolso. Lo mueve con el pie—. Te quedas un tiempo.

—Sí. —Tomo asiento en la cama, frente a ella—. Quería hacer las galletas antes de que regresaras.

—Fue muy dulce de tu parte. Gracias.

—De nada. ¿Entonces todos ya hicieron el *check-in* y están bien?

—Excepto una persona. Una tal Margaret O'Hare. Llamó para

decir que llega mañana. Fuera de eso, todas las cabañas ya están ocupadas… Bueno, algunos fueron a las canchas de lanzamiento de herraduras, pero sí, todos están bien y tienen mi número por si necesitan algo. –Se le llenan los ojos de lágrimas y niega con la cabeza con lo que asumo que es incredulidad–. No puedo creer tener todo lleno. No recuerdo la última vez que tuvimos que encender el letrero de «Sin disponibilidad». Y los huéspedes ya nos están etiquetando en sus posteos. –Una lágrima rueda por su mejilla y me pongo de pie. La levanto de la poltrona y me siento yo para acomodarla sobre mi regazo y poder tenerla más cerca–. Lo hicimos –susurra–. Gracias, Sawyer. Estoy segura de que sabes lo que esto significa para mí.

–Lo sé. –Le acuno el rostro con las manos para acercarla y darle un beso en la frente–. Estoy orgulloso de ti. Las personas buscan líderes que los guíen en la oscuridad. Tú encendiste una luz y la gente te siguió. Eres increíble, Fallon.

Se echa hacia atrás para mirarme a los ojos.

–No podría haberlo hecho sin ti. –Le limpio la lágrima y le acomodo un mechón detrás de la oreja–. Esto, tú y yo, se siente como si hubiese estado destinado a suceder, pero, por alguna razón, para que nos convirtamos en un *nosotros*, antes teníamos que enfrentar algunos obstáculos. Yo tenía que estar con Peter para entender cómo se siente el amor verdadero.

–Y yo tuve que pasar por lo que me hicieron Simon y Annalisa para comprender la idea de lealtad, amistad y amor de una mujer pura.

–Bueno, yo no soy tan pura –dice con picardía.

Me río.

–Estoy empezando a entenderlo. Pero sabes a qué me refiero.

–Sí. –Se acerca y me da un beso en los labios–. Voy a ver a Sully y luego me prepararé para irme a la cama. ¿Por qué no usas el baño tú primero y después voy yo?

—Me parece bien.

Le doy otro beso en los labios y palmeo despacio su trasero cuando se despega de mí. Su mirada de completa sorpresa me hace reír con ganas.

—Yo tampoco soy tan puro.

—Eso parece —dice y deja la habitación masajeándose el trasero.

Me estiro hacia mi bolso y lo abro. Arriba dejé unos pantalones cortos para dormir, el cepillo de dientes y desodorante. Sencillo. Tomo esas tres cosas y las llevo al baño que queda a un lado de la sala principal. Cierro con cuidado la puerta y acomodo las cosas sobre la encimera.

El dormitorio de Sully (el principal) tiene un baño en suite que fue el que usé la vez pasada, así que es la primera vez que entro a este y debo decir que… vamos a tener que hacer algunas renovaciones. Diablos, habrá que hacer renovaciones en toda la casa.

Tal vez sea mi próximo proyecto. A estos viejos gabinetes de roble les vendría bien una lavada de cara, la encimera amarillenta no es para nada vistosa y ni hablar de los cerámicos. Después de una larga jornada de trabajo, Fallon merece tener un sitio para relajarse, un santuario y, aunque sé que es posible que quiera respetar a sus abuelos y preservar lo que hicieron juntos, creo que podríamos actualizar algunas cosas, hacer que la casa combine con la estética de las cabañas. Al menos el baño.

Hago mis cosas, me cepillo los dientes y, por supuesto, vuelvo a aplicarme antitranspirante (no puedo permitirme oler mal cuando estoy con mi chica). Salgo y veo a Fallon cerrando con cuidado la puerta de Sully.

—¿Está bien? —susurro por si está intentando dormir.

—Sí, se acaba de acostar. Me dijo que le agradeciera al hombre de la cocina por las galletas.

Me río.

—Bueno, no es nada. Voy a poner en el recipiente plástico las últimas que faltaban enfriarse y te veo en el dormitorio.

—Me parece bien. —Camina hacia la habitación, pero le tomo la mano y le doy un beso rápido en los labios; mi torpe movimiento la hace reír—. No fue muy elegante, Sawyer.

—Vamos a ignorar que eso sucedió.

Nos separamos, voy a la cocina y regreso al dormitorio. Bajo la vista hacia la cama: es de dos plazas, que no llega a queen, lo que quiere decir que vamos a estar muy pegados. No me quejo. Pero ¿cuál es su lado? Examino las mesas de noche y, cuando veo el cargador de su teléfono en la que está del lado derecho, sé que mi lado será el izquierdo.

Como su teléfono está sobre la cómoda, se lo enchufo y luego pongo a cargar el mío de mi lado, justo cuando se abre la puerta. Me doy vuelta y casi me caigo contra la pared por lo que están viendo mis ojos.

Fallon cierra la puerta, pero se queda parada allí, con una enorme sonrisa en el rostro.

—¿Qué, eh…, qué tienes puesto? —le pregunto mientras la miro.

Si dice «el pijama», no hay forma de que me vaya a dormir en esta cama diminuta con ella todas las noches sin tocarla. Porque… *mierda*.

Lleva puesto un camisón de seda blanco que apenas toca el inicio de sus muslos. Tirantes finos envuelven sus delicados hombros y los pezones erectos empujan contra la fina tela. Por lo que puedo ver, tiene unas bragas haciendo juego.

—Ah, ya sabes, lo que uso todas las noches —dice yendo hacia su lado de la cama—. Me enchufaste el teléfono. Gracias.

No respondo. Solo me quedo ahí, pasmado.

—Eh, no usaste eso cuando me quedé en la habitación de Sully.

—Ah, cierto. —Se golpea el mentón—. Tal vez quería ser respetuosa porque había un huésped en la casa. —Abre la cama y entra. Como sigo sin moverme, pregunta—: ¿Te vas a acostar?

Me rasco la nuca mientras la miro.

—¿Sabes qué? Tal vez es mejor si duermo en el sillón.

—Ay, por Dios, Sawyer, no seas ridículo. Solo acuéstate.

Sigo sin moverme.

—¿En serio vas a comportarte así? ¿Quieres que me cambie?

O sea, sí…, facilitaría las cosas. Pero nunca la haría hacer una cosa así porque tengo autocontrol. Puedo hacerlo. Qué más da si está usando un camisón de seda que se ajusta a su cuerpo a la perfección y la hace ver increíble. ¿Si quiero tocarla? ¿Pasar las manos por sus pechos? ¿Bajarle las bragas y descubrir a qué sabe? Sí, pero… ¿tengo autocontrol? Por supuesto. Debes estar pensando: ¿por qué te contienes? Porque… creo que me convencí a mí mismo de que necesitaba más tiempo. Más tiempo para profundizar en nuestra conexión.

O tal vez… Mierda, tal vez solo estoy nervioso porque de verdad amo a esta mujer y estoy esperando el momento perfecto.

—No, lo siento. Solo estoy, eh…, sorprendido. —Me subo a la cama con cuidado intentando no ocupar mucho espacio. Apaga la luz de su mesa de noche y nos envuelve la oscuridad; la luna es la única luz de la habitación.

Me da la espalda y yo me acuesto boca arriba, quieto como un tronco, mirando el techo. ¿Ves? Puedo hacerlo. Puedo ser un caballero y no tocarla.

—¿Me vas a abrazar? —pregunta.

No.

Eso significaría tocarla.

—¿Quieres que te abrace?

Se ríe.

—No te lo habría dicho si no quisiera.

Cierto, muy cierto.

Bueno, abrazarla puede ser sencillo: solo tengo que ponerle un brazo encima.

Giro mi cuerpo en la cama hacia su lado y apoyo un brazo sobre su costado. No su trasero, no sus pechos, sino su cintura. Una zona neutral. Fíjate que mi brazo no toma su vientre ni está involucrado de ninguna forma con su cuerpo. Solo apoyado en su costado, colgando de su cintura.

—¿Así abrazas?

—¿No te gusta? —Tengo la voz quebrada por los nervios.

—No. —Y entonces, para mi desesperación, arroja (sí, arroja) su cuerpo contra el mío, con el trasero alineado con mi pene, la espalda contra mi pecho y sus brazos enroscados en los míos para que la sujete con más fuerza.

Señor, por favor, ayúdame con esto, porque, Jesús, se siente tan bien contra mí. Cálida, suave, con el aroma de un puto sueño. Y, cuando presiona mi mano contra su estómago, casi me atraganto y ruego que se aleje.

Quiero ir despacio con ella. Lo digo en serio. Sé que nos dijimos «te amo», pero todavía tengo esta idea de que, si voy a paso de caracol, podremos construir los cimientos para que, cuando comencemos a tener sexo, eso no empañe la conexión que estamos forjando.

Pero me lo está poniendo difícil, duro; literalmente... me lo está poniendo duro.

—Ahí —dice—. No es tan difícil.

Sí.

Muy.

Cuando se da cuenta de lo tenso que sigue mi cuerpo, se mueve contra mí.

—Suéltate, Sawyer, por favor.

Por favor, no te muevas. No te muevas. Basta ese ligero movimiento para que un rayo de deseo se dispare directo a mi entrepierna.

—Estoy relajado —miento.

—Guau, entonces eres un pésimo abrazador. —La desilusión en su voz me atraviesa, en especial porque esta es la primera vez que compartimos una cama. No quiero que se arrepienta de haberme invitado o que crea que cometió un error al dejarme entrar en su mundo porque no puedo controlarme y solo abrazarla.

Es hora de crecer, carajo.

—Lo siento —susurro mientras relajo mis extremidades y de verdad la acerco. Mi mano cubre su vientre, la sujeto con fuerza y entierro mi cabeza cerca de la suya. Beso su hombro desnudo.

—¿Así está mejor?

Respira hondo.

—Mucho mejor. —Con la yema de los dedos me dibuja pequeños círculos en el reverso de la mano—. Me preocupé por un segundo. Creí que te daba asco.

—Basta. —Le doy otro beso en el hombro—. De hecho, es lo contrario.

—Ah, ¿sí? Entonces, ¿te gustaron mis pijamas?

—Se puede decir que sí —respondo, acariciándole el vientre con el pulgar—. Pero sabes muy bien que no es esto lo que usas todas las noches.

—Es lo que uso cuando quiero impresionar a mi nuevo novio para que sepa que no está saliendo con un troll que va por la vida con pantalones cortos y camisetas todo el día. Tengo un lado sexy.

—No tenías que usar esto para mostrarme que no eres un troll. Confía en mí, sé que no lo eres. Esos pantalones cortos me causan el mismo efecto. —Permito que mi mano baje por el costado de su pierna y vuelva a subir hasta el borde de su camisón. Subo un poco el dedo y vuelvo a acariciarle el abdomen.

—¿Hubieras preferido que usara pantalones cortos para dormir? Me río contra su cabello.

—No, esto funciona. Pero no puedes decirme que es lo que usas todas las noches.

—Tengo varios de estos. En serio me resultan cómodos y frescos, en especial cuando hace mucho calor. Así que, sí, esto uso la mayoría de las veces. A veces solo bragas y camiseta, otras veces... tal vez use alguna de tus camisetas.

La tomo con más fuerza al pensar en ella usando una de mis camisetas.

—Me gusta esa idea.

Y, justo cuando me estoy sintiendo cómodo, se gira sobre la espalda y mi pulgar acaricia el borde de sus pechos con el movimiento. Alza la vista hacia mí cuando quedo sobre ella, sujetándola entre mis brazos.

—¿Me vas a dar un beso de buenas noches?

Trago con dificultad porque puedo percibir que su camisón se levantó al darse vuelta y dejó expuesto una parte de su vientre. Puedo sentir que me está tentando, intentando quebrarme, y está haciendo un gran trabajo.

—Sí —digo. Se me está por explotar el corazón.

Me acaricia la mejilla.

—Entonces bésame, Sawyer.

Un torbellino de lujuria me corre por las venas mientras subo la mano por su cuerpo, le rozo el pezón erecto con la palma y le acuno la mejilla. Se le corta la respiración y presiono mis labios en los suyos. El delicioso calor de su boca me consume y hago a un lado todas las ideas de contenerme mientras me presiono contra ella con más fuerza.

Entrelazo los dedos en su cabello sedoso, sujeto algunos mechones y abro la boca para acariciarle los labios con la lengua.

Gime cuando me muevo y quedo cubriendo la mitad de su cuerpo para darnos un mejor ángulo. La mano que no está acunándome el rostro va hacia mi espalda y baja hasta mi cintura. Sus dedos pasan solo unos centímetros por debajo del elástico de mis pantalones, pero esos centímetros se sienten como si me los hubiera bajado por completo.

Despego mi boca de la suya y respiro con dificultad mientras la miro, recuperando el control. Me humedezco los labios, su sabor se clava en mi cerebro.

—Buenas noches —digo.

Sus ojos buscan los míos y puedo ver la confusión en ellos.

—Buenos noches —susurra.

No me muevo de inmediato. En cambio, sigo mirando sus hermosos ojos.

—Eres tan linda —murmuro acariciándole el rostro—. En serio, me dejas sin aliento, Fallon.

Curva los labios en una sonrisa fugaz justo antes de estirarse para darme un beso más.

—Te amo.

—Yo también te amo —respondo sin vacilar, es la pura verdad.

Porque es así, amo a esta mujer. Amo todo de ella, desde su corazón hasta su mordacidad, pasando por sus inseguridades. Lo quiero todo.

Le doy un último beso casto antes de despegarme. Su mano recorre mi espalda, viaja por mi cintura y acaricia mi entrepierna justo antes de darse vuelta para darme de nuevo la espalda. Contengo el resoplido que se quiere escapar por ese mínimo contacto, pero cuando presiona su trasero contra mi regazo, suelto un gemido profundo.

—Nena, cuidado —le advierto poniendo una mano en su cadera para inmovilizarla.

No dice nada, pero me toma la mano y la mete debajo de su camisón para que mi palma quede contra su piel desnuda.

Tan cálida.

Jesús.

Abro la mano contra su vientre y la dejo quieta, pero cuando ella se vuelve a mover, las yemas de mis dedos acarician la parte de abajo de sus pechos.

—Demonios, Fallon, deja de moverte.

Debe escuchar el dolor de mi voz, porque aprovecha la oportunidad para apoyar su trasero contra mi entrepierna. Esta vez puedo sentir mi incapacidad para controlarme: mi pene se pone duro y el gemido de satisfacción que se escapa de sus labios me destruye.

—Me lo estás poniendo duro —susurro intentando acomodarme.

—Muy bien —dice y arrastra mi mano a su pecho. La combinación de su piel suave y blanda y su pezón duro contra mis dedos me está volviendo loco.

Le doy un apretón mientras su trasero se desliza contra mí.

Mierda. No aguanto más. Estoy perdiendo el control.

¿Y está tan mal? Sí, me dije a mí mismo que tenía que esperar más…, que necesitaba construir más cimientos, tener más citas y profundizar en nuestro amor antes de pasar al plano físico. Pero tal vez lo estoy pensando demasiado, racionalizando mi miedo de ser vulnerable frente a ella. Tal vez intimar con Fallon a este nivel solo es otra forma de acercarnos.

Este es el siguiente paso, el momento indicado. Ella y yo sellando el amor que compartimos.

Estoy listo.

En un abrir y cerrar de ojos, mi boca choca con la suya. Toda la energía que estaba usando para contenerme se desata y se transfiere hacia la mano con la que me aferro a ella y a la fuerza con la que la beso.

Me envuelve el cuello con sus brazos y me acerca mientras cambio el peso de mi cuerpo para quedar sobre ella. Mis labios dibujan un sendero desde su boca, cruza por su mandíbula y baja por su cuello. Con la palma le recorro el pecho, y ella se arquea y abre las piernas para hacerle lugar a mi cuerpo.

Me coloco entre sus piernas y con descaro muevo mis caderas contra ella.

—Te deseo —dice mientras mis labios vuelven a subir hacia su boca—. Por favor, dime que puedo tenerte por completo, Sawyer.

Detengo los besos y me alejo solo lo suficiente como para poder mirarla a los ojos. Sopeso mis antiguos temores contra el deseo que nos abruma a ambos.

—Yo también te deseo —le aseguro—. Mucho, mucho. Pero me he estado conteniendo porque no quiero que esto arruine nada. Creo que me he apresurado en el pasado y no quiero hacer lo mismo contigo.

—No te estás apresurando. —Niega con la cabeza al mismo tiempo que sus dedos se entierran más en mi cabello—. Esto solo va a solidificar el amor que te tengo. —Se humedece los labios con la lengua—. Por favor, Sawyer.

El ruego que hay en su voz me convence. Tomo el borde de su camisón y lo subo por su cuerpo hasta quitárselo por la cabeza. Lo arrojo a un lado y la miro.

—Dios, eres tan hermosa. —Tomo un pecho en mi mano y aprieto un poco mientras bajo la boca hacia el otro para chupar su pezón.

Sus gemidos se vuelven un poco más altos y se aprieta contra mí, pidiendo y rogando más. Entonces, muevo la boca hacia el otro pecho hasta que se está retorciendo debajo de mí y su pelvis ruega conseguir atención. Bajo con la boca por su vientre hasta el elástico de las bragas. Paso la lengua por el borde, alrededor de su ombligo y luego se la bajo unos centímetros para besarle el hueso púbico. Abre todavía más las piernas. Es evidente qué es lo que necesita.

Quiero hacerla desear como yo la deseo a ella. Muevo la boca a la parte interna de su muslo, le doy besos hasta llegar al frente de sus bragas y entonces me muevo al otro muslo.

Su ruego ahogado me hace saber que estoy haciendo exactamente lo que debería estar haciendo, así que, en lugar de darle lo que quiere, muevo la boca a su vientre.

—Sawyer. —Respira con dificultad—. Deja de hacerme desear.

Me río contra su piel caliente y vuelvo a bajar la boca entre sus piernas. Esta vez, le bajo la ropa interior y la arrojo a un lado antes de apretar mi palma contra su entrepierna para abrirla todo lo posible. Y cuando bajo la cabeza, la beso justo encima de donde quiere, lo que la hace retorcerse entre mis brazos.

—¿Por qué me odias? —pregunta con la respiración agitada.

—Te amo, nena. Así van a ser las cosas conmigo, acostúmbrate. —Arrastro la lengua hasta su ombligo y vuelvo a bajar hasta llegar a su tajo. Con delicadeza, paso la lengua por donde quiere, pero me alejo y vuelvo a concentrarme en la parte interna del muslo.

—Jesús —susurra y su mano se aferra a las sábanas.

Contengo la sonrisa mientras me abro camino hacia su otra pierna. Pasan unos minutos más, sí, *minutos*, para asegurarme de que se da cuenta de que en serio quiero estirar esto, y cuando está jadeando, con los brazos sobre los ojos en señal de rendición absoluta, le paso la lengua por el clítoris y le arranco un gemido salvaje de los labios.

Solo puedo pensar en lo mojada que está, en lo bien que sabe y en lo maravilloso que suena. Después de eso, no recuerdo nada porque me pierdo entre sus piernas. Lamiendo, chupando, besando.

Se me entrecorta la respiración cuando la siento apretarse a mi alrededor. Monta mi lengua con las caderas. Sus gemidos son más rápidos, más frecuentes. Pasa la mano por mi cabello y me inmoviliza. Y mientras le paso la lengua por el clítoris, la siento al borde del orgasmo, más y más cerca… hasta que me jala el cabello y aprieta las piernas a mi alrededor cuando tiene un orgasmo y grita mi nombre. La dejo moverse contra mi lengua, montarla hasta estar satisfecha por completo.

Entonces me alejo, me quito los pantalones y tomo un condón de mi bolso: parece que Roarick tenía razón cuando los empacó. Me coloco el condón; mi erección está tan desesperada por entrar en ella que a estas alturas no hay forma de que pueda detenerme. No con el sonido de su orgasmo resonando en mi mente.

Vuelvo a subir a la cama y entrelazo nuestros dedos y presiono nuestras manos contra el colchón mientras guío mi pene hacia su entrada.

—Te amo —digo cuando nuestras miradas se encuentran.

Sus ojos brumosos me sonríen y me toma de la nuca para llevarme hacia su boca. Entro despacio en ella, rozo nuestros labios mientras proceso la sensación de absoluta perfección de ella conmigo dentro.

Le toma la otra mano y también la presiono contra el colchón mientras la beso despacio y muevo las caderas hacia adentro y hacia afuera. Es íntimo. Es indulgente. Es todo lo que siempre quise con esta mujer.

Una conexión tan fuerte, tan increíble que no creo que pueda romperse.

Se me acelera el pulso cuando su lengua se conecta con la mía y el sexo se vuelve más salvaje, más desesperado. Y, antes de que pueda darme cuenta, libero nuestras manos y llevo sus piernas a mis hombros, creando un nuevo ángulo que me hace llegar hasta el fondo. En esta nueva posición, ambos gemimos.

Lleva las manos por encima de su cabeza, y hace presión contra el respaldo mientras mis movimientos se vuelven más fuertes, más poderosos.

—Sawyer —gime—. Sí, más. Por favor, más.

Me acomodo para poder sujetarla mejor y que, cuando me mueva, ambos disfrutemos lo máximo posible. Luego llevo el pulgar a su clítoris y lo presiono.

Abre grandes los ojos y la boca en un grito mudo. Su vagina se aprieta a mi alrededor y comienzo a sudar al sentir el anuncio de mi clímax trepar por la parte de atrás de mis piernas hasta la base de mi columna vertebral.

—Mierda, nena. Estoy cerca.

—Yo… también —dice—. Dios, eres tan bueno. Tan… bueno.

Su confesión me provoca orgullo porque pienso lo mismo de ella. Esto, lo que está sucediendo entre nosotros… Nunca nada en mi vida se sintió así. Nunca me sentí así de conectado y en sintonía con nadie.

Muevo las caderas y se me contraen los testículos con el sonido de sus gemidos susurrados cada vez más alto.

Apoya sus manos en mi espalda y me clava los dedos mientras me aprieta el pene; su orgasmo ha tomado el control. Llego al límite y un placer blanco y caliente brota de mí.

—Mierda —gruño, aún dentro de ella, con mi erección pulsando en su interior, que continúa apretándome.

Nos quedamos así unos segundos más y bajamos despacio nuestros brazos y los dejamos a los costados de su cabeza. Le acaricio las mejillas arrebatadas y digo:

—Fallon…, me parece que tenemos un problema.

Se ríe.

—Creo que tienes razón.

—¿Sabes lo que voy a decir?

Asiente con la cabeza y responde:

—Que acabamos de abrir una parte de la relación que no vamos a poder controlar.

—Sí —asiento—. Espero que no tengas pensado dormir mucho, porque lo vamos a hacer de nuevo.

—Esperaba que dijeras eso —se ríe.

Le doy un beso en la punta de la nariz.

—Te amo, nena.

—Te amo.

Me acaricia la mejilla y puedo decir con honestidad que este es un momento de verdadera felicidad.

Así es como se suponía que debía vivir mi vida.

Con esta chica robándome el corazón.

CAPÍTULO 22
SAWYER

—Deja de mirarme así —dice Fallon desde su lugar detrás del mostrador.

—¿Así como? —pregunto. Estoy tirado en el sofá del vestíbulo con el ordenador sobre el regazo, trabajando en los comentarios de Andy, mientras Fallon limpia meticulosamente las rocas que acaba de pulir.

—Como si quisieras convencerme de que me quite toda la ropa.

—Nena, no tengo que convencerte... Lo haces sola. —Sonrío y ella pone los ojos en blanco.

—Si serás encantador.

—Creo que sí —respondo mientras Sully baja las escaleras, malhumorado, y se detiene detrás del mostrador.

—¿Todo bien? —le pregunta Fallon.

—No encuentro mis calcetines. ¿Los has visto?

Fallon baja la vista a los típicos calcetines largos de Sully y lo vuelve a mirar.

—Sully, los tienes puestos. Debajo de los zapatos. —Le aprieta el hombro con dulzura.

Él baja la vista y la vergüenza se apodera de su rostro cuando comprende su confusión.

—Pensé que los había perdido –dice mientras da la vuelta al mostrador y me ve–. ¿Qué estás haciendo? ¿No tienes trabajo que hacer?

—Está trabajando, Sully –interviene Fallon–. Está trabajando en su propuesta de guion.

—¿Guion? ¿Qué es ese disparate? ¿Qué sucedió con lo de reparar el fogón? Hay personas aquí… ¿Dónde van a asar sus malvaviscos?

—Sawyer ya reparó el fogón hace una semana –le explica Fallon. Así es. Fue un proyecto rápido con el que me ayudaron Tank y la compañía de servicios públicos: queríamos tener un fogón que se encendiera presionando un botón para evitar que cualquier chispa voladora pudiera llegar a los árboles–. ¿Ves? Está ahí afuera.

Sully camina hacia la ventana del fondo y mira el fogón, que mide dos por tres metros, rodeado con dos sofás de exterior y dos poltronas. Se rasca la cabeza.

—Bueno, hay que lavar los platos. Iré a hacerlo. –Como buen gruñón que es, se aleja, sube la escalera y da un portazo a sus espaldas.

Fallon deja escapar un suspiro.

—Los platos están limpios.

—Lo sé. ¿Quieres que vaya a ver si está bien?

Niega con la cabeza.

—No. Yo voy. Parece que será un día difícil. Voy a pedirle a Jaz que venga a quedarse en el mostrador un rato mientras estoy arriba.

—Puedo quedarme yo.

—No –vuelve a negar con la cabeza y señala mi ordenador–, tú tienes que terminar eso. Andy te está esperando y ya ayudaste bastante. Jaz puede cubrirme sin problema.

—Fallon, puedo hacer las dos cosas al mismo tiempo.

—No, hablo en serio. Ya mismo le escribo y, cuando llegue, te va a echar. Y sé que no quieres lidiar con su navaja. —En eso tiene razón—. ¿Puedes quedarte solo hasta que llegue ella? Margaret O'Hare va a venir a registrarse, pero no estoy segura de cuándo. Solo tienes que darle la llave, yo después hablo con ella.

—¿Estás segura?

Asiente, da la vuelta al mostrador y se me acerca. Se inclina sobre el respaldo del sofá y se detiene a unos centímetros de mi boca.

—Te amo.

—Te amo.

Me besa unos segundos y se aleja, lo que me hace gruñir.

—No puedes besarme así e irte.

—Puedo hacer lo que se me dé la gana. —Sonríe con malicia y se aleja por las escaleras. La miro, disfrutando del paisaje hasta que está fuera de mi vista.

Háblame de estar loco por alguien.

Estoy perdidamente enamorado de esta mujer.

Lo de anoche solo lo solidificó. No es que necesitara tener sexo con ella para saberlo, pero lo que tuvimos fue más que sexo: fue una prueba de la innegable conexión que tenemos.

Como no quiero que nadie entre y piense que el mostrador está desatendido, llevo mi ordenador al sitio que dejó libre Fallon, hago a un lado sus rocas y las pongo, con cuidado, lejos del alcance de los huéspedes. Tiene algunas en exhibición frente al letrero, lo que me parece la cosa más tierna que he visto en la vida. Pensábamos caminar el sendero Harry Balls para buscar más rocas y pulirlas este fin de semana. Todo el proceso me resulta extrañamente relajante. Pulimos, limpiamos, les damos los toques finales y repetimos. Me encanta ver cómo quedan. El otro día Fallon me ha llamado «ñoño de las rocas», y tal vez lo sea, pero es una cosa más que nos une.

Justo en ese momento, se abre la puerta principal. Asumo que debe ser Margaret O'Hare, pero cuando mis ojos se posan en la persona que camina hacia mí, casi me caigo del taburete.

¿¡Qué carajo!?

—Sawyer, ¡aquí estás!

Con cuidado, me pongo de pie, doy la vuelta al mostrador y meto las manos en los bolsillos mientras intento conservar la calma en mi voz.

—Annalisa, ¿qué carajo estás haciendo aquí?

La última vez que la vi en persona era la viva imagen de la novia perfecta: vestida de blanco, con la manicura recién hecha, pestañas postizas y el cabello cubierto con un velo. Ahora está parada frente a mí, casi un mes después, enfundada en un cárdigan rojo suelto. No es ni un tercio de la mujer que era aquel día.

Nerviosa, responde:

—Escuché el rumor de que podías estar aquí, así que decidí comprobarlo yo misma.

—¿Dónde lo escuchaste? —pregunto y se me empieza a hervir la sangre de la rabia. ¿Fue Andy? ¿Roarick? Sería difícil para mí enterarme de que alguno de ellos traicionó mi confianza.

—Un portal de chismes. Había fotos tuyas caminando por el pueblo. Pero ¿qué importa?

Puede haber sido cualquiera, hasta alguien que estaba de paso.

—No, lo que importa es: ¿por qué diablos estás aquí? —siseo porque no quiero que nos escuchen desde arriba. Lo último que necesita Fallon en este momento es bajar y encontrarse con Annalisa.

—Sawyer, yo… —Se le llenan los ojos de lágrimas y su expresión pasa del alivio al arrepentimiento en un segundo—. Necesito disculparme.

Jesucristo.

No estoy seguro de hacia dónde va esto ni por qué tiene que

arruinar mi paz, pero te puedo asegurar que de ninguna manera va a perturbar la felicidad de Fallon.

—Aquí no —espeto y la llevo fuera de la recepción, hacia el parque. Miro a mi alrededor buscando algún sitio para hablar con ella, cualquier lugar alejado.

—¿Nos sentamos en esa banca? —pregunta Annalisa señalando la banca de Sully.

Eh, sobre mi cadáver.

Eso no va a suceder.

La banca, La Caverna, las mesas de pícnic no serán profanadas por Annalisa.

Como sé que la cabaña número uno está esperando a que aparezca Margaret O'Hare, la señalo.

—Ve a esa cabaña; enseguida voy.

Corro hacia la recepción y tomo la llave de la cabaña uno que cuelga detrás del mostrador de registro. Justo cuando estoy yendo de nuevo hacia la puerta trasera, Jaz entra por la principal. Perfecto.

—¿Por qué tanto apuro, Julia?

Por supuesto que aparece segundos después de que Fallon le escribiera pidiendo ayuda. Conociendo la rutina matinal de Jaz, es posible que ya estuviera de camino hacia aquí, lo que no es un buen augurio para mí. Creo que todos sabemos lo temperamental que es Jaz: si llegara a enterarse de que Annalisa está aquí, estoy bastante seguro de que desenvainaría su navaja y comenzaría a apuñalar las paredes. Mejor que no sepa. Mejor que nadie sepa.

Yo iré a escuchar lo que tiene para decir Annalisa y a darle una patada en el trasero sin vacilar.

—Eh, iba a verificar que la cabaña uno estuviera lista para cuando llegue Margaret. Quiero volver a revisar las cañerías. —No sé por qué digo eso; no cambiamos las cañerías, pero Jaz se lo cree.

—Bueno, como digas. Solo recuerda devolver la llave cuando termines.

—Claro –digo y me voy corriendo hacia la cabaña, con las manos sudorosas de pensar que Jaz casi se topa con Annalisa. Unos minutos de diferencia y tendríamos un reguero de sangre en la recepción.

Por suerte, un árbol cubre la cabaña, así que Annalisa está fuera de mi vista hasta que llego a la puerta principal. La abro rápido.

—Entra –le ordeno, enojado. Para mi sorpresa, Annalisa obedece y cierro la puerta a nuestras espaldas. Arrojo la llave sobre la mesa para dos y me paso la mano por el cabello–. ¿Qué carajo, Annalisa? No puedes aparecerte así.

—Lo sé, estoy segura de que soy la última persona que esperabas ver hoy.

—Sí, se podría decir que sí. Siempre eres la última persona que quiero ver.

Asiente con solemnidad.

—Me lo merezco. –Toma asiento en la mesa y yo me siento frente a ella en la cama. Con las manos juntas, me inclino hacia delante sobre mis piernas, sin poder creer que estoy mirando a la mujer que convirtió mi vida en un completo infierno durante el último año. Y solo Dios sabe por qué motivo (ya sea porque es una experta en actuación o porque por fin entró en razón) se parece a la persona que conocí hace tantos años. La cara de zorra calculadora no está, no tiene las cejas perfectamente depiladas y no hay sarcasmo en su expresión. Por el contrario, sus ojos se ven más brillantes, como si se hubiese limpiado el lodo que los cubría y por fin estuviera siendo sincera.

—¿Podemos avanzar con esto? Di lo que sea que tengas que sacarte de adentro, así puedo seguir con mi día –le ordeno.

Mira a un lado.

—Guau, de verdad me odias, ¿no?

—Eh…, ¿puedes culparme? —Casi grito—. Anna, me engañaste con mi mejor amigo. Me dejaste por él y luego me obligaste a quedarme parado viendo cómo te paseabas por ahí diciéndole a la prensa y a quien quisiera escuchar que él te había salvado, que había sido tu caballero de traje Tom Ford. Corrígeme si me equivoco, pero estoy bastante seguro de que no te tuve de rehén ni te traté como cautiva cuando estábamos juntos.

—No.

—Pero actuaste como si hubiera sido así. Jesús, Anna, me tiraste debajo del autobús cada vez que pudiste, y después de la boda fue como una puta cacería de brujas. ¿Te das cuenta de la clase de daño que podrías haberle hecho a mi carrera?

—Lo sé. Sé que todo lo que hice está mal y que no te merecías nada de eso.

Un poco esperaba que se defendiera, que me arrojara mis faltas en la cara, que me culpara por el daño a mi carrera, ya sabes, porque yo fui quien los dejo parados en el altar. Pero no lo hace. Por el contrario, me mira con tanto arrepentimiento que me desorienta.

—Me gustaría poder decirte que alguien me dijo que me comportara de ese modo, que me presionó el estudio o que me lo aconsejó mi agente, pero no fue así. La conclusión a la que llegué es que la presión de Hollywood me afectó; me estuvo comiendo por dentro durante tanto tiempo. Pero cuando besé a Simon, sentí que tenía el poder de la industria, algo que nunca había tenido. La gente me prestaba atención. A los medios les importaba lo que hacía y, por primera vez, de verdad sentí que importaba, que resaltaba entre el resto de los actores.

—Sí, a costa de alguien más.

—Y me tomó demasiado tiempo darme cuenta de eso. —Baja la vista a sus manos y agrega—: Me avergüenza mi comportamiento,

Sawyer, y no te estoy pidiendo que me perdones porque la verdad es que no me lo merezco.

—Entonces, ¿por qué viniste?

—Porque por alguna razón creí que te iba a gustar verme así.

—¿Para que te comprendiera? —pregunto incrédulo.

—No. —Aparta la mirada—. Para que supieras que, pese a todos mis esfuerzos por destruir tu nombre, termine destruyéndome a mí. Todo ese espectáculo, saltar de programa basura en programa basura, no hizo más que destruir mi imagen. Deberías ver lo que dicen de mí.

—¿De ti? —Casi salto de la cama—. ¿En serio quieres que sienta empatía por ti? Hicieron memes míos con cuernos de demonio. Soy la encarnación de la mala prensa.

Suspira.

—Creo que no consigo hacerme entender.

—Sí, en eso sí estamos de acuerdo.

Se inclina hacia delante.

—Vine a disculparme. —Espero a que continúe, para escuchar sus disculpas—. Lo siento, Sawyer. Por todo. No debí tratarte como te traté ni debí engañarte. Para ser completamente honesta, eres lo mejor que me pasó y lo eché a perder.

—Ajá, ¿y cómo se sentiría Simon si te oyera decir eso?

—No le importaría. —Aleja la mirada—. Él, eh..., él y yo terminamos. Creo que en este preciso instante se está yendo a Tulum con la enfermera que lo atendió después de su cirugía plástica. —No me sorprende. Estuvo a punto de casarse con mi ex, así que aprendí muy que su lealtad no valía ni un centavo.

Me cruzo de brazos.

—Lo que significa que estás sola, y esa es la razón por la que viniste. Dijiste que querías disculparte, ¿es verdad? ¿O en realidad quieres volver conmigo?

—No. No es eso. –Niega con la cabeza–. Sé que no me aceptarías, y también sé que no te merezco.

—Tienes mucha razón en ambas cosas –aseguro mientras ella baja la mirada. Y no sé por qué (tal vez sea mi consciencia débil), pero el abatimiento en sus hombros y la expresión desolada en verdad me hace sentir pena por ella.

Lo sé. Una locura.

No debería sentir ninguna clase de compasión. Debería desear que se la lleve el viento que sopla entre las montañas de San Jacinto y no volver a verla nunca más. Y, sin embargo, siento pena por ella.

¿Qué sucede conmigo?

Me paso la mano por el rostro.

—No me sale ser malo contigo en este momento. Es solo que estoy tan… enojado. Y creí que lo había superado. Seguí con mi vida. Encontré a alguien a quien en verdad amo…

—¿Estás con alguien? –interrumpe y sus ojos se disparan en mi dirección.

—Sí, ¿te pensabas que me iba a quedar soltero por el resto de mi vida?

—No. No sé qué pensaba. –Se pasa una mano por la pierna, sus pantalones cortos blancos apenas le cubren los muslos–. Supongo que me sorprende. Por tu actitud desde el compromiso parecía que ya no creías en el amor, y yo sé que es todo por mi culpa. Estoy impactada, eso es todo. Pero me alegro por ti. Apuesto a que es maravillosa.

—Así es –digo despacio–. Es jodidamente maravillosa. –Me tomo la nuca–. Bueno, querías disculparte, ya lo hiciste: ¿algo más?

Se pone de pie y se quita el cárdigan rojo.

—Ey, ¿qué mierda estás haciendo? –Pongo las manos en sus caderas para moverla hacia atrás.

—Solo tengo calor. –Se ríe–. No te preocupes, no haré nada de lo que tengas que preocuparte. Sería incapaz.

Bueno, gracias a Dios.

—Pero tengo algo que quiero darte. —Va hacia su bolso, toma un zapato de vestir celeste y me lo entrega—. Lo dejaste en los escalones de la iglesia. No sé por qué, pero pensé que te gustaría tenerlo, así, ya sabes, puedes prender fuego el par completo.

Me río y tomo el zapato.

—Sí, tiene potencial para una buena fogata.

—Eso me imaginé. —Junta las manos frente a ella—. Bueno, Sawyer, ya lo sabes, de verdad lo siento. Sé que no hay forma de que vaya a ganarme tu perdón y está bien. Pero quería venir a verte en persona y decirte que, si pudiera volver atrás el tiempo para cambiar las cosas, lo haría. Jamás te habría dejado. Habría hablado contigo sobre mis inseguridades y me habría apoyado en ti.

Conmovido por su honestidad, también me pongo de pie y la tomo de la mano.

—Te habría acompañado, Anna.

—Lo sé. —Se limpia rápido una lágrima que le rueda por la mejilla y me suelta—. Gracias. Eres mucho más amable de lo que merezco.

—Tal vez de ahora en más aprendas a confiar en la gente que te rodea, la gente con buenas intenciones. Y eso no incluye a Simon.

—Sí —dice sin aliento.

Pasamos los minutos siguientes poniéndonos al día. Le cuento sobre el guion y se muestra entusiasmada de verdad por verlo cobrar vida. Me cuenta que su mamá ve el video mío plantándola en el altar una y otra vez. Es una charla agradable. ¿Me hace sentir que podríamos ser amigos? Nunca. Pero ¿me da algo de paz la posibilidad de cerrar ese capítulo de mi vida? Sí.

—Bueno, debería irme.

—Sí, en cualquier momento llegará un huésped a ocupar esta cabaña.

Salimos juntos de la cabaña y cuando estamos en el pórtico se gira hacia mí.

—Iré a Palm Springs a un retiro de salud mental. Pensé que deberías saberlo, bueno, para que veas que estoy intentando hacer un cambio positivo en mi vida. No lo sabe mucha gente, así que por favor no digas nada. Aunque tampoco es que tengo derecho a pedirte que no lo digas.

—Puedes confiar en mí. No diré nada. Y me alegra que estés haciendo algo para ayudarte.

—Gracias. —Pone su mano en mi brazo, se pone de puntillas y me da un beso en la mejilla—. Eso significa mucho para mí.

Cuando se aleja, me saluda con la mano y avanza por el sendero hacia la playa de estacionamiento. Pasa junto a Jaz, que está parada al costado del sendero, de brazos cruzados, con la navaja en la mano.

Mierda.

Annalisa mira a Jaz de arriba abajo, pero no dice nada y desaparece entre los árboles. Por desgracia para mí, no podré escapar de ella con tanta facilidad.

No estoy seguro de cómo abordar esto, así que alzo las manos.

—Jaz, no es lo que piensas.

Su rostro permanece neutral. Su pose, estoica. Su silencio es más aterrador que si me insultara a los gritos. Sin mediar palabra, se gira sobre sus talones y se dirige a la recepción.

Mierda. Mierda.

No tengo idea de en qué está pensando ni por qué sujeta así la navaja, pero sí sé que el temor que me atraviesa y me pone todos los nervios de punta está justificado. Tengo que alcanzarla antes de que pueda decirle algo a Fallon. Jaz es una bala perdida. Es protectora. Emocional. Reacciona en lugar de pensar y solo puedo imaginarme lo que va a decirle a Fallon. Una pista: no me dejará bien parado. Sin mencionar que esto es lo último con lo que debería estar lidiando Fallon en este momento.

Corro tras ella.

—No sucedió nada —anuncio cuando abro la puerta.

Pero no dice nada, ni siquiera mira en mi dirección: me ignora y escribe algo en su teléfono. Mierda, ¿le está escribiendo a Fallon? El pánico en mi pecho se siente abrumador al punto que me preocupa que vaya a desmayarme.

—Jaz, ¿me oíste? No sucedió nada. —Sigue golpeando la pantalla—. ¿Le estás escribiendo a Fallon? Sabes que puedo subir a hablar con ella, ¿no?

Apoya el teléfono sobre el mostrador y se cruza de brazos.

—De hecho, no puedes. Porque está de camino al hospital con Sully.

—¿¡Qué!? —grito. Paso junto a Jaz y corro por las escaleras de a dos escalones por vez hasta llegar a la puerta de la casa. La abro y no encuentro más que silencio. Voy a la habitación de Sully: no hay rastros de ellos, ni un solo indicio. Desesperado, corro hacia el dormitorio, tomo la billetera, las llaves y golpeo el bolsillo para asegurarme de tener el teléfono. Con todo lo que necesito, corro escaleras abajo, paso junto a Jaz y voy directo a mi automóvil, pero me paro en seco cuando, de refilón, veo mis cubiertas.

Pinchadas.

Todas.

Y.

Cada.

Una.

La puta madre.

Giro y veo a Jaz parada detrás de mí con los brazos cruzados.

—¿Qué carajo, Jaz?

—Jazlyn para ti. —Señala mis cubiertas con la cabeza—. Te vi en la cabaña con tu *exnovia*. Creías que estaban siendo tan sigilosos. Te lo advertí. No te metas con mi chica.

—¡No hice nada!

—Mmmm. Entonces, ¿estas fotos tuyas abrazando a tu ex que tengo en mi teléfono no significan nada?

—¡No! —Me paso la mano por el cabello mientras el corazón me late descontrolado—. No significan nada. Jesús, ¿se las enviaste a Fallon?

—¿Y tú qué crees?

Mi furia hierve, la frustración llega al punto cúlmine y, antes de darme cuenta, le estoy gritando a Jaz:

—No tenías derecho a mandarle ninguna puta foto. Puede que seas su mejor amiga, pero yo soy su jodido novio.

—¿Por qué te pones tan a la defensiva? Para mí eso grita culpable.

—¿Qué carajo? —digo mientras le doy la espalda, demasiado preocupado como para lidiar con sus estupideces. Tomo el teléfono del bolsillo para marcar el teléfono de Roarick. Suena dos veces y atiende.

—Acabo de encontrar una uva pisada en el suelo que por algún motivo me hizo acordar a ti.

—Necesito que vengas a buscarme, ahora mismo.

—¿Qué?

—Sully está en el hospital. Jaz me pinchó las cubiertas y necesito un aventón. Por favor, apresúrate.

—Mierda. Bueno. ¿Por qué te pinchó las cubiertas?

—Después te explico. Solo ven aquí.

Cuelgo y me giro hacia Jaz que sigue allí parada moviendo el pie. No me molesto en hablarle. Paso junto a ella hacia la residencia mientras le envío un mensaje a Fallon, que seguramente está conduciendo.

Ni siquiera sé qué le sucedió a Sully (se me retuerce el estómago de solo pensarlo) y estoy casi seguro de que no será Jaz quien me lo dirá.

> Fallon, acabo de enterarme de que estás yendo al hospital con Sully. Larga historia, pero tardaré mínimo dos horas en llegar. Voy tan rápido como puedo. Lo que sea que te haya dicho Jaz, ignóralo. Te amo.

✶ ✶ ✶

—¿Por qué traes ese zapato?

—¿Eh? —pregunto mientras bajo la vista hacia el zapato celeste que tengo en la mano.

—Lo noté cuando llegué a buscarte, pero me pareció que estabas demasiado afectado como para preguntarte, pero ya pasó media hora y no lo sueltas, ¿debería preocuparme?

Bajo la vista a mi teléfono esperando encontrar cualquier señal de que Sully y Fallon están bien, pero el silencio es absoluto. Eso solo significa una cosa: las fotos que le envió Jaz deben ser muy incriminadoras.

—Hola, Tierra a Sawyer. ¿Vas a hablarme, viejo?

Me encorvo en el asiento del acompañante y miro por la ventana mientras nos dirigimos a las montañas, cada vez más cerca de Palm Springs. Esa es la sala de emergencias más cercana a Canoodle, así que espero que hacia allí se estén dirigiendo. Quise obtener más información de Jaz por mensaje de texto, pero su respuesta fue el ícono del dedo medio y el del cuchillo. Siempre sentí que me entendía con Jaz. Teníamos una relación única en la que hacíamos como si no nos agradábamos, pero Fallon dijo que hasta había apoyado que estuviéramos juntos. Este dramático giro me hace preguntar si he estado equivocado todo este tiempo.

—Viejo, tienes que hablarme.

—Ahora mismo me estoy concentrando en no perder el control —disparo.

—Ya veo, pero tal vez ayuda si lo hablamos.

—¿Quieres hablarlo? —digo agresivo—. Bien. Annalisa vino a visitarme.

—¿¡Qué!?

—Sí, y como Sully ya venía con un mal día y Fallon estaba intentando calmarlo, no quería molestarla con Annalisa, así que la llevé a una cabaña para ver qué quería.

—Oooh, eso parece incriminador.

—Me dijo que lo sentía, hizo toda esa mierda de disculparse y luego me dio mi zapato. Este puto zapato. —Lo arrojo en el suelo del Jeep Rubicon de mi hermano.

—Un extraño regalo de separación, pero puedo entender el deseo de cerrar el círculo.

—Y luego, cuando salimos de la cabaña, Jaz estaba ahí parada con cara de asesina. Aparentemente, nos vio en la cabaña y de inmediato pensó lo peor.

—Mierda, ese sí que es un giro inesperado. Suele ser la novia la que ve al novio con su ex. Pero la mejor amiga… Es un buen cambio.

—¿Por qué carajo te estás riendo de esto?

—Lo siento, ¿no me llamaste para aligerar las cosas? Debo haberme salteado el memo.

—¿Qué mierda te pasa? —pregunto.

—Viejo, estoy intentando calmarte… Esto suele funcionar.

—Bueno, lee la puta escena…

—Esto no es ficción.

—Te voy a pegar un puñetazo en los putos ojos.

—Está bien, lo último que dije estuvo de más. Bueno, entonces, Jaz se entera… ¿y qué sucede?

—Por supuesto pensó que la estaba engañando, me pinchó las cubiertas y luego me dijo que Sully y Fallon estaban yendo a la sala de emergencias.

—Ah, y entonces me llamaste a mí, tu caballero al rescate. Tiene sentido. Bueno, ¿aclaraste las cosas con Jaz?

—Lo intenté. Pero no me cree nada.

—¿En serio? —pregunta Roarick con el ceño fruncido—. No me suena como algo que ella haría.

—¿Estás seguro? Porque parece como si estuviera contra mí desde el principio.

Roarick niega con la cabeza.

—No, me dijo varias veces que creía que hacían una buena pareja.

—¿Entonces qué carajo? Tiene fotografías y se las envió a Fallon.

—¡¿En serio!? —El desconcierto en la voz de Roarick de hecho me hace sentir mejor—. O sea, está claro que no sucedió nada entre tú y Annalisa, ¿no?

—Por supuesto que no. Jesucristo. Como si quisiera saber algo con ella, en especial cuando tengo a Fallon, que está a años luz de lo que podría llegar a ser para mí Annalisa. La dejé despejar su consciencia, pero eso es todo. Le conté sobre Fallon, cuánto la amo, y lo aceptó por completo. De hecho, estaba de camino a una suerte de retiro. No vino a recuperarme. Y por supuesto que Jaz no me permitió explicarle nada de eso.

En lugar de responder, Roarick mira el parabrisas, sumido en sus pensamientos. Lo acompaño esperando que vibre mi teléfono. Con cualquier novedad. Cualquier cosa para saber que están bien.

Pero a medida que nos acercamos al hospital, me doy cuenta de que estoy perdido.

CAPÍTULO 23

FALLON

En mi mente solo puedo oír, una y otra vez, el cuerpo de Sully desplomándose en el suelo.

En repetición.

Pum.

Pum.

Pum.

Seguido de un grave quejido.

Aún puedo verlo, en el suelo, casi sin vida, sin poder moverse. Lo había dejado solo un segundo para asegurarme de que no hubiese dejado nada en el suelo después de vestirse. Junté su ropa para poner el lavarropas, y luego todo se fue al demonio.

Es un milagro que Jaz y yo hayamos podido meterlo en mi automóvil. Me di cuenta de que mover a alguien en su estado tal vez no sea la mejor idea, pero se había caído tras haberse lastimado. Tenía un largo tajo en la mano. Mi entrenamiento médico afloró y me puse manos a la obra para detener la hemorragia con una venda limpia, atada con fuerza y luego colgada al cuello para dejar la mano a la altura del corazón. Hice una revisión general y me di cuenta de que se había caído sobre su lado derecho, así que lo metimos en el automóvil con cuidado, recliné el asiento del acompañante, y cruzamos las montañas a toda velocidad. Hubiese tardado más si llamaba a la ambulancia: esta era la mejor opción.

Me aferré con tanta fuerza al volante cuando conducía que sentí que se me derretían los dedos mientras le rogaba a la abuela Joan, una y otra vez, que lo cuidara. Porque esto sucedió en mi guardia. No debería haberlo dejado usar solo ese cuchillo para cortar el bagel. No debería haberlo dejado solo como me pidió. Sabía que no era buena idea, en especial porque no estaba lúcido.

Por suerte, tengo amigos en el hospital; los llamé cuando estábamos a cinco minutos para pedirles que tuvieran lista una camilla en la entrada para él. Cuando llegué, nos estaban esperando. Con cuidado, bajaron a Sully inconsciente y lo llevaron a la sala de emergencias mientras yo estacionaba.

Al entrar, llamé a mis papás que estaban en las afueras de Phoenix buscando nuevas propiedades para expandir sus negocios de Airbnb. De inmediato salieron a la ruta para venir a casa.

Y después de colgar con ellos, vi todos los mensajes de texto.

Sawyer decía que estaba en camino y que no oyera nada de lo que me dijera Jaz. Cuando fui a ver los mensajes de Jaz, solo encontré uno en el que me preguntaba si Sully estaba bien. Me decía que era fuerte y que estaba para mí si necesitaba algo.

Luego de eso, fui a la oficina de las enfermeras, donde me encontré con Gardenia, la jefa del área, y le pregunté si sabía algo de Sully. Me dijo que lo estaban cosiendo y que le iban a hacer una radiografía y una tomografía para determinar si había algún problema.

Me sirvieron una buena taza de café y me dieron un asiento en el que estoy esperando desde entonces, moviéndome hacia delante y hacia atrás, deseando que el recuerdo de la caída abandone mi cabeza.

Pienso en escribirle a Jaz para preguntarle de qué carajo está hablando Sawyer, pero sé que, sea lo que sea, no tengo la energía para ocuparme de eso en este momento. Esos dos siempre se están molestando: lo último que necesito es meterme en una de sus peleas.

Se abre la puerta de la sala de exámenes y aparece un rostro conocido.

Peter.

Por Dios, ni siquiera consideré la posibilidad de encontrármelo. La idea no se me cruzó por la cabeza, pero ahora que está aquí, un amigo en este mar de incertidumbre, rompo en una explosión de lágrimas. Avergonzada, escondo mi rostro entre las manos y, en segundos, está sentado a mi lado, envolviéndome los hombros con su fuerte brazo.

—Todo va a estar bien — me asegura Peter y descanso en su abrazo con la cabeza contra su hombro. Me acerca más a él—. Shhh, está bien, Fallon.

—No debería haberlo dejado usar el cuchillo: fue una estupidez de mi parte. Estaba tan distraída con las cabañas que no pensé.

—Ey, no es tu culpa —dice Peter despacio—. No es tu culpa en absoluto. Estas cosas pasan con los pacientes más grandes. Por mucho que quieras protegerlos todo el tiempo, no se puede.

—Siempre escondo los cuchillos, pero estaba tan cansada que me olvidé de guardar ese cuando se secó. Dios, Peter, qué estúpida.

—Es mucho, Fallon. No puedes ser perfecta.

—Es mi abuelo; tengo que ser perfecta por él. Tengo que poder protegerlo. Y el ruido que hizo cuando se cayó al suelo. Es lo único que puedo oír, una y otra vez. Sé que también se golpeó la cabeza: vi que se le estaba formando un magullón cuando veníamos en el auto.

—Ey. —Peter lleva un dedo a mi mejilla y me hace mirarlo a los ojos—. Fue un accidente. No fue culpa de nadie. Le están haciendo estudios para ver si está bien.

441

Mis ojos buscan los suyos y las lágrimas ruedan por mis mejillas mientras asiento despacio.

—Gracias, Peter.

—Cualquier cosa por ti, Fallon. Lo que sea. —Sonríe, pero ve algo sobre mi hombro y la alegría se desvanece. Su mirada regresa a la mía—. Volveré con más información, ¿de acuerdo?

Asiento y le paso una mano por el cuello para acercarlo y darle un abrazo, presionando nuestras mejillas.

—Gracias, Peter.

—De nada. —Cuando se pone de pie, nuestras manos se conectan y él aprieta la mía antes de alejarse. Lo miro atravesar la puerta automática y avanzar por el pasillo. Cuando está fuera de mi vista, regreso a mi teléfono, pero percibo un movimiento con el rabillo del ojo. Al alzar la vista, veo a Sawyer parado a pocos metros.

Me fulmina con la mirada.

—Veo que no te tomaste ni un segundo para considerar mi mensaje antes de seguir adelante.

—¿¡Qué!? —pregunto absolutamente confundida.

—Ya se lo dije a Jaz: no sucedió nada con Annalisa. Te pedí que confiaras en mí y, sin embargo, aquí estás, toqueteándote con tu ex.

¿Annalisa?

¿Estuvo con Annalisa? ¿Cuándo?

Mi mente da vueltas intentando recordar un momento en el que estuvimos separados el tiempo suficiente como para que pudiera verla.

—Jesús, Fallon, podrías haber esperado una hora para que te explicara.

El estrés de lo de Sully combinado con su acusación sin sentido me está llenando de furia.

—¿Me estás acusando de estar con Peter?

—¿Qué carajo debería pensar? —Hay inseguridad en cada una de sus palabras; escupe cada sílaba. En el fondo de mi mente puedo entender de dónde viene esto (de su experiencia con Annalisa), pero lo que dice es tan insultante, y justo en un momento en el que no lo necesito, que tiro por la ventana cualquier pensamiento racional.

Porque lo necesito a él. Necesito que nos ponga en primer lugar. Que me ponga a mí en primer lugar, porque yo no tengo más opción que priorizar a Sully. Creí que lo había entendido desde el principio. Me hizo creer que no estaba sola en este atemorizante viaje de ser la cuidadora de mi abuelo, pero hoy… Nunca me he sentido tan sola en mi vida.

Me levanto de mi silla y camino hacia él.

—Te sugiero que bajes la voz y escojas tus palabras con cuidado.

—Sé que Jaz te envió una foto mía con Annalisa en las cabañas y te estoy diciendo en este mismo momento que nada sucedió.

Eh…, ¿¡perdón!?

Llámalo estrés, llámalo estar mentalmente agotada, pero oír que estuvo en La Caverna con la mujer que lo destruyó… me llena de dudas.

—Y no te dije que estaba allí porque sabía que te estabas ocupando de Sully. La llevé a la cabaña porque quería hablar. Nada más.

Doy un paso hacia atrás y mi mente da vueltas.

—Espera un jodido segundo: ¿estuvo ahí? ¿Estuviste con ella? Entonces, cuando pedí ayuda a los gritos en la escalera, porque Sully se había caído, ¿el motivo por el que no estabas fue porque estabas con Annalisa?

—No… —Lo invade el dolor—. No sabía. Sabes que hubiera…

—¿Y luego, cuando estoy en la sala de espera del hospital, preocupada por mi abuelo, en lugar de preguntarme cómo estoy, lo primero que haces es acusarme de estar con otro hombre?

—Mierda —susurra mientras se toma el cabello—. Escucha, Fallon, yo...

—No, escúchame tú a mí. —Le clavo un dedo en el pecho—. Jaz nunca me dijo nada, solo me escribió para brindarme apoyo, así que sea lo que sea toda esta mierda de Annalisa es una novedad para mí. —Su rostro empalidece y su expresión se queda dura de arrepentimiento—. Y no es que necesite explicártelo a ti, pero Peter solo me estaba consolando como amigo y diciéndome que todo va a estar bien. Así que el hecho de que te aparezcas aquí con la idea de que regresé con mi ex, cuando no tengo idea de qué va a suceder con mi abuelo, es desagradable.

—Fallon, lo siento.

—Guárdatelo, Sawyer. —Me alejo de él y vuelvo a tomar asiento. Cuando se mueve para sentarse a mi lado, alzo una mano—. A menos que quieras irte arrastrado por el personal de seguridad (porque tengo amigos aquí), te sugiero que te retires por tu propia voluntad.

—Fallon —dice con la voz quebrada—. Al menos déjame acompañarte.

—La verdad, Sawyer, eres la última persona que quiero cerca en este momento. —Tomo mi teléfono y aparto la mirada—. Ahora vete, o me aseguraré de que salgas por la fuerza.

Me doy vuelta para no tener que atestiguar la expresión devastada en su rostro. No puedo.

No puedo cargar con el peso de su dolor.

En este momento no.

Me tengo que concentrar en una sola cosa: asegurarme de que Sully esté bien. Jamás me lo perdonaré si no es así.

* * *

Estoy tan agradecida de que el equipo de enfermeras me quiera. Me cuidaron mientras esperaba noticias de Sully. Mi amigo Daniel se sentó conmigo durante su descanso. Hablamos de su último amor, Mark, el anestesiólogo que aparentemente es comediante en sus ratos libres. Daniel fue a diez de sus presentaciones: Mark sabe de dos, en las otras ocho se ocultó disfrazado en el fondo.

Cuando terminó el descanso de Daniel, vino Mary Fran y me compartió sus M&M mientras me contaba todo sobre la fiesta por el aniversario número cuarenta con su amado esposo Joe. Contrataron a un globólogo para los nietos y un globo explotó en el rostro de su hermana, lo que provocó que se hiciera un poco de pis encima: eso me hizo reír.

Y luego vino Peter y se volvió a sentar conmigo. No preguntó por Sawyer y yo no le conté tampoco. En cambio, me habló del pastel de espinacas que preparó la semana pasada al que le puso tanta espinaca que se parecía más a un ladrillo verde. Lo tiró a la basura y se lo devoraron los mapaches. Lo alegraba que al menos alguien se lo hubiera comido.

Me mantuvieron ocupada, pero, en el fondo de mi mente, solo podía pensar en Sully.

—Ey, Fallon —dice Peter y me saca de mis pensamientos. Alzo la vista de mi teléfono donde estaba jugando un juego de bloques para no pensar—. Ya puedes regresar.

Me levanto de mi asiento y me apresuro hacia Peter. Me apoya una mano en la espalda con dulzura.

—Sully está bien. Tenías razón sobre el golpe en la cabeza. Tiene unos magullones que se han esparcido mucho, pero, como sabes, eso suele suceder en los pacientes mayores. Estamos monitoreando con atención la herida que tiene en la cabeza. No hay hemorragia interna, lo que es una gran señal, pero dada su condición estamos tomando precauciones extra. Le hicimos una radiografía de cuerpo entero en busca de fracturas, y no encontramos nada. Es un hombre fuerte.

Eso me hace sonreír de alivio.

—Tiene la mano vendada, pero se ve bien. También tiene muchos hematomas, pero gracias a Dios su nieta es enfermera. Hiciste todo lo indicado para asegurarte de que estuviera a salvo y cuidado mientras cruzaban las montañas. Tiene mucha suerte de tenerte.

Niego con la cabeza.

—No. Esto no habría ocurrido si…

Peter me detiene en el pasillo y me toma del hombro, sus ojos protectores se posan en mí.

—Esto fue un accidente. ¿Me escuchaste? No puedes protegerlo cada segundo de cada día. Como cuidadora de un paciente con Alzheimer, estas cosas te van a ocurrir. Francamente, que este haya sido el único episodio en todo el tiempo que estuvo a tu cuidado es sorprendente. Deberías estar muy orgullosa. Pero me gustaría que hablemos sobre los tapetes que sé que hay en tu casa. Creo que lo mejor es quitarlos para evitar los resbalones —dice y asiento mientras intento contener la respiración—. Ey. —Alza mi barbilla—. Él está bien. Tú estás bien. Todo estará bien. Se quedará aquí unos días, solo para asegurarnos de que no se nos haya escapado nada, pero pronto volverá a casa contigo.

Asiento mientras las lágrimas ruedan por mis mejillas. Peter me abraza, lo envuelvo con los brazos y entierro el rostro en su pecho.

No hay nada romántico en el abrazo, ni una sola chispa se enciende en mi corazón, pero de todos modos lo necesito, es el consuelo que me falta porque Jaz se está ocupando de las cabañas y mis papás están en camino. Agradezco tener a Peter.

Me alejo.

—Gracias, Peter.

—Solo hago mi trabajo.

Niego con la cabeza.

—No, gracias por ser mi amigo cuando más lo necesitaba.

Su expresión se ablanda.

—Siempre estaré para ti, Fallon. Siempre habrá algo de nosotros en el corazón del otro, sin importar a dónde nos lleve el destino ni quién entre en nuestras vidas. —No menciona a Sawyer, pero sé que le da curiosidad. Una conversación para otro día.

—Gracias. ¿Puedo verlo?

—Por supuesto. —Me lleva hacia la habitación—. Ahora está durmiendo, pero puedes entrar. Las enfermeras prepararon la habitación para que te quedes a pasar la noche.

—Muchas gracias —digo cuando llegamos a la habitación de Sully.

Peter me abre la puerta.

—Los dejaré solos. Llama si necesitas algo.

Le doy otro abrazo antes de adentrarme en el silencio de la habitación privada. La iluminación es tenue, lo suficiente para que el personal pueda ver lo que hace cuando viene a controlarlo. Y tapado con una manta blanca, durmiendo en paz, está mi abuelo.

Sé que está bien.

Peter dijo que iba a estar bien.

Sin embargo, verlo así me rompe el corazón, que ya lo tengo abatido, y me quiebro mientras camino hacia su cama. Las enfermeras ya pusieron una silla junto a él, así que tomo asiento mientras tomo su mano vieja y lastimada. Tiene el vendaje atado al cuello y, como dijo Peter, se le notan los hematomas en la cabeza, lo que resulta bastante impresionante para el ojo normal. Gracias a Dios entiendo un poco más.

—Ey, viejo testarudo —digo mientras las lágrimas recorren mis mejillas—. Me robaste años de vida hoy. Por poco tengo la piel verde.

Espero que estés contento. —Me acerco para darle un beso en el reverso de la mano—. Te amo mucho; necesito que lo sepas. Y no estoy segura de cuánto tiempo nos queda juntos, pero déjame decirte algo: te voy a cuidar todo lo que pueda en tu pueblo, cerca de tu gente. —Presiono su mano contra mi mejilla—. Pero... voy a quitar hasta el último tapete de la residencia, te guste o no.

Me río y lanzo un suspiro de alivio al apoyar la cabeza en el borde de la cama, aferrada a su mano, agradeciéndole en silencio a la abuela Joan por haberlo cuidado.

Sé que el tiempo de Sully está llegando a su fin; sé que no va a mejorar. Solo estamos prolongando lo inevitable, pero tampoco estoy lista para despedirme.

Necesito recuerdos.

Necesito que el dulce aroma de su jabón me envuelva en un abrazo.

Necesito el placer que me genera su voz ronca cuando interrumpe el silencio.

Necesito verlo sentado en su banca, hablando con su Joan.

Y necesito más de sus historias, más de su amor, más de... él.

Por suerte, todavía tengo tiempo para capturar todo eso.

* * *

—¿Por qué no vas a caminar un poco? —sugiere papá y me apoya una mano en el hombro.

Llegaron hace una hora y, en un rapto de emoción, hicieron que Peter regresara para hacerlo volver a decir todo lo que me había dicho. Tuvo que repetirles tres veces que Sully estaba bien hasta que por fin se relajaron.

—Sí, deberías ir a estirar las piernas —dice papi.

—Te va a venir bien el aire fresco. Hay una banca afuera que parece cómoda.

—Muy cómoda —confirma papi mientras intercambian miradas.

Están raros.

—¿Qué sucede? —pregunto.

Papi mira a papá.

Papá mira a papi, y luego los dos se giran hacia mí.

—Mi amor, Sawyer está sentado afuera —dice papá—. Parece que lleva horas ahí. No sé qué sucedió entre ustedes, pero sí sé que se lo ve muy mal.

Como se merece.

—Destrozado —agrega papi con un escalofrío—. Como el cascarón de un hombre. —Le da un sorbo a su café—. ¿Podrías explicarme por qué?

—No —respondo. Me duele el corazón con la sola mención de Sawyer. Hoy no hubiese querido nada tanto como tenerlo a mi lado, tomándome la mano, dándome un abrazo cuando lo necesité. De verdad lo necesité, y él me defraudó. No solo me defraudó, sino que me insultó. Cuestionó el amor que siento por él, y eso me duele más que nada.

—Ah, ya veo —dice papi—. Esa tozudez la sacó de tu familia.

Papá alza una mano.

—Culpable. —Luego se pone serio—. Lo que sea que haya pasado entre ustedes, me doy cuenta de que lo golpeó. Y si fue él quien se equivocó, que asumo que es el caso, porque los hombres suelen venir con esa falla, te aseguro que está profundamente arrepentido.

No digo nada porque la verdad es que no sé qué decir. Sawyer me lastimó. En lugar de estar para mí, me apuñaló con un insulto.

—Lleva un buen rato allí —agrega papi.

Horas. Dudo que se haya ido. Probablemente salió del hospital y se instaló en esa banca. Sin claudicar nunca, porque es esa clase de hombre.

—Creo que voy a caminar. —Me pongo de pie–. ¿Necesitan algo?

—Estamos bien —responde papá con una sonrisa comprensiva.

Salgo de la habitación con el teléfono en la mano y abro los mensajes de texto. Veo el nombre de Jaz, pero hago clic en el de Sawyer.

No me molesto en volver a leer los mensajes que me envió, en cambio, le escribo:

Fallon

> Sully va a estar bien. Me dijeron mis papás que estás sentado afuera. Lo mejor que puedes hacer es irte. No puedo ni empezar a pensar en ti en este momento. Por favor, vete a tu casa.

Envío el mensaje y sigo caminando por el pasillo hacia los elevadores. Cuando presiono el botón para bajar, me vibra el teléfono en la mano. Me preparo.

Sawyer

> Me alegro tanto de que esté bien.

> Perdón, Fallon, por haber arruinado esto.

> Quiero que sepas lo mucho que te amo.

Miro fijamente su mensaje con el pulso acelerado y el corazón sangrando por él. No hay nada que quiera más que salir y correr a sus brazos, pero el dolor en mi alma me está destrozando. Y necesito entender qué carajo sucedió.

Cuando llego a la cafetería, en lugar de comprar algo para comer, voy hacia mi mesa favorita, la del fondo: solía sentarme allí todos los días porque está ubicada debajo de un gran árbol de interior que da algo de paz en medio de la vorágine del hospital. Me hacía acordar a La Caverna. Tomo asiento y marco el número de Jaz.

—¡Ay, por Dios!, ¿¡cómo está!? —exclama Jaz en pánico.

—Está bien —respondo—. Con muchos magullones, pero no tiene nada roto ni fracturado. Y ya lo cosieron. Lo dejarán aquí para monitorearlo, pero esperan darle el alta mañana.

—Gracias a Dios —dice aliviada—. Jesús, estaba desesperada. No sé cómo puedes con todo esto.

—Ya llegaron mis papás; Peter y las enfermeras fueron de mucha ayuda. Estoy muy agradecida.

—Me alegro.

Luego el silencio se instala en el teléfono.

—Apareció Sawyer.

—Sabía que iba a ir —dice Jaz con cierta mordacidad.

—¿Qué es lo que pasó?

—¿No te lo dijo?

—Sí, pero también quiero que me lo digas tú.

Se aclara la garganta.

—Tal vez este no sea el mejor momento.

—Necesito saber lo que pasó, porque, la verdad, el intercambio que tuve con él estuvo lejos de ser ideal y me voy a seguir desgastando si no me entero qué está sucediendo.

—¿Estás segura?

—Sí.

—De acuerdo. —Puedo escucharla moverse—. Cuando llegué, él estaba tomando la llave de la cabaña uno. Cuando le pregunté qué hacía, dijo que iba a revisar que estuviera todo bien antes de que llegara Margaret O'Hare, que, por cierto, la muy bruta acaba de llegar. No lo pensé mucho. Estaba afilando la navaja cuando escuché tu pedido de ayuda. Así que corrí a buscar a Sawyer y lo vi con Annalisa por la ventana de la cabaña. Ella se estaba quitando su abrigo y él la sujetaba por las caderas. La más pura furia se apoderó de mi cuerpo. Corrí de vuelta a la residencia para ayudarte a subir a Sully al automóvil y, cuando te fuiste, le pinché las cubiertas. Cuando fui a enfrentarlo, ella le dio un beso en la mejilla y se fue. Le devolvió ese estúpido zapato celeste que había perdido. Toda la escena fue despreciable.

—Espera. —Hago una pausa—. Entonces, en el tiempo que nos llevó subir a Sully al automóvil, ¿asumes que Sawyer tuvo alguna clase de… amorío con Annalisa?

—Bueno, la evidencia está.

Vuelvo a pensar en las conversaciones que tuve con Sawyer hasta altas horas de la noche y todas las veces que dijo que las cosas con Annalisa habían terminado, que no podía ni pensar en volver a estar con ella después de todo lo que lo hizo pasar. Y le creo.

Todavía le creo.

Porque Sawyer fue honesto conmigo desde el principio.

Y a pesar de cómo me trató hoy, me dijo que me ama.

—Jaz, no estoy segura de que lo que viste sea lo que crees que viste.

—¿A qué te refieres? Se estaban tocando; estaban juntos en una cabaña. ¿Por qué habría de llevarla a una cabaña?

—Por lo que me dijo, sabía que yo estaba teniendo una mañana complicada con Sully y no quería empeorar las cosas.

—Ajá, ¿y le crees?

Lo pienso. Aunque me siento completamente destruida por sus palabras, por la forma en que me trató y me acusó, en el fondo sé que me estaba diciendo la verdad.

—Sí.

—¿En serio?

—Jaz, sabes que te amo profundamente. Pero también sé que sigues dolida por cómo te trató Brad. Y, aunque digas que lo has superado, creo que sigues afectada por haberlo encontrado con otra mujer… Tal vez estás proyectando tus sentimientos en Sawyer.

Se queda en silencio.

—¿Estás ahí? —pregunto.

—Mierda, Fallon. Sabes que odio no tener razón, pero creo… Creo que me equivoqué.

—Nos pasa a todos.

—Lo siento tanto. Espero no haber arruinado las cosas entre ustedes.

Niego con la cabeza, aunque no pueda verme.

—No, eso lo hizo Sawyer solo.

—Espera…, ¿qué sucedió?

Alzo la vista hacia el árbol que se extiende sobre mí, sus hojas pequeñas con forma de moneda le dan la vida que tanto necesita este ambiente estéril.

—Cuando llegó aquí, vio a Peter consolándome, asumió lo peor (ustedes dos se parecen mucho en ese sentido) y me acusó de haber acudido a otro hombre.

—Qué idiota. —Puedo escuchar la desilusión en su voz—. Pero ya sabíamos que tenía potencial para la idiotez cuando llegó al pueblo con un zapato y deseos de olvidar. —Un comentario como ese normalmente me haría reír, pero me siento muerta por dentro—. ¿Qué vas a hacer?

—No lo sé —reconozco—. De verdad me lastimó. Ni siquiera me preguntó cómo estaba Sully…, solo se puso a acusarme. Fue vergonzante y humillante y… Dios, me rompió el corazón. Creí que éramos más fuertes que eso, ¿entiendes?

—Sí. —Prácticamente puedo escucharla pensar al otro lado del teléfono–. Pero, por experiencia personal, como una persona que fue herida de esa forma, a veces… te nublas cuando asumes lo peor y dices cosas que no piensas.

–Te entiendo –respondo–. Pero no puedo superar el hecho de que haya pensado una cosa así de mí. Pensé que estábamos mejor que eso. ¿Y qué hay de las incontables horas que hemos pasado conociéndonos? Debería saber que sería incapaz de algo semejante. –Me limpio una lágrima que no sé de dónde ha salido–. Y lo peor es que es el primer hombre al que le dije «te amo» y, a pesar de todo…, lo sigo amando. Sufro por él. Desearía que estuviera aquí.

–Entonces díselo.

–No puedo –digo conteniendo un sollozo–. Estoy destruida, Jaz.

Echo la cabeza hacia atrás, intentando mantener mis lágrimas a raya, pero no sirve de nada; caen por el costado de mi rostro mientras el dolor de sus palabras se clava en mi corazón…

CAPÍTULO 24

SAWYER

—B ueno..., esto es incómodo —afirma Roarick mientras conduce hacia el viñedo de nuestros padres—. Creía que habías aclarado las cosas con Fallon.

—¿Podemos no hablar? —Miro por la ventana del Jeep de Roarick.

—Claro, no tenemos que hablar. Podemos sentarnos aquí y hacer como si hoy no hubiese ocurrido nada significativo. Si es que eso es lo que quieres. Tengo otras cosas para conversar, como que mamá y papá se fueron a Italia y me avisaron el día antes. ¿No saben que está por comenzar la temporada de uvas? *Claaaaaro*, tenemos empleados, y *claaaaaro*, técnicamente no hace falta que estemos, pero ¿qué si hay una emergencia de uvas? ¿Debería hacerme cargo yo solo? Y, si tengo que ser franco contigo, ya no estoy seguro de que me gusten las uvas. Definitivamente no me gusta el vino. Entonces, ¿qué estoy haciendo con mi vida, Sawyer? ¿Eh? ¿Puedes responderme eso?

Me masajeo las sienes con los dedos.

—Jesucristo, ya deja de hablar.

—Me da ternura que creas que puedo conducir en silencio. Te di un momento de tranquilidad cuando cruzamos las montañas; ahora vas a tener que aguantarte toda esta charla reprimida. Ey, tengo hambre. ¿Compramos comida? —Señala el icónico logo amarillo y rojo a la izquierda—. Me veo con un doble-doble y un batido de fresa.

—No tengo hambre.

—Qué pena, tenemos que comer igual. —Gira a la izquierda, esquivando el tráfico, y entra a una larga entrada de doble mano—. Guau, parece que tendremos algo de tiempo antes de ordenar. Estos sitios siempre están llenos, con razón, pero, viejo, de qué podríamos hablar. Mmm… Algo para hablar, algo para hablar…

—¿Por qué eres el humano más molesto del planeta?

—Deberías ser amable con el hermano que ha cruzado todo el sur de California por ti.

—Es difícil ser amable cuando no me dejas tranquilo.

—Tengo buenos motivos. —Se pone serio—. Es evidente que estás dolido y ya te he visto dolido. Te he visto meterte dentro de ti mismo y no voy a permitir que eso vuelva a ocurrir, así que saquemos todo eso hacia afuera. ¿Por qué no regresaste al hospital con Fallon?

Tiene razón. Cuando ocurrió todo con Simon y Annalisa, caí en un pozo oscuro. Me hundí en las sombras de mi vida y no salí a tomar aire hasta que los productores me obligaron a hacer prensa. Y todos sabemos cómo terminó eso.

Avanzamos un automóvil en la fila y sé que escogió este lugar a propósito, para tenerme encerrado en su vehículo y obligarme a hablar. Este restaurante es famoso por demorar una eternidad. Estaremos aquí por lo menos media hora.

Creo que solo podemos hacer una cosa:

—Cuando llegué, encontré a Fallon, pero no estaba sola: estaba con Peter.

—¿El exnovio?

—Sí. —Me paso la mano por la boca.

—Ay, imagino que tus celos rugieron de la forma más desagradable.

—Se podría decir que sí, y la acusé de estar con otro hombre.

—Dios, me duele el estómago de solo pensar en las cosas que le dije. Ella solo me ha demostrado lealtad, y yo lo único que hice fue proyectar mis relaciones pasadas y desconfiar de ella cuando más me necesitaba. Y yo que pensé que me había recuperado mentalmente del drama de Annalisa y Simon, pero parece que tengo trabajo por hacer.

Roarick silba por lo bajo.

—Ah, sí, eso duele.

—Ni le pregunté cómo estaba Sully.

—Carajo, viejo.

—Y luego entré en pánico y me disculpé cuando me dijo que escogiera mis palabras con cuidado.

Mi hermano se masajea el pecho.

—Mierda, creo que me estás contagiando el dolor de pecho. ¿Eso existe?

—No. —Niego con la cabeza—. Pero si quieres un ejemplo de una metida de pata extraordinaria, es este.

—Ah, sí, sin duda. Esto va a quedar registrado como uno de los momentos más idiotas de la historia de la humanidad porque tú y yo sabemos que no volvería con Peter.

—Sí, lo sé.

—Es probable que solo fuera un rostro conocido, alguien en quien apoyarse.

—Síp —respondo.

—Y cuando te vio, probablemente se sintió muy aliviada; hasta que abriste la boca.

—No puedo negarlo.

—Entonces estamos de acuerdo en que eres un imbécil.

Asiento despacio.

—Sí.

—Y le tiraste todos tus traumas del pasado, acusándola de algo que nunca haría solo porque tu cerebro decidió que debería estar actuando exactamente como lo hizo Annalisa cuando estabas con ella.

—Sí –lanzo entre dientes.

—Oh, un clásico error de héroe dañado: en lugar de detenerse, respirar y usar el cerebro, reacciona como un idiota, creando el momento oscuro que todos temen, pero también ansían… ¿Quién no se regodea en el dolor ajeno? Yo sí. Honestamente, sería capaz de hacer una coreografía de tap estilo Frank Sinatra con sombrero y todo sobre el dolor ajeno. Es extraño que escribas estas películas románticas que todos disfrutan y ahora las estés viviendo, cometiendo los mismos errores.

—¿Has estado estudiando guiones o algo de eso? Jesús.

—No. –Avanza un poco más con el automóvil–. Pero últimamente he estado mirando muchas películas. Te sorprenderá saber que Jaz es una fanática encubierta de las comedias románticas, así que he estado mirando sus favoritas.

—Creí que solo hablaban con memes.

—Sí, la mayor parte del tiempo; hay algo tan especial en escoger el meme que exprese a la perfección cómo me siento.

—Es holgazán.

—¿Tú dándome un consejo romántico?... *¿En serio, Sawyer?*

—Vete a cagar –espeto, cruzado de brazos.

—Maduro, muy maduro. –Se queda en un silencio que disfruto, pero solo dura unos segundos–: Tienes que disculparte con ella.

—Lo sé.

—Más temprano que tarde.

—Eso planeo.

—Tal vez incluir un gran gesto.

Niego con la cabeza.

—Ahí es donde te equivocas. Ya hice grandes gestos. Este no es un momento para tomar el centro comunitario como en *Amor a segunda vista* ni declararle mi amor frente a toda la compañía como en *La propuesta*. Esta tiene que ser una disculpa íntima, significativa.

—Entonces, ¿no quieres que llame a mi amigo Huxley Cane, el dueño de Cane Sociedad Anónima en Los Ángeles, para pedirle que me contacte con el hombre de los carteles publicitarios? ¿No quieres que pongamos un anuncio de cinco metros que diga cuánto lo sientes para que cuando regrese a su casa vea tu cara en cada esquina?

—Sinceramente, no te soporto.

Se ríe.

—Qué triste, porque yo me amo.

Es obvio.

* * *

Roarick se recuesta en su silla y se golpea el vientre.

—Comí como un animal... ¿Hay algo mejor que eso?

Estamos sentados en el patio de la casa de nuestros padres, mirando los viñedos de un verde exuberante. Mientras miraba a mi hermano devorarse su comida como una jodida bestia, solo podía pensar en lo mucho que me gustaría que Fallon estuviera conmigo. Le encantaría este paisaje: el sol poniéndose sobre las interminables filas de viñedos que desaparecen sobre la colina.

—Eres un asqueroso.

—Por favor, como si no hubieras eructado cuando te comías tu hamburguesa con queso. Por cierto, perdón por lo del tomate; ese restaurante no suele equivocarse en los pedidos.

Que no hayan sacado el tomate de mi hamburguesa se debe a

mi mala suerte. Es el universo diciéndome que esto es lo que me merezco a partir de hoy.

Acepté mi penitencia y los metí en la bolsa para llevar.

—Entonces, ¿cuál es el plan? —pregunta.

—No lo sé.

—Guau, no puedo esperar a que la recuperes con ese plan. Llama al comité del Premio Nobel de la Paz, creo que tenemos una postulación basada únicamente en pensamiento.

Los comentarios incisivos, el sarcasmo y el molesto humor de mi hermano me están llevando al límite. Estoy a punto de arrojarle la silla cuando oigo que alguien se aclara la garganta a nuestras espaldas.

En tándem, Roarick y yo giramos y vemos a Jaz parada detrás de nosotros, con las manos juntas frente a ella; se la ve... nerviosa.

De verdad nerviosa.

No estoy seguro de haber visto este lado de Jaz. O es agresiva, o sarcástica o apenas tolera mi presencia. Pero este lado, esta inquietud, es nueva. Me está mostrando una cara vulnerable que no sabía que existía.

—Terroncito de azúcar, ¿qué estás haciendo aquí? —le pregunta Roarick.

¿Terroncito de azúcar? ¿Qué carajo es esto?

—Necesito hablar con Sawyer.

—Claro —dice Roarick y se pone de pie. Su voz muta del idiota sarcástico al enamorado preocupado—. Puedes sentarte en mi lugar.

—Cuando Jaz camina hacia nosotros, mi hermano le posa una mano sobre la cadera y se inclina para darle un beso en la mejilla—. Qué linda estás.

Eh, ¿qué diablos está sucediendo? Creí que solo se mandaban mensajes; no sabía que de verdad pasaba algo.

—Gracias —murmura antes de tomar asiento.

Roarick junta la basura y nos deja solos. Cuando se aleja lo suficiente, los ojos de Jaz se encuentran con los míos.

—Necesito decirte cuánto lo siento, Sawyer.

Bueno. Acaba de dejarme helado.

Estoy tentado de hacer una escena y llevarme una mano detrás de la oreja para ver si la escuché bien, pero me contengo. A nadie le gustan los presumidos. Sin duda, Jaz no los soporta.

—Debería haberte dado la oportunidad de explicarte antes de sacar conclusiones —continúa—. La falta de comunicación nunca ayuda, y yo la creé. No estoy poniendo excusas, pero me abrumó ver a Sully herido y, cuando te encontré con Annalisa, solo pensé en que estabas engañando a mi mejor amiga y… perdí el control.

—Te entiendo —digo antes de suspirar y hundirme en mi silla—. Le hice lo mismo a Fallon.

—Eso escuché. —Su mirada se pierde en el viñedo—. Me cuesta reconocerlo, pero creo que tenemos mucho más en común de lo que quisiera admitir: a los dos nos hirieron, a los dos nos traicionaron y los dos nos aferramos a las inseguridades que nos provocaron otras personas. —Ahora se gira hacia mí con los ojos abiertos y preocupados y me doy cuenta de que esto es lo más real que he visto de ella. Sí, es divertida, es un poco loca, y ese puede ser un rasgo encantador en una amiga, pero no me cabe duda de que este lado de Jaz (el lado vulnerable) es el motivo por el que Fallon es su amiga—. Hagamos una promesa: de ahora en más, no permitiremos que lo que nos hicieron los demás nos arruine la vida. —Estira su mano y, sin pensarlo dos veces, la acepto.

—Trato hecho. —Le sacudo la mano.

Cuando nos soltamos, dice:

—De verdad lo siento y haré todo lo que pueda para ayudarte a reparar esto.

Respiro hondo, sintiendo alivio por primera vez desde que Fallon me echó del hospital.

—¿Esto significa que se terminó el período de prueba y ahora somos oficialmente amigos?

Sonríe.

—Sí. —Me apunta con un dedo y me aclara—: Pero para mí siempre serás Julia.

Me encojo de hombros.

—Como que ya me gusta el nombre.

—Bien. —Se apoya contra el respaldo de su asiento—. Ahora, pensemos un plan porque no voy a perdonarme si ustedes dos no arreglan las cosas.

—Yo tampoco, *Jaz*…, yo tampoco.

Me sonríe cuando uso su apodo y, para mi sorpresa, no dice nada. En cambio, toma su teléfono y comienza a armar un plan conmigo.

CAPÍTULO 25

FALLON

—¿**P**uedes dejar de atosigarme? —Sully intenta alejar mi mano mientras yo le acomodo el cojín.

—Solo quiero asegurarme de que estés cómodo.

—Estoy perfectamente bien salvo por el hecho de que has quitado todos los tapetes de este bendito lugar. La madera me da frío en los pies.

—Te compraré pantuflas con antideslizante. Vas a estar bien. Ya no más peligro de resbalones.

—Me tratas como un niño —se queja.

Tomo asiento al borde de su cama, la luz de la lámpara de techo brilla sobre nosotros. No nos permitieron marcharnos del hospital; y luego de dos días allí, ya estábamos ansiosos por irnos. Mis papás se querían llevar a Sully a su casa unos días, pero él se resistió e insistió con que quería estar en su propia casa con Joan. Todos decidimos que lo mejor sería traerlo de vuelta a Canoodle.

—No es mi intención tratarte como un niño: solo quiero que estés a salvo, porque te amo mucho y no quiero que vuelvas a lastimarte. ¿Entiendes? —Apoyo mi mano en su mano sana.

Relaja el ceño y asiente.

—Gracias. Ahora, si estás cómodo, iré a ver que todo esté bien en La Caverna. Minnie, la nieta de Faye, se ha estado haciendo cargo de la recepción y quiero asegurarme de que no haya problemas. Jaz le dio una capacitación rápida, pero seguro no fue suficiente.

—De acuerdo. Estoy cómodo. —Me aprieta la mano—. Gracias, Fallon. Perdón si te asusté.

—Por favor, no te disculpes. Me alegra que estés bien.

—Así es.

Me inclino, le doy un beso en la mejilla y me voy hacia la puerta.

—¿Sabes qué? Me siento muy honrado de que seas mi nieta —dice cuando estoy a punto de abrirla. Me giro para buscar su mirada, tiene los ojos húmedos y verlo casi hace que me caiga de rodillas—. Podrías haber elegido una vida diferente, pero me elegiste a mí. —Se limpia los ojos. Comienzo a moverme hacia él, pero alza la mano para detenerme—. La abuela Joan hubiese estado feliz de ver a su nieta, hubiese estado orgullosa del amor y la paciencia que me tienes. No estoy seguro de decirlo lo suficiente, pero estoy muy agradecido por ti, Fallon. —Respira hondo—. Te quiero mucho.

—Yo también te quiero mucho —respondo con la voz estrangulada.

Asiente, cierra los ojos y se lleva una mano al estómago.

—A veces las mejores cosas de la vida se hacen esperar.

¿Eh? ¿Eso de dónde salió?

—He cometido muchos errores con la abuela Joan —continúa—, pero sabía que a la larga construiríamos nuestro amor sobre los cimientos de una amistad, y valía la pena esperar por un amor así. Esperaste por el amor verdadero; no dejes que se escurra entre los dedos por las inseguridades de tu compañero. Si la abuela Joan lo hubiese permitido, jamás hubiésemos forjado la clase de amor que dura para toda la vida.

Me quedo ahí parada, atónita. ¿Cómo diablos...?

Me mira por el rabillo del ojo y sonríe.

—No soy un completo inepto —continúa—. Te escuché hablando con tus padres. No estoy seguro de quién es este hombre, pero si puede causarte tanto dolor, hay un motivo. Como dije, Fallon, a veces las mejores cosas se hacen esperar..., y vale la pena hacerlo, aunque tengas que remar en un pantano mientras tanto.

¿Eso es lo que está ocurriendo con Sawyer? ¿Estamos pasando un mal momento?

Se mueve en la cama.

—Buenas noches, Fallon.

—Buenas noches —respondo despacio y cierro la puerta de su dormitorio. La cabeza me da vueltas por lo que me acaba de decir. Sus palabras son ciertas y tienen un poder que no me esperaba. La abuela Joan me dijo hace muchos años que por momentos Sully la volvía loca. Que hubo más de una ocasión en la que estuvo «en capilla». Y recuerdo que luego me apretaba el brazo con una sonrisa y me decía que eso era parte de la felicidad que traía amar a alguien.

El amor no es perfecto. El amor es un desafío, y la abuela Joan y Sully son el ejemplo perfecto.

Reviso mi teléfono para asegurarme de que las notificaciones del monitor estén encendidas y entro en mi habitación. Me cambio la ropa por unos pantalones cortos de algodón y una remera sencilla en un intento de borrar el recuerdo del hospital. Cuando arrojo la ropa en el cesto, veo la valija de Sawyer, abierta, con su ropa doblada dentro.

No puedo contenerme así que me acerco y tomo una de sus camisas. Me la llevo a la nariz y respiro hondo. Los recuerdos me invaden la mente con ese aroma.

Sawyer entrando al bar con ese espantoso traje celeste y sin un zapato.

Sawyer llenando su botella de agua con una sonrisa en el rostro porque sabía muy bien que no podía dejar de mirarlo cuando andaba sin camiseta.

Sawyer sujetándome la mano en nuestra primera cita, mirando las estrellas en la cabaña que construyó para nosotros.

Sawyer diciéndome lo mucho que me ama y haciéndome sentir el valor de esas palabras en lo profundo de mi corazón.

Puede que me haya lastimado, pero Sully tiene razón: la inseguridad nos puede llevar a hacer estupideces. Cosas que no queremos.

Necesito hablar con él. Busco el teléfono, pero me doy cuenta de que no puedo hablarle hasta arreglar las cosas con Minnie, quien fue más que diligente haciéndose cargo en medio de este lío.

Más calmada, bajo las escaleras y la veo sentada en el escritorio armando una planilla de Excel en el ordenador con todas las reservas y comentarios sobre los huéspedes que debió haber tomado cuando habló con ellos.

—Hola —la saludo al caminar detrás de ella.

—Ah, hola. —Minnie guarda la hoja y la cierra—. ¿Cómo está Sully?

—Está bien. Muchas gracias por tu ayuda. No puedo decirte lo mucho que te lo agradezco.

—Por favor, ¿para qué están los pueblos pequeños? Además, esta experiencia ha sido maravillosa. He estado buscando una pasantía en un negocio pequeño. Quiero mucho a mi abuela, pero los trolls… son demasiado para mí. Esto es perfecto. No sé cómo agradecerle a Jaz por conseguirlo.

¿Pasantía? Oh, mi amiga es muy pero muy astuta.

—No es nada. Cuando las cosas se tranquilicen, tal vez podamos hablar un poco más de la pasantía y volverla oficial.

—Eso sería sensacional. —Se baja del taburete—. Las luces de las mesas de pícnic siguen encendidas. No sabía si debía apagarlas.

—No te preocupes, yo las apago.

—Ah, y me tomé el atrevimiento de subir algunos posteos al Instagram de La Caverna. Parece que les está yendo muy bien. Podemos hablar de eso en nuestra reunión.

Sonrío a pesar del dolor que tengo en el pecho.

—Suena bien. Gracias, Minnie.

—De nada. —Se cuelga una pequeña mochila del hombro y camina hacia la puerta principal. Con los pantalones y las plataformas que lleva puestos tiene por todos lados la etiqueta de Generación Z. Puede que sea exactamente lo que necesito para modernizar el negocio.

La noche está calma y silenciosa mientras avanzo por el sendero junto a las cabañas. Parece que todos están listos para dormir o están disfrutando unos tragos más en Beggar's Hole. Debe estar ahí como siempre, sirviéndoles tragos. Hablé con ella antes de salir del hospital… Seguía insistiendo con que se había equivocado y con que no me enojara con Sawyer. Pude escuchar el arrepentimiento en su voz. La súplica. La esperanza de no haber arruinado nada.

Podía sentir su dolor. Mientras paso junto a la banca que Sawyer reparó, solo puedo pensar en lo injusta que fui con él por no dejarlo explicar, por echarlo cuando lo único que quería era saber si estaba bien.

El estrés y el temor pueden confundir las emociones, los pensamientos, el corazón.

Doblo la esquina hacia las mesas de pícnic y toda la zona tiene un brillo dorado, las cuerdas de luces brillan con fuerza en la noche oscura. Me detengo en seco porque allí sentado, con una margarita en la mano, está Sawyer.

Se me acelera el pulso con solo verlo, pero cuando nuestros ojos se encuentran y me dedica una mirada sincera y desesperada, casi pierdo todo el aire de los pulmones.

Se levanta de la mesa de pícnic mientras me acerco. Cuando estamos cerca, me alcanza la margarita y yo la tomo, sorprendida de que recuerde que es mi flor favorita, la misma que amaba la abuela Joan.

—¿Cómo está Sully? —me pregunta y se mete las manos en los bolsillos de los pantalones, la camiseta negra hace un bulto en el centro porque tiene los hombros echados hacia delante.

—Está bien. En su cama. Cansado.

—Me imagino lo exhausto que debe estar. —Mueve los pies—. ¿Y tú? ¿Cómo estás?

—He estado mejor —admito.

—Sí, gracias a mí. —Lanza un profundo suspiro—. ¿Puedo hablar contigo?

—Claro.

Señala con la cabeza hacia las mesas de pícnic y lo sigo hasta una. Tomamos asiento, yo de un lado, él del otro. En otras circunstancias, antes de que todo esto ocurriera, no me quedan dudas de que nos hubiésemos sentado uno al lado del otro y no separados.

Cuando estamos sentados en nuestras bancas, sus ojos se encuentran con los míos.

—He pasado los últimos dos días pensando en este momento, cuando volviera a verte. Cuando tuviera la oportunidad de disculparme por la horrible forma en que te traté. Pensé en disculpas cinematográficas, esas en las que el mundo se detiene alrededor de los personajes y el héroe organiza una disculpa con toda la pompa, una banda en vivo, un desfile. Eso es lo que Roarick quería que hiciera: el típico gran gesto. Pero me di cuenta de que no necesitas eso. No es que no te la merezcas, porque sí te lo mereces, pero me imaginé que ibas a valorar más esto: la intimidad bajo las tenues luces amarillas de las mesas de pícnic, en lugar en el que tu abuelo me habló del amor de su vida por primera vez.

Ansiedad, nervios…, *amor* me rebotan en el pecho y hacen que el estómago me dé un tumbo y me quede sin aliento al mirar sus ojos angustiados.

—Entonces, debajo de las estrellas y donde me enamoraste, quería decirte cuánto lo siento por haber pensado lo peor de ti y Peter. En lugar de ponerme celoso y comenzar a lanzar acusaciones, debería haber agradecido su amistad, que estuviera ahí para ti. No hay excusa para las cosas que te dije y lo único que puedo hacer es aprender de esto y ser mejor. Intentar ser mejor. Para seguir acercándome a ser el hombre que mereces. —Traga con dificultad y estira una mano hacia mí. Necesito sentir su contacto, así que la tomo y se le relajan los hombros de forma visible—. Mi padre me dijo una vez que un hombre inteligente es el que puede admitir cuando se equivoca. Me equivoqué, Fallon. Y solo puedo esperar que puedas perdonarme para hacer las cosas mejor.

Y por esta razón lo amo: porque en el fondo de mi alma sé que haría cualquier cosa, *cualquier cosa*, para hacerme feliz. Movería montañas, separaría los mares. Remaría en una laguna de lodo con un zapato celeste para regalarme el mundo.

Le acaricio el reverso de su mano con el pulgar.

—Lo que dijiste, Sawyer, me dolió, no te lo voy a negar. Con todo el ajetreo del día, la ansiedad, el temor a lo desconocido, entiendo de dónde venía, pero necesito que sepas algo. —Me pongo de pie, sin soltarle la mano, y rodeo la mesa para sentarme a su lado. Lo miro a los ojos; él hace lo mismo—. Le dije a un hombre, y solo a un hombre, que lo amaba. Ese hombre eres tú. —Me estiro para acariciarle la mejilla con dulzura—. No me puedo imaginar un momento en el que vaya a dejar de amarte porque esto, tú y yo, se siente eterno. No tienes que preocuparte. —Presiono mi mano contra su pecho—. Voy a proteger el hermoso corazón que late bajo mi mano y me aseguraré de que nadie vuelva a lastimarlo.

Lleva nuestras manos entrelazadas a su boca y me besa los nudillos antes de llevárselas a la mejilla y sostenerlas allí.

—No te das una idea de lo que eso significa para mí, de lo protegido y cuidado que me siento.

—Puedo darme una idea, porque así es como tú me haces sentir. —Me acerco y presiono mi frente contra la suya—. Te amo, Sawyer.

Me envuelve la nuca con las manos y me acuna el rostro.

—Te amo, Fallon. Seremos tú y yo, para siempre. Te lo prometo.

Yo también le acuno el rostro.

—Para siempre.

Y luego me empuja con su nariz para levantarme ligeramente el mentón y me da un dulce beso en los labios y le pregunto:

—¿Ahora es cuando comienzan a girar las cámaras como dijo papá?

Se ríe.

—Nah, este no es un momento de giro; este es un momento de acercamiento.

—Por mí, cualquiera de las dos está bien. —Y luego cierra el espacio que nos separa, me jala hacia su regazo y me aprieta contra su cuerpo, para darme un beso profundo.

Mientras saboreo este hermoso momento con Sawyer, bajo las luces, las palabras de Sully resuenan en mi mente. «A veces las mejores cosas de la vida se hacen esperar».

Sawyer valió la espera.

EPÍLOGO

SAWYER

Miro fijamente a Fallon, la persona más hermosa en toda la capilla. Está vestida de encaje blanco, lleva el cabello color avellana peinado con ondas suaves y mi anillo en su mano para que todo el mundo sepa que es mía; y solo puedo pensar en lo jodidamente afortunado que soy.

Mientras todos miran hacia el altar y el cura sigue y sigue dando un sermón sobre el matrimonio que me entra por un oído y me sale por el otro, mis ojos se conectan con los de la mujer que me ha dado tanta alegría.

–Con el poder que me otorga el hermoso estado de California –dice cuando por fin termina su monólogo–, los declaro marido y mujer. Puede besar a la novia.

Sonrío.

Fallon me devuelve la sonrisa.

Juntos, observamos a Jaz y Roarick sellar su matrimonio con un beso. Todo el pueblo de Canoodle (incluido el club de motociclistas de Tank) celebra mientras mi hermano echa hacia atrás a Jaz con su vestido negro y monta un espectáculo para todos.

471

Cuando paran para respirar, los dos alzan las manos, triunfantes. El pastor presenta al señor y la señora Walsh y suena una canción de Cat in Heat mientras caminan por el pasillo.

Su relación comenzó de a poco, se construyó sobre los cimientos de memes cuidadosamente seleccionados, hasta llegar a las visitas de fin de semana. Esas visitas de fin de semana se convirtieron en visitas cada vez más frecuentes, que luego se transformaron en visitas diarias en las que ambos iban y venían. Hasta que un día Roarick me hizo a un lado y me dijo que se había enamorado de la pinchadora de cubiertas. Fue después de que yo me casara con Fallon en una ceremonia íntima junto a la banca de Sully y la abuela Joan que Roarick me dijo que le iba a proponer matrimonio.

Por extraño que suene, no podría imaginármelo con nadie más. Son una amenaza para la sociedad en el mejor de los sentidos.

Mientras caminan hacia la salida, me muevo hacia el centro y sujeto del brazo a mi esposa embarazada y resplandeciente. Se aferra a mí con dulzura y le doy un beso en la cabeza mientras caminamos por el pasillo y el pueblo sigue festejando. Cuando pasamos junto a Sully, le aprieto el hombro.

Ha envejecido de forma drástica en el último año. Llegamos al punto de necesitar una enfermera a tiempo completo que nos ayudara a cuidarlo. Como se siente bien en este pueblo (en el que vivió y amó a Joan), expandimos la cabaña del fondo en la que se quedan los papás de Fallon y la convertimos en un apartamento de tres dormitorios con una pequeña cocina y sala de estar para Sully y su enfermera con cama adentro.

Con toda la ayuda extra, pudimos expandir las cabañas y agregar algunas más en el límite de la propiedad, pasando las canchas de lanzamiento de herraduras; y, como mi más grande logro, agregamos una piscina. Créeme que los veranos ya no serán iguales.

Gracias al éxito de *Padrino fugitivo* firmé con Movieflix un contrato de tres guiones y siete cifras que fue de gran ayuda para pagar esa piscina. El siguiente proyecto será en Grecia. Es sobre una chica que se enamora de un griego cuando va a la boda de su hermana. Muchas vibras de *Mamma Mia!*

Para mantener a Sully entretenido durante el día, mis padres (que, por cierto, adoran a Fallon) me ayudaron a traer el kayak a La Caverna para que Sully y yo podamos trabajar en él todos los días. El otro día hicimos una prueba de flote en la piscina para ver si resistía. El kayak flotó, pero según Sully le falta mucho trabajo. Típico.

En cuanto a Annalisa, bueno, su carrera se vio perjudicada y terminó abandonando la industria del espectáculo para escapar de la presión. Se mudó al norte del estado de Nueva York, donde está ayudando a una vieja amiga en su negocio de organización de bodas. En un pueblito llamado Binghamton. Nunca escuché de él, pero considerando la boda que organizó para ella y para Simon, tiene un muy buen gusto, y su amiga, Georgie, estaba encantada de recibir su ayuda.

Ahh…, y Simon. ¿Te preguntas qué está haciendo? En la actualidad es el embajador de la disfunción eréctil y la pastilla feliz que los hombres necesitan en sus vidas. Cada vez que el comercial aparece en la televisión, Fallon y yo subimos el volumen para escuchar nuestra parte favorita: «¿Por qué no se me para el pene? Tiene que haber una solución». Corte a la pastilla mágica. Me muero de risa cada puta vez.

En otras noticias, Faye por fin juntó el coraje para invitar a salir a Tank y él de inmediato dijo que sí porque, como explicó, le gusta tener un poco de excentricidad en su vida. Rigatoni Roy se ganó tantos elogios en el pueblo por su interpretación de Edna Turnblad que ahora recrea el papel cada 28 de julio en su restaurante; con las pantimedias y la peluca incluida. Izaak y Kordell invirtieron en propiedades en Phoenix y salieron en una reconocida revista de arquitectura. Izaak dijo que podía morirse feliz. Y, por supuesto, como soy un hombre de palabra, ambos tuvieron sus cameos. Agora fue contratada a tiempo completo en Beggar's Hole, donde sigue con su tradición de maltratar a los clientes, justo como le gusta a Jaz. Y Minnie, bueno, trabaja con nosotros a tiempo completo, lo que de verdad ayudó para que Fallon y yo tuviéramos el tiempo para construir nuestra propia cabaña en el extremo oeste de la propiedad, con la habitación de la bebé incluida. Por si te lo preguntabas (y sé que es así), tendremos una niña, y sí, se llamará Joannie.

Y, por último, pero no por eso menos importante, Jaz nunca adoptó esa mascota. Cuando terminó el mandato de la señorita Daphne Lynn Pearlbottom, intentó conseguir la reelección desfilando con sus tiaras de lentejuelas, pero no hubo brillo que pudiera ganarle a la inesperada aparición que sacudió al pueblo hasta los huesos: Beefy 2.0, también conocido como Beefinator, el tataranieto del amado exalcalde, que apareció de la nada y le dio una patada en el trasero a esa gata.

Lo que me lleva al viejo misterio que seguro morías por descubrir…: ¿pudieron elegir un color para la cocina del alcalde? Y la respuesta es sí… Beefinator escogió un amarillo girasol. Los vecinos adeptos a las teorías conspirativas aseguran que es el color que siempre había querido Beefy.

Y creo que eso es todo…

Ah, espera, una cosa más. Seguro te estás preguntando qué ocurrió con Sully y Joan. Cómo materializaron finalmente su épico romance. Por fortuna, Sully me contó esa historia una mañana temprano, sentados en su banca. La niebla estaba posada sobre el lago, el aire estaba quieto y le pregunté cuánto tiempo había esperado a Joan después de pedirle disculpas. Le tomó un año entero desde ese momento pasar de amigos a amantes. Ocurrió en una noche de lluvia. Ella había conducido hasta las montañas para regañarlo por no haberla visitado el fin de semana. Él le preguntó por qué estaba tan enojada, ella tartamudeó una respuesta y por fin dijo… que era porque estaba enamorada de él. Sully me contó que en ese momento se dieron un beso de esos que te cambian la vida, y el cielo se abrió y la lluvia los empapó hasta los huesos. Pero el temporal no los detuvo; por el contrario, siguieron besándose hasta que la oscuridad era total y estaban temblando. Dijo que ese momento, ese instante en el que envolvió a Joan en sus brazos, fue cuando su vida realmente comenzó.

Esa confesión me llegó al alma. En el día de mi boda, Sully me regaló un reloj; había sido suyo, pero no funcionaba, y cuando se lo comenté, me dijo que cuando yo besara a Fallon, él lo volvería a encender, porque hasta entonces el tiempo había estado detenido, pero desde el momento que Fallon se convirtiera en mi esposa, nuestras vidas comenzarían de verdad.

Y esto es lo que en la industria del espectáculo se llama un «epílogo épico».

AGRADECIMIENTOS

Padrino fugitivo no fue un libro planificado. De hecho, se suponía que iba a escribir otra cosa, ambientada en Boston, pero cuando me senté a escribir, no me entusiasmó. Dado que no tenía tiempo para darle vueltas a mis sentimientos y ver qué quería escribir, decidí que se me tenía que ocurrir una idea a las once y media de la noche. Con una sola luz y una esposa fastidiada a mi lado, se me ocurrió la idea de *Padrino fugitivo*. Tuvimos un intercambio con Steph, para ver si era una buena idea, si debería agregar un perro a la historia, si debería ubicarla en California o en otro lugar. Ella tuvo algunas opiniones, masculló unas oraciones y me rogó que apagara la luz, pero no lo hice hasta no tener listo el e-mail a mi agente para ver si podía hacer el cambio.

Por suerte, a Montlake le encantó la nueva idea y me puse a escribir.

Cuando estaba en el secundario, mi mamá nos llevó un fin de semana a un pueblito de montaña que se llamaba Idyllwild. Fue una de mis vacaciones favoritas de todos los tiempos. Cuando escribía este libro, inspiré todo en ese pueblito de montaña y sentí como si volviera a recorrerlo. Las palabras fluyeron, la trama vino a mí en el momento y basé los personajes en personas que conozco. Es un libro que realmente me salió del corazón. Espero que lo hayan disfrutado tanto como yo.

Aimee Ashcraft, mi agente, gracias por tolerar mi «espontaneidad» con este libro. Fue un cronograma brutal, pero fuiste servicial y facilitaste las cosas con tu positividad y apoyo diario. No podría haberlo hecho sin ti.

Lauren Plude, sé que es posible que te haya roto el corazón al sacar el libro de Nueva Inglaterra, pero regresaré pronto. Gracias por darle una oportunidad a esta trama «improvisada» y por tener fe en mis capacidades.

Lindsey Faber, siento que este ha sido el libro más sencillo que hemos editado juntas. Tal vez debería sumarle algunos agujeros a la trama para poder trabajar más tiempo contigo. ¡Broma! Cuanto menos trabajo, mejor.

A todos los blogueros y lectores, no sé cómo expresarles mi más profundo amor. Le dan una oportunidad a cada libro que publico y nunca podré demostrarles mi gratitud por eso. Gracias por ser los mejores fans que una chica podría desear. ¡Hacen que este trabajo sea tan divertido!

Y, por último, gracias a mi esposa, Steph. Sé que esa reunión de trama nocturna fue difícil, pero de verdad valió la pena. No puse el perro, como tú habías sugerido, pero creo que funcionó. Gracias por cuidarme a mí, a nuestra familia y a nuestro negocio. Eres la razón por la que sigo haciendo lo que hago. Te amo.

Elegí esta historia pensando en **ti**
y en todo lo que las mujeres románticas
guardamos en lo más profundo
de **nuestro corazón** y solo en contadas
ocasiones nos atrevemos a compartir.

Y hablando de compartir, me gustaría
saber qué te pareció el libro...

Escríbeme a
vera@vreditoras.com
con el título de esta novela
en el asunto.

VeRa

yo también
creo en el amor

vera.mexico
VeRa México